NICHOLAS SEARLE

MAESTRUL
MI

LEDA EDGE

Colecție coordonată de
SHAUKI AL-GAREEB

NICHOLAS SEARLE

MAESTRUL MINCIUNII

Traducere din limba engleză de
LOREDANA FRĂȚILĂ-CRISTESCU

CORINT
BOOKS
—2019—

Redactare: Alina Bâltâc
Tehnoredactare: Stejărel Decu-Jerep

ISBN 978-606-793-686-5

Descrierea CIP a Bibliotecii Naționale a României
SEARLE, NICHOLAS
Maestrul minciunii / Nicholas Searle; trad. din lb. engleză de Loredana Frățilă-Cristescu. - București: Corint Books, 2019

ISBN 978-606-793-686-5

I. Frățilă-Cristescu, Loredana (trad.)
821.135.1

Pentru C, întotdeauna

Ce strai frumos îmbracă viclenia
și-ascunde viciu-adânc sub sfinte măști![1]

William Shakespeare, *Richard al III-lea*

---

[1] William Shakespeare, *Richard al III-lea*, trad. din limba engleză de Dan Duțescu, Editura pentru Literatură Universală, București, 1964 (n. red.).

Nom de guerre[1]

1

„ESTE PERFECT", își zice Roy. Kismet[2], descoperire întâmplătoare, destin, pură întâmplare, spune-i cum îți place. Toate într-una. Nu-i sigur că crede în soartă ori în orice altceva în afară de prezentul imediat. Dar, pe de altă parte, în general, i-a mers bine în viață.

Se ridică în picioare și se plimbă prin apartament, verificând să fie ferestrele bine închise, iar electrocasnicele oprite corect. Bate cu palma peste pieptul blazerului său atârnat pe dosul ușii: da, portofelul e la locul lui. Cheile sunt pregătite pe consola din hol.

Femeia asta pare mană cerească, în fine, cel puțin din CV-ul pe care l-a deschis el pe ecran. A dat Domnul! Știe cum să prevadă micile modificări, momentele acelea în care o ușoară imperfecțiune este transformată, printr-o alegere inteligentă a cuvintelor ori o minciunică nevinovată, în ceva indiscutabil pozitiv. E în firea omului. Se îndoiește, de exemplu, că pe ea chiar o cheamă Estelle, la fel cum nici pe el nu-l cheamă Brian. Din punctul lui de vedere, asemenea trucuri neînsemnate sunt

---

[1] „Nume de război", pseudonim folosit de cineva pentru o anumită activitate, inițial pseudonim de luptător în război (în fr. în orig.) (n. tr.).

[2] În islamism, „soartă, destin, fatalitate, voia lui Allah" (în persană în orig.) (n. tr.).

de așteptat și acceptabile. Ele ung rotițele. Când vor fi date la iveală, o să se arate potrivit de tolerant și amuzat de toate aceste mici înflorituri. Spre deosebire de minciunile mai degrabă mari cu care dai piept adesea, își zice el, punând pliculețul de ceai în coșul de gunoi, clătind ceașca și farfurioara și așezându-le, cu fundul în sus, pe scurgătorul de vase.

Trage aer în piept și oprește computerul, apoi împinge ordonat scaunul sub birou. A mai fost în acest punct în care-și pune mari speranțe. Gândul care l-a fulgerat aduce cu sine o sastiseală de moment. Întâlnirile alea îngrozitoare la Beefeaters și Tobys de prin comitatele din jurul Londrei cu femei bătrâne și anoste, la care amărăciunea neîmplinirii maritale alături de soți neinteresanți, care n-au făcut nimic în viață, a devenit, pesemne, la văduvie, sământa unui sentiment că au permis de voie să mintă! Pentru ele nu există amintiri fericite sau binecuvântarea de a locui în vile umbrite de verdeață în Surrey. Aceste femei trăiesc în case sărăcăcioase care, fără îndoială, miros a prăjeală și o duc de azi pe mâine cu pomană de la stat, blestemându-l pe Bert, Alf sau care-o mai fi fost el și cugetând la o viață furată. Umblă după ce mai pot prinde și ele acum, cu orice mijloace. Cine le poate condamna pentru asta?

Inspecție rapidă. Cămașă albă imaculată: da. Dungile pantalonilor de flanel gri: perfecte. Pantofii lustruiți cu scuipat: lucesc. Cravata regulamentară cu dungi: bine înnodată. Părul: pieptănat atent. Sacou albastru luat de pe umeraș și îmbrăcat. I se potrivește mănușă. Privire fugară în oglindă: arată de șaptezeci de ani, chiar și șaizeci la nevoie. Se uită la ceas. Taxiul ar trebui să ajungă în curând. Drumul cu trenul de la Gara Paddington o să dureze cam treizeci de minute.

Pentru femeile alea disperate, reprezintă o evadare. O aventură. Pentru Roy, năzbâtia asta cu mersul la întâlniri e ceva diferit: un demers de profesionist. Nu-și permite să devină un divertisment frivol sau să le decepționeze cu blândețe. Le fixează cu ochii lui albaștri înainte să le facă bucăți mai ceva ca un criminalist. Șterge pe jos cu ele. Și-a făcut temele și le informează despre asta.

„Credeam c-ai zis că ai un metru și șaptezeci și unu de centimetri înălțime și ești subțire", poate să zică el, ca și cum nu-i vine să creadă, însă suficient de delicat cât să nu adauge: „și nu o piticanie obeză". „Nu prea semeni cu poza, nu? E făcută acum câțiva ani, scumpo?" (Nu adaugă și completarea ulterioară: „și în ea e soră-ta, care arată mai bine.") „Locuiești lângă Tunbridge Wells, zici. Mai degrabă Dartford, nu?" Ori: „Atunci când vorbești despre faptul că-ți faci vacanțele în Europa te referi la un pachet turistic la Benidorm[1] o dată pe an luat prin agenție împreună cu soră-ta?"

Dacă, așa cum a plănuit, ajunge al doilea la locul de întâlnire, de obicei procedează la o scurtă recunoaștere ca să cântărească lucrurile. Când se confruntă cu elementul deprimant familiar, poate pur și simplu să plece fără să se prezinte. Așa-i de previzibil totul! N-o face însă niciodată. O privește ca pe datoria lui să le sfărâme iluziile zadarnice. Are să le fie mai bine, într-un final. Începe cu zâmbetul lui fermecător și salutul galant, după care trece lin, dar rapid la ceea ce a devenit un soi de scenariu de bază.

„Una dintre chestiile care-mi displac foarte tare este lipsa de onestitate", zice el.

De regulă, ele zâmbesc și încuviințează supuse din cap.

„Așadar, cu scuzele mele și având la activ și câte-o experiență neplăcută" – încă un zâmbet, cât de blând poate –, „să trecem la subiect, bine?"

---

[1] Stațiune pe coasta de est a Spaniei, în provincia Alicante (n. tr.).

În general, aici ele iar încuviințează din cap, probabil fără zâmbet și cu un foit ușor pe scaun pe care el îl remarcă, dar alții poate că nu.

Insistă scrupulos să împartă nota de plată la final și nu lasă loc ambiguităților în ceea ce privește viitorul. Fără politețuri nesincere. „Nu ești ceea ce mă așteptasem eu", zice el, clătinând obosit din cap. „O, nu! Ce păcat! Dacă te-ai fi exprimat și tu mai clar. Dacă te-ai fi descris mai... exact, să spunem? Am fi putut evita amândoi risipa asta de energie. Pe care, la momentul acesta al vieții noastre" – aici un licăr scurt al ochilor și un zâmbet schițat ca să le arate ce pierd –, „nu prea ne-o permitem. De-ar..."

Speră ca astăzi să nu fie nevoit să recurgă la asemenea măsuri. Dacă însă va fi cazul, atunci se va fi achitat de această datorie față de sine, față de nefericita de dinaintea lui și de sistemul care îi potrivește greșit pe cei lipsiți de speranță cu cei care-și fac iluzii, motiv pentru care, crede el, e în mare pericol să se discrediteze. Toate orele alea irosite bând Britvic[1], tot efortul depus pentru o conversație care curge greu la o porție de grătar sclipitor cu diferite feluri de carne ori în fața unor plăcinte cu carne de vită și bere produse în masă și încălzite la microunde, legume la cuptor sau tikka masala[2], toate momentele acelea de bun-rămas jenante, cu false promisiuni de a ține legătura pe viitor. Nu erau pentru el. Încă și mai puțin erau toate acele relații sortite eșecului, când, de fapt, nu-și dorea decât o ultimă zi însorită.

Roy nu-i pesimist, totuși. „Adună-te, gândește pozitiv!" De fiecare dată pornește de la zero, plin de speranță. „De data asta

---

[1] Marcă britanică de băuturi răcoritoare (n. tr.).

[2] Preparat culinar de origine indiană, foarte popular în Marea Britanie, care constă din bucățele de carne (în special pui) cu un sos de curry picant (n. tr.).

are să fie altfel", își spune el, trecând repede peste faptul că și-a mai zis-o de câteva ori înainte. Simte însă că n-are să mai fie la fel.

A sosit taxiul. Se îndreaptă de spate, își zâmbește și încuie ușa înainte să se îndrepte cu pași grăbiți spre mașină.

2

BETTY FACE ULTIMELE PREGĂTIRI, foarte atentă să-și țină încântarea sub control. Stephen o s-o ducă la pub și o s-o aștepte afară, așa că nu-și face griji. Nu tu obraji aprinși când întârzie trenul periculos de mult. Nu tu durere inutilă de șolduri când se grăbește lipsită de eleganță pe strada mare. Nu tu agitație după întâlnire care să-i afecteze capacitatea de a-și găsi din nou drumul spre casă. Iar Stephen o să fie prezent, în caz c-ar simți, pe neașteptate, nevoia de a pune capăt mai devreme întâlnirii.

Vor trebui să pornească în câteva minute, i-a zis Stephen după ce-a căutat pe Google și pe drăcia lui cu navigație prin satelit. Ea se descurcă oarecum cu internetul, dar tot mai sunt atâtea chestii pe acolo care-o zăpăcesc. De pildă, ce e ăla un *tweet*? „Cum naiba am supraviețuit noi fără toate dispozitivele astea? Sau, mai la obiect, de ce se bazează tinerii atât de mult pe ele?"

Îl aude pe Stephen măsurând ușor holul cu pasul. Pare mai agitat decât ea, ce drăguț din partea lui! Când își dă cu ruj, se uită în oglindă. N-o să fie niciun pic de neliniște de ultimă clipă. Rochia albastră înflorată pe care a ales-o o să fie perfectă și îi scoate în evidență părul blond, tăiat bob, cât de „la modă" se poate la vârsta ei. N-o să schimbe colierul delicat de argint și broșa asortată cu ceva care sare mai tare în ochi, ca perlele. N-o să opteze pentru pantofi mai mult sau mai puțin comozi. N-o să necesite o ultimă cană de cafea care să-i dea curaj.

Betty nu se consideră emotivă. E calmă și realistă, după cum îi place să creadă. Cândva descrisă, pe bună dreptate, drept frumoasă, acceptă, speră ea, cu grație, urmele lăsate de trecerea timpului. Preferă să se gândească la ele ca la simple urme, nu ravagii. Chiar dacă, într-o oarecare măsură, e încă radioasă, frumoasă nu mai este. Nu se mai poate preface că e, în ciuda încercărilor hotărâte ale revistelor pentru femei de a crea și a cuceri o nouă piață, cea a femeilor cu părul cărunt. Poate că ea e ceva diferit, fără nume și fără vârstă.

Pune la loc capacul rujului, freacă ușor buzele una de alta ca să se asigure că l-a întins bine, pipăie colierul cu degetele, își atinge ușor părul și se mai uită pentru ultima dată să vadă cum arată. E gata. Aruncă o privire fugară ceasului: a terminat cu cinci minute mai devreme. Stephen o întâmpină cu o îmbrățișare delicată și cuviincioasă când iese în hol.

— Arăți superb! zice el, iar ea îl crede.

3

STEPHEN CONDUCE MAI POTOLIT pe ploaie decât ar face-o cu altă ocazie. Chiar și mai și, dat fiind că, nici în cele mai bune momente ale lui, nu are încredere în priceperea lui ca șofer. Conduce încet pentru el, ca să se calmeze, nu pentru ea. Ea e plină de vigoare, clar mult mai plină de vigoare decât el, în ciuda diferenței de vârstă care îi desparte. Și-a trăit viața, mai degrabă decât să studieze cum și-au trăit-o alții pe-a lor. O pasăre bătrână plină de temperament, ar putea zice unii, dar nu și el. Nu, el nu și-ar putea închipui ceva mai nepotrivit. N-ar folosi un asemenea limbaj și, oricum, caracterizarea ar fi inexactă. Ea e fragilă, deși nu ca o vrăbiuță, cu trăsături de porțelan și siluetă filiformă. Constituția ei e puternică. Imposibil de frânt, ar zice el.

Pornesc devreme ca să nu riște să întârzie. El își face drum cu băgare de seamă prin intersecții, se silește să meargă tot timpul cu 16 kilometri la oră sub viteza legală și respectă restricțiile impuse de semnele de circulație cu exagerată obediență. E o zi importantă pentru ea, pentru el.

— Nu ești deloc agitată? o întreabă.

— Un pic, îi răspunde. Nu prea tare, totuși. Pentru mine e însă mai ușor, nu-i așa?

— Cum vine asta?

— Pentru că eu întreprind acțiunea. Nu aștept. Nu mă uit. O să fiu acolo. Tu o să fii afară, în mașină. Neajutorat.

— Dar tu o să fii acolo înăuntru. Cu el. Cine știe cum o să fie ca om? Cum o să fie experiența pentru tine?

Zâmbește.

— Tocmai asta e! Ceea ce ușurează lucrurile. Realmente. Nu vezi, nu? Cum ai putea? Am trecut de vârsta la care mai contează ceva cu adevărat, mai ales ce zic sau fac eu. Pot să mă comport cât de scandalos vreau, fără să mă tem de urmări. Sunt o cantitate periculoasă. Nu mai am treabă cu jena. Dacă nu merge, nu merge. O să trăiesc să mai dau piept cu viața încă o zi.

— Ești remarcabilă! Curajoasă...

— Nu chiar. Ce se poate întâmpla? O băutură și ceva de ciugulit alături de ceea ce este, fără îndoială, un gentleman desăvârșit într-un local de țară aglomerat. Cu cavalerul meu în armură strălucitoare, așteptând afară în timp ce strânge nervos în mână telefonul mobil. Ce se poate întâmpla?

El zâmbește și iese de pe autostradă pe drumul de acces.

4

— ESTELLE, SE PREZINTĂ EA, întinzând mâna, cu o licărire în ochi când zâmbește.

— Brian! răspunde el. Încântat!

L-a găsit. După cele zece minute de rigoare de la ora stabilită, grație învârtitului judicios al lui Stephen cu mașina prin zonă, însoțit de priviri fugare spre clădirea nou construită ca să pară veche și luminată puternic în după-amiaza mohorâtă de martie.

Pentru Roy, e genul de femeie pe care-o recunoști instantaneu. De statură medie, subțire, care pare tânără pentru vârsta ei, cu ceva de puștoaică jucăușă în ea, expresie de încântare și ochi atrăgători. Păr frumos. O rochie uluitoare, care-i scoate în evidență silueta. Cu siguranță, pe vremuri, mulți bărbați au întors capetele după ea. Fotografia de pe site n-a mințit. Ușoara lui iritare că nu ajunsese ea înainte se evaporă. Aprobă. O, da! Chiar foarte tare.

— Ce să-ți iau de băut? întreabă el.

— Mi-ar plăcea... un martini cu votcă.

Nu știe de ce, pur și simplu așa i-a venit în minte. O astfel de impetuozitate nu este indicată în următoarea oră sau două. Control și disciplină.

— Agitat sau amestecat[1]? întreabă el cu un zâmbet și o ridicare din sprânceană.

„Cam departe de obișnuitul și tristul sherry", își zice.

— Ha, ha! face ea.

Îi comandă băutura, propune să ia loc și le duce paharele la masa numărul 16.

— Cum m-ai recunoscut? o întreabă.

---

[1] Aluzie la celebra replică *Shaken, not stirred* a agentului 007, personajul romanelor de acțiune imaginate de Ian Fleming. Eroul acestora, agentul secret James Bond, adoră martini cu votcă, iar atunci când o comandă la bar, cere ca băutura să fie, de fapt, amestecată în shaker, nu cu lingurița (n. red.).

— Păi am intrat, am făcut ochii roată și iată-te stând la bar! Înalt, distins, deștept, exact cum te-ai descris. Fotografia te surprinde foarte bine.

„Nu-i prea departe de adevăr", gândește ea. De fapt, dintr-o mare de directori de vânzări ambițioși și motivați - aparent - în vârstă de șaisprezece ani, n-a fost greu de reperat.

— CVAO[1], zice el.

— Poftim?

— Ce vezi, aia obții. Fac exact ce scrie pe cutie.

— Ah! exclamă ea. Ce dezamăgitor!

Zâmbește ca și cum ar vrea să-l asigure că flirtează.

— Ho, ho, ho! hohotește el după o scurtă pauză, cu umerii săltându-i. Foarte bine! Văd că am dat de bucluc. O să ne înțelegem de minune.

O evaluează sincer.

— O, da!

ÎȘI COMANDĂ MÂNCAREA, ea, paste vegetariene, el, friptură, ou și cartofi prăjiți. Printre îmbucături de *conchigliette*[2] parcă de plastic mânjite cu legume prelucrate pentru mâncarea de bebeluși și un sos ațos de brânză, ea îl studiază mai îndeaproape. E, într-adevăr, înalt și lat în umeri, cu un păr des și alb dat pe spate, lăsând să se vadă o față roșie, pe care afluenții vaselor de sânge au desenat o hartă complexă. Părul e îmblânzit cu gel și lipit cu grijă după urechi. Are niște ochi uimitori, aproape primejdioși, cu albastrul-deschis al irișilor în albul lăptos din jur, pe o mare de piele care se înroșește,

---

[1] În orig., *WYSIWYG* (*what you see is what you get = ce vezi, aia iese/ obții*), termen din IT care înseamnă că imaginile și textul arată pe un ecran de computer la fel cum vor arăta tipărite (n. tr.).

[2] Paste făinoase în formă de mici cochilii de scoici (în it. în orig) (n. tr.).

vigilenţi, care o săgetează atunci o privesc. Dacă n-ar fi vârsta care să mai slăbească impresia, s-ar putea teme de el, de fapt, se şi teme un pic.

A fost cândva un om care impunea respect, îşi zice ea, înalt şi autoritar. Încă se mai ţine astfel, dar se observă o gârbovire pe care n-o poate ascunde. Umerii îi sunt încovoiaţi, iar ochii dau de înţeles că, la urma urmei, nu se poate sustrage morţii. Dovada e mult prea convingătoare şi poartă în ea dezamăgirea produsă de intensificarea deteriorării fizice şi mintale. Îşi dă şi ea seama cam cum trebuie să se simtă el, deşi n-a fost niciodată impunătoare; vivace, probabil, dar fără acea vanitate ciudată masculină a cărei inutilitate o dă, crud, la iveală, inevitabilul declin al puterii virile masculine. Cumva, îi pare rău pentru el.

Conversaţia curge uşor.

— E bună, zice ea nesinceră, ridicând privirea de la mizeria din farfuria ei.

— A, da, zice el. Te poţi baza pe oamenii de aici.

— Friptura ta cum e?

— Splendidă. Mai vrei un pahar?

— Da, Brian. N-am să refuz.

— Nu conduci maşina?

— Nu. M-a adus nepotul meu.

— Nepotul?

— Da. Stephen e numele lui. Mă aşteaptă afară, în maşină. Cufundat într-o carte, fără îndoială.

— Eşti apropiată de membrii familiei tale, deci?

— Da, răspunde ea hotărât. Nu suntem mulţi, dar suntem foarte apropiaţi.

— Povesteşte-mi despre ei!

Asta e unul dintre subiectele evidente de conversaţie, iar ea e pregătită. Fiul ei, Michael, director în industria farmaceutică şi care locuieşte în apropiere de Manchester împreună cu soţia, Anne. Fiul lor, Stephen, istoric la Universitatea din Bristol. Fiica lor, Emma, care studiază engleza la Edinburgh. Îl pomeneşte în treacăt pe Alasdair, răposatul ei soţ, dar ştie că nu e momentul să discute tristeţile particulare, care, parţial, i-au adus la masa la care stau.

E rândul lui Brian. Fiul său, se pare, proiectează bucătării la Sydney şi iau rar legătura unul cu altul, fără să se formalizeze, pe un ton cumva amical. Nu, nu are nepoţi. E evident că Brian nu se simte în largul său atunci când trebuie să vorbească despre fiul lui. El unul a fost fratele cel mai mare din trei, iar fraţii i-au murit. Mai era şi soţia lui, Mary. Sărmana, sărmana Mary! Coboară privirea, iar Betty bănuieşte că s-ar putea să-i apară o lacrimă în colţul ochilor.

— Ştii tu, zice el, ridicând privirea, înviorat parcă, una dintre chestiile care-mi displac foarte tare este lipsa de onestitate.

Se uită fix la ea, iar Betty îi răspunde cu o privire egală ca intensitate.

— Se pare că, în zilele noastre, nimeni nu mai are rezerve şi minte cu neruşinare. Când e prins, desigur, o, da! Se pare însă că lipsa de onestitate e în regulă, dacă poţi trece neobservat. Deplâng chestia asta. Mă înţelegi?

Se uită la el şi zâmbeşte:

— Da, cred că da.

— Aşa că trebuie să-ţi mărturisesc că mă fac vinovat de o mică înşelătorie. În ceea ce priveşte întâlnirea cu tine.

Face o pauză şi ia o expresie solemnă.

— Mă tem că nu mă cheamă Brian, ci Roy. Roy Courtnay. Brian a fost un *nom de plume*[1] pentru această întâlnire. Dacă pricepi ce vreau să zic. Momentele astea te fac să te simţi atât de vulnerabil!

---

[1] Pseudonim literar (în fr. în orig.) (n. tr.).

Nom de guerre, își zice Betty, ușor iritată.

— A, asta era! răspunde ea cu o indiferență veselă. N-am mai făcut asta niciodată, dar am presupus că așa se întâmplă de obicei. O măsură de protecție firească. Bănuiesc că acum e momentul în care mărturisesc eu că nici pe mine nu mă cheamă Estelle. Ci Betty.

Se uită serioși unul la altul înainte să izbucnească în același timp în râs.

— Îți pot promite că aceasta a fost ultima oară când te-am mințit, Betty. Orice o să-ți spun de-acum înainte are să fie adevărat. Sinceritate totală îți pot promite, Betty. Sinceritate totală, spune el și zâmbește larg.

„Ușurel!" își zice ea, zâmbindu-i la rândul ei fără rezerve și fără echivoc.

— Mă bucur s-o aud.

Au depășit o limită, simte fiecare în sinea lui, și se relaxează. Sporovăiesc, vorbind despre tineri. E un teritoriu sigur, iar prin platitudini își pot împărtăși uimirea față de viața din ziua de azi.

— Sunt așa de curajoși! zice ea. N-aș fi îndrăznit în veci să fac unele dintre lucrurile pe care le fac ei.

— Și așa de nepăsători! răspunde el, totul este atât de ușor pentru ei. Fără perseverență.

— Știu. N-au nicio grijă. Nu ca noi. Mă bucur că-s așa.

Betty presupune că momentul de față trebuie să facă neapărat parte din întregul proces, să fie un pas pe calea spre o mai mare intimitate. Nu prea crede ce zice, inventează din mers.

Îi spune lui Roy că Stephen nici măcar n-are telefon la el în apartament, căci chestia aia mobilă inteligentă pare să fie tot ce-i trebuie. Își ține viața în buzunarul de la spate al pantalonilor. Când erau mici, cad ei de acord, cel mai puternic simbol al statutului social era să ai telefon acasă. Acum e o gafă din acest punct de vedere. Fiul ei are trei mașini și sunt doar doi oameni în casa lui, acum că au plecat ambii copii. Sau mai degrabă nu le deține, ci plătește lunar o sumă exorbitantă pe leasing și le predă pe fiecare contra uneia noi la fiecare trei ani, un aranjament absurd pe care i l-a explicat răbdător de câteva ori, dar pe care ea tot nu reușește să-l priceapă, după cum zice băiatul. N-ar îndrăzni nimeni în ziua de azi să mai strângă bani să cumpere ceva. Nepoata sa are douăzeci de ani și a vizitat mai multe țări decât Betty în toată viața ei. Trăncănește, aruncându-se cu capul înainte, își dă ea seama, dar nu contează. E în regulă.

Stephen este chemat prompt și apreciat.

— Un tânăr pe cinste! zice Roy cât e tânărul la toaletă. Un omagiu la adresa ta, Betty. Un tânăr pe cinste!

Se face schimb de numere de telefon și se exprimă sincer intenția de revedere nu peste multă vreme. Se oferă să-l ducă pe Roy cu mașina la gară, dar el refuză.

— Nu-s chiar așa de decrepit, răspunde iute. Se ajunge repede pe jos.

Se ridică în picioare când pleacă ei și o sărută pe Betty pe obraz. Ea îi întoarce gestul, îl strânge de braț și-l trage ușor spre ea, deși nu tocmai în intimitatea unei îmbrățișări, după care întinde brațele și-l ține așa, privindu-l în ochi.

— Pe data viitoare, atunci! zice ea.

— *Au revoir*, Betty! răspunde el.

Capitolul doi

Vâsc și vin

1

IATĂ-I! Inocenți ieșiți afară, umblând legănat pe stradă. Soarele a prins curaj și totul e bine pe lume.

Se revarsă grăbiți și gălăgioși pe caldarâm, cu cravatele lor strâmbe, ghiozdanele bălăngănindu-se când într-o parte, când în alta, cămășile ieșite din pantaloni, părul ciufulit. Pantofii de școală bocănesc pe piatra veche când elevii o taie pe scurtături de la școală spre zona pietonală de cumpărături, curgând ca lichidul, în larmă de voci tinere, care se întrec, pline de încântare, să se facă auzite.

Fetele vin mai încet și mai ordonat. Ei bine, ele mereu se comportă mai frumos, sunt mai circumspecte. Cu excepția celor obraznice. Și pot să fie tare obraznice! O, da!

The Green, cu refugiile sale umbroase sub copacii venerabili, e scăldat de soarele blajin. Așa stau lucrurile de secole: tinerii năvălesc afară din școala de lângă catedrală fără nicio grijă, plini de viață, nerăbdători să-și reia țopăiala și strecuratul prin mulțime, în timp ce bătrânii îi privesc cu invidie prost ascunsă din casele lor cu remiză la parter, amintindu-și cu amărăciune de propria tinerețe.

Cu interes și, mai ales, fără milă, îi urmărește el din fotoliul aflat în colțul sufrageriei. Fetele, mai ales, sunt fascinante. La vârsta gimnaziului, băieții sunt niște bieți rinoceri lăudăroși, mânați de valuri de hormoni în fața cărora sunt victime neajutorate și pe care nu le conștientizează. Fetele de aceeași vârstă însă deja își dau seama ce se petrece. Cu acea conștientizare vine și nesiguranța, exprimată în diverse moduri. Cele urâte și studioase își pun credința în faptul că strădania și inteligența le pot ajuta să treacă de orori cu bine, scăpând de singurătate și eșec. Fetele lipsite de experiență și drăguțe – majoritatea și cam toante – au sentimentul că atractivitatea lor poate fi efemeră și depinde de capriciile dezvoltării lor fizice viitoare. Iar micile stricate, care nu sunt din cale afară de inteligente, dar le duce mintea suficient cât să știe că nu-s deștepte și nici printre primele la frumusețe, se folosesc de viclenie, trăgându-și fustele în sus imediat ce ies din casă, ațâțându-i pe bărbați. Știu că chestia aia numită sex pândește pe undeva prin apropiere și își învață repede puterea. O, da!

Acum cei mai mari de vârstă. Tineri cu coșuri, păr lung și lins și mutre triste le slugăresc pe fetele inaccesibile. Lui Roy îi place disprețul colegelor, deși desconsiderarea lui față de exemplarele masculine fără speranță îl întrece pe cel al lor. Bătând din genele rimelate, făcând schimb de priviri – căci tind să meargă două câte două – și zâmbete care se vor timide, dar pe care Roy le cunoaște drept superioare, fetele își ascund sentimentele.

El nu se poate regăsi în băieți. „Neghiobilor, neghiobilor!", își zice. „Eu n-am fost ca voi. Eu am fost îndrăzneț și arătos. N-am șovăit și nu m-am poticnit."

Nu mai are cincisprezece ani. Nici cincizeci sau optzeci. Instinctele însă nu ți se schimbă. Dacă ești șarmant, iar sexul opus te găsește inefabil de atrăgător, rămâi șarmant mereu. Nu se putea abține nici dacă voia.

Iat-o! Cea pe care a ales-o el să-i acorde întreaga sa atenție. Fustă neagră scurtă, regulamentară, și colanți negri care-i îmbracă picioarele subțiri, feminine. Colanții nu prea se potrivesc cu uniforma școlară, dar, își zice el cu aer de cunoscător, vin perfect în contextul dat. Poate cincisprezece ani, poate doar treisprezece, dar bine dezvoltată; cresc atât de repede în ziua de azi! Minionă oricum, cu părul acela cu șuvițe blonde zbârlit ca al Meduzei ce nu pare să se demodeze niciodată. Fard de pleoape dat cu o mână lipsită de experiență, dar de efect, de unde stă el. Se crede rebelă, aparte, dar, de fapt, a apucat-o pe calea obișnuită care o va duce, în cele din urmă, la uniformizare. De-ar fi mai tânăr, ar putea-o învăța câte ceva. S-ar putea ține semeață și indiferentă, prefăcându-se, languroasă, că are experiență. S-ar putea arăta entuziasmată cât se aventurează pe calea descoperirii, dar, în cele din urmă, tot și-ar arăta frica. Roy se poate descurca destul de bine cu frica. O, da!

2

STEPHEN, PE DE ALTĂ PARTE, este în întârziere. Povestea vieții lui! A promis să-i ducă niște cărți lui Betty, după care trebuie să se întoarcă la o ședință cu Gerald, la ora șase, care are să fie, cu siguranță, istovitoare. Și poate prezice întrebările: Merge totul după cum e programat? Sunt toate unghiurile acoperite? Toate punctele bifate? Hai să mai verificăm o dată, bine? Proiectul ăsta e al naibii de important, la urma urmei.

La drept vorbind, întrebările sunt pertinente, iar Stephen are nevoie de îndrumare. Asta, nu Gerald, îl deranjează. Gerald e în regulă, deși îi cam place să facă uz de funcția lui. Problema fundamentală este că nu știe dacă totul decurge cum e programat. El nu vede programul, iar unghiurile și mai puțin.

Nu și-a dat încă seama care sunt punctele de bifat. Chestia asta pare să aibă o viață proprie.

Stephen nu le are defel cu managementul de proiect. Nu le are cu managementul, punct. Scop, efort mintal, cercetare atentă, bucuria de a scoate la iveală informații noi care schimbă terenul, sentimentul creării a ceva care să merite, toate acestea sunt importante, nu procesul sec în sine. Gerald e un rău necesar, presupune Stephen. Ce s-ar face fără el?

Găsește aleea dintre farmacie și agenția imobiliară care leagă orașul vechi de cel nou și o apucă grăbit pe ea dinspre strada principală spre caldarâmul cu pietre vechi de secole și The Green. Ceasul bate jumătate de oră de undeva de dincolo de perdeaua de stejari ale căror frunze foșnesc în adierea vântului și fac lumina soarelui să cadă cu pete, ondulându-se și alternând cu umbra deasupra covorului frumos de verde.

Este o zi superbă în Anglia, una dintre puținele din vara aceea. Soarele e sus, pe un cer albastru pe care plutesc norișori imaculați și albi ca pudra. Copiii ies în roiuri de la activitățile lor zilnice, iar adrenalina eliberării de corvoada școlii îi face să fie exuberanți. De la depărtare, uniformele lor par curate și ordonate, dar, când se apropie, vede că sarcinile primite peste zi, precum și diversele încercări de a-și declara individualitatea au lăsat urme. Sacourile sunt aruncate pe umeri, cămășile sunt șifonate și soioase, pantofii, zgâriați. Mai e și mirosul de elevi, transpirația, urina și murdăria amestecate cu materiale sintetice rezistente și duhoarea slabă și veche care se prelinge dinspre instituția însăși, o combinație de iz metalic de lichid de curățat și lustruit cu aroma lemnului vechi și prăfos al parchetului și al lambriurilor impunătoare din holul principal.

Copiii au o veselie care-l fac tot mai optimist. Trece prin îngrămădeala de băieți, în spatele căreia se găsesc diferite grupuri de fete, mai predispuse la bisericuțe, mai tăcute, mai precaute. Mai mari, de fapt, și mai conștiente de sine.

Stephen are grijă cum se uită la fete, pentru că este conștient de suspiciunea referitoare la bărbați care se află în inima oricărei persoane de sex feminin din ziua de azi. Așa au stat oare lucrurile mereu? Nu știe, dar nici nu poate să riște să-i fie confundată uitătura cu o privire lacomă.

Îl interesează fenomenul tinereții, deși nu prea știe sigur de ce. S-ar putea să fie simpla curiozitate față de condiția umană, trezită de aceste tinere ființe aflate în faza de creștere, care observă, imită, experimentează, revizuiesc, se adaptează și, în cele din urmă, capătă o identitate. Poate că se datorează faptului că el încă nu a terminat această ultimă etapă, cu toate că se apropie de treizeci de ani.

De cealaltă parte a The Green vede o fată cam de paisprezece ani, care este singură, are mișcări stângace, nesigure, dar este inutil de sfidătoare. Poartă o fustă scurtă, e dată cu negru la ochi, ține bărbia ieșită în afară cu tupeu și, totuși, nu e decât o copilă, iar în ochi îi citește frica. Afectarea ei îi provoacă o serie de emoții: un val de ceva ce el nu poate considera decât dragoste, o recunoaștere a vulnerabilității fetei și o dorință de a o proteja, în ciuda faptului că nu are nicio putere s-o facă și a absurdității unei asemenea propuneri. Își studiază motivele, căutând umbra de poftă trupească chinuită în forme de exprimare oarecum acceptabile. Poate spune cinstit că nu-l pândește, dar e interesant faptul că trebuie să verifice.

Atunci dă cu ochii de el, în fotoliul lui Betty de la fereastră. Roy, cel care stă la Betty de două luni deja. Ochii ăia de șopârlă ațintiți la fata aceasta, hrăpăreți, flămânzi. Fata își vede de drumul ei, fără să aibă habar de ce se petrece în timp ce compune un SMS. Când trece de Stephen, îl vede Roy, iar privirile li se întâlnesc. În mai puțin de-o clipă, expresia lui Roy se schimbă de la una care arată că nu-i vine să creadă la ostilitate și, într-un final, la cea de biet bătrân care-și petrece zilele uitându-se pe geam la lume. Ca pentru a testa apele, îi zâmbește lui Stephen, care-i întoarce zâmbetul și-i face rezervat cu mâna. Își zice: „Te cunosc. Indiferent de cât de mult îmi displaci".

— În locul tău aș fi foarte atent, spune Roy când Stephen intră în cameră.

— Pardon?

— Am zis că ar trebui să fii mai cu băgare de seamă, îi dă înainte Roy, făcând, teatral, semn din cap către fereastră.

Stephen înlemnește uluit, deschide gura să zică ceva, dar se gândește că-i mai bine să nu. Roy îl ațintește cu privirea.

Tânărul se rezumă la:

— O ceașcă de ceai?

— Nu te-aș refuza, răspunde prompt Roy, lăsându-se iar pe spate în fotoliu.

Când Stephen se întoarce cu două căni de ceai zdravene, din teracotă, una cu trei cuburi de zahăr pentru Roy, iar cealaltă, albă ca laptele și fără zahăr pentru el, bărbatul mai în vârstă reia conversația.

— Nu strică niciodată să fii atent.

Cuvintele rămân în aer preț de o clipă.

— A, da, zice Stephen într-un final. Adică?

„E dus", își zice Roy. „Cu mintea în altă parte. Fără speranță. Împrăștiat. Universitarul tipic."

— Neînțelegeri, spune el.

— A, da, face Stephen, neatent, schițând un zâmbet. Da.

— Nu mă lua tu pe mine de sus, băiete!

Stephen îl fixează cu o privire inexpresivă și nu zice nimic.

— Betty nu e? întreabă el în cele din urmă.

Roy bate în retragere. E ca și cum ar da dovadă de cruzime față de un cățeluș. Nu că asta l-ar opri. Numai că Stephen îl plictisește. Puțin probabil să fie vreun rost de haz pe aici.

— Nu, răspunde. A ieșit să se vadă cu o prietenă la ceai.

— A, da. Ai idee când se întoarce?

— A, nu! Face ce-i place femeia asta, comentează Roy chicotind. Nu-s eu păzitorul ei.

— Nu, sigur că nu.

— Te grăbești? Pari cu mintea în altă parte.

— Am multe pe cap. Doar am trecut să las cărțile astea pe care i le-am promis lui Betty.

Ridică geanta portocalie ca dovadă.

— A zis că le-ar vrea cu împrumut.

— A, da, face Roy, privindu-l cu seriozitate.

Stephen se trage spre marginea canapelei și se apleacă în față, cu coatele pe coapse și cu haina pe el în ciuda căldurii, gata de plecare.

După o pauză, Roy îl întreabă:

— E în regulă la muncă?

— Da. Merge bine. Tocmai mă duceam la o întâlnire cu îndrumătorul meu.

— Exigent, este?

— Gerald e în regulă. Are grijă să nu mă abat de la calea cea dreaptă. Am nevoie de asta.

— Se vede, face Roy, după care tac amândoi. Spune-mi, ce anume studiezi?

— Rebeliunea iacobinilor, zice Stephen cu înflăcărare. Mai precis John Graham, rolul lui în instigarea mișcării și influența asupra Cincisprezece și Patruzeci și Cinci.

— Serios?

— Este o perioadă de cotitură a istoriei noastre, cu succesiunea dinastiei de Hanovra și lupta aprigă dintre catolicismul scoțian și presbiterianism.

— Foarte interesant, sunt sigur. Eu unul nu m-am dat niciodată în vânt după istorie. N-am fost genul universitar. „Ce rost are să privești în urmă?" mă întreb. Ce-a fost a fost, după umila mea părere. Ce s-a făcut n-ai cum să mai desfaci.

— Dar poți începe să înțelegi.

— A, da. Cred că da. Nu voiam să critic. Mă plec în fața cunoștințelor tale superioare. Pur și simplu nu-i de mine tot trăitul ăsta în trecut.

Ceasul ticăiește, marcând depărtarea dintre ei.

— Ei bine, zice Roy, fiecare cu ale lui.

— Ar fi bine s-o iau din loc, spune Stephen. Am zis c-o să fiu la Gerald până în șase.

— Așa să faci! replică Roy și se întoarce iar spre fereastră.

În mintea lui, Stephen e deja plecat.

3

ÎNCEPUTUL DE TOAMNĂ, așa cum se obișnuiește după o vară a cărei promisiune ocazională nu s-a îndeplinit, este pervers de frumos și de călduros.

Roy se aventurează afară pentru o plimbare, ca să mai iasă și el din casă. Betty și-a început programul ei agitat de curățenie. Gălăgia aspiratorului și deranjul provocat de faptul că trebuie să-și mute picioarele în timp ce încearcă să stea liniștit cu ziarul lui sunt de ajuns să-l urnească. Betty ia lucruri, dă cu spray, șterge praful și strânge reziduurile existenței lui, stropește prin locuri invizibile și trage apa la closet, fredonând surd și vesel în tot acest timp. Roy nu mai suportă încă o miniprelegere chinuitoare despre cum utilizează „băieţeii" closetul cum i-a mai ţinut cândva. Mai că a compătimit-o, atât era de jenată, sărăcuţa de ea!

Aşa că a îngăimat ceva cum că pleacă de pe capul ei s-o lase în pace, iar acum merge târşâit pe caldarâm. Odată ieşit din raza vizuală a lui Betty, va putea să nu-şi mai târâie picioarele şi să iuţească pasul.

E un adevărat, dar necesar efort să transmiţi mesajul de infirmitate. A avut nevoie de gândire, planificare şi câte-o doză de jertfă de sine ca să suprime impulsul reflex de vigoare. E în interesul lui şi al lui Betty să se poarte astfel. Amândoi îşi cunosc lungul nasului. Betty se simte mult mai bine ocupându-se de gospodărie şi de ciudăţeniile ei, pregătindu-i lui mâncarea şi asigurând igiena tuturor lucrurilor. Asta a şi căutat el.

Pe moment. Ambiţiile lui sunt ceva mai aventuroase decât simpla asigurare a confortului de a avea pe cineva care să se ocupe de nevoile lui. E o şmecherie ca lumea dacă-ţi reuşeşte, sigur, dar el mai vrea o ultimă lovitură, o ultimă şedinţă de-ţi stă inima în loc la ruletă. Şi crede că Betty e cea care să i-o permită. Îl roade încetarea activităţii cu finalitate, iar Betty poate – fără să vrea, desigur – să-l ajute să-şi facă pofta. Va avea de gestionat o serie de echilibre delicate. Ăsta e punctul lui forte, îşi zice el afectuos.

A ajuns acum la ceva depărtare de casă şi se apropie de pasajul întunecat care iese în zona pietonală. Simte că e sigur să meargă mai repede. Imediat ce-o face însă, constată că trebuie să încetinească iar. Îi bate inima să-i spargă pieptul, i s-a tăiat răsuflarea şi-l încearcă o senzaţie vagă de greaţă şi leşin. Reflectă la faptul că, probabil, nu mai e aşa de în formă pe cât îi place lui să-şi închipuie că e. A trecut de vârsta la care să se dea viteaz. Își continuă drumul, clătinându-se pe picioare, întrucâtva dezorientat.

La cafeneaua Little Venice își comandă o cafea și o felie de tort de ciocolată înecată în frișcă. Aici e refugiul lui. Are puține capricii, iar o cafea mulțumitoare se numără printre ele. Nu-s multe locuri din Anglia, ca să nu mai vorbim de orășelul acesta mic cu catedrală ascuns în sălbăticia din Wiltshire, care știu cum să cumpere boabe de cafea Arabica bune și să scoată ceva civilizat din ele. Acesta e unul dintre ele și are și o bună servire, pline de solicitudine, dar pe un fond de eficiență. Când vine cafeaua, oftează, închide ochii și inspiră aroma. Dacă se autosugestionează îndeajuns, se poate imagina așezat la o masă într-o cafenea din Viena sau într-o *Konditorei* generos capitonată dintr-un oraș burghez și mândru din Germania. „Toate orașele germane sunt, desigur, burgheze și mândre", meditează el. Și-o poate închipui, doar fugar, și repede e tras înapoi în Anglia de rahat. „Poate acum șaizeci de ani", își zice, „sau mai degrabă șaptezeci". Desface ziarul și-l cuprinde liniștea.

MĂCAR A IEȘIT și el într-un final. Se pare că singura cale de a-l ridica de pe scaun după-amiaza e să se apuce de curățenie. Din când în când trebuie să recurgă la ieșitul din casă, pentru un ceai fictiv cu prietene fictive sau la un drum imaginar la cumpărături, ca să poată să se adune, să-și aducă inima la o stare aproape de cea normală și să-și găsească iar expresia potrivită pe chip.

El are obiceiurile lui. Se trezește mai devreme decât ea. Uneori, e trezită de mișcările lui chiar și la șase dimineața, când zdrăngănește prin bucătărie cât își pregătește un ceai. Apoi, după vreo oră, îl aude furișându-se pe podea și tropăind pe scări în sus. Rămâne în pat pentru vreo două sau trei ore înainte să iasă din nou.

Ceea ce e bine, de vreme ce-i dă ei ocazia să-și înceapă ziua în tihnă. Se poate duce în baia cea mică și, cât curge apa în cadă, curăța vasul de toaletă și zona de linoleum din jurul lui. La început, această treabă o făcea să-i vină să vomite. Cum poate un bărbat în vârstă să împrăștie urina pe diverse suprafețe și nici să nu-și dea seama de așa ceva? Ea însă se învățase cu asta. Roy s-a dovedit insensibil la rugămințile ei de a găsi o strategie prin care să rezolve problema după ce se producea sau s-o evite cu totul. Se uită pur și simplu la ea incapabil să înțeleagă și nu zice nimic.

Totuși, acesta e un preț mic, ținând cont de toată situația, își zice ea, la fel ca întreaga lui gamă de ciudățenii. Chiar dacă aceste ciudățenii, iar termenul folosit e prea frumos pentru ele, consideră ea, se acumulează într-o grămăjoară ordonată, Betty continuă să le suporte pentru beneficiul pe termen lung.

O să se îmbăieze și o să ia tacticoasă micul dejun înainte să apară iar Roy, după ce s-a ras. Uneori, va fi făcut prăpăd în baie încă o dată cu abluțiunile lui. Are grijă să se asigure că ziarul e la îndemână pe măsuța din bucătărie, iar el o să arunce un ochi sceptic pe acesta cât își face ea de lucru cu micul dejun. Au fost necesare câteva dimineți în care Roy a deschis și a trântit aiurea ușile dulapurilor pentru ca Betty să-și dea seama că e mai ușor așa. El o să ia pâinea prăjită de pe farfurie în timp ce acordă atenție ziarului pe care-l ține cu iscusință la distanța de citit cu mâna stângă, care-i tremură ușor. Din când în când, o să facă un comentariu acid despre starea națiunii, dar, de obicei, ea e liberă să-și vadă de treburile ei zilnice.

Acum fredonează, alternând între teme din simfoniile lui Beethoven, bucăți de pe albumul „Cole Porter Songbook" al

Ellei Fitzgerald[1] și refrene ale unor hituri Beatles, cât șterge praful în bibliotecă.

„Să fie oare de ajuns?” se întreabă ea cât trece un nor pe la fereastră. Sau poate i-a trecut peste inimă. O să fie de ajuns? O poate susține și, dacă da, pentru câtă vreme? Cât mai durează până să revină la viața pe cont propriu? Trebuie să țină, conchide ea, cu orice preț. Trebuie să facă tot ce poate să accepte mai puțin salubrele obiceiuri ale lui Roy, dimpreună cu trândăvia sa, de dragul satisfacției și siguranței după care tânjește.

Stephen, o știe ea, începe să dea dovadă de o îndărătnică lipsă de tragere de inimă în a mai suporta comportamentul lui Roy și a-și ascunde antipatia. Lucru neobișnuit pentru un tânăr neobișnuit de bine-crescut, exprimat până acum prin întoarceri ale capului abia perceptibile, ușoare expresii ale feței și exprimări vag nefericit alese pe care, se pare, numai ea le poate decoda.

Probabil că a fost împins la asta. O adoră, iar ea o știe. Va trebui să stea de vorbă cu Stephen. Trebuie să înțeleagă. Trebuie să suporte. Trebuie să-și ascundă sentimentele. Știe că el ține la ea și nu-l place pe Roy, dar trebuie, pur și simplu, trebuie.

4

— ÎȚI PLACE SĂ LOCUIEȘTI AICI? întreabă Anne când sorb din paharele de sherry cinci săptămâni mai târziu.

— O, da, zice Roy. O, da!

---

[1] „Culegerea de cântece a lui Cole Porter” (engl.), album lansat de cântăreața americană de jazz Ella Fitzgerald în anul 1956, primul dintr-o serie în care aceasta interpretează cu precădere cântece ale unor compozitori din SUA (n. tr.).

Aruncă, pe furiș, un ochi la ceas și se împotrivește cu toate puterile impulsului de a-l scutura de teamă, nu, cu speranța, că se poate să fi stat. Știe însă că nu e cazul. Doamne, Dumnezeule, numai de douăzeci și cinci de minute au venit?

Și toate pentru bărbatul ăsta neimpresionant și costeliv și șleampăta de nevastă-sa. Le oferă un zâmbet care-ar putea fi mai degrabă o grimasă. Roy a fost nevoit să-și petreacă aproape toată ziua de sâmbătă exilat de acasă în timp ce Betty a dichisit și pregătit locuința, petrecând ore în șir, gândindu-se dacă buchetul excesiv de scump de flori tăiate pe care-l cumpărase ar trebui să stea pe măsuța de cafea ori pe bufetul cel mic din lemn de nuc. Oricum o să aducă și ei flori, zisese Roy oropsit, sunt bani aruncați. Și așa a și fost.

În dimineața aceasta avusese parte de hiperactivitate geriatrică, un neîntrerupt șuvoi de comentarii despre pregătiri și o dezbatere îndelungată despre hainele cu care ar trebui să se îmbrace. Doamne, Dumnezeule, știe și singur cum să se aranjeze. Fusese nevoit să pună piciorul în prag.

Și iată-i stând și bând sherry, membrii acestei ciudate adunări, nesimțindu-se niciunul în largul lui, cu excepția lui Roy, în ciuda disperatelor lor încercări de a se demonstra contrariul.

Mica sufragerie e înghesuită. Există riscul cât se poate de real să dărâme cineva unul sau mai multe obiecte decorative de-ale lui Betty. Michael și Anne stau cam incomod pe marginea canapelei mici. Fiica lor neatrăgătoare, Emma, cu ochelari, păr lins și o problemă neprecizată cu pielea, e cocoțată pe un scaun de bucătărie. Stephen stă pe scări. De unde și-or lua urâțenia? se întreabă Roy. Cu siguranță nu de la Betty. Soțul ei trebuie să fi fost o adevărată încântare, cu gene lungi, care te captivau. Michael, Stephen și cu Emma seamănă cu o familie de nevăstuici, cu ochii ca mărgelele și frunțile povârnite. Unde mai pui și vorba lor neplăcută, cam mormăită și pe nas, specifică ălora din Manchester!

Betty se mișcă neobosit printre ei, parcurgând cu furie mica bucată de covor încolo și încoace, făcându-și de lucru cu chestii de ronțăit, bolborosind fraze lipsite de importanță ca o moară stricată. Roy se lasă pe spate în fotoliu. Într-o oarecare măsură, chiar savurează situația. Zăpăceala pe care au simțit-o după ce au făcut cunoștință cu el e amuzantă.

Își reprimă un căscat și se uită afară. Măcar au o mașină bunicică. Mașina germană mare și vopsită într-o culoare metalizată a lui Michael e parcată lângă trotuar în ploaie. Deci trebuie să fie ceva de capul nulității ăsteia, în ciuda tuturor aparențelor.

I s-a adresat cineva. Pleoapele i se închid peste ochi preț de o clipă, cât își ține sub control plictiseala, și se străduiește să se poarte civilizat.

— Vă cer scuze! zice.

— Am spus: „Te-ai acomodat cu viața în afara metropolei?", întreabă Michael cu infinită răbdare, dar pe un ton care sugerează că are de-a face cu un imbecil.

Acomodat. Da, ăsta-i genul de cuvânt pe care l-ar folosi tocilarul cu ochelari aici de față. Până și maică-sii îi spune pe nume. Betty aia, Betty ailaltă, nu mamă și nici măcar mami. Lipsă de respect! Rușinos! E însă necesar să-și țină firea.

— A, da, zice cu un zâmbet pe care nici el nu-l crede convingător. Nu-i chiar așa de greu. Îmi place să locuiesc aici.

— Și ți-ai vândut casa din Londra?

Neobrăzare! Roy știe unde bate, dar îi răspunde calm.

— Nu, nu încă. Mă gândesc însă s-o fac curând și-mi cântăresc opțiunile de investiții.

Aruncă o privire în direcția lui Betty și zâmbește.

— Faci speculaţii la bursă, atunci? întreabă Michael cu o insistenţă de care Roy nu l-ar fi crezut în stare.

— O, nu! Nu chiar! Nu, banii mei sunt în siguranţă. Am un asociat de foarte mult timp. Un broker care are grijă de mine de ani buni. Orice-mi propune el, accept. O să fim în regulă, nu, draga mea?

— Scuze, ce anume? face Betty, tulburată c-a fost întreruptă în timp ce se îndrepta spre bucătărie. Ah, da, sigur că da!

Îşi zâmbesc cu toţii nesincer, după care îşi sorb sherry-ul. „Nu mă înghiţiţi", îşi zice Roy. „Cu excepţia lui Betty, bineînţeles. Nu mă înghiţiţi. Iar mie nici că-mi pasă." Chicoteşte în sinea lui, după care tresare. Devine din ce în ce mai greu, pe măsură ce trece timpul, să menţină poleiala de politeţe şi interes nesfârşit şi zâmbitor. Procesul de îmbătrânire. Nu doar că trebuie să se străduiască mai tare, trebuie şi s-o facă mai bine. De dragul lor trebuie să se arate a fi un participant entuziast şi captivat, un iniţiat binevenit în sânul acestei coterii mulţumite de sine, nu un individ care se amestecă în treburile ei.

E însă atât de greu! Toleranţa n-a fost niciodată punctul lui forte, o recunoaşte de bunăvoie în sinea lui. Ascunderea intoleranţei, da, dar asta e cu totul altceva. De-a lungul anilor, mascatul adevăratelor sentimente după un zâmbet indulgent şi o vorbă bună pentru un scop nobil a fost amuzant şi dătător de satisfacţii. Acum însă stă prost cu timpul şi, trebuie s-o spună şi pe asta, şi cu rezistenţa. Totuşi trebuie să facă un efort.

— Deci ai lucrat în City? întreabă Michael, când, târşâindu-şi picioarele şi strecurându-se în faţă, îşi ocupă locurile repartizate la masa pe care Betty a pus-o în bucătăria cea mică.

De-abia încap toţi şase şi îşi dau cu greutate coatele în spate cât să-şi pună în poală străvechile şervete de olandă călcate atent de Betty.

Roy face o pauză cât să-și asigure stăpânirea de sine. Răspunde însă voios:

— Cândva. Mă ocupam de imobiliare. Printre altele. Am avut câteva servicii la vremea mea. Nu pot spune că m-am numărat printre peștii cei mari. City nu era pe atunci ceea ce e azi.

STEPHEN ÎȘI ZICE: „zâmbetul ăla, atunci când îl afișează, e binevoitor ca al unui unchi. Respingător, dar binevoitor ca al unui unchi. Obrajii rumeni, ochii strălucitori, încrederea pe care o afișează, toate se potrivesc perfect". „Zâmbetul unui asasin", își spune și se întreabă dacă-l mai văd și alții astfel, fără povara prejudecăților și a cunoștințelor pe care le-au dobândit recent despre acest om. Chiar și la bătrânețe, Roy e un actor destul de convingător.

O studiază pe Betty, care se agită de colo, colo, mă rog, atât cât se poate agita într-un spațiu așa de strâmt. Cu răsuflarea oarecum întretăiată de neliniște, consideră el, vede cu sârguință de nevoile oaspeților ei, împărțind farfurii, turnând vin și dând mai departe pâinea. Lumânările sunt aprinse, iar zăpăceala și agitația cu care ea nu e obișnuită îi conferă o anumită strălucire. Are un zâmbet fix pe buze, iar din adâncul ochilor ei căprui se revarsă o lumină blândă. A fost la salonul de frumusețe, așa încât părul îi strălucește și stă drept și elegant. E pe scenă. Pentru el, jocul ei actoricesc e superb. În capul mesei, Roy domină adunarea cu zâmbetul lui șarmant. Nici n-o ajută pe Betty, nici nu prea contribuie cine știe ce la conversație și, totuși, el dirijează lucrurile. Totul ajunge, în cele din urmă, la Roy. Ceea ce e și normal, de vreme ce ocazia de față, amânată din vară, e menită să-l prezinte, să-l introducă în această familie ciudată. E firesc să se arate tare interesați de el, iar el răspunde curiozității lor cu o bonomie și energie redescoperite. Nu dă însă dovadă de aceeași curiozitate față de ei.

— CRĂCIUNUL, zice Michael, din senin, se pare.

Devin cu toții foarte atenți, știind că, implicit, i se adresează lui Roy.

— A, da, răspunde acesta, cu o curiozitate precaută în tonul ridicat al vocii.

— Mai e doar o lună până atunci. Îți place Crăciunul, Roy?

— Ei bine, ca să zic așa, Michael, cândva mă prăpădeam după el, ca orice om. Erau vremuri de austeritate, când, dacă făceai rost de o portocală pentru pus în ciorăpelul unui băiat, erai un soi de magician. Obișnuiam să confecționez jucării din bucățele de lemn pentru fiul meu. Eram priceput la meșterit obiecte. În ziua de azi însă, cu tot spiritul comercial ăsta și ce-o mai fi... Și când îmbătrânești...

Se oprește pentru o clipă de reflecție.

— Crăciunul trecut am fost singur. Am mâncat doi cârnați de porc și-o conservă de fasole boabe la cină și nu mă jenez să-ți spun c-am vărsat o lacrimă sau două la discursul reginei.

Stephen și cu Emma se uită fugar unul la altul, iar Roy simte cum ei i se ivește pe chip un zâmbet compătimitor, care însă e rapid suprimat.

— Ei bine, nu trebuie să fie la fel și anul acesta, zice Michael. Ne întrebam nu v-ar plăcea să petreceți Crăciunul cu noi. Aș fi bucuros să vin să vă iau în Ajun, ca să nu vă mai bateți capul cu trenul.

— Păi..., dă să spună Betty, dar Roy vorbește peste ea.

— Sunteți prea amabili, prea amabili. N-am putea.

— Nu, răspunde Michael repede. Trebuie! Betty ar veni oricum la noi și ar fi frumos să vă avem pe amândoi.

— Ah, nu! spune Roy, uitându-se direct la el. Mă înțelegi greșit. Betty și cu mine ne-am pus în minte să ne petrecem primul Crăciun împreună aici, singuri. Nu-i așa, draga mea?

— A, da, voiam să-ți spun. Sper că nu te superi, răspunde Betty cu ochii la Michael.

Urmează un moment de stânjeneală. Roy îl și vede pe Michael gândindu-se, luptându-se, probabil, cu instinctul de a-și manifesta enervarea. „Haide, omule, dă și tu dovadă de ceva temperament odată, răbufnește!” își zice el. Dar nu.

— Bine, face Michael. Era doar o idee. Un Crăciun romantic pe care să-l faceți în doi. Minunat. Super!

Să fie oare ușurare ce vede Roy că a strălucit pe fața lui Stephen? Posibil, dar poate că nu. N-a durat decât o secundă, iar el constată că, zilele astea, simțurile nu-i mai sunt la fel de fine așa cum era necesar să fie ele cândva și nici vederea nu-i mai e la fel de pătrunzătoare.

5

E UN TRUISM ACESTA, potrivit căruia cu cât înaintează în vârstă, cu atât mai conștient devine omul de trecerea anotimpurilor, de separarea și de tranziția dintre ele. Poate că-i adevărat. Sau posibil să fie, meditează Betty, vremea a devenit tot mai capricioasă, cum zic experții, și, ca atare, anotimpurile sunt delimitate mai categoric.

Mă rog! Expresie de om tânăr, rostită pe un ton resemnat și cu speranța stinsă, semnifică punctul la care a ajuns această generație în călătoria sa de la cercetare, prin uluială și decepție, la deznădejde. Prin urmare, nu este o expresie pentru Betty. O reformulează în minte: „mă depășește”. Însoțită de un chicot adorabil de fetișcană are să fie numai potrivită, consideră ea, o expresie potrivită pentru o doamnă.

Roy ar ști cu siguranță răspunsul. Adică ar fi sigur că-l știe, fie că e așa, fie că nu, și ar fi în stare să o susțină pe un ton care nu admite replică. E foarte sigur Roy, iar asta este, într-adevăr, ceva bun pentru Betty.

În orice caz, acum este perioada aceea din an când frigul mușcă cel mai rău, cu o ferocitate implacabilă. În septembrie, s-a trezit dorindu-și să treacă vara și primind cu bucurie serile mai răcoroase și marșul forțat al nopții. Mai bine o toamnă pe bune decât ceva ce pare a fi vară. Ciudat din partea ei! De când era copil, a fost o ființă văratică: zilele calde petrecute în grădină cu surorile ei, sunetele și grijile orașului de dincolo de zidul înalt de cărămidă acoperit de trandafiri, rochia albă, picioarele dezgolite, vârâtul degetelor de la picioare în iazul limpede de lângă casa de vară, jucatul cu Elsa, cățelușa ei, și serile acelea pline de parfum când se uita prin balustrada galeriei la fetele mai mari în rochii de bal cum erau curtate de ofițeri spilcuiți. Trecuse atâta timp de-atunci! Toamna aducea mohorâre, vânturi care măturau frunzele și praful de pe arterele cenușii sub un cer așijderea.

Acum e lună plină, iar ea se uită pe fereastra bucătăriei cum, dintr-un cer plumburiu, cad fulgi mari de zăpadă, aproape prea grei pentru complicata lor fragilitate. Casa cu remiză, veche de secole, călduroasă, îi dă o senzație de confort, de protecție împotriva frigului, dar și de nefericire. Poate e o altă fațetă a vârstei, își închipuie ea: un sentiment de confort mai puternic, odată cu venirea iernii, care aduce cu sine un soi de sedentarism lăuntric, dar și dependența de mijloace de protecție precum plăpumile de puf bine bătute, clădirile zdravene de piatră și focul care trosnește în cămin.

Totuși, știe că acest lucru e împotriva logicii. Vara măcar poți să-ți scoți decrepitudinea pe micul petic de peluză de sub liliac, să bei o ceașcă de ceai și să citești o carte. Te poți preface, pentru o clipă, că nu îmbătrânești. Iarna însă aduce artrita, incapacitatea de a te aventura prea departe, izolarea pe care o presupune închisul în casă, întărirea sentimentului de neajutorare și inutilitate. Iar ea știe, în ciuda impresiei de căldură confortabilă când e bine înfofolită, că poate să fie oricum, numai în siguranță nu. Lupul stă la pândă, cu urlet amăgitor. Trebuie să nu se piardă cu firea.

Crăciunul a venit și a trecut, nefericit și fără să fie vreun eveniment sub cerul îmbibat de apă. Totuși, era mai bine că fuseseră de capul lor. Cadoul lui Roy pentru ea a fost o cutie de bomboane de ciocolată cumpărate de la supermarket, din gama superioară, trebuia s-o recunoască. El a acceptat cojocul pe care i-l luase ea, mulțumindu-i printre dinți, fără jenă. Au luat masa de Crăciun în liniște și s-au uitat la televizor, iar Roy a băut și a tras la aghioase. Nu tu plimbare prin ploaie. Nu tu chicotit. Nu tu joc prostesc. Nu tu prieteni la foc. Nu tu familie. Acestea sunt sacrificiile pe care ea a ales să le facă.

Seara, pe când moțăia Roy, a vorbit cu Stephen la telefon, care era neliniștit, îngrijorat, precum și îndurerat, deși n-o spusese. „Renunță!" îl putea auzi ea rostind fără cuvinte la celălalt capăt al firului prin interstițiile conversației lor. „Renunță!" Numai că ea știe că n-are s-o facă, nu poate s-o facă.

Stă acum la masa din bucătărie, cu laptopul deschis în față, în timp de Roy se uită la ceva la televizor cu volumul aproape la maximum. Vecinii s-au plâns în repetate rânduri, dar Roy e tare de urechi și încăpățânat.

— Să-ți mai iau din mâncărurile alea gata preparate? strigă ea prin ușă, dar el n-o aude.

Se duce în living și repetă întrebarea. El face efortul să-și ascundă enervarea și dă sonorul mai încet.

— Nu, mulțumesc!

— Ești sigur? insistă ea. Pare foarte puțin probabil c-o să mai putem ajunge la magazine în următoarele zile.

— A, în regulă atunci! Vreo câteva.

— Nu știu ce ne-am face fără supermarketuri online.

— Nu, răspunde el, deja întorcându-se spre ecran.

— De fapt, nu știu ce ne-am face fără internet.

— Nu.

— N-ai vrut niciodată să-l utilizezi?

— A, nu, răspunde el, râzând pe înfundate, și, pentru o clipă, lasă deoparte țâfna. N-am încredere în chestiile astea. N-aș ști de unde să încep. Ești mult mai curajoasă decât mine, trebuie s-o spun.

— Știu și eu... Nu-i chiar așa de greu. Aș putea să-ți arăt.

— Nu, mulțumesc, vine replica lui hotărâtă. Sunt fixat într-ale mele. Așa mi-a fost bine întotdeauna.

Urmează o pauză plină cu străfulgerări color de la televizor.

— Dar cum m-ai găsit? întreabă ea cu curiozitate inocentă.

— Hă? face el, cu iritare mocnindă iar.

— Internetul. Doar ne-am cunoscut prin intermediul internetului, nu-i așa?

Se uită dușmănos la ea preț de o clipă, ca și cum l-ar fi acuzat de infidelitate, după care zice, înseninându-se vizibil:

— Unul dintre vecini. Băiat de treabă! Se dă în vânt după chestiile astea. Am început cu ziarul. „Nu!" mi-a zis el, „nu așa se face." M-a așezat la masă și mi-a explicat. Stăteam la el în apartament și el apăsa pe toate butoanele. Ca prin farmec. Nu și pentru mine. Calul ăsta bătrân nu se mai învață în buiestru.

Zâmbește și dă să se întoarcă spre televizor.

„Ei, dac-ai intrat în horă", își zice ea.

— Roy! îl abordează ea cu grijă.

Nu știe cum se face de-a ajuns la ce urmează să-i spună. Poate din cauza mențiunii fixatului în ale lui.

— Da! răspunde el, încă atent la ea.

— Nu vorbești niciodată despre trecutul tău, îi spune Betty cu blândețe.

— A, cred că ce-a fost a fost. N-are niciun rost să revin asupra lui, răspunde el cu un aer tranșant.

— Dar probabil că sunt o mulțime de lucruri pe care ai putea să mi le spui! Atâtea amintiri! M-ar interesa. Îmi închipui că ai un trecut.

— O, la vârsta noastră e musai să avem un trecut, zice el, păstrându-și încă jovialitatea, după care zâmbetul îi dispare. Numai că pe tine nu te-ar interesa nimic din ce aș avea eu de zis. Viața mea a fost destul de plictisitoare.

— Mi se pare greu de crezut. Ce mi se pare mie plictisitor e sunetul vocii mele când îți turui toate poveștile mele.

El nu spune nimic, iar atenția îi e atrasă de luminile strălucitoare de pe ecran.

— Tu n-ai amintiri, zice ea. Nici poze. De ce?

— Am avut, răspunde el cu nostalgie în glas. Le țineam într-o valiză veche. Pe toate amintirile alea. Numai că în anii '90 a fost un incendiu. S-au pierdut toate. Au dispărut.

Ridică trist privirea.

— Povestește-mi despre asta, Roy! spunea ea cu blândețe.

— Nu, răspunde el aproape răstit. E prea dureros. Toate dispărute. Toate pierdute. N-are rost să mai scormonim trecutul. Eu trăiesc pentru prezent și pentru viitorul nostru.

Iar l-a pierdut. Îl lasă să descurce ițele serialului preferat și a cărui acțiune care se petrece într-un spital și se întoarce în bucătărie să termine comanda la supermarket. Zăpada continuă să cadă.

London Pride

1

SE ADUNASERĂ ACOLO toți camarazii de arme, cu scopul de a sărbători încă o victorie glorioasă. Mai puțin Vincent, pentru care Roy avea altă treabă. Nimeni nu-și dăduse seama, cu excepția lui Vincent, că momentul reprezenta, de fapt, retragerea lui Roy. Sau, mai bine zis, concediatul lor. Nu-și dăduseră seama nici că, la drept vorbind, sărbătorirea nu era tocmai o sărbătorire. Nici glorioasă nu era cuvântul potrivit, după cum nici victorie nu era. Pentru ei, cel puțin. De fapt, ar fi trebuit să-și înece amarul, dar ei nici c-aveau habar. Nu era nevoie să-și bată căpșoarele lacome cu așa ceva pe moment. Toate la timpul lor.

Stăteau la o masă de la fereastră și se uitau cum sclipea Tamisa în soare. Pe cursul de apă era agitația obișnuită. Mirosul înțepător al fluviului metropolitan, amestecat cu aburii de motorină și aroma de hamei a berii lor, London Pride. „Ceva mai englezesc de-atâta nu găsești", își zise Roy. Se aflau în cel mai bun moment al vieții lor, gașca zâmbăreață aici de față era în floarea vârstei. Jubilarea triumfului, oricât de iluzorie ar fi ea. Băieții nu trebuiau să afle. Câteva beri. Trabucuri pentru toată lumea. O zi însorită pe Embankment[1], privind la trecători și

[1] Zăgaz amenajat cu zonă de promenadă pe malul nordic al fluviului Tamisa în zona centrală a Londrei, format din Victoria Embankment și Chelsea Embankment (n. tr.).

făcându-se mangă. Pentru el, asemenea zile aveau să se termine nu peste multă vreme.

Se uită la ei cu afecțiune și un aer de nonșalanță studiată. Erau ageri la minte băieții ăștia, dar niciunul la fel de sprinten ca el. N-aveau să-l prindă pe picior greșit. El fusese la fața locului și făcuse mare parte din treabă. Vincent avea cu adevărat ceva despre el, precum și scrisorile pe numele lui. De aceea îl și alesese Roy să-i fie partener pentru ultima parte a călătoriei. Cu toate piedicile și contraponderile potrivite, bineînțeles. Poate că aveau să aibă parte de mica lor sărbătorire după aceea, doar ei doi. Se îndoia: Vincent era prea serios și, la drept vorbind, lui Roy nu-i mai ardea de așa ceva. Echipa pestriță părea că se formase natural, ca prin osmoză, de-a lungul anilor, dar, de fapt, Roy o alcătuise cu meticulozitate. Dave era la bar să ceară următorul rând, în timp ce grăsanul de Bernie lansase deja încă o glumă porcoasă la masă. Vigilentul galez Bryn, poreclit Jones Ochi, făcea ce făcea el de obicei: observa, deși era aproape criță, și zâmbea. Lui Martin, curtenitor și mustăcios, îi dăduseră lacrimile de atâta râs. A doua zi aveau să se trezească cu toții și să se întrebe: „De ce naiba ni s-a părut nouă așa de amuzantă gluma aia a lui Bernie? A, dar ce-am mai râs".

— Pe unde umblă împuțitul ăla de Dave? tună Bernie, iar Martin tresări amuzat.

Roy îl cunoștea pe Martin de multă vreme, îl pescuise din șanț, să tot fi fost vreo douăzeci și cinci de ani de atunci. Era un băiat pe care nu-l dădea inteligența afară din casă, dar știa cât îl duce mintea, precum și la ce se pricepea. Fiu de colonel de infanterie și produsul unei educații prematur încheiate în sistemul public de învățământ, Martin putea începe o conversație de la nimic și s-o întrețină aproape la nesfârșit, radiind empatie și înțelegere. Era ceea ce se cheamă un om foarte sociabil, iar cu tonul minunat modulat al vocii sale, manierele plăcute și cu accentul aristocratic era infinit de credibil, indiferent de cât de puțin știa despre subiectul discuției. Era docil, slab și gata să fie trimis în cele mai delicate situații.

— A, iată-l! continuă Bernie, când David, fost polițist voios până în măduva oaselor, se apropie cu o tavă plină cu halbe de bere, zâmbind în timp ce îi stropea cu zeama amăruie pe clienții așezați la mesele printre care se strecura încălțat cu bocancii săi măsura 49.

Roy și-l putea închipui bine pe Dave, în uniforma lui de serj albastru-închis, cu cascheta pe cap și roșu la față, ca pe polițistul care râde.

— Și ticălosul de Vinny! Cum de nu-i aici? Ce ziceai?

Se întoarseră spre Roy, care le explică răbdător peste gălăgie.

— Vinny e la Sevenoaks, face curat.

Biroul din Sevenoaks le servise drept bază în ultimele trei luni sau cam așa.

— E singurul care nu s-a întâlnit cu... clienții.

La auzul acestui cuvânt, grupul chicoti.

— Sunt șanse minime să vină ăia aici, dar se cuvine să fim cu băgare de seamă.

Toată lumea dădu înțelept din cap în semn de aprobare.

De fapt, nepotul lui Vincent, Barry, fusese cel care câștigase pe șest 200 de lire sterline, ca să se ducă la Sevenoaks în salopetă, să scoată firma de alamă, să spele toate suprafețele dinăuntru și să curețe orice urmă a existenței lor. Asta era însă altă poveste, care mai avea până la deznodământul picant.

Băură în cinstea prietenilor absenți, adică Vinny, și discutară despre mașinile Range Rover ultimul model pe care se gândeau să și le cumpere. Nu abordară defel subiectul vieților personale, al soțiilor, amantelor sau copiilor ori al caselor lor.

Dacă erau luați la întrebări, nu erau decât niște tovarăși care se întâlneau să bea ceva și să râdă din când în când. Roy presupunea că locuiau cu toții în zona M25[1], dar în afara orașului, în teritoriul nimănui, ciopârțit de sate și orășele, pustiuri industriale și roiuri de supermagazine de bricolaj prefabricate din metal și depozite de covoare. Presupunea că ceilalți își asiguraseră porția lor de confort în apropiere de hotarele autostrăzii de centură, pe un acru sau trei de verdeață, totul completat de o vilă modestă, protejată de garduri, camere și pază permanentă.

Pentru Roy, lucrurile stăteau cumva altfel. El locuia singur într-un apartament modest din Beckenham. Câștigurile lui fuseseră puse deoparte în așteptarea pasului următor. Următorul salt, într-adevăr.

Simțise o furnicătură plăcută în partea stângă a pieptului, chiar la sfârc. Asta așteptase el cu nerăbdare tăcută. În gălăgia din jur, ceilalți nu i-ar fi remarcat telefonul mobil, pus pe silențios, care-i vibra în buzunarul cămășii. Îl lăsă să bâzâie și, după puțină vreme, se opri. Sorbi calm și hulpav din bere și zise:

— Mă duc la Bărbați, băieți. Trebuie să-l îndrept pe Percy spre porțelan. Ar putea să dureze ceva. Doar știți cu toții cum stau cu vezica.

Se ridică și se îndreptă spre toaletă, prefăcându-se a-și târșâi picioarele ca un om beat. Odată intrat, scoase o sticlă mică de apă de gură din buzunarul hainei și făcu gargară cu ea, se stropi cu un pic de apă de colonie pe față, își îndreptă cravata și-și dădu pe spate cu pieptenele distinsul său păr alb. Se uită în oglindă și văzu un om puternic și îndrăzneț. Simți un frison de încântare. „Ăsta-i șpilul!” își zise el. Zâmbi în sinea lui și ieși din toaletă pe cealaltă ușă, cea aflată aproape de ieșire. Odată ajuns afară, după

[1] Autostrada de centură a Londrei metropolitane (n. tr.).

ce le îngădui ochilor nu mai mult de o clipă să se obișnuiască puțin cu lumina soarelui, traversă strada drept și corect spre banca de pe partea cealaltă. Își alesese cu atenție terenul.

Înăuntru îl întâmpină un Vincent zâmbitor și dădu mâna cu directorul. Fu condus într-un birou izolat. Se uită la ceas și se scuză că nu avea la dispoziție decât câteva minute până la următoarea întâlnire.

— Politicienii, zise el cu un zâmbet autoironic de om care face haz de necaz și un ridicat din sprâncene. Miniștrii!

— Nicio problemă, domnule, nicio problemă! bâigui directorul, totul e gata să semnați.

Se oferi cafea, care fu politicos refuzată. Lui Roy i se puseră dinainte documente, ca să le citească atent, să verifice cifrele, deși știa foarte bine că în contul lui aveau să rămână doar câteva sute de lire după tranzacție. Oricare două persoane din consiliul de administrație al companiei puteau autoriza plăți, cu excepția secretarului ei, Vincent. O ciudățenie și un inconvenient, dar Vincent insistase asupra acestui lucru atunci când înființaseră firma împreună.

Vincent semnă atent: Bryn Jones. Ce băiat cuminte! Putea face o imitație destul de bună, care să fie considerată valabilă la confruntarea cu facsimilul pe care-l avea filiala din City a băncii și să fie trimisă prin curier în acea dimineață.

Roy semnă și el, și gata. Dădu solemn mâna cu directorul, părând cu mintea la întâlnirea lui importantă, și mulțumi exagerat pentru înlesnirea de a folosi filiala din Westminster. Nicio problemă, din nou. Își luă rămas-bun de la domnul Jones pe un ton oficial, dar prietenos, comportându-se întocmai ca președintele unui consiliu de administrație față de un membru al acestuia pe care nu-l cunoaște prea bine. Se îndreptă încrezător spre ușă, traversă strada și se întoarse iar în toaletă, pentru a-și recrea aspectul răvășit potrivit.

— Unde mă-ta ai fost, Roy? întrebă Bernie, când se întoarse la masă.

— Nenorocita de prostată! făcu el. Mă omoară cu zile!

— Da' ai stat ceva!

— Știu. Nu i-aș dori așa ceva nici celui mai rău dușman.

— Ciudat! zise Bryn cu cadența lui insinuantă. Tocmai ce-am fo' și eu la budă să trag o pișare și nu te-am văzut acolo.

— Te-ai uitat în toate cabinele?

— Credeam că doar te pișí și tu.

— Asta și făceam. Încearcă naibii și tu, Bryn, să stai locului la nesfârșit, așteptând să-ți vină. Se uită lumea ciudat la tine. Unde mai pui că mai poți și să nu-ți soliciți picioarele dacă tot aștepți atâta. Să simți ce bine-ți face.

Dave apăsa un buton pe telefonul mobil.

— Tocmai am primit un apel de la Vinny. A terminat la Sevenoaks. Gigea totul și zice să bem una și pentru el.

Bine-i să mergi pe intuiție! Minunat!

2

DURASE CÂTEVA LUNI până să ducă proiectul în acest punct. Gândul acesta plăcut îl savura el în tăcere cu un zâmbet ce friza mulțumirea de sine, la pub. Dacă era întrebat de unul dintre ceilalți de ce părea așa de mulțumit, ar fi răspuns cinstit, în limite rezonabile. „O treabă bine făcută", ar fi zis el.

Numai că nu fu întrebat și, în cele din urmă, se ridică să-și ia la revedere. Urmă ritualul obișnuit de bărbați cu voci zgomotoase care strigă obscenități, propunând „încă una s-o dăm în șanț", dar el refuză toate lingușirile cu un zâmbet modest.

— E ca un cal de curse despre care nu știm ce e-n stare, Roy al nostru, avea să remarce Bernie după ce plecase el.

— Super băiat, totuși! avea să zică Dave, căzând pe gânduri. Super băiat!

Martin avea să bea în cinstea acestui lucru, iar Bryn să se uite în gol.

Fiecare își jucase rolul în dramă. Martin netezise calea cu intervențiile lui melodioase și fără efort, yinul pentru yangul bărbatului puternic, cu vocea tunătoare, gata de ceartă în orice moment, a lui Bernie. Vincent cel absent fusese finanțistul ochelarist, care clipea des și punea punctul pe i. Dave și Bryn, deloc contrar firii lor, asiguraseră securitatea târgului. Roy, normal, fusese la conducere, mulțumindu-se să zâmbească nevinovat și să clipească în timpul întâlnirilor, în timp ce Bernie și Martin se ocupau de discuții, deși Roy le dăduse scenarii la ședința din fiecare seară pentru ca tranzacția să poată fi nuanțată cum se cuvine și imboldită în ziua în următoare.

La aceleași ședințe, Vincent oferise sfaturi cu privire la legalitatea tranzacției imobiliare care se apropiase foarte încet, dar, în cele din urmă, ajunsese la momentul în care trebuia încheiată. Pentru acele aspecte unde respectarea cu strictețe a legii nu era fezabilă dacă voiau să le reușească lovitura, îi sfătuise în privința punctelor unde puteau fi depistați, a gravității pedepselor și a măsurilor de precauție raționale. Le subliniase în repetate rânduri că banii care constituiau cota lor parte din firmă le ofereau măcar speranța unei apărări că acționaseră de bună credință. Banii din contul firmei erau, ca atare, un fel de poliță de asigurare. În realitate, majoritatea elementelor tranzacției erau ilegale într-o privință sau alta, cu toate că Roy le tot amintise tovarășilor săi că era prea puțin probabil ca interlocutorii lor să ceară sprijinul autorităților. Între timp, Bryn și Dave, ca observatori, în principal, ai desfășurării acțiunii, putuseră comenta ținuta corporală și comportamentul celeilalte părți, încercând să depisteze, dincolo de suprafața machismului prietenos, orice rezerve sau suspiciuni. Numai Vincent și Roy, desigur, știuseră că totul era zadarnic, însă necesar, ca să-și poată duce la bun sfârșit propriul act de prestidigitație. Ar fi fost Roy cu adevărat atât de prost, încât să se încurce cu o ceată de oligarhi ruși și foști derbedei ai KGB? Doamne, Dumnezeule, nu și nici n-o făcuse!

„Rușii" erau un grup de inadaptați est-europeni bine plătiți pe care-i cunoștea el de pe vremea când trăise în Balcani, pe care-i angajase să ia patru camere la Savoy pentru două săptămâni și să cheltuiască niscai bani de buzunar pe care li-i dăduse tot el. Nu trebuiau decât să-și rupă câteva ore din fiecare zi ca să-și citească replicile, atent scrise de Roy. Treaba era, desigur, mai complexă și mai solicitantă decât atât, dar, în mare, cam despre asta era vorba. Erau oameni agili și vicleni, în care nu trebuia să te încrezi niciodată pe deplin, dar care recunoșteau că aveau un interes comun cu Roy și, lucru important, știau că era cel puțin la fel de șiret ca ei. Nu-l înșelaseră și nici nu fusese nevoie s-o facă. El știa, la propriu, unde erau îngropate scheletele. Roy era recunoscător pentru faptul că nimeni din echipa gazdă nu știa o boabă de rusă sau cel puțin nu suficient cât să-și dea seama că, atunci când acești indivizi șușoteau între ei, nu vorbeau limba. Era recunoscător pentru buna, vechea și plina de ignoranță ostilitate a britanicilor față de străini. Dușmănia înnăscută ascundea zonele spre care ar fi trebuit îndreptată suspiciunea veritabilă.

— Mă descurc cu oamenii ăștia! le spusese el. Am experiență.

Ca asigurare pentru cazul în care Bryn s-ar fi putut achita de răspunderea lui de agent de securitate un pic cam asiduu,

Roy îi spusese cu glas scăzut, numai pentru ei doi, că rușilor le era „cunoscută" adevărata identitate și că-și luaseră pașapoarte false cu felurite cetățenii balcanice pentru sejurul de la Londra.

Bineînțeles, trebuise să se asigure că „rușii" nu puteau să se apropie de bani, participațiile aduse, într-un final, la firmă de Bryn, Martin și Bernie și care se ridicau la peste două milioane de lire sterline, ca să egaleze contribuția mai degrabă teoretică a lui Vincent și Roy la capitalul companiei. Tocmai aceste fonduri depuse le transferaseră cei doi, comod, altundeva, în după-amiaza aceea.

Până aici, rutină. Cel mai delicat aspect fusese să-l convingă pe Vincent să se alăture acestui proiect special. Știuse de la bun început că avea să fie nevoie de contabil, dar fusese necesară și o gestiune atentă a trecerii lui Vincent spre cunoașterea deplină a ceea ce se petrecea.

Printr-o serie de convorbiri numai cu el, în care dezvăluise informații cu țârâita, Roy îl adusese ușurel pe Vincent aproape de a ști totul. I se confesase cu privire la bănuielile pe care le avea în privința rușilor și frământarea lui că scopul lor s-ar putea să fie jecmănitul sindicatului, că investigațiile sale discrete arătaseră că neliniștea îi era întemeiată și că acest lucru putea fi întors în avantajul lor, dar că numai ei doi aveau dibăcia și iuțeala necesară înfăptuirii planului, și că, din nefericire pentru băieți, la o adică, în dragoste și în război totul e permis.

În cele din urmă, Vincent zisese:

— Ai plănuit-o de la bun început, nu?

Tăcere. Mină îndurerată.

— Tipii ăia sunt de-ai tăi, nu?

Liniște. Privire melancolică.

— Ce mă doare pe mine! Câtă vreme ies câștigat. Considerabil de câștigat.

Fusese exact genul de conversație pe care și-l dorise Roy. Îl condusese meticulos pe Vincent până în acest punct, îl lăsase să fie el cel deștept, cel care să deducă. Îi răspunsese cu entuziasm, spunându-i că mereu intenționase să-l implice și pe el, delicat lucru însă, din motive evidente.

Da, Vincent putea să-și dea și el seama de asta. Și cu asta, mai mult sau mai puțin gata. Ar fi putut să existe o problemă cu alocarea profiturilor, dar Roy, conștient că, dintre toți ceilalți, numai Vincent cunoștea situația în detaliu, hotărâse să fie generos. Cei cincizeci la sută ai lui Vincent, reprezentau, în mintea lui Roy, o investiție.

Acum Roy ieși pe drumul de lângă fluviu, cântări o clipă hărmălaia și o porni de-a lungul cheiului. Îi rămăsese pe față zâmbetul cumva absent și mergea în pas vioi, chiar dacă, o recunoscu în sinea lui, se putea ca vioiciunea să i se fi diminuat în ultima vreme. Îmbătrânea. Ar fi putut să fie descris drept om bătrân după mai toate criteriile, dar el nu se judeca pe sine după standardele normale. Încă era mai plin de vigoare decât majoritatea celor de treizeci de ani și avea mult mai multă ambiție și hotărâre decât ei.

Acum însă era un moment bun să pună capăt și să intre într-o nouă fază. Ca atare, ar fi fost necesar să scape de locuința din Beckenham și să se mute în apartamentul dichisit dintr-o clădire istorică din Surrey pe care, prudent, și-l și luase, abandonându-și micul domiciliu ca pe *Mary Celeste*[1], cu chiria neplătită. Roy Mannion avea să fie încă o dată îngropat, urmând a reveni la numele de Roy Courtnay. Chestii de bucătărie internă și, cu un pic de atenție la detalii, relativ ușor de făcut.

---

[1] Brigantină americană găsită abandonată în apele Atlanticului în apropierea Insulelor Azore, în 1872, al cărei mister rămâne încă nedezlegat (n. tr.).

Mai era un ultim moment grandios în această reprezentație teatrală de a scăpa de sine, dar aceasta ar fi fost o chestiune elementară. Își verifică abia vizibil mersul, apoi aruncă o privire în urmă înainte să ajungă la treptele care duceau la pod.

O luă domol peste Podul Westminster, se opri la mijloc, rezemându-se de balustradă, și se uită de-a lungul Tamisei spre zona Docklands, barometrul din prezent al încrederii Londrei. „Domnul Blair are să ne trateze bine", își zise el. Nu ca altădată, când cei de teapa lui însemnau dezastru. Văzu Canary Wharf, acel simbol falic curat și plin de viață al optimismului din City, cu vârful clipind roșu în lumina soarelui de vară, și inspiră duhoarea sărată și de vegetație putredă a fluviului înainte să-și continue deplasarea, traversând drumul cu băgare de seamă și coborând iar treptele care duceau la apă.

Intră în Spitalul St. Thomas pe poarta dinspre fluviu și se grăbi pe coridoare, la stânga și la dreapta, iar la dreapta, pe ușă, urcat și coborât pe scări, conform unui traseu pe care îl proiectase și învățase cu asiduitate. În caz că Bryn, căci pe Bryn îl credea cel mai în stare de așa ceva, considera că Roy nu prezenta suficientă încredere și avea curajul să-l urmărească sau să pună să fie urmărit, aceasta ar fi fost o contramăsură indicată. Era puțin probabil să se întâmple, dar Roy o știa prea bine, nu strica niciodată să fii atent. Și se potrivea și foarte frumos cu legenda pentru micul deznodământ pe care-l puseseră la cale el și Vincent.

3

ȚUȘTI ÎNTR-UN TAXI și fu transferat rapid către unul dintre marile hoteluri de pe Park Lane, unde avea reținută o cameră. Odată ajuns înăuntru, se simți brusc sfârșit, își simți vârsta. Ce i-ar mai fi plăcut să se prăbușească în opulența pufoasă a patului și să tragă un pui de somn! Numai că cei răi n-aveau timp de odihnă, iar el o luă din nou din loc spre hotelul vecin, unde rezervase un birou pe numele unei companii de care avea să se debaraseze nu peste multă vreme.

Îl aşteptă răbdător pe Vincent, un om pe care se putea bizui întotdeauna. La fel de neclintit în statornicia lui ca o stâncă, exact ce avea nevoie Roy. Turnă trei degete de scotch într-un pahar scund – îl merita doar – și adăugă gheață. Oboseala era extremă, dar era o oboseală bună. Oftă, își studie picioarele pentru o clipă, înainte să se adune, să se ridice și să să-și întindă brațele și umerii.

Aproape gata. Prima zi din restul vieții lui. Oare de câte ori rostise aceste cuvinte în intimitatea sa? De data aceasta erau însă adevărate. Își dădea seama, chiar dacă n-o recunoștea, că energia îi scădea, în sensul că, în mod evident, era mai puțin capabil să realizeze ceea ce cu nu mai mult de cinci ani în urmă fusese simplu și în mod puțin evident, dar la fel de sâcâitor pentru el, că îi era dificil să-și mențină concentrarea perioade îndelungate. N-o remarcase încă nimeni altcineva sau, cel puțin, așa credea.

Acum era vremea să plece, cât mai era încă în vârf de formă, fără ranchiună. Trecuse de șaptezeci de ani, pentru numele lui Dumnezeu! O dusese bine, mai mult decât bine chiar. Putea acum să se domolească într-un relativ confort, să-și lase trupul și mintea să se relaxeze și să se îndrepte fără grabă spre acea zi inevitabilă. La urma urmei, așa era viața și trebuia privită cu calm. Fusese mereu neîngăduitor față de cei care se dedau la înjurături la adresa chestiunilor inevitabile, în loc să se uite la propriile neajunsuri, și nu avea să facă și el la fel. Confruntat cu condiția sa de om muritor, nu intenționa să devină histrion.

Măcar acum, cu lovitura asta, avea să fie capabil să-și gestioneze declinul cu un oarecare confort. Avea să poată sta în apartamentul său mult prea mare. Avea să se poată îmbarca în croaziere în Caraibe la clasa întâi și să ia cina cu căpitanul. Avea să fie plimbat cu taxiul ici și cu feribotul colo, să se bucure de asistență medicală generoasă care să contrabalanseze efectele îmbătrânirii de până în acel moment pe cât de mult timp posibil. Avea să-și permită serviciile unor curtezane – cuvântul avea tonul potrivit – de primă mână, discrete, care să-i vină în vizită acasă și care aveau să fie plătite suficient de bine cât să-și ascundă dezgustul provocat de ființa lui care se degrada în timp ce culegeau roadele virilității care-i mai rămăsese. În cele din urmă, avea să poată să stea pe întins pe spate cât o persoană angajată să se ocupe de el avea să-l șteargă la fund, să-i dea de mâncare pe gura tremurândă și să șteargă ce-i curgea din ea. Deprimante gânduri, ce mai!

Fu întrerupt din ele de sosirea lui Vincent, cu bătaia lui ezitantă în ușă. Și-l amintea de când era tânăr. Timiditatea aceea, lipsa de încredere în sine nu se schimbaseră. Mai fusese însă și altceva, o scânteie vizibilă pesemne numai pentru Roy, dincolo de exteriorul șovăitor al contabilului. Descuie ușa să-i dea drumul înăuntru.

— Ai fost atent? întrebă.

— Desigur.

— Ceva de băut?

— Ăă, nu, mulțam! Sunt cu mașina.

Vincent nu părea încântat nici de sine, nici de succesul loviturii lor. Era ușor nervos, ca și cum s-ar fi aflat într-o stare de agitație și confuzie. Roy nu era îngrijorat, fiindcă aceasta părea să fie expresia obișnuită a lui Vincent, căreia i se datora, parțial, și succesul lui în joc. Puțini l-ar fi crezut în stare de înşelătorie pe acest socotitor de bani prudent şi conformist. Vincent aducea stabilitatea monocromă paletei pline de culoare a viziunilor mărețe pe care le avea Roy.

— Ei bine, zise Vincent, e totul gata.

„Chiar că *ei bine*", își zise Roy.

— Nicio problemă?

— Niciuna de care să știu eu. M-a sunat Barry să-mi spună c-a terminat la Sevenoak. Era deja în trenul de întoarcere.

— Frumoasă faza aia când l-ai sunat pe Dave la tavernă!

— M-am gândit să mai bag și eu ceva de la mine, răspunse Vincent fără să zâmbească. Am învățat de la tine. Poate s-a prins și de mine ceva.

Cuvintele lui îl făcură pe Roy să râdă.

— S-a rezolvat cu finanțele?

— S-a efectuat transferul. Banii sunt în cont. Ultimul lucru pe care l-am făcut în după-amiaza asta a fost să verific. Trebuie doar să așteptăm până se așază praful înainte de a merge mai departe.

— Bine.

— Și apoi?

— Planul A, bănuiesc. Dacă nu cumva există vreun motiv să-l schimbăm.

— Nu văd să fie. Terminăm treaba cât de curând posibil.

— Exact.

— Și după aia?

— După aia se pare că o să-mi atârn pușca în cui și o să mă îndrept înspre apus[1], dacă nu cumva amestec eu metaforele. Tu îți continui cariera strălucită.

---

[1] Aluzie la filmele western care se terminau cu personajul principal îndreptându-se înspre crepuscul (n. tr.).

— Nu văd să se întâmple așa ceva. Sigur nu te lași de meserie, nu-i așa?

— O, ba da! Crede-mă, plănuiesc să mă bucur de viață cât mai pot, răspunse Roy zâmbind.

— Ei bine, făcu Vincent, sceptic, o s-o cred când o s-o văd. De fapt nu, nu-i așa? Poate că vrei să te apuci iar de ceva pe cont propriu.

— Nu, spuse Roy cu emoție în glas. Dac-o fi să fac ceva în viitor, cu tine aș face. Aș avea nevoie de ajutorul tău. Nu! Ies la pensie. Pe bune!

În glasul lui Roy era o hotărâre care-l determină pe Vincent să renunțe.

— Bine, atunci! Pe data viitoare!

Mai aveau o trebușoară de rezolvat, dar amândoi erau conștienți că nu prea va mai exista „data viitoare".

Vincent plecă, iar Roy făcu curat ca să-și umple timpul rămas până la plecare. Obișnuința și prudența, acesta din urmă un cuvânt care intra în rândul celor la modă, îl împinseră să-și ia măsura de precauție de a șterge amprentele de pe toate suprafețele. Predă cheia la recepție și se întoarse repede în camera lui de hotel.

4

FUSESE PUS ÎN APLICARE Planul A. Vincent îi sunase pe ceilalți membri ai sindicatului, informându-i pe un ton inexpresiv că trebuiau să se întâlnească deoarece intervenise ceva. Cu toții se arătaseră alarmați.

— Nu, n-ai de ce să-ți faci griji, îi liniștise el pe fiecare în parte. Nu-i cazul. Aș prefera totuși să nu vorbesc la telefon.

Se pregătiseră pentru o întâlnire de urgență. Aranjamentul era să se întâlnească la un anume club de golf, un loc neutru, dacă nu chiar anonim, dincolo de M25, dimineața, la o cafea. Bernie și Martin luaseră cu ei crosele și tocmai terminaseră o partidă în dimineața aceea răcoroasă și cețoasă de septembrie până să vină și ceilalți. Ca măsură de precauție, Bryn închiriase o mașină, în loc să vină cu a lui. Dave rezervase sala privată de ședințe, care funcționa și drept cameră de consiliu a clubului.

Vincent ajunse ultimul, intrând în încăpere în costumul lui gri de contabil, cu papion, și o expresie solemnă pe chip care prevestea vești proaste. Evident, stârni o presimțire rea în sufletele celorlalți. Agitația din jurul cafetierei încetă. Lingurițele rămaseră în aer.

— Unde-i Roy? îl întrerupse Bernie pe Vincent, care dădea să înceapă.

— Ajung și la asta într-o clipă, replică acesta calm. Mai întâi un raport cu privire la tranzacție. Voiam să vă asigur că totul merge cum trebuie. N-au existat impedimente și, pur și simplu, e doar o chestiune de așteptat cât s-a stabilit de comun acord înainte să intrăm în cont și să distribuim profiturile.

Tensiunea slăbi vizibil în încăpere. Umerii se relaxară pe dată și privirile pe furiș între protagoniști încetară. Bernie luă o gură de cafea.

— Deci? întrebă Bryn.

— Deci, replică Vincent, fără să se grăbească și privind la sugativa verde de pe masa din fața lui. Există un motiv pentru care v-am adunat pe toți la această întâlnire. Mă tem că am vești proaste în privința lui Roy.

Făcu o pauză pentru efect.

— Am pus cap la cap majoritatea detaliilor din ce-am vorbit recent cu nevasta lui.

— Nevasta lui? întrebă Dave.

— Da, recent am primit un telefon de la ea. Pesemne că mi-a găsit numărul de mobil printre lucrurile lui Roy. Am stat de vorbă cu ea de câteva ori în ultimele zile. Se pare că Roy nu s-a simțit prea bine în ultimele săptămâni. A zis c-a tot încercat să-l convingă să se ducă la doctor, dar el urăște tot ce ține de profesia medicală. Ba mai mult, i-a zis că e ocupat. Trebuie să fi fost perioada când finalizam noi tranzacția.

Știau ce urma.

— Se pare că Roy a tras o sperietură din cauza prostatei când avea cincizeci și ceva de ani. În cele din urmă i s-a spus că totul e bine, dar a fost avertizat că situația trebuie monitorizată. De aici și insistențele soției lui să meargă la doctor când îl supăra iar. Mă rog! Într-o seară, cred c-a fost ziua când am finalizat noi tranzacția, pur și simplu n-a mai venit acasă.

— Se plângea el de prostată, comentă Dave.

— Oare? întrebă Vincent. Mă rog, femeia a sunat la toate spitalele din Londra și se pare că a fost internat la St. Thomas. N-a mai apucat să-l vadă înainte să moară.

— Ești tu sigur că nu ne-a tras clapa? întrebă Bryn.

— Păi, replică Vincent pe un ton sec, mai e și chestiunea minoră a cadavrului. L-a identificat nevastă-sa. N-ar fi putut s-o șteargă din calea Doamnei cu Coasa. Și ce rost ar avea? La cum stăm noi acum, ar avea mult mai mult de pierdut decât de câștigat.

— Și cu noi cum rămâne? întrebă Martin.

— Nu se schimbă nimic. În afară de ce să facem cu partea lui Roy din profituri. Nevastă-sa, desigur...

Rămaseră pe gânduri preț de o clipă.

— Alegerea vă aparţine, adăugă Vincent. Banii aparţin în continuare companiei, din punct de vedere legal, şi nu au fost făcute plăţi. Nu scrie nimic în contracte care să indice vreo obligaţie de a plăti moştenitorilor în cazul unui deces. Se poate însă să simţim vreo obligaţie morală...

Urmă o pauză de reflecţie.

— Probabil că nu, zise Martin. Ar putea complica lucrurile pentru ea.

— Da, îi dădu dreptate Bryn. Cum i-am explica noi totul? Ca să nu mai vorbim de avocaţii care s-ar ocupa de moştenire?

— Mult prea complicat, adăugă şi Bernie.

— Cunoscându-l pe Roy, a lăsat-o bine asigurată, vorbi Dave.

Chestiunea se rezolvase.

— Ei bine, zise Vincent, atunci să aşteptăm timpul indicat şi să ne întâlnim din nou. V-aş sugera să fie în City, la sucursala unde este înregistrat contul. Oricare doi dintre voi pot autoriza transferul. Dacă vă amintiţi, eu nu pot fi unul dintre cei doi. Dacă sunteţi de acord, o să aranjez eu cu banca peste vreo două săptămâni. Am lista conturilor voastre nominale. Daţi-mi de ştire dacă se schimbă ceva!

Fură de acord cu planul.

— Straşnic om, Roy! comentă Martin. O plăcere să faci afaceri cu el şi simpatic. Îi datoram multe. Măcar s-a dus în plină glorie.

— Un diamant, îi dădu dreptate Dave. Mereu îi băga şi pe tovarăşii lui când era rost de-o afacere. O să ne fie dor de el.

— Mare om, mare caracter! murmură şi Bernie aprobator, aparent cu mintea în altă parte.

Bryn şi Vincent nu contribuiră la necrolog. Vincent avea o atitudine seacă de profesionist.

— Înmormântarea se ține joi, din câte se pare. O slujbă scurtă la Leytonstone, incinerare la Wanstead și apoi de băut la el acasă. N-am aflat încă detaliile. Soția lui și fiica ei încearcă să pună lucrurile cap la cap. Mi-a promis că mă sună în seara asta. Dați-mi un telefon mâine sau poimâine dacă vreți să prezentați condoleanțe.

Îi răspunseră, aproape bâiguind la unison că da. Vincent știa că n-are să sune niciunul. „Mi-ar plăcea să vin și eu", avea să reflecteze fiecare, „dar doar aș încurca lucrurile. Mai bine să-l las pe Roy în pace și pe familia lui să jelească în intimitate."

Știa că avea să fie pentru ultima oară când îi mai vedea pe acești oameni.

5

MAI FU NECESARĂ o ultimă consultare între Vincent și Roy înainte să se încheie totul. Se întâlniră la St. Albans, în holul unui venerabil hotel.

Roy comandase o mașină de la un serviciu care închiria limuzine ca să-l ia de la apartamentul său. Șoferul aștepta afară.

Era mulțumit de noul său apartament, dar încă nu se simțea ca acasă. Obișnuit din copilărie cu o existență rătăcitoare, nu tânjea după sentimentul de apartenență la un loc sau, mai ales, după o legătură sentimentală. Însă un simțământ de familiaritate vecin cu lipsa de respect avea să vină, spera el, și să fie foarte plăcut. La urma urmei, trebuia să se deprindă cu un alt fel de viață.

— Pare să-ți priască pensia, îi zise Vincent după ce se salutară.

Nu era genul care să facă risipă de complimente. Roy se uită la el inițial încurcat, apoi zâmbi. Se duseră la bar, care era întunecos, ar fi trebuit de mult renovat și mirosea a berea acră a câtorva zeci de ani.

Își luară cafelele, care se distingeau, în mod neobișnuit, prin faptul că erau în același timp și amare, și insipide, către un separeu din colț. Nu se întinseră la vorbă. Aveau să meargă nu peste multă vreme la sucursala din centrul Londrei a băncii la care aveau contul comun. Aveau să autorizeze transferul banilor către contul personal al fiecăruia. Programarea fusese confirmată. Roy avea să rezerve iar o limuzină pentru o ultimă fugă la Londra, avea să-și pună șoferul să aștepte afară cele cinci minute sau cam așa ceva, cât urma să dureze treaba, după care avea să se urce în mașină și să se întoarcă în Surrey. „Draga și bătrâna Londră!" avea să-și zică. Londra lui, care-l suportase atâția ani, chiar și când era plecat, așteptându-l ca o iubită credincioasă, dar încă plină de strălucire. Chiar și înainte să fi venit în oraș. Habar n-avusese el că soarta avea să-i fi hotărâtă în principal în acest oraș măreț cu artera lui sclipitoare de argint, Tamisa.

Între timp, Vincent avea să semneze scrisorile pe care le întocmiseră cu atenție cu luni în urmă și să le trimită la cutiile poștale ale tuturor, grenade ce aveau să explodeze pe mesele pe care Bernie, Dave, Martin și Bryn își luau micul dejun.

„Îmi pare rău să te informez", începeau acestea. „Din nefericire, clienții noștri ruși par să nu fi fost pe de-a întregul ceea ce susțineau că sunt... Din păcate, nu am reușit să descoperim acest lucru mai devreme... Am fost informați în mod confidențial că există o anchetă a Interpolului cu privire la activitățile lor. Conform surselor mele, conturile bancare sunt monitorizate. Nimeni dintre noi nu și-ar dori să fie implicat în activități infracționale sau orice lucru câtuși de puțin nelalocul lui... Banca noastră e de neclintit în privința respectării confidențialității clientului. Totuși, sugerez că, pentru moment, ar fi prudent să nu ne apropiem de contul comun de lucru. Trebuie să nu scoatem capul la lumină pentru o scurtă perioadă, până se așază lucrurile. Am ales măsura neobișnuită a scrisului în loc de sunat pentru că am crezut că e cea mai sigură opțiune date fiind împrejurările. Probabil e rațional să nu păstrezi scrisoarea aceasta. O să sun peste câteva zile, să-mi confirmi de primire. Te pup cu drag, V." Sau ceva asemănător.

Roy și Vincent știau ce urma să se întâmple. Vincent avea să sune, de formă, la fiecare dintre numerele lor, cu scenariul în față. Telefoanele mobile vor fi fost deconectate, instrumente aruncate ca și cum ar fi luat foc, la fel de repede pe cât ar fi fost închise conturile de cutii poștale. Fiecare avea să stea în luxul lui, gândindu-se la ce-i revenea și la o potențială condamnare la închisoare. Imperativă avea să fie acceptarea situației de fapt, nu obținerea maximumului de profit sau căutatul răzbunării. Nimeni n-avea să se mai gândească la ceilalți, dar avea să fiarbă de furie din cauza pierderii banilor albi pentru zile negre și a neputinței de a întreprinde ceva în această privință. Ei nu făceau parte din crima organizată, fiind mai degrabă o gașcă de oportuniști veroși de mâna a doua care abia dacă reușeau să producă o idee și erau lipsiți de resurse pentru investigație și răzbunare. Competența lor colectivă se bazase numai pe Roy. Era posibil să bănuiască faptul că Roy nu era mort, dar nu prea aveau ce face. Nu aveau alte rețele în afara amicilor de la cluburile lor de golf ori de la Clubul Rotary, iar la autorități nici nu se punea problema să apeleze.

„Capitol încheiat", își zise Roy, urcându-se în mașină. „Capitol închis".

Integritate universitară

1

STEPHEN ZICE:

— Proximitatea mi se pare dificilă.

Gerald își țuguie buzele și-și împreunează vârfurile degetelor. Trage cu zgomot aer în piept, încercând să vorbească, dar se gândește că mai bine nu. Probabil că încearcă să găsească o modalitate mai blândă de-a o spune, presupune Stephen. Un lucru care nu-i este caracteristic lui Gerald, cu tot ascetismul lui afectat, mai ales când amândoi știu, mai mult sau mai puțin, ce forță are ceea ce urmează a fi spus.

— Proximitate. La ce anume te referi când zici proximitate? întreabă Gerald în cele din urmă, cu evidentă greutate.

Ei bine, își zice Stephen, amânare, asta e ca o îmbunare din partea lui Gerald.

— La faptul că mă apropii atât de tare.

— Hm, face Gerald, iar Stephen vede cum îi crește nervozitatea. Nu sunt sigur că definiție de dicționar îmi trebuia, oricât de inexactă ar fi ea.

Stephen zâmbește mâhnit, nu se poate abține, deși știe că asta o să-l irite și mai tare pe Gerald.

— Nu prea sunt în stare să explic, este?

— Nu prea, nu. Dar continuă!

— Mă refeream la procesul de a afla absolut totul despre el. Ținutul unui jurnal și notatul cu minuțiozitate. E prima oară când am fost implicat într-un asemenea proiect complex legat de o singură persoană. Atât de intens și de detaliat și care presupune să te apropii atât de mult.

— Proximitatea. Da, cred c-ai adus vorba de ea, zice Gerald pe un ton sec.

— E natura metodică a acestei chestii. Faptul că-l disec în elementele constitutive și le întind frumos sub luminile mesei pentru examinare, toată numai oțel inoxidabil și curată. Nu par să se potrivească. Nu par să facă parte din el.

— Asta, totuși, e treaba cercetătorului. Sigur îți dai și tu seama. Să nu se bazeze pe presupuneri, teorii ori adevăruri acceptate. Să se întoarcă la sursele originare și să găsească un amalgam de fapte care aproximează mai bine adevărul.

Stephen remarcă privirea oțelită a lui Gerald, sentimentul existenței unui scop care l-ar fi putut duce, dacă alegerile i-ar fi fost diferite, spre poziția de conducător al unei companii ori de politician de vază. Recunoaște că el unul nu posedă asemenea tărie de caracter. Tărie de caracter are din plin și subiectul cercetării lui. Perseverează pentru moment, totuși.

— Totuși, cu cât mă apropii mai tare, cu cât adun mai multe detalii, cu atât mai puțin știu, așa mi se pare.

— Oare asta nu e, dacă pot să zic așa, o observație obișnuită? zice Gerald, care se străduiește, pesemne, să-și recâștige stăpânirea de sine. Miopia pe care o poate induce apropierea, lipsa de perspectivă. Oare nu face asta parte din sarcina de a alterna între microscopic și strategie?

„Care e treaba mea, la asta te referi”, își zice Stephen și-i vede iritarea crescândă.

Gerald cuprinde cu o mână delicată cafetiera, îndoindu-și degetele lungi și consideră cafeaua suficient de caldă cât să-și mai toarne o ceașcă.

— Desigur, zice el, schițând un zâmbet viclean, acesta ar putea fi doar un șiretlic cam lipsit de subtilitate din partea ta ca să duci ședința noastră în altă direcție și să ascunzi o oarecare lipsă de progrese.

Continuă ceva mai blând:

— Hai să vedem ce-ai întins tu pe masa pentru examinare până acum și dacă vom reuși să scoatem ceva coerent din elementele sale. La urma urmei, am pornit la drum cu destul de mult material. Ce formă va lua monstrul lui Frankenstein?

Stau amândoi la o masă mare din biroul lui Gerald, iluminată de lămpi amplasate strategic. „O încăpere masculină", își zice Stephen, „chiar dacă amenajată cu o notă de bun gust". Gerald ține să afișeze imaginea unui cadru universitar cu înalte concepții etice, dar Stephen știe că, de fapt, e atent la detaliile ce țin de aspect și impresie.

Stephen își înșiră cu atenție hârtiile, teancurile scoase din servieta lui, transformându-le în grămezi de facsimile sau documente originale, comentarii tipărite, texte dactilografiate și materiale scrise de mână și neredactate. Grămezile reprezintă decenii din viața subiectului, o existență secată în cuvinte moarte pe hârtie ieftină. Răsfirate ici și colo pe masă, formează un soi de dreptunghi, iar în centru, pe lemnul de trandafir lustruit, e locul în care caută el în van suma tuturor elementelor. „Unde e?" își zice el. „Încă îmi scapă."

— Bun, comentează Gerald nu lipsit de amabilitate, de unde să începem?

Stephen e ușor iritat de acest ton didactic, dar zice autoironic:

— Mă derutează. Pare să fie diferit în funcție de om și de moment și, în același timp, câtiva oameni diferiți într-un singur suflet.

— Nu suntem toți așa? E vreunul dintre noi întruchiparea coerenței, exactității și deschiderii? Nu-ți face griji în privința neregularității! În crăpături vom găsi ceva original de zis. Tu doar concentrează-te pe urmăritul omului tău, prinsul și țintuitul lui în plasa minții tale!

— Ca pe un fluture în insectar?

— Exact. Asta și încercăm să realizăm, la urma urmei, nu? Deci, ce-avem noi aici?

Parcurg documentele împreună. Stephen e conștient că n-a venit pe cât de pregătit ar fi trebuit să fie. Gerald oftează și se uită la un mic teanc de imagini pe care Stephen încearcă să le verifice.

— Asta de când e? întreabă el, extrăgând cu atenție una.

— Asta e verificată. Are în jur de treizeci și cinci de ani, alte amănunte nu mai sunt. Cred că era în Edinburgh.

Ia altă fotografie, o reproducere de proastă calitate, ca și restul, de altfel.

— Mai avem și altele, care acoperă perioada de la douăzeci la patruzeci de ani. Majoritatea sunt verificate. Sunt sigur, pe cât se poate, că toate sunt cu el. Le mai avem și pe astea cinci, pe care nu le-am confirmat încă. Includ posibile imagini ale lui în copilărie și adolescență.

Stephen studiază iar foile scoase la copiator. Imaginile îi par ca și cum ar fi ale aceluiași individ. Fața care se holbează la el are aceleași trăsături, care, ulterior, aveau să-l catalogheze drept frumos. Mai izbitor însă e că poate vedea la băiat superioritate și dispreț. Trebuie să fie prudent însă, căci știe că așa era regula la vremea aceea, să se facă fotografii care idealizau subiectul și-i evidențiau seriozitatea arogantă. Nu se obișnuiau zâmbetele inocente, nici măcar la copii. Se uită la ochi, pixelați grosier, și nu pricepe nimic.

— Care-ți sunt cele mai mari goluri? întreabă Gerald.

— În mod previzibil, între douăzeci și cinci și aproape treizeci de ani. A stat o vreme în Țările de Jos și în Franța, cu armata. Detaliile despre această perioadă sunt vagi și e greu să le urmărești.

— În regulă. Cred că trebuie să structurezi mai bine toată treaba. Să iei fiecare deceniu, reprezentat de aceste teancuri, și să alcătuiești un istoric pentru fiecare, cu tot cu cuprins și note de subsol cu referințe. Lasă deoparte comentariile, sublinierile și concluziile pentru moment. Și nu-ți face griji pentru stil! Odată asamblate faptele, o să vezi întregul individ și nu va mai trebui să te bazezi la fel de mult pe intuiție.

Stephen acceptă mustrarea făcută pe un ton sec și fără compasiune sau enervare. Știe că e adevărat ceea ce spune Gerald, cercetarea academică presupune muncă din greu, nu geniu intelectual. Până când, probabil, ca Gerald, ți-ai ispășit sentința și ai ajuns pe culmi înalte, de unde îi poți instrui pe alții să ofere fapte, lăsându-te pe tine să adaugi instinct și inspirație.

2

MAI ÎNCOLO ÎN ACEEAȘI ZI, Stephen stă la masa din bucătăria lui Betty.

— Cum poți să-l suporți? o întreabă.

— Nu e totul cum îți închipui tu, îi răspunde ea calm. S-a dovedit a fi cam cum mi-am imaginat.

— Dar e respingător! Cum reziști să stai atât de aproape de el?

— Am avut parte și de mai rău. Se poate să nu-ți placă. Pot să înțeleg asta. Numai că eu aleg, mersi frumos! N-am nevoie de permisiunea sau de binecuvântarea ta. Poate n-ar strica să iei în calcul posibilitatea de a-mi respecta opiniile.

Rostește aceste cuvinte nu ca pe un reproș, ci potolit și ferm, ca niște remarci obișnuite.

— Îmi pare rău. Numai că e solid, dezordonat și miroase.

— Miroase ușor pentru că e bătrân. Miroase din cauza vârstei lui, care i se scurge din oase. Murim de bătrânețe din interior spre exterior, stricându-ne treptat pe măsură ce înaintăm în vârstă. Nu are ce face în privința asta.

— Tu nu miroși.

— Bănuiesc c-ar trebui să iau asta ca pe un compliment. Sunt femeie. Probabil că femeile sunt diferite de bărbați în anumite privințe, oricât de mult mi-ar displăcea mie generalizările. Detectez oare o urmă de gelozie aici?

Stephen e conștient că fața îi e în flăcări. Îi vine greu să nege.

— Numai că nu stai cu cineva sau departe de el pentru felul în care miroase.

— De ce nu? întreabă Stephen tăios. De ce nu niciodată? E un criteriu la fel de bun ca toate celelalte.

— Observație care nu-i chiar așa de ridicolă, zice ea, zâmbind. Mai sunt și alte chestii aici, știi tu. Iar eu trebuie să mai fac și câte un compromis pe ici, pe colo, dacă vreau să am un viitor așa cum mi-l doresc.

— Merită oare? Cu el, adică? Știi deja destul despre el.

— Sunt gata să discut despre asta. Mă tem însă că n-ai să mă clintești, îi răspunde Betty cu blândețe neînduplecată.

— Îmi fac griji mai ales pentru tine. Asta vrei cu adevărat? Cum poți ști sigur că ești în siguranță? Îi sare repede țandăra și e încă puternic pentru vârsta lui.

— O, așa a fost și așa e și acum, dar mă descurc eu cu el. După cum știi, în viclenia mea, am eu o idee despre ce-și dorește el de la relație, iar nevoile lui vor acționa ca o frână în calea impulsurilor furioase. Își controlează foarte bine impulsurile acelea, cred eu. Iar ca să-ți răspund la întrebare: este aproape exact ce vreau. Am nevoie de asta.

— Îmi pare rău, doar că țin așa de mult la tine!

— Știu, zice ea cu drag. Așadar, cel mai bun lucru pe care poți să-l faci este să-mi respecți părerile și să te porți frumos cu Roy. Nu să te dai peste cap, frumos e de-ajuns. Ar trebui s-o poți face, doar ești un băiat așa de cuminte!

— O să încerc, zice el.

— Gerald e de vină, nu?

— Ce vrei să spui?

— Gerald îți face zile amare, nu-i așa? Te presează.

— Nu mai mult decât de obicei. Știi cum e Gerald. Și chiar trebuie să facem progrese.

— Pot să te ajut cu ceva?

— Nu prea cred, dar mulțumesc.

— Încă nu-s decrepită, Stephen. Știu cum îi merge mintea lui Gerald, la urma urmei.

— Nu. Am tot respectul pentru experiența ta universitară. Mai știu și că Gerald e de aceeași părere cu mine. Opiniile tale sunt de importanță capitală, desigur. Doar că nu trebuie să-ți faci griji în privința lui. Nu cred că intervenția ta ar realiza mare lucru.

— Presupun că este vorba de placa pe care-o tot pune cu acuratețea, atenția la detalii și verificarea?

— Mai mult sau mai puțin.

— Ei bine, are dreptate într-un fel. Dar tot insistă pe subiect. La fel ca atunci când își pregătea teza. Cred că lucrul cel mai important la un cercetător este să fie bun la suflet. Asta obișnuiam să le spun studenților, inclusiv lui Gerald. Obiectivitatea e critică, desigur. Numai că, dacă pornești la drum cu intenții rele sau chiar indiferență față de omenire, ori cu motive complet egoiste, atunci te îndrepți spre nebunie. Gerald crede și el asta, dincolo de limbuția lui. Insistă pe lipsa de pasiune tocmai pentru că e atât de pasionat. E bun la suflet, și tu la fel.

3

— CE E? întreabă Roy când Stephen se uită atent prin parbriz în timp ce mașina înaintează încet ca un ghețar spre ruta ocolitoare.

Deși nu tocmai agreabil, Roy nu e agresiv de batjocoritor. Poate că și lui i-a ținut Betty un discurs moralizator.

— Pari să fi avut o zi grea. Ai așa o față, că s-ar acri și laptele de la ea!

Îmboldit de Betty, Stephen a plecat într-o excursie cu Roy, care trebuie să ajungă la centrul de grădinărit. În autobiografia sumară pe care i-a prezentat-o verbal, există și o referire obscură la o funcție de gestiune a unei pepiniere. Se pretinde, măcar, cunoscător în materie de plante, iar Betty vrea să revitalizeze peticul de grădină cu ziduri înalte pe care-l are în spatele căsuței cu remiză. Roy s-a angajat în proiect cu mare bucurie, dar insistă ca ea să nu vină cu el în misiunea de achiziție. În schimb, în timp ce el se achită profesionist de însărcinare, Betty trebuie să rămână acasă la făcut curățenie și călcat. Numai că el are nevoie de un șofer și aici e util Stephen.

— Nu chiar, zice Stephen pe un ton cât de împăciuitor poate, în timp ce se concentrează la drum. Doar chestii normale. Muncă.

— Le iei pe toate prea în serios, dacă mă întrebi pe mine.

— E important pentru mine. Cred în ceea ce fac.

— E doar muncă, la urma urmei. Șeful tău îți face zile amare?

— Îndrumătorul meu, îl corectează Stephen rostind cuvintele cu blândețe. Un fel de... Bine, nu. Gerald e dintotdeauna așa. E doar o etapă complicată.

— Pare să fie un personaj complicat. Am cunoscut și eu vreo câțiva oameni de genul ăsta la viața mea. Ar trebui să intre în atenția superiorilor, dacă mă întrebi pe mine. Povestește-mi despre individul ăsta pe care-l cercetezi! Cum îl chema?

— John Graham de Clavershouse, devenit ulterior viconte de Dundee. Născut în 1648 și o persoană importantă în fazele inițiale ale rebeliunilor iacobinilor.

— Rebeliunile iacobinilor? Ce-au fost astea mai exact?

— Revolta împotriva lui Wilhelm de Orania și a protestantismului și lupta de a repune Casa Stuart pe tron. Ce e interesant este cum a rămas el în istoria populară. Iacobinii îl cunoșteau drept Bonnie Dundee, în timp de prezbiterienii îl numeau Bluidy[1] Clavers pentru răzbunarea sângeroasă împotriva comunităților lor. A avut o mare influență asupra Cincisprezece și Patruzeci și Cinci.

— Ce erau astea?

Stephen cugetă la faptul că Roy pare să reușească destul de bine să se prefacă interesat.

— Cele două rebeliuni ale iacobinilor din 1715 și 1745. Amândouă reprimate de englezi. Graham a fost ucis mai înainte, în 1689, într-o bătălie pe care trupele lui, de fapt, au câștigat-o. Acea victorie și Graham au avut un rol vital în determinarea caracterului rebeliunilor ulterioare. Moartea lui Graham a constituit însă și o falie în cadrul lor.

— Care-i rostul acestei munci? Care-i scopul ei? zice Roy.

— Sunt trei chestiuni de urmărit. Cum a determinat John Graham caracterul rebeliunilor. Apoi, cum s-au păstrat mitologia

---

[1] Bluidy, de la termenul scoțian *bluid*, „sânge” (n. red.).

și demonologia. Și, în ultimul rând, cum era Graham cu adevărat dincolo de toate astea. Ce l-a mânat? Care erau faptele reale? A fost el un conducător charismatic ori un criminal crud?

— Mitul și omul?

— Exact. Asta e tema principală. Spre exemplu, era un mit la vremea aceea că Graham făcuse un pact cu diavolul și că era imun la gloanțele de plumb. Conform acestui mit, a fost ucis de un nasture de argint de la propria uniformă, care i-a intrat în inimă. E doar una dintre legende. Serios acum, cel mai important este faptul că, dacă ar fi trăit, Cincisprezece s-ar fi putut petrece cu totul altfel, mulțumită prezenței și experienței lui. Ar fi putut însemna o Mare Britanie cu totul diferită.

Stephen e surprins de cât de mulțumitor de bine curge sporovăiala. Mult mai bine decât s-a dovedit a curge cercetarea lui bâlbâită. La urma urmei, poate chiar e în stare să facă asta.

— Și atunci de ce-ți face Gerald zile amare? Pari să te pricepi la domeniul tău.

— E o chestiune tehnică. Vrea să merg mai repede cu validarea surselor și a datelor și să încep să construiesc o structură. E bine, serios îți spun.

— Și ție ce-ți iese la asta?

— Dacă am noroc, o lucrare publicată care este acceptată după o evaluare din partea colegilor duce la niște schimbări, chiar dacă mărunte. Dacă am și mai mult noroc, o nouă perspectivă istorică asupra acelei perioade.

— Vreau să zic unde ajungi cu asta?

— A, nicăieri, de fapt, doar că va fi o parte importantă din munca mea de doctorat. Toate lucrările publicate vor avea pe ele numele lui Gerald în calitate de îndrumător.

— Sună necinstit. Tu ai grijă de tine, ascultă la mine! Nu vrei să-ți fure gloria Gerald ăsta.

— Lumea mea nu funcționează astfel. Universitarii sunt legați de reputație și lucrează pe baza ei. Dacă fac treabă bună, o să se afle și o să am șanse mai mari să primesc un post didactic universitar bun.

— Să te păzești! Viața nu este o repetiție. Să ieși în lume și să prinzi ce poți!

Au ajuns la centrul de grădinărit. Stephen se agită din cauza lui Roy, dând fuga pe după mașină pe partea lui și încercând plin de solicitudine să-și ajute tovarășul de drum să coboare de pe locul din stânga, dar acesta nici gând să accepte. După ce se iese din autovehicul, se uită la Stephen cu asprime. Pactul lor tacit, chiar dacă fragil, de cordialitate rămâne valabil și se silește să-i zâmbească.

Stephen împinge căruciorul cât Roy studiază plantele cu ochi de expert, cercetând atent etichetele, pipăind frunzele și plimbându-și degetele pe pământul lor. Trec împreună de la o tarabă la alta, Roy uitându-se atent, iar Stephen, spectator, așteptând conversația care nu mai vine.

În cele din urmă, Roy, care-și păstrează tonul echilibrat, zice:

— De ce n-o ștergi tu să mă lași pe mine să mă ocup? Pot și singur. Văd că te plictisește și mi-ești la fel de util ca o ciocolatieră.

Stephen intră să se uite lung și fără să priceapă nimic la sfoară, pastile pentru limacși, role multicolore de furtunuri și beculețe de grădină, în timp ce Roy își continuă însărcinarea, studiind concentrat plantele înainte să aleagă una anume, s-o ducă târșâit la cărucul care mai are un pic și se umple și să treacă la taraba următoare. Stephen o să fie chemat în cele din urmă să împingă mormanul de verde care se clatină pe roți până la casă și apoi să-l încarce în mașină.

Alexanderplatz, Berlin

1

— O VACANȚĂ! exclamă Betty.

— O, da! răspunde Roy cu entuziasm. Mi-ar prinde bine niște soare pe spinare. Spania? Portugalia?

— Nu prea cred. Am nevoie de ceva care să-mi stimuleze creierul. Mă gândeam la un city break. Plătesc eu. Insist s-o fac.

— Mai vedem noi, zice Roy, nu tocmai convingător. New York, atunci. Marele Măr. Toate muzeele. Un spectacol pe Broadway.

Betty râde.

— Oi fi eu femeie cu posibilități materiale, Roy, dar nu cred că mi-ajunge bugetul pentru toate astea. Nu dacă avem de gând s-o facem elegant.

— Foarte bine, atunci. Barcelona.

— Mă gândeam mai degrabă la Europa Centrală. Praga, Budapesta, Viena probabil.

— În regulă, atunci.

Nu e neapărat ce-și dorește el; cine plătește poruncește. Iar o mică vacanță o să-l aranjeze foarte bine pentru vară. Există și șansa să fie un petic de soare de primăvară. Betty navighează pe internet, cât stă el cu ziarul și dă-i răspunsuri monosilabice la sugestii.

În cele din urmă, iese Berlin. El face o ultimă contraofertă cu Roma sau Veneția ori Bruges. Are să fie însă Berlin. Orașul

Reichului de o mie de ani, al Kristallnacht[1], al lui Frederic cel Mare, Checkpoint Charlie[2] și al Porții Brandenburg. Are să fie istorie să le-ajungă pe toată viața.

2

ÎNTR-O BINECUVÂNTATĂ DIMINEAȚĂ DE PRIMĂVARĂ, ies din hotelul lor șic și ultramodern în mijlocul agitației. Unter den Linden li se așterne frumos dinainte spre Poarta Brandenburg, dacă pot ignora feluriții vânzători ambulanți și cerșetori care trăncănesc înspre ei disperați, în diverse tipuri de germană. În ciuda anilor, Roy este încă impozant și nu-i trebuie decât o uitătură mânioasă. O cuprinde protector pe Betty cu brațul lui mare pe după umeri, iar ea zâmbește.

— E totul aici, zice el, fluturându-și expansiv celălalt braț.

E Berlin așa cum și l-au imaginat, construit la o scară eroică pentru a transmite încrederea națională de la finalul secolului al XIX-lea, larg, masculin, înfricoșător, din piatră cenușie. Strada e însă spintecată de-a lungul său de linia U-Bahn, prelungită în ceea ce era cândva Berlinul de Est. Orașul este în reconstrucție, iar macaralele îi domină linia orizontului. În acest loc se construiește o nouă paradigmă a siguranței de sine germane, noul tehnocrat alături de vechiul imperial.

---

[1] „Noaptea de cristal" (germ.), sau „Noaptea sticlei sparte", val de acțiuni violente împotriva evreilor din Germania și Austria declanșat la ordinul lui Hitler la data de 9 noiembrie 1938 și încheiat la data de 13 noiembrie a aceluiași an. Au fost devastate locuințele și magazinele evreilor, geamurile și vitrinele fiind sparte cu ciocanul, de unde și denumirea pogromului (n. tr.).

[2] Cel mai cunoscut punct de trecere a frontierei de la Zidul Berlinului (n. tr.).

La Deutsches Historisches Museum[1] petrec trei ore, care nu decurg întocmai precum și-a închipuit Roy: Betty se uită la fiecare exponat cu exagerat interes, în timp ce el se ține după ea cu o nerăbdare plictisită prost ascunsă, pe care femeia, însă, în fericirea ei, nici n-o remarcă. La urma urmei, Betty a fost profesor universitar, cugetă el, uitându-se la ceas; nu peste multă vreme va putea să stea și el să bea o bere ca lumea.

Numai că nu: după un prânz cu un *bratwurst* unsuros, mânjit cu un muștar deplorabil, cumpărat de la un tarabagiu – o surpriză pentru Roy, obișnuit cu eleganța mofturoasă a lui Betty –, iar pleacă undeva. Iau trenul S-Bahn și autobuzul până la Charlottenburg să se uite la palat și să se plimbe o vreme prin cartierul Tiergarten pe sub castanii înmuguriți, aruncând câte un ochi la vilele mari, tăcute și protejate de sisteme de securitate complicate ce stau aliniate de o parte și de alta a străzilor late și dichisite.

— Mă întreb oare cum o fi fost să locuiești aici în secolul al XIX-lea, zice ea, ori la începutul secolului XX. Ori în anii 1930. Decadența, distracția forțată, seratele pline de strălucire. Toată avuția, toată încrederea aia. Nici nu-și închipuiau ce-o să se aleagă de ele...

— O, da! face el plictisit și sardonic în același timp.

Îl surprind energia și lumina din ochii ei. Roy se consideră ca fiind în formă pentru vârsta lui, dar constată că membrele îi sunt grele și tânjește după intimitatea camerei sale de hotel și un pui de somn. Se poate lipsi și de tot entuziasmul ăsta. A trăit o viață lungă și plină de peripeții ca să știe cum era și n-are nevoie de indicii vizuale. Începe să-și dorească să nu fi fost de acord cu această călătorie.

---

[1] Muzeul German de Istorie (germ.) (n. tr.).

— Măi să fie! exclamă Betty, aducându-l cu gândurile în prezent. Arăți plictisit. Și obosit. Am exagerat oare?

— Un pic, poate, răspunde cu un zâmbet tolerant.

— Hai să te ducem înapoi la hotel, bine?

Găsește un taxi, în care el moțăie în timp ce șoferul lor, volubil pe fondul unui talkshow de la radio, ocărăște nebunii de pe șosele în timp ce accelerează și frânează la întâmplare. Unificarea și Europa sunt de vină, zice el, oamenii ăia care vin în valuri din Est. Roy se simte fragil și își aude inima bătând. Mai că se poate închipui în altă epocă.

Are parte de puiul lui de somn, dar nu mai e timp de o cină tihnită, căci Betty i-a făcut ochi dulci portarului și a căpătat bilete pentru seara aceea la Filarmonica din Berlin. Roy șade cu o proastă dispoziție pe care nu și-o poate ascunde în sala opulentă și exagerat de modernă, suportând eroic fandoseala și zarva evenimentului: prețiozitatea orchestrei și a dirijorului ei cu mers țanțoș și spectatorii grași și mulțumiți de sine îmbrăcați în costume Hugo Boss, cu nevestele lor accesoriu elegante, subțiri și pline de bijuterii. Finețea exagerată a pasajelor domoale și atacul aprig al crescendourilor se topesc într-o dezordine discordantă în urechile lui.

La ușa hotelului zice:

— Cred c-am să fac câțiva pași înainte să mă retrag, Betty. Am tras puiul ăla de somn și, dacă nu iau o gură de aer, nu prea cred c-o să fiu în stare să dorm la noapte.

— În regulă. Știu cum e când n-ai somn. Să vin cu tine?

— A, nu! răspunde el, probabil un picuț cam repede. N-o să fie necesar. Nu lipsesc decât un minut sau cam așa ceva. Tu bagă-te în pat!

Își urează noapte bună, iar ea se duce în camera ei.

*

PATRU ORE MAI TÂRZIU, se vâră cu uşurare sub plapuma de puf din camera sa. Ar trebui să fie mai înţelept la vârsta lui, îşi zice, parţial chicotind şi parţial cu o undă de autocompătimire. Dar, na, bătrânul amorezat e ca piroşca cu păsat. A spart 500 de euro fără vreun câştig. Ştie unde sunt zonele rău famate ale oraşului şi, ca să-şi facă voiajul mai palpitant, s-a întors pe străzile din apropiere de Ku'damm[1]. Vechile afaceri au murit în acest loc şi au răsărit altele noi. *Plus ça change*. După un spectacol într-un local, care, în tinereţea lui, ar fi fost caracterizat drept exotic, se pomenise la două dimineaţa într-o cameră de hotel rău mirositoare şi fadă alături de o femeie pe care-o agăţase, incapabil de acţiune. Mai devreme femeia şovăise, dar, la insistenţele lui, acceptase, spunând „OK, tataie!", apoi îl condusese în această cameră şi-l legase aşa cum ceruse el. Nu era surprinzător că nu fusese în stare de nimic, trecuseră vreo zece ani, dacă nu mai bine, de când fusese în stare să ajungă în acel punct, dar se aşteptase la ceva emoţie, ceva iluzie de încântare. Fusese însă pur şi simplu obositor, şi asta într-un mod deosebit de neplăcut.

Fusese uşor şocat să descopere ceva ce altădată ar fi fost un motiv de amuzament: femeia era, de fapt, bărbat. Lucru devenit vizibil abia după eşecul lui.

— Credeam că ţi-ai dat seama, tataie, zisese acesta, dar în acel moment Roy adormise, iar, la trezirea din somn, cuprins de dureri, greaţă şi cu gura uscată, constatase că portofelul îi era gol. Din fericire, fusese dezlegat.

Aşa ceva nu i s-ar fi întâmplat nici măcar cu zece ani în urmă. Bine că se gândise să-şi lase mare parte din banii lichizi,

[1] Kurfürstendamm, principala arteră comercială a Berlinului, unde se găsesc magazine de lux, restaurante şi hoteluri (n. tr.).

toate cardurile și celelalte obiecte de valoare în seiful din cameră și să ascundă cartela de acces de la hotel în branțul ortopedic din pantof, dar fusese nevoit să recunoască faptul că simțurile pe care i le formase școala vieții se cam tociseră. Își luase pantalonii, îi trăsese pe el și ieșise cât de repede îi permiseseră oasele afectate de artrită.

Din fericire, reușise să oprească un taxi în fața magazinului KaDeWe, iar șoferul îl considerase suficient de respectabil. Mașina gonise în noapte pe străzile netede și, în ciuda experienței lui, Roy simțise o sclipire de încântare. Trăia sau cam pe-acolo, din nou. Existase posibilitatea unui mic incident la hotel, dar reușise să-l determine pe portar să-i plătească, pentru moment, cursa, pretextând, rezonabil de credibil, senilitatea care-l făcea distrat.

3

E O ZI NEOBIȘNUIT DE CALDĂ pentru luna aprilie la Berlin. Betty și Roy s-au așezat la terasa unui restaurant din Hackescher Markt, cândva o piață aglomerată din apropiere de Alexanderplatz, acum însă un conglomerat de localuri. Au mers la pas prin Hackescher Höfe, odinioară un labirint de blocuri de raport fumurii care coborau spre curți mici, cu prăvălioare sordide, devenit în zilele noastre un paradis al comerțului cu de-amănuntul, cu felurite magazine colorate și la modă, unele neconvenționale, dar și zone verzi. De aici Betty a cumpărat cadouri. Roy n-are asemenea nevoi.

Ea își soarbe Rieslingul acru, verde și sec cât cuprinde, în timp ce el bea cu nesaț bere Pilsner dintr-un pahar mare aproape cât o halbă. Cercetează cu luare aminte rămășițele ciolanului său de porc în căutarea unor potențiale resturi de carne grasă pe care ar putea să o desprindă. Roz și de prost gust, cu un os uluitor de alb, seamănă cu ceea ce rămâne după o autopsie. Pigulește, dar trebuie să se mulțumească iute cu câteva fire elastice de grăsime de porc sau cu câte-o fâșiuță picantă de varză acră, atât de reușit i-a fost atacul. Se simte întrucâtva înviorat și remontat de alcool.

— Toată istoria asta, zice ea, iar el își dă seama că se așteaptă să-i răspundă.

— O, da! vine răspunsul.

E surprins că ea nu și-a pierdut strălucirea din priviri și a rămas atât de voioasă. Din partea lui, Roy se simte oprimat, ca și cum l-ar fi zdrobit toate monumentele din jur.

— Într-adevăr, adaugă.

— Atâta suferință, desigur, continuă ea, ca și cum i-ar fi citit gândurile.

— Într-adevăr, repetă el.

N-are nevoie de o lungă exegeză despre Republica de la Weimar, Al Treilea Reich ori Războiul Rece pe baza lecturilor ei din după-amiaza aceea.

— *Dort wo man Bücher verbrennt, verbrennt man auch am Ende Menschen*, spune ea. Asta a scris-o Heinrich Heine în 1821.

— O, da, face el.

— Credeam că nu știi germană.

Prins asupra faptului, hotărăște pe dată să-și mărturisească lipsa de atenție cu un zâmbet insolent de spăsit.

— „Acolo unde se ard cărți se vor arde, până la urmă, și oameni”, zice ea fără tremur în glas.

— Într-adevăr. Și când a scris asta?

— În 1821.

— Foarte interesant!

În mintea lui, asta nu e tocmai ceva de vacanță. La fel de repede însă ei îi revine voioșia.

— Îți plac nemții? îl întreabă ea cu interes.

— O, da, zice el repede.

— De ce?

O întrebare ceva mai solicitantă. Credea că doar întreține o conversație politicoasă, nu participă la o dezbatere investigativă.

— A, nu știu. Sunt foarte eficienți, știi tu. Hotelul e curat lună, iar servirea e de top. Ne-ar prinde bine și la noi acasă ceva din eficiența lor.

Rămân tăcuți preț de o clipă. Betty consultă meniul înainte să cheme ospătarul și să comande o cafea cu germana ei surprinzător de bună. Roy nu vrea, după cum zice el, doar știe și ea că niște cafea după prânz o să-l lase fără somn la noapte. Nu c-ar fi în cine știe ce pericol să pățească așa ceva după suferințele din noaptea trecută.

— Îți place aici? întreabă ea.

— O, da, răspunde el instantaneu. O, da!

— Pentru că uneori ai părut cam plictisit.

— O, nu, doar un pic obosit. Mă tem că nu pot ține pasul cu tine. Am nevoie de timp când și când să-mi încarc bateriile.

Face o pauză, după care se aventurează:

— Pe de altă parte, tu ai strălucit, pur și simplu, draga mea. Ești radioasă!

— Mulțumesc! zice ea. Mi se pare atât de plin de viață orașul ăsta. E un pic absurd când te gândești la toate lucrurile întunecate care s-au petrecut în el, dar pare atât de viu. Pare să lucreze o forță vitală în el. Mi-aduce aminte de tinerețe.

— Hm, face el. Cum spuneai, multe secrete sunt ținute sub cheie aici.

— A, știu. Numai că nu poți să dai vina pe un loc pentru lipsa de omenie a celor care au trăit în el în trecut. Sau poți?

— Sunt sigur că nu știu, zice el cu blândețe.

E pașnic în mijlocul babiloniei. Radiatoarele exterioare au fost pornite și au alungat răcoarea. Păturile oferite de restaurant sunt aranjate pe spătarele scaunelor în caz că nici așa nu e suficient de cald. O australiancă zdrăngănește la o chitară niște versiuni acceptabile ale unor piese pop. Oamenii îi aruncă mărunțiș în cutia chitarei când trec pe lângă ea. Betty privește în zare la piața pavată cu piatră cubică, schițând un zâmbet care-i trădează mulțumirea. Roy stabilește că acum se poate să fie momentul.

— Mi-am pus treburile în ordine, zice el, luând-o pe ocolite.

Cuvintele lui o smulg din reverie.

— Poftim? Aici?

— Nu, nu. Înainte să venim încoace. Încercam să rezolv câteva chestii.

— Da?

— E un coșmar pentru noi, pensionarii.

— Ce anume?

„O face pe proasta?" își zice el. Își păstrează însă cumpătul.

— Recesiunea. Ne-a lovit rău, mai ales pe noi, pensionarii.

— Bănuiesc că da, răspunde ea, ca și cum nu s-ar fi gândit nicio clipă la așa ceva.

— Da. Dobânzi mici. Inflație mare. Greu să țină investițiile noastre pasul.

— Da, bine. Eu am pensia mea de la serviciu, care-i îndestulătoare, chiar dacă nu-i din cale afară de mare. Și economiile. Există și fonduri fiduciare pe care mi le-a constituit soțul meu. Restul îl las mai mult sau mai puțin într-un depozit la bancă.

— Of, of!

— Ce e, Roy?

— N-am vrut să-mi vâr nasul, dar nu e suficient. Presupun că ai un capital rezonabil?

Se uită la ea, aşteptând un răspuns.

— A, o duc destul de bine. Nu mă interesează banii. Mai tare mă interesează să trăiesc, zice ea veselă.

— Măiculiță! Acum că tot veni vorba, pot să-ți spun eu cum să găsești un loc sigur de investit și un randament bunicel.

Clatină din cap abătut.

— Ai ceva bani puși deoparte? întreabă ea.

— Un pic, răspunde el. Deși, fără îndoială, mai puțini decât tine, aş fi zis. Dacă-mi vând micul meu apartament, aş avea mai mulți.

Face o pauză înainte să continue.

— Oamenilor nu le prea place să vorbească despre bani, nu-i așa? E un subiect tabu, nu? Totuși, e atât de important!

— La fel ca sexul, vine replica ei.

— Poftim?

— La fel ca sexul. De importanță capitală, dar nu constituie un subiect de conversație politicoasă.

— A, înțeleg. Într-adevăr. Numai că treaba e că...

— Da?

— Vezi tu, am eu un om. Un amic contabil. Făcător de minuni. Îl sun. Se îngrijește de portofoliul meu, așa cum e el, de ani de zile.

Betty nu răspunde, dar se uită perplexă la Roy.

— Da. Cred că l-ai menționat, zice ea în cele din urmă.

— Vincent. Face minuni. Ar putea sta de vorbă cu tine, să treceți în revistă ce deții.

Capitolul șase

SEPTEMBRIE 1973

Trăind în păcat

1

TRĂIAU ÎN PĂCAT. În concubinaj, cum zisese ea, cu râsul ei șiret și zgomotos de femeie din nordul Angliei. Se părea că, inexorabil și inexplicabil, ar fi putut să se așeze la casa lui. Era o mândrețe de femeie tipa asta nouă, nu mai încăpea îndoială. Kenny de la pub scosese un „pfuaa!" discret când o introdusese el în atmosfera plină de fum în urmă cu vreo patru luni.

Era din Manchester sau Liverpool ori Leeds. Unul din astea, oricum. Absolventă încadrată într-un program de pregătire la locul de muncă la minister, fusese repartizată pentru șase luni într-un birou din suburbii, unde el avea un post mărunt. Se cunoscuseră în bucătăria neîngrijită, cu frigiderul ei plin de mucegai verde și duhoare de lapte stricat și chiuveta ce nu mai era de inox din cauza crustei de calcar. Căuta o cană care măcar să nu fie atât de murdară cât să-i pună sănătatea în pericol, iar el i-o oferise pe a lui de rezervă, împreună cu o linguriță ce sclipea de curată ce era, pe care o adusese din birou. Era o frumusețe de fată, așa că el apelase la tot farmecul personal, prezentându-se drept o oază de omenie și curățenie într-un deșert de anonimitate.

Îi explicase care era treaba cu ierarhia. El era subordonat, un funcționar îngropat sub o grămadă de directori și hârtii, ce nu se deosebea prea mult de funcționarul dickensian înarmat cu pană de scris. Ea, pe de altă parte, făcea parte din corpul directorial, grupul absolvenților, care avea potențial de realizări mărețe, sau, mă rog, cât de mărețe i le permitea Departamentul de Educație și Știință.

Și așa avansaseră lucrurile. Prânzul fusese urmat de cină și de vizite la cinema. Vârsta lui – era cu vreo douăzeci și trei de ani mai mare – nu părea să conteze pentru ea. Mai degrabă părea un avantaj. Cei de vârsta ei erau atât de imaturi, îi mărturisise fata. În cele din urmă, se treziseră în pat. Foarte mulțumitor. Maureen era dovada tânără și exuberantă a faptului că lumea lăsa, în sfârșit, în urmă traumele războiului, dezvăluindu-se nepătată și neconstrânsă de pierderi, vină și privațiuni.

Aflase repede că fata se considera o radicală. Oripilată de navigatorul organist la biserică Heath, adusă la disperare de Kagan Gannex Wilson cel soios, era o membră deosebit de vocală a unei organizații politice troțkiste, lucru care nu-l consternase pe Roy. Din partea lui, putea să fie și membră cu carnet și tot ce-i trebuie a aripii provizorii a Clubul de siguranță rutieră Tufty[1] câtă vreme scotea, din când în când, acele mici scâncete dătătoare de satisfacție în goliciunea ei. Angajamentul ei politic sincer mai degrabă îl amuza, deși se îngrijea să-și ascundă veselia. Trebuise uneori să se prefacă de acord cu opiniile ei feministe, ceea ce nu le afecta în vreun fel viața de cuplu. Avea grijă să nu discute știrile, ca nu cumva viziunea lui mai puțin egalitaristă asupra lumii să nu iasă la iveală.

---

[1] Verișa Tufty, personaj creat la inițiativa Royal Society for the Prevention of Accidents (Societatea Regală pentru Prevenirea Accidentelor) în 1953 și folosit până prin anii 1990 pentru a-i învăța pe copii regulile de circulație. Tufty a apărut în diverse cărți sau filmulețe TV, iar în 1961 s-a înființat Clubul Tufty, cu diverse filiale în Marea Britanie (n. tr.).

Ajunseseră treptat la ideea de a locui împreună. Decizia fusese cel puțin, în parte, practică. Niciunul dintre ei nu era tocmai prosper, date fiind salariile insuficiente din sectorul administrației publice, și-și petreceau mai mult timp împreună. Se pomenise calculând să-și lege soarta de a ei. Chiar dacă nu lucrau în același birou din clădire, știa că Maureen era și înzestrată, și bine privită. Când avea să se întoarcă la sediul central, avea să ajungă bine. Radicalismul ei era mai degrabă un avantaj în acest avanpost, dar, ulterior, era posibil să fie nevoită să-l mai tempereze cumva. Îi putea da câteva sfaturi în această privință, căci ea părea să vadă un soi de înțelepciune în caracterul lui practic fățiș.

Coabitarea era un punct important în acest continuum. Îi dădea șansa de a cântări în voie dacă o viață alături de Maureen reprezenta o opțiune pe termen lung pentru el. Nu mai trăise cu nimeni până atunci în toată viața lui de adult. Nu punea la socoteală și timpul petrecut în armată după război. Era neobișnuit cu compromisurile mărunte ori importante și se trezise cuprins de frustrare că nu putea să-și trăiască viața fără nicio opreliște. Întrebarea dacă sexul și promisiunea siguranței financiare reprezentau compensații suficiente rămânea încă fără răspuns. Ei însă se lăsau duși de val înainte, iar direcția curentului le era clară amândurora.

Timpul disponibil să se hotărască era limitat. Maureen era cam departe de a fi o tradiționalistă care să strâmbe din nas, dar existau niște imperative pentru ea, iar trăitul împreună cu cineva fără căsătorie abia începea să fie privit ca un lucru normal. S-ar fi putut mulțumi cu faptul că erau permanent împreună fără cununie, dar avea să-i ceară, la un moment dat, să aibă o relație cu cât mai puține frecușuri cu părinții ei, de care rămăsese apropiată. Roy reușise, până atunci, să evite călătoria de care-i era groază spre nordul înghețat și întunecos, cu minerii săi neanderthalieni, cu halbele lor de bere *mild*[1], femeile grase care purtau baticuri când spălau scările de la intrarea în căsuțele lor jalnice, cu oribilele lui orașe mohorâte și mlaștini și mai și. Nu era nerăbdător să-i cunoască pe cei din familia lui Maureen. Înțelesese că tatăl și mama ei știau de existența lui, se îndoia că aveau habar de diferența de vârstă și era aproape sigur că nu cunoșteau faptul că Roy și cu Maureen împărțeau casa și patul.

Principala lui concluzie privind noua viață fusese că era plictisitoare. Nu mai avea libertatea de a veni seara acasă, de a sta la televizor cu vesta pe el și cu o sticlă sau două de Bass[2], mâncând pește și cartofi prăjiți de pe ziar. Nu-și putea cheltui liniștit salariile la casa de pariuri sau să se refugieze sâmbăta mai toată ziua la Arsenal, după care să vină acasă și să cadă lat în pat de beat ce era. Trebuia să-și ascundă revistele deochiate cu atenție. Nu putea aduce acasă femei de la taverna din apropiere.

Exista și câte-un răgaz. Maureen avea ședințe de cel puțin două ori pe săptămână, iar Roy putea să evadeze la pub cu Kenny și tovarășii lui. Numai că berea de acolo avea acum gust de mediocritate fadă și, din ce în ce mai des, se pomenea ducându-se în West End, unde căuta beleaua cu lumânarea, chiar și în serile în care Maureen nu avea conclavurile ei serioase care-și propuneau să schimbe lumea.

2

SE APROPIA DE O PĂRERE DEFINITIVĂ despre această variantă de fericire conjugală. Nu dură foarte mult până să i se

---

[1] Bere englezească tânără, de culoare maro-închis sau deschis, puțin sau deloc amară datorită folosirii în procesul de fabricație a malțului sau a drojdiei (n. tr.).

[2] Marcă de bere din Marea Britanie (n. tr.).

cristalizeze totul. Ambiguitățile deveniră rapid din ce în ce mai mici până când, în cele din urmă, dispărură. Întrezări o cale de a scăpa de slujba lui groaznică de birou care nu ducea nicăieri. Spre deosebire de Maureen, el nu putea obține nicio satisfacție din faptul că era o părticică din mașina decizională care avea să determine – cel puțin din punct de vedere educațional – viețile mai tinerei generații a țării. Asemenea idei grandioase îl lăsau rece; în slujba lui umilă nu putea influența nimic, nici dacă voia. Ceea ce, clar și răspicat, nici nu voia. „Ce prostie", își zicea el dezaprobator cât îi făcea ei pe plac, acceptându-i fanteziile tinerești. Avea ea să învețe odată și odată, dar nu suficient de repede pentru el.

Căută o ocazie de afaceri și o găsi repede, în locul pe care se obișnuise să-l considere locul lui de joacă. Soho rămăsese murdar, întunecat și periculos, un mediu în care își făcea de cap lumea interlopă, aflat la doar câțiva metri de strălucirea de pe Regent Street. Aici încă mai domneau corupția și gangsterii, înfiorând plăcut o parte din populație, revoltând-o pe alta și provocându-le suferință celor care își vârau nasul unde nu le fierbea oala. Fetele de meserie expirate și triste, care fuseseră azvârlite afară din cuibușoarele lor sordide de peștii de odinioară, stăteau mărturie, injectându-și heroină în vene cât încercau să agațe pe străzi – vreo câteva lire pentru un regulat în cadrul unei uși.

Taman pe aleea dintre două cluburi, dăduse, la ora două dimineața, peste Martin White, care zăcea în propria-i vomă, lipsit de orice reacție. Îl cunoscuse pe White în calitatea acestuia de angajat care interacționa cu clienții la unul dintre cluburi. Aerul lui de om din lumea bună ofensase pesemne pe vreunul dintre mușteriii din cartierul gangsterilor, iar Martin se pomenise căzut în dizgrație, fără casă și transformat în sugativă.

Roy însă putea vedea un rol important pentru el în planurile lui. Îi aruncase trei lire, îi spusese să-și ia o cameră pentru o noapte într-unul dintre nenumăratele hoteluri ieftine și pline de purici din vecinătate și să se prezinte la o cafenea anume la ora patru în acea după-amiază.

La acea întâlnire îi vorbi lui Martin cu o tărie intenționată în glas:

— A venit și vremea noastră! Se schimbă lucrurile în zona cluburilor, comerțul sexual devine respectabil. Trebuie să profităm neîntârziat.

Martin ezită. Roy îl fixă cu ochii lui albaștri hotărâți.

— Te bagi sau nu? Sunt o mie ca tine pe care i-aș putea scoate din șanț, doar că e ziua ta norocoasă. Poți să te întorci naibii pe aleea ta, dacă vrei.

Nu era adevărat. Roy îl voia pe Martin pentru farmecul lui alunecos, profilul lui spilcuit, cel puțin odată ce fusese curățat un pic, dar și pentru relațiile care-i lipseau lui. Fumară și-și băură cafelele cu lapte din cești de sticlă și se hotărâră să-și schimbe viețile.

— Știu un magazinaș pe Berwick Street care se pregătește să tragă obloanele, zise Roy. Cred c-aș putea face rost de banii de chirie.

— Eu am niște tovarăși la Bruxelles care cunosc persoane acolo unde trebuie, zise Martin. Ar putea aduce niște chestii foarte explicite din Suedia și Danemarca. Reviste și filme. N-ar trebui să mai trecem prin intermediarii obișnuiți. Pot să fac rost și de niște iarbă. Și pastile.

Se deciseră să lanseze agresiv și fără fasoane noul magazin, scoțând sexul de pe străduțele lăturalnice și transformându-l într-un produs normal. Pe lângă asta mai suplimentau discret prin vânzarea de narcotice, ca să atragă clientela mai tânără și mai înstărită. Calea fusese rezonabil bătătorită de bărbații înzorzonați cu pantaloni evazați și mustăți groase care-și transformaseră cluburile de noapte în planete din constelația nocturnă.

— Piața e larg deschisă, zise Roy. E coaptă. Acesta e momentul nostru.

3

SEPTEMBRIE SE TÂRÎ ÎN OCTOMBRIE, iar peste Londra se așternu ceața. Roy se învoi câteva zile de la birou din motive de boală și, cu ajutorul banilor lui albi pentru zile negre ținuți într-un depozit pe termen lung la Lyons Bank, apelă la directorul de la sucursala băncii, cerându-i un împrumut ca să pornească o nouă afacere.

— Soho! exclamă domnul Price cu suspiciune. Nu e tocmai cel mai salubru cartier.

Domnul Price purta ochelari de director de bancă pe nasul subțire. Sub acesta își lăsase să crească o mustață evident de director de bancă.

— Întocmai! replică Roy cu înflăcărare pe chip. Dar e în dezvoltare. Cu atât mai mult trebuie să te bagi până nu explodează prețurile.

— Hm, nu sunt sigur că banca și-ar dori să se implice într-o zonă sau într-o afacere care prezintă riscul de a fi percepută drept nerespectabilă.

— A, nu, nici vorbă! zise Roy țâțâind. Nici eu n-aș vrea așa ceva. Încerc să înființez o afacere cinstită. Sper ca banca să înțeleagă asta.

— Destul de bine, spuse domnul Price, țuguindu-și buzele sceptic. Mai dați-mi detalii despre afacere!

Roy se decisese să fie, probabil, un pic imprecis cu adevărul, doar nu voia să-l șocheze pe bietul om.

— Ceea ce încerc eu să fac este că creez ceva. Să transform un magazinaș mizerabil într-o afacere cu rădăcini în comunitate. Și să și câștig niște bani, desigur.

Domnul Price îl evaluă din ochi.

— Și ce anume aveți de gând să vindeți acolo?

Privirea aspră a lui Roy se transformă rapid într-un zâmbet.

— O serie de lucruri. O să vindem cărți, o să organizăm proiecții de filme de avangardă, o să oferim un loc în care să se poate bea cafea și discuta știrile.

— Deci un soi de librărie modernistă?

Făcând, pesemne, un efort deosebit să scuipe cuvintele, domnul Price se încruntă.

— Dacă așa doriți să credeți, atunci da. Zona are o lungă tradiție literară, după cum știți. Pe lângă zdrențe și sex, mai sunt încă și oameni de genul acesta. Intelectuali cu bani de cheltuit. Și, bineînțeles, magazinul ar atrage lume din toată metropola. E situat ideal, în centru, aproape de metrou.

— Și starea în care se prezintă?

— Un pic cam dărăpănat. Ocupantul din prezent se apropie de pensie. E bucuros să mi-l cedeze. Am reușit să obțin o chirie bună, dar trebuie să mă mișc repede. Nu-i nevoie de cine știe ce sumă ca să-l aranjezi și să-l faci să arate prezentabil. Partenerul meu de afaceri are relații bune la furnizori și se află în negocieri cu ei. Suntem cât se poate de optimiști.

— Sigur că sunteți, zise domnul Price. Sunteți însă conștient că acesta nu este tocmai un moment propice pentru afaceri noi. Ca atare, băncile vor aproba orice investiție nouă cu extrem de multă prudență.

— A, da, făcu Roy, și pe bună dreptate!

— Dacă-mi permiteți, domnule Courtnay, nu prea îmi păreți genul de om care-și vadă viitorul în satisfacerea nevoilor unei... clientele boeme...

— Dacă prin aceasta vreți să spuneți că m-aș asocia cu o gașcă de hipioți narcisiști cu plete, atunci răspunsul e cu siguranță nu. Le iau însă bucuros banii. Aici e partea frumoasă. Vezi chestiile pe care - ce caraghios! - le numesc ei afaceri, cooperativele astea, femeile bine intenționate cu umbrelele lor tricotate manual și vopsite în culori și modele țipătoare și nu știi dacă să râzi sau să plângi. Eu însă pot face o afacere să funcționeze.

— Pricep. Personal, eu n-aș nutri speranțe pentru moment. Problema nu e reprezentată de dumneavoastră, în calitate de potențial împrumutat, sau de talentul dumneavoastră pentru afaceri - schiță un zâmbet spre Roy -, ci de publicul dumneavoastră țintă. Complet de neîncredere, în opinia mea, și, trebuie s-o spun, de o moralitate îndoielnică.

— Chiar bine de tot, zise Roy, zâmbind, dar...

— Totuși, continuă domnul Price, ridicând mâna ca să-l oprească, sunt pregătit să transmit solicitarea dumneavoastră sediului central. Îndrăznesc să spun că acolo se poate să aibă vederi mai progresive decât mine. Vă doresc mult noroc.

4

LA LUCRU SE JUCĂ PE FURIȘ cu foarfeci, lipici, o mașină de scris și o veche scrisoare de la bancă, producând un colaj care ar fi fost declarat valabil odată trecut prin noul copiator Xerox din colțul sălii dactilografelor, păzit cu asiduitate de șefa acestora. Așteptă până la pauza de prânz când, cu degete transpirate, făcu o copie. Primul efort ieși bunicel și mai făcu încă două să le aibă la nevoie. Întors la birou, încercarea de imitare a semnăturii domnului Price ieși cam tremurată pentru gustul lui, așadar se bucură că mai avea o copie.

Un subterfugiu regretabil, dar absolut necesar. Rotițele Băncii Lyons se învârt din cale afară de încet. Era încrezător că avea să primească împrumutul, dar trebuia să semneze contractul de închiriere chiar atunci. Nu avea cum să acopere suma de bani care-i mai lipsea decât cu o scrisoare care confirma existența unor fonduri suficiente în contul lui și semnând un cec care, spera el, nu avea să fie încasat imediat. Aveau să fie necesare cecuri și pentru utilități și amenajarea modestă a magazinului. Nu aveau să fie necesare și pentru achiziționarea mărfii: în această afacere, era nevoie de bani gheață înainte ca furnizorii de pe continent ai lui Martin să le-o dea. Lui Roy îi veniseră niște idei despre cum să găsească lichiditățile cu care să facă tranzacțiile necesare.

Plecă de la birou la ora patru, pretextând că era bolnav și calculând că avea nevoie de liber și ziua următoare. Slujba îi mai era necesară o scurtă vreme. Curând avea să scape de coridoarele lungi și gri cu linoleum și să iasă la lumina strălucitoare a lumii reale.

5

ERA ȘI TIMPUL pentru una dintre certurile lor periodice. Femeia asta era în stare să iște o dispută și cu camera goală, își zisese el mereu. Ei bine, așa să fie, în acel moment îi pica bine. Îi era chiar necesar. N-avea să dureze mult până să ia proporțiile unui război nuclear.

Ce avea să fie de data asta? Starea băii? Obiceiurile sale de om leneș? Faptul că Martin apărea când îți era lumea mai dragă și se holba la țâțele ei? Privind în urmă, nu-și putea închipui cum de ajunseseră să fie împreună și cum de rămăseseră împreună. Unu la mână, era mult mai tânără decât el, lucru evident oricui dădea cu ochii de ei. Mai tânără nu doar ca ani. Maureen era naivă și infinit de entuziastă. Dacă el posedase vreodată aceste calități, fuseseră alungate cu mult timp în urmă. Perspectiva extrem de optimistă îl depășea, nu-i vedea rostul.

Poate că fusese atrasă de forța ființei lui. Poate că avusese nevoie de o figură paternă, coborâtă așa cum era ea din nordul primitiv în Marele Fum[1]. Poate că-l găsise pur și simplu irezistibil din punct de vedere sexual. Putea fi valabil oricare dintre aceste motive. Lui nu-i păsa. Relația își pierduse farmecul și utilitatea. Avantajul lui venea acum dintr-o cu totul altă direcție. Într-o vreme, acesta fusese, pentru el, disponibilitatea sexului cu o femeie mai tânără și atrăgătoare, existența cuiva care să-i facă de mâncare și să-i vadă de casă (nu că s-ar fi priceput ea prea bine la astea) și potențialele beneficii materiale care decurgeau din prezența în casă a cuiva care câștigă bine. Numai că, atunci când deschiseseră împreună contul comun la banca pentru locuințe, nu și-o închipuise așa de gălăgioasă și de dezagreabilă. Îi suportase sunetul vocii cu infinită răbdare.

Ei bine, nu avea s-o mai țină așa pentru multă vreme. Acum totul se concentra pe ieșirea lui din relație în cele mai avantajoase condiții.

Fusese de muncă atunci când venise momentul. Stăteau în sufragerie după masa de seară, cu televizorul dat tare ca să acopere zgomotul de la tânărul cuplu din apartamentul vecin care asculta Stones sau Bowie sau ce-o fi fost. Roy bănuia că erau drogați, așa sfrijiți și albi cum erau, cu păr ciufulit identic, zâmbete palide și orbitele ochilor de un albastru spre negru de la oboseala de a asculta rock la orice oră din noapte.

---

[1] Termen care desemnează un oraș mare, în special Londra (n. tr.).

Clădirea în care locuiau fusese compartimentată în grabă în apartamente în anii 1960. Cu lemnăria decolorată ce se cojea, cu rostuirea de mântuială și vandalismul împărțirii improvizate în apartamente, era acum greu de recunoscut drept ceea ce fusese odată: o casă confortabilă de negustor din secolul al XIX-lea.

Ei ocupau o treime din parter. Sub ei, în apartamentul pe care cu greu și l-ar fi dorit cineva, cu colțurile lui întunecate, umede și reci, locuia perechea de imigranți din Indiile de Vest tăcută și pioasă, care, presupunea el, ducea o existență suficient de cinstită, el, cu slujba lui la autobuze, și ea, ca femeie de serviciu la școală. Vizavi pe palier locuiau micii drogați, emoționant de naivi și de tineri, meniți să ajungă devreme în groapă, iar deasupra lor, bătrânul slab ca o scoabă și plin de amărăciune, cu fesul lui turtit și cămașa fără guler, și o față pe care lama de ras rata în fiecare zi o fâșie largă din ce-ar fi fost de datoria ei să radă; văduv, din câte se spunea, și cu o căutătură urâtă ori de câte ori se întâlneau în spațiul comun. Roy habar nu avea cine ocupa celelalte două apartamente. Locul era zgomotos și rece, jalnic și fără speranță. Știa că se putea trăi și mai bine.

Ea se duse la televizor și-l opri. Ritmul ca o lovitură surdă și urlăturile discordante se auzeau prin perete.

— Ție chiar nu-ți pasă de nimic, nu? zise ea.

Atunci când îl teroriza, vocea ei căpăta o severitate stridentă care i se izbea de urechi.

— Nici măcar de cariera ta.

— Depinde la ce te referi, o înfruntă el. Îmi fac treaba care mi se cere la slujbă.

— Deci asta-i tot, da? O slujbă.

— Asta-i tot ce e orice slujbă. O slujbă. Îți faci treaba și ți se dau banii. Și cu asta, basta.

— Tu nu te gândești niciodată să faci ceva mai important decât atât?

Ridică din umeri înainte să spună, calculat:

— E importantă pentru mine. Ne plătește nenorocitele de facturi. Ne-ajută să nu murim de foame.

— Tu dai vreodată dovadă de dedicare în ceva?

— Dedicare? Ce anume înseamnă asta? Și, oricum, de ce-ar trebui s-o fac? Adică dincolo de un salariu cinstit pentru o muncă cinstită?

— Pentru că putem schimba lumea, dacă vrem.

O privi cu o expresie de uluială pe chip.

— Să schimbăm? Și de ce-aș vrea așa ceva? Presupunând, pentru o clipă, că o asemenea idee chiar ar ține. Lumea e ce e. Ar trebui să ne vedem de treabă, luând ce putem din ea.

— Ție nu-ți pasă de nimic, nu? repetă ea.

— Asta-i pentru alții. Eu îmi primesc ordinele și le execut. Sunt plătit. Sau nu, dacă nu fac ce mi se spune și sunt concediat. Simplu ca bună ziua.

Se auzi o bufnitură puternică din apartamentul de deasupra. Posibil fusese scăpată vreo valiză sau unul dintre locatari căzuse grămadă pe podea.

— Pe mine nu mă interesează decât să-mi văd de lucrurile mele. Fără să țin teoria chibritului. Fără să schimb lumea.

Azvârlise ultima frază cu o dâră subțire și amară de scuipat care-i atârna pe bărbie ca un funigel. O șterse cu mâneca.

Ea rămase tăcută, incapabilă de un răspuns, de parcă brusc ar fi fost lipsită de puterea sau de voința să contrazică în vreun fel ce i se spusese.

— Nu știu ce să zic.

— Păi atunci nu mai zice nimic, ripostă el imediat, cu intenție.

— Așadar, să punem capăt conversației acum?

În ciuda asprimii din glasul ei, Roy știu că, pentru Maureen, asta însemna o propunere de armistițiu, chiar dacă una jenată.

„Devreme", își zise el. În mod normal ajungeau în acest punct mult mai târziu, epuizați și neputincios de frustrați unul din cauza altuia. Probabil că duritatea abia perceptibilă din vocea lui îi alertase vreun instinct subliminal. Numai că el n-avea de gând s-o lase baltă. O, nu!

— Mi-a cam ajuns prostia asta cu muritul de grija altuia, zise el. Aș vrea să învăț lumea să cânte. În armonie perfectă. Păi cumpără-ți o nenorocită de Coca-Cola, atunci, și tacă-ți fleanca!

Ea era vizibil alarmată. Nu așa se juca acest joc. Nu acestea erau regulile.

— Ei bine, atunci știi ce poți să faci, replică ea reținută.

— Da, spuse el categoric.

Ea miji ușor ochii, iar el fu sigur c-o putuse simți tresărind.

Nu era mândru de asta. Se întâmplase când trecuse el printr-un moment vulnerabil, când se întorsese de la tavernă într-o noapte deosebit de neagră și vântoasă. Ea tot perorase despre ceva ce nu-și mai putea aminti. Așa că-i trăsese un pumn, repede și tare, cam în zona tâmplei. Un șoc scurt și puternic. Nu fusese suficient cât s-o dărâme din picioare ori să-i provoace răni mai grave, dar, fără îndoială, o amețise. Capul i se rezemase elastic pe gât preț de o clipă. Avusese efectul scontat: căutătura dușmănoasă fugară se transformase în frică și apoi, plăcut, în supunere. Fusese ceva spontan și neplanificat, dar el trăsese învățăminte din eficacitatea gestului.

Nu simțise nicio rușine. Date fiind împrejurările, actul, chiar dacă nu fusese nici de dorit, nici elegant, fusese însă justificabil, chiar necesar, își zicea el acum. Se uită la ea și-i văzu iar acel licăr în ochi.

— De ce nu te duci tu câteva zile la maică-ta? zise el, iar vorbele lui sunară cumva mai mult a poruncă tăcută decât a întrebare împăciuitoare.

Când se uită la el, frica ei plină de resentimente se topi pe dată în resemnare.

— Da, aş putea să mă duc, răspunse, iar el rămase cu privirea aţintită asupra ei.

6

OCUPAT, OCUPAT, OCUPAT. Era timpul să treacă la urzit. Îşi luase lucrurile şi ştersese orice urmă, mutându-se rapid din apartament, după ce învăţase suficient despre cum să se joace de-a mama şi de-a tata cât să-i ajungă o viaţă. Lichidase contul de la banca pentru locuinţe, punând ceva bani în propriul cont şi păstrând o mare parte sub formă lichidă ca să-i aibă la îndemână. Deschiseseră contul împreună, la insistenţele lui Maureen, ca să economisească pentru o ipotecă. Asta ca să vezi ce neconformistă şi împotriva sistemului era ea! Ca să vezi ce familie fericită formau acum! Îi făcuse plăcere să rupă carnetul de economii.

Demisionase de la minister printr-o scrisoare concisă, scrijelită cu trudă cu un pix care păta pe nişte hârtie soioasă de scrisori Basildon Bond. „La naiba cu perioada de preaviz", îşi spusese el. „La naiba cu salariul pe ultima lună. Să mă caute, să mă dea în judecată!"

Magazinul îi devenise acum casă. Era sordid, dar locuibil: n-avea nici apă caldă, nici încălzire, iar el era nevoit să doarmă în cămăruţa fără ferestre din spate pe o canapea veche şi roasă, cu pete înfiorătoare şi un iz neplăcut. Avusese parte însă şi de lucruri mult, mult mai rele la viaţa lui. Îi fusese respins creditul bancar, aşa că acum apăruse posibilitatea unei crize de lichidităţi. Pentru moment putea jongla, folosindu-se de banii din contul de la banca pentru locuinţe şi justificându-se cu stupizenia băncii în faţa proprietarilor. Vânzarea celor dintâi loturi de marfă avea să remedieze situația. Important era că se simțea iarăși viu, că nu mai era un zombi emasculat, dependent de salariu. Chicotise: Maureen vorbea în mod regulat despre demnitatea muncii. Nu era nicio demnitate, își zicea el, munca însemna subjugare și subjugarea însemna umilire.

Martin luase legătura cu asociații lui. Meritase cheltuiala, băgatul frenetic de monede de zece pence ca să potolească apetitul insațiabil al telefonului de după colț. Primul lot de marfă era așteptat peste câteva zile, deși încă mai trebuiau puse la punct detaliile. Până atunci, se apucaseră de amenajat magazinașul murdar, acoperind mai întâi ferestrele cu ziare. Scoseseră covorul vechi de când lumea, zugrăviseră pereții care duhneau a tutun cu lavabilă albă și îi dăduseră și o vopsea lucioasă tejghelei vechi și știrbite. Pentru stocul de marfă erau vitale persoanele de legătură ale lui Martin din Belgia, Olanda și Scandinavia. Roy oferea *know-how*-ul în privința administrării afacerii și tăria de caracter.

Tocmai se gândea să se dea, deloc comod, jos de pe canapea și să-și pună la fiert niște ceai când se auzi o bătaie nerăbdătoare în ușa magazinului. Aruncă la o parte pătura gri, zdrențuită, și, fără să se grăbească, își puse încet pantofii, își trecu degetele prin păr, vârî cămașa în pantaloni și se îndreptă târșâit către zgomot, care nu se potolise. Dincolo de ușa de sticlă stătea un tânăr scund și fercheș, care se uită nerăbdător la Roy, care-l cercetă și el din cap până în picioare, studiindu-i costumul cu dungi albe ca de cretă și revere late și pantaloni evazați, ghetele fără șireturi, mustața ca un firicel, părul dat cu briantină Brylcreem și expresia încrezută. Cunoștea genul acesta de oameni: puși pe căpătuială și grăbiți. Fără îndoială era vreo schemă aici, iar Roy avea să fie nevoit să-l asculte până la capăt: vreo ofertă specială la ceva pornografie ușoară ori băutură contrafăcută sau altele asemenea. Ei bine, avea să asculte politicos.

— Domnul Mannion, da? întrebă tânărul vesel.

Roy folosise acest nume pentru noua afacere, ca măsură de precauție.

— Cine întreabă? replică el răstit.

— Mă numesc Smith. John Smith. Da, chiar așa mă cheamă.

Tânărul râse, dând la iveală faptul că exersase gluma.

— E ca o piatră de moară să tot car după mine numele ăsta. Nimeni nu mă crede. Și, totuși, iată-mă-s! În carne și oase. Vreți să-mi vedeți permisul de conducere?

Roy nu se arătase interesat. Putea fi un fals, la urma urmei.

— De ce? Ce dorești?

— Sunteți noi pe-aici, nu? Asociații mei și cu mine l-am cunoscut foarte bine pe Archie. Bun băiat! Unul dintre cei mai buni. De școală veche. Își cunoștea îndatoririle civice, își juca rolul. Nu, domnule M. M-am gândit să trec pe la dumneavoastră să vă urez bun venit în zonă în numele firmelor de prin partea locului. Se poate să vă fi văzut și înainte, de fapt. Se poate să mă fi remarcat.

— N-aș putea zice că da. Unde ți-e magazinul?

— A, eu fac afaceri peste tot, n-am o bază fixă. Asociații mei și cu mine ne ocupăm cu oferitul de servicii pentru clienții noștri și sincer sperăm să vă numărați și dumneavoastră printre ei în curând.

Zâmbi larg. Roy nu. Era plictisit. Nu era dispus să accepte șantajul de școlar.

— Ce tip de servicii?

Pe John Smith nu-l părăsi buna dispoziție. Zâmbi iar și zise:

— Domnule M., sunteți om de afaceri. Aș fi crezut că aveți o oarecare idee.

— Poate că am, poate că nu. Luminează-mă!

— Tot felul de chestii. Suntem întreprinzători. Vă putem ajuta cu aprovizionarea, mâncare, băutură, materiale tipărite, chestii de genul ăsta. Aud că vă deschideți librărie aici.

— Pari bine informat. Pe asta de unde-ai aflat-o?

Domnul Smith îi ignoră întrebarea.

— Chiar și cu personal. Avem o rezervă bună de, ăă, angajați foarte prezentabili. Dacă asta vă interesează. Suntem în relații bune și cu gaborii locali. Vă putem prezenta, dacă doriți, ca să vă fie mai ușor. Cam orice.

— Mulțumesc, dar cred că suntem bine aranjați, îi zise Roy plin de țâfnă.

— Una dintre cele mai populare game de servicii este paza. Veghem asupra multora dintre firmele din zonă. Când pornești o afacere nouă, într-o zonă nouă, nu-i plăcut să ai de suferit din cauza spargerilor sau ce-o mai fi. Ne putem asigura că n-are să se întâmple așa ceva.

— Nu mă interesează. Mulțumesc!

— Dacă nu vă rezolvați cu asigurarea potrivită, se pot întâmpla tot felul de lucruri. Sau se poate ca prietenii mei să fie interesați de o asociere. O fuziune, să zicem? Sau chiar să vă preia afacerea la prețul potrivit dacă are perspective.

— Nu vrei să faci pași, băiețică? Sau îți ard una zdravănă după cap pentru osteneală.

Băiatul continuă să zâmbească.

— Nu-i nevoie să vă manifestați așa, domnule M, doar nu vrem să pornim cu stângul, nu? Nu vrem mici neînțelegeri. Probabil că o să aveți nevoie de ajutor pe parcurs. Ceva clientelă, să zicem?

— N-am nevoie de ticăloși ca tine și prietenașii tăi care să mă șantajeze.

— Măi, măi, măi! făcu Smith. Da' știu că vă ieșiți cam repede din fire, nu-i așa, domnule M.? Din puține vorbe, înțeleptul înțelege: așa ceva nu dă bine la relațiile cu clienții sau la atmosfera în comunitate. Nouă ne place să ne avem ca frații cu toții. Nu ne place să facă cineva valuri. Nu priește afacerilor. Mai ales ăluia care face valurile. Pot să vă sugerez să vă mai gândiți? Mai trec mâine ca să discutăm detaliile practice.

— Poți să te duci învârtindu-te și, dacă mai apari pe-aici, o să-ți tăbăcesc fundul.

— Evident, nu ne-am simpatizat din prima. Poate dacă ar trece vreunul dintre asociații mei?

— Am să-i tăbăcesc și lui fundul plin de coșuri. Hai, valea și nu mai veni!

— Faceți o mare greșeală!

— Poftim? Ai de gând să vii cu câțiva prieteni, nu? Nu prea cred. Arăt eu ca și când aș tremura de frică?

— Nu-i o mișcare înțeleaptă, domnule M., zise John Smith, amenințându-l cu degetul.

7

— BELEA! îi spuse Martin la câteva zile după aceea. Mare!

Intrase în magazin cu răsuflarea întretăiată.

— Liniștește-te, Martin! zise Roy. Acum ia spune-i tu Unchiului Roy despre ce-i vorba!

— Alaltăieri a trecut pe-aici cineva care-și zicea John Smith?

— Și ce dac-a trecut? Mă descurc eu cu el.

— Nu din cauza lui trebuie să-ți faci griji. Ci din cauza celor pe care-i reprezintă. El e doar ăla trimis să zdrobească rezistența.

— Nu-i decât o pungășie de amatori care oferă, chipurile, protecție. Tot ce trebuie să facem e să ne împotrivim.

— Nu pricepi. Treaba merge de ani de zile. Dețin majoritatea proprietăților sau, dacă nu, îi strâng cu menghina de boașe pe proprietari. Îi lasă pe oameni să-și vadă de afacerile lor câtă vreme nu li se răhățesc la ușă și-și plătesc contribuțiile.

— Furtună într-un pahar cu apă. Probleme de început de drum. O să fim în regulă.

— Nu, nu prea cred. M-au băgat înăuntru și mi-au ținut o prelegere bună. Mahării, nu John Smith al tău. Nu te plac. Nu prea avem ce face.

— În regulă, zise Roy încet. Cât?

— Am trecut deja de faza asta.

— Și ce? O bătălie aranjată din timp pe Wardour Street? Nu și-ar dori așa ceva, nu?

— Nu, nu și-ar dori.

— Care-i treaba?

— O să cadă la pace. Nu vor să se deranjeze.

— E bine. Deci, care e treaba Martin?

— Plecăm azi și lăsăm cheile pe tejghea. Adică o ștergem rapid din Londra.

— Ori de nu?

— N-au precizat. Mai e ceva.

— Mereu este.

— Știu despre lotul nostru de marfă. Presupun că au aflat de la capătul celălalt. I-au vândut pontul curcănăriei, spunându-i când și unde. A fost confiscat la Folkestone.

— Și noi trebuie să-i credem pe cuvânt?

— Mi-au zis exact cum urma să vină. Persoana mea de legătură de la docuri zice că roiesc polițiștii și vameșii pe-acolo. Șefii lui Smith ne dau treizeci de minute - m-am rugat eu de ei -, după care o să urmeze alt telefon care să anunțe unde se îndrepta marfa și atunci brigada mobilă o să fie pe urmele noastre. Doar așa ca să ne grăbească, au zis ei.

Roy cântări cele auzite preț de o clipă, după care vorbi:

— Bun, să mergem!

Adunară în tăcere lucrurile lui Roy într-o valiză. Cu o cârpă umedă șterse toate suprafețele pe care-și închipuia că s-ar fi putut să le fi atins. Scoase cheile de pe breloc și le așeză pe tejghea.

Trântiră ușa în urma lor la plecare și se îndreptară rapid spre stația de metrou, cu gulerele hainelor ridicate.

— Și acum? întrebă Roy când se așezară în cele din urmă într-o tavernă de pe Ealing Broadway.

— Am niște idei. Ce-ți trece prin cap, Roy?

— Nu mi-a mai dat nimeni ordine, darămite un nimic ca ăla.

— Nimicul ăla e nepotul unuia dintre mahări. Foarte respectat. Suntem terminați aici.

— Deci ce urmează?

— Locuri noi, zise Martin cu un zâmbet, golindu-și halba.

8

LUI ROY ÎI DISPLĂCEA PROFUND să se înșele atunci când Martin, idiotul de Martin, avea dreptate. Dar chiar avusese: o trecere precaută și cu băgare de seamă pe Berwick Street confirmase o vitrină arsă complet în locul de care-și legase speranțele și visurile. Asta dacă nu cumva era vreo șmecherie complicată de-a lui Martin, pusă în practică prin mijloace ascunse ca să-i smulgă lui Roy economiile, mișcare la care oricum avea să fie martor în curând. Nu, nu, n-avea Martin atâta minte pentru un plan măreț! O, nu!

Se întorsese la hotelul din Paddington și așteptase. Camera, aflată sub streașină, era ieftină și dezgustătoare, dar nu voia să cheltuie mai mult decât era nevoie din fondurile lui înainte să-și înceapă cu adevărat noua viață. Se plictisea. Nu avea televizor și revenise din excursia în Soho cu un exemplar din *The Sun*, pe care-l citise din scoarță în scoarță. După-amiaza și-o petrecu dormind.

Și mai rău era să depindă de Martin. Pe moment, acesta era la conducere, făcând aranjamentele de călătorie și obținând pașapoarte de la o relație de-a lui din East End. Roy nu avea de ales decât să se încreadă în el, scosese toți banii din bancă, dar nu îndrăznise să iasă să pună lucrurile în ordine. Era în pană de idei și lipsit de relații. Cu purtarea lui neserioasă la întâlnirile din fiecare seară, fără să vrea, Martin îl făcuse pe Roy să se simtă și mai umilit. La un moment dat în cariera lor comună, Martin avea să plătească pentru asta.

ÎN SEARA ACEEA ar fi urmat s-o ia din loc. Pentru fotografiile de folosit în noile lor pașapoarte false, pe care Roy considerase prudent să le aibă în caz că poliția ar fi vrut să-i aresteze când plecau din țară, își tunseseră pletele ce le ajungeau până la umeri scurt în părți și la spate și-și răseseră mustățile. Martin fusese trimis în East End după pașapoarte. „Mai vedem noi", își zisese Roy. „Mai vedem noi dacă tânărul domn White mai apare."

Apăru însă prompt, iar Roy se simți cuprins de o ură nepotolită față de absurditatea de care dădea dovadă. Martin îl redusese la două lucruri: neputință și dependență de un prost în general inofensiv și de regulă util. Își ascunsese disprețul la fel de eficient cum își mascase Martin nou-aflata sa superioritate într-o solicitudine veselă.

Era o noapte importantă, nu numai pentru ei. Mulțimi de oameni hoinăreau prin centrul Londrei, majoritatea îndreptându-se spre stadionul Wembley și meciul important în urma căruia Anglia avea să se califice la Campionatul Mondial din Germania, de anul următor. Martin gândise foarte bine lucrurile, trebuia să recunoască asta. Cu poliția metropolitană care se căznea să țină mulțimea din Londra sub control și restul agenților leneși uitându-se la televizoarele din sălile de control cum împărtășea Brian Clough[1], pe un ton monoton, la ITV, din experiența lui, ei aveau să meargă contra curentului.

Odată ieșiți cu bine din metrou și trecuți de îmbulzeala din Gara Victoria, lucrurile deveniră mai ușoare. Găsiră un vagon gol în trenul spre port și cel mai rău fusese că trebuiseră să aștepte să-și reia British Rail[2] strădania zilnică de a face trenurile să plece la timp. Câțiva oameni intrară în compartiment: un student neamț năuc, care clipea des și care, într-un final, îl lovi peste genunchi cu rucsacul cu margini ascuțite, două italience urâte care sporovăiau volubile, trei olandezi zâmbitori și gălăgioși. Curând se făcură opt persoane, iar Roy își stăpâni furia care fierbea, prefăcându-se a moțăi. Nu asta însemna să călătorești ca un domn. Nu asta își imaginase pentru sine.

În cele din urmă trenul porni cu doar patruzeci și cinci de minute întârziere. Se opri, trepidând cu scârțâit de roți lângă Gara Dover, trezindu-l cu un zgâlțâit din somnul profund în care căzuse, și așteptă aproape douăzeci de minute, aparent fără niciun motiv, până să se urnească din nou din loc cu o smucitură.

Așteptară să se verse din tren tinerii lor tovarăși de drum până să-și ia bagajele, să-și arunce hainele pe umeri și să se îndrepte prin pasaj spre feribot și controlul pașapoartelor. Roy verifică în minte dacă avea banii bine ascunși la fundul valizei. Sentimentul că, dacă era reținut și percheziționat, avea să fie *kaput*, era straniu, dar familiar, liniștitor. Mai fusese într-o

---

[1] Brian Howard Clough (1935–2004), fost jucător și antrenor englez de fotbal (n. tr.).

[2] Operatorul britanic de transport feroviar de stat, care a funcționat între 1948 și 1997 (n. tr.).

asemenea situație. Singurele chestiuni care contau în momentul de față erau comportamentul și norocul sau ghinionul lui.

Martin și Roy se despărțiră, iar el rămase în spatele unui grup de tineri, evident aflați într-un soi de excursie, niște puștani de gimnaziu încântați. Se uită la hainele ponosite ale supraveghetorilor și-și slăbi nodul cravatei, își răvăși părul și adoptă o expresie de om sătul de viață. Noul lui pașaport arăta, la urma urmei, că era profesor. Se termină totul într-o clipă odată ce așteptă să treacă toți cei douăzeci și șase de copii și adulți, asigurându-se că-i urmează imediat. Oficialul se uită la el plictisit, studie în fugă pașaportul și i-l dădu înapoi. Simplu ca bună ziua. Se simți radiind de bucurie pe dinăuntru.

Când se urcă pe vapor sub strălucirea orbitoare a luminilor din doc, dintr-un aparat de radio dus de unul dintre marinari se auzi un anunț zgomotos cum că Anglia remizase cu Polonia, așa că nu avea să participe, la urma urmei, la Campionatul Mondial din 1974. „Anglia, Anglia mea", își zise el, aruncând o privire în urmă spre Dover. „E bine că scap și eu de tine pentru o vreme."

Aproape că terminaseră a treia halbă de bere la bar când Roy aduse în discuție subiectul planurilor lor de viitor. Feribotul se ambarda[1] și legăna pe marea potrivnică, iar pe mesele învecinate alunecau pahare goale. Erau aproape singurii oameni în acel loc luminat pe jumătate. Martin se albi și stinse țigara; Roy însă era mai tare de stomac.

— Ce urmează, Martin? întrebă el.

— Nici măcar nu m-am gândit, răspunse Martin bolborosit. Prioritatea noastră a fost să spălăm putina înainte să ne găsească polițaii.

---

[1] A face ambardee, îndepărtare bruscă involuntară a unei nave de la drumul urmat din cauza curenților sau a vântului (n. red.).

— Cam așa ceva, comentă Roy calm și așteptă o tură. Numai că chiar ne trebuie un plan.

Zâmbi încurajator.

— Mă gândeam să găsim vreun hotel ieftin la Paris și să pornim de-acolo.

Roy oftă, deși nu tocmai imperceptibil.

— În regulă. Pentru început merge. Dar după aia?

Martin se uită la el inexpresiv.

— Ai niște relații la Bruxelles? întrebă Roy, îmboldindu-l cu un ridicat sugestiv din sprânceană.

— Da.

— Care comercializează diverse mărfuri?

— Da, dar dacă...

— Da?

— Ai avea nevoie de bani pentru început.

— Bănuiesc că pot să fac rost de niște lichidități. Ar fi mare păcat să irosim frumusețile astea de pașapoarte noi.

— Dacă te gândești să te întorci în Anglia...

— N-am zis asta. Dar dacă amicii tăi au nevoie de ceva ajutor să ducă chestii din Scandinavia sau să le aducă din nordul Africii, cine-ar fi mai potriviți să li-l ofere decât doi oameni de afaceri britanici integri? Sunt sigur că ne-am putea băga. Nu ești de acord? Câtă vreme prețul e corect. Și, în timp, ne vom aranja cum se cuvinte în afacerea de import-export.

— Să-i lăsăm pe dinafară? N-o să le placă.

— Te-arunci prea departe, Martin! Nu asta am zis. Hai să ne facem utili pentru început și vedem unde ne duce asta, bine? Sau ai tu o idee mai bună?

— Nu!

— Bun atunci! Tu aranjează întâlnirile, iar eu o să mă ocup de bani. Cum îți sună? Îți convine, nu-i așa?

— Bănuiesc că da.

— Bun, spuse Roy pe un ton împăciuitor. Excelent! O să beau pentru asta.

Își permise un mic rânjet în sinea lui. Reușise, în bună măsură, să-și reafirme controlul.

Fericire conjugală

1

SUNT SCUTIŢI DE PREZENŢA LUI ROY în acest weekend. Înnebunit şi bodogănind, irascibil după o noapte de nesomn, a mers la locuinţa lui în linişte ca să-şi pună treburile în ordine. Aşa zice el. Plănuieşte să-şi ducă majoritatea lucrurilor la un depozit şi să le vândă. E ultima lui şansă de a mai scoate un profit modest, pretinde el, dată fiind starea pieţei imobiliare.

— De-aia mă şi consultam cu Vincent, zisese el la micul dejun. Trebuie să-ţi porţi singur de grijă. Am văzut multe la viaţa mea. Nu ajungi la vârsta noastră fără un trecut, nu?

Nu e o întrebare, i-a mai auzit placa asta, în ciuda reticenţei lui de a vorbi despre trecutul său şi a stăruinţei cu care-şi contrazice, când şi când, spusele, cum că a dus o viaţă banală. Ar putea şi el măcar să facă un efort şi să spună acelaşi lucru. Evident, o consideră credulă.

El îi dă înainte repede, în ciuda acestui lucru.

— Poate c-am văzut mai multe decât tine. Mă bucur c-ai avut o viaţă protejată, chiar mă bucur. N-ai fi dorit să vezi unele dintre chestiile pe care le-am văzut eu. Pe de altă parte, am şi învăţat despre cum să păstrezi lucrurile importante din viaţă. Trebuie să te îngrijeşti de tot ceea ce ai muncit să-ţi asiguri. Bunurile tale, interesele tale, familia. Ai să vrei să-i laşi un viitor lui Michael, lui Stephen și Emmei, când, adică... Hai s-o zicem pe-aia dreaptă, amândoi trebuie să fim realiști. Suntem deja la vârsta aia la care în orice clipă...

Ea îi zâmbește cu sfială, ca și cum el i-ar fi citit prognoza meteo din ziar.

— Adică, dacă la un moment dat o să dorești să stai de vorbă cu Vincent...

Pentru moment a plecat să rezolve ce treburi sunt de rezolvat, iar ea poate să mai răsufle un pic.

E Stephen cu ea. Oferta de a-l duce cu mașina pe Roy la el acasă i-a fost refuzată pe un ton răstit.

— Floare la ureche! Nu m-ar deranja să mă duci până la gară, dar după aia trebuie să schimb la Reading, să iau un taxi de la Paddington și asta-i tot. Probabil că n-o să mă întorc până mâine. Am multe de rezolvat.

Atmosfera e mai lejeră fără el, ceea ce nu e câtuși de puțin surprinzător. Par să răsufle în mod evident ușurați cât își fac de lucru în bucătărie și au o eleganță aproape relaxată în mișcările lor în contrapunct prin casă. El macină boabe de cafea pe blatul de bucătărie, iar ea spală pătrunjel. Când se întoarce să toace verdeața, el se îndreaptă perfect sincronizat spre dulap să caute cafetiera. Toarnă apă fiartă din ceainic când ea se întinde după cutia cu biscuiți. Își încheie coregrafia fără cuvinte mergând împreună în sufragerie și așezându-se lângă teancul de ziare serioase de sâmbătă, ea, pe fotoliul ei cu spătar drept, el, cumva tolănit pe canapea.

Verdeața stă la uscat pe hârtie de bucătărie pentru omleta pe care o s-o pregătească ea pentru prânz peste vreo oră, după care e posibil să facă un drum scurt cu mașina până la țară înainte ca el să se ocupe de mesaje de email și de alte câteva chestiuni presante de IT la masa din bucătărie. Ea ar putea să tragă un pui de somn în fotoliul ei sau probabil să asculte pur și simplu Bach cu ochii închiși. Au discutat despre o comandă de mâncare indiană pe seară. Roy nu suportă mâncarea picantă, așa că va fi un adevărat festin pentru ei.

2

VINCENT DESCHIDE GURA, dar nu vorbește. Pare să rumege la ceva. În cele din urmă zice:

— De ce-o faci, Roy? Poți să te descurci și fără bătaia asta de cap. Cu siguranță o duci suficient de bine. Nu se poate să ai nevoie de bani.

Ei, o mică dezvăluire n-are ce rău să facă, în această etapă a vieții lui. Are să fie o ușurare să se explice, fie și numai lui Vincent, singurul lui legatar, cum ar veni, pe lume asta.

— Întotdeauna îmi prind bine mai mulți, răspunde el. Niciodată nu poți avea prea mulți bani gheață. Unde mai pui că eu cu asta mă ocup. O fac pentru că pot, pentru că sunt bun la asta. Iar oamenii ăștia... Oamenii ăștia stupizi și mulțumiți de sine. Ei nu știu ce înseamnă suferința. Stau în centrul vieților lor, la călduricăși confortabil. Au nevoie să-i zgâlțâie cineva.

Ar fi putut adăuga și: „e o slăbiciune, un impuls irezistibil". Construirea cu meticulozitate a minciunii și a fundamentelor ei complexe face adrenalina să curgă. Într-o viață anterioară fusese învățat să nu-și vădească bucuria când îi ținea minciuna cea mare și să evite impulsul de a o mai înflori până aproape de limitele credibilității doar pentru cât era de palpitant să-și bată joc de ținta ei. O minciună mare e tot ce-ți trebuie, o știe din experiență, iar să simți bucuria în suflet e o recompensă suficientă pentru asta. Este necesar să nu ignori finalul jocului, dar nu de acolo îi vine lui Roy sentimentul de împlinire, ci din execuție, din actul înșelării în sine. Vincent însă n-ar fi înțeles. El e un om straniu de nefericit.

— Sunt niște oameni de treabă, continuă el repede, ăștia de teapa lor. Privilegiați, încrezuți, mărginiți. O să-i cunoști și tu. Probabil are să-ți placă ea. Mie îmi place.

— Totuși, asta nu te oprește? zice Vincent.

— De ce să mă oprească? E o lecție importantă pentru ea, chiar dacă vine la o vârstă cam înaintată. O plac, dar o cunosc doar pentru că s-a prezentat ea. De la început. La vremea mea a trebuit să am de-a face... cu o mulțime de oameni suficient de agreabili.

Nu e imperativ s-o facă, totuși, s-ar putea descurca onorabil cu ce i-a rămas, chiar dacă resursele lui s-au redus alarmant în ultimii ani. De-aici îi vine însă satisfacția, și chiar dacă o place, o mai ia și în râs. Și familia aia a ei îngrozitoare, aoleu!

Se întorc iute la chestiunea curentă, după acea deschidere parțială mai degrabă jenantă. „Nu, dacă stau să reflectez, dezvăluirea nu e bună", își zice Roy. „Nu-i balsam pentru suflet. Cere întrebări, nu numai de la sine, și strică siguranța la care ai ajuns." La vârsta lui s-ar putea lipsi de asemenea perturbări.

Vincent o să fie chemat atunci când Roy va fi reușit s-o convingă pe Betty că are nevoie de sfatul lui. O să fie nevoie de ceva tenacitate, deși a pornit-o deja pe acest drum. Îi trece în revistă și pe toți ceilalți pe care și i-ar mai putea dori Betty alături în acel moment: dacă are noroc, novicele de Stephen, dacă nu are chiar atâta noroc, fiul ei, Michael. Cu amândoi ar trebui să se descurce, la urma urmei. Îi prescrie cu oarecare grijă lui Vincent cum să se prezinte, cum să se comporte și chiar și cu ce haine să se îmbrace. Vincent nu se simte jignit, cunoaște bine atenția la detalii a lui Roy și faptul că, în general, acesta are dreptate.

Parcurg apoi scenariul de bază. Nu poate fi decât o schiță pe marginea căreia vor trebui să improvizeze considerabil, îndeosebi când vor avea de-a face cu întrebările pe care le poate avea Betty. Roy întărește mesajele-cheie și limitele dintre care nu trebuie să iasă. Există câteva zone complicate peste care trebuie să treacă nu numai o dată și care privesc, în principal, modul în care s-o manevreze pe Betty ca să se bage în toată afacerea, alături de Roy. Vincent și Roy s-ar putea descurca și cu conturi separate, ceea ce ar presupune însă mai multă iscusință tehnică decât ar prefera ei și le-ar expune întreaga speculație unui risc mai mare decât ar fi acceptabil în mod normal.

Într-un final abordează problemele legate de tehnologia informației. Conturile au fost deja constituite, iar Roy a testat, discret, accesul online de pe tableta subțire pe care o ține ascunsă în dormitor acasă la Betty. Explică faptul că, atunci, de dragul verosimilității, vrea să-și transfere amândoi fondurile într-un cont comun deschis pe numele lor la o instituție financiară obscură off-shore. Vincent consideră că asta s-ar putea să fie problematic, dar își dă seama că Roy, ca întotdeauna, ține să facă lucrurile într-un mod teatral. Insistă pe cât de important e ca Roy să transfere fondurile din acel loc cât de repede poate. Vor ajunge atunci la finalul jocului și va trebui să-și fi făcut planurile următoare în avans, gata de pus în aplicare imediat.

Se poate să nu mai aibă ocazia să se sfătuiască pe îndelete până se pun rotițele în mișcare. După aceea, ocaziile de a discuta vor fi scurte și nesigure, ca atare este important să le fie amândurora clară viziunea colectivă și urgențele pentru care vor trebui să fie pregătiți în caz că lucrurile iau o întorsătură neprevăzută. Față de Betty, Roy va dori să păstreze o aparență de completă transparență, ca să nu trezească nicio urmă de îndoială. E un teren bătătorit pentru ei, cu adversari mult mai duri și-și dau mâna înainte ca Roy să se îndrepte spre trenul care-l duce înapoi. N-are să fie o problemă. O, nu!

3

— CRED, ZICE EL, că-ți datorez scuze.

— Ah? face Betty. Cum așa?

— M-am tot gândit cât am fost plecat. Tu mi-ai povestit totul despre viața ta și despre familia ta, iar eu am fost un pic cam...

— Reticent?

— Ca să nu spunem mai mult. Spre deosebire de tine, nu prea a fost cine știe ce interesant. Dar, vezi tu, nu pot să spun că mă simt mândru de viața mea. Și nu mă interesează să mă deschid sau cum i s-o zice chestiei ăsteia. Eu am fost educat să-mi văd de treaba mea. Numai că ție îți sunt dator să-ți spun mai multe despre mine decât am făcut-o. Dacă, adică, este să facem pasul următor.

— Ce vrei să spui?

— Dacă, așa cum ai sugerat tu, este să vând și să mă mut permanent la tine.

— Credeam că deja te-ai mutat. Și nu știam s-o fi sugerat eu, adaugă ea cu ușoară impertinență.

— Da, bine. Vânzarea micului meu apartament o să oficializeze mutarea și totodată o să ne ofere și fondurile necesare unui viitor minunat împreună.

— Într-adevăr.

— Vreau să-ți fie clar un lucru. Nu ți-am spus nicio minciună. Pur și simplu am, ei bine...

— Ai omis să-mi spui câte ceva?

Se uită mânios și zice apăsat:

— A, nu. Nu-mi place expresia aia. Pur și simplu nu am fost pe cât de deschis aș fi putut să fiu.

— Doar glumeam, Roy. Doar te necăjeam.

— Ah! Da, bine. Oricum, ăsta mi-s. E o poveste scurtă și banală. Nu-i nimic care să te alarmeze. Un leac bun pentru insomnie. Pentru început, sunt de loc din Dorset. Trebuie să-ți spun că am cam fost oaia neagră a familiei. Tata era paroh anglican de țară acolo, la fel ca tatăl lui. În calitate de cel mai mare fiu, se aștepta din partea mea să le calc pe urme. Mi s-a oferit posibilitatea să studiez la o școală particulară și urma să studiez teologia la Cambridge. După care a intervenit războiul. Pe lângă asta, eram - și chiar sunt - un soi de aventurier. M-am înrolat cât de repede am putut, dar, din nefericire, nu am apucat să ajung pe front. A fost din cauza unui amestec de cerințe legate de instrucție, haosul vremurilor și faptul că războiul intra în ultima fază și se fâsâia. Celor care duseseră greul luptei li s-a permis să aplice lovitura de grație. Pe noi ăștia, tinereii, ne-au ținut în rezervă. A fost mereu un regret de-al meu. Făceam parte din ceea ce numeau ei în derâdere serviciul de informații militare. Dar bănuiesc că mi-am slujit țara cât de bine am putut. Am făcut parte dintr-un mic grup trimis în Europa să investigheze incidente și să încerce să dea de urma criminalilor de război care fugeau. Am avut ceva succes. Asta m-a învățat o mulțime de lucruri despre viață, deși am avut parte și de niște experiențe pe care nu i le-aș dori nimănui.

— Ca de exemplu?

— Oh! face el, pus în încurcătură. Chestii despre care nu discut cu nimeni.

— Nici măcar cu mine?

— Mai ales cu tine, draga mea. Chestii despre care nu ar trebui să știi. Chestii care m-au schimbat pe mine ca om și m-au făcut ceea ce sunt astăzi.

O privește cu tristețe, iar ea își închipuie că s-ar putea să vadă lacrimi formându-se la coada ochilor lui. Se poate, totuși, să se și înșele.

— Am trecut peste. N-am plecat imediat din armată, deși aș fi putut să mă întorc la studii și să mă pierd frumușel într-un post de preot paroh la țară. Am avut șansa de a lupta pe front în Coreea. Atunci ajunsesem deja căpitan, promovat în grad. Au fost vremuri grele și acelea. Au ierni aspre acolo. Aproape că pierdusem legătura cu familia. Perspectiva mea asupra vieții era diferită de cea a părinților mei. Mai puțin timidă, trebuie să zic. Regret însă amarnic că n-am făcut efortul. Nu mi-am găsit niciodată curajul să reiau legătura cu rudele mele.

— Ai putea s-o faci acum, zice ea. Te-aș putea ajuta.

El clatină vehement din cap.

— Nu. S-au dus. Sunt morți cu toții acum, fără îndoială. Sunt generațiile ulterioare, bănuiesc, iar ultimul lucru de care au ei nevoie e să le apară la ușă o rudă de mult uitată.

— Nu sunt sigură că...

— Nu! zice el categoric. Nu. Oricum, am plecat din armată în 1953 și am cam tăiat frunză la câini pentru o vreme. Am avut o varietate de slujbe. Până să mă dezmeticesc eu, aveam aproape treizeci de ani și era timpul să fac ceva cu viața mea. Locuiam în Londra, dar am hotărât c-ar trebui să mă duc la țară. M-am mutat în East England, în apropiere de Norwich, și acolo am cunoscut-o pe Mary. Era o fată necomplicată, dintr-o familie modestă și cu nevoi simple. Îmi pierdusem de mult dorința de statut sau poziție. Mă interesa mai mult să-mi întemeiez o familie și să-mi fac un rost al meu. Așa că am pornit o mică grădină de zarzavaturi. Am învățat singur totul. Citeam cu nesaț până târziu în noapte și apoi îmi petreceam ziua următoare punând în practică cele aflate. Nu după multă vreme, l-am avut pe Robert. Ar fi fost cea mai fericită zi din viața mea dacă n-ar fi fost nașterea atât de dificilă. De atunci încolo e puțin de zis. Îmi construiam afacerea și, sincer să fiu, mi-am petrecut mai tot timpul astfel. Nu dă bine s-o zic, dar i-am neglijat pe Mary și pe Robert când afacerea a avut succes. Până când s-a îmbolnăvit ea. Au fost câțiva ani groaznici în care i s-a agravat boala din ce în ce mai tare, după care a murit. În viața mea nu m-am simțit mai deprimat. Asta s-a petrecut la începutul anilor 1970. Robert avea vreo 15 ani. Ne-am îndepărtat, trebuie să fie fost măcar în parte din cauza suferinței pe care nu ne-am putut-o exprima între noi și, în cele din urmă, când avea vreo 19 ani, a plecat așa, dintr-odată. Asta aproape că mi-a venit de hac, pot să-ți zic.

Face o pauză.

— Și ce-ai făcut atunci? întreabă ea cu blândețe.

— Am vândut. Mi-a zis că aveam nevoie de un nou început. M-am mutat înapoi la Londra. Am intrat în domeniul imobiliar. Și investiții. Era începutul anilor de avânt economic. A fost o greșeală. Oameni de la oraș. M-am încurcat cu persoanele nepotrivite. Mă îmbătam în fiecare seară și așa-zișii mei parteneri mă jumuleau de bani la greu. Mai că m-au ruinat. În cele din urmă mi-a venit mintea la cap și, în 1985, am luat ce-mi mai rămăsese și m-am întors în Norfolk. Am reușit să cumpăr o mică pepinieră de la un tip pe care-l cunoscusem cândva și care acum ieșea la pensie, ceea ce m-a ținut pe linia de plutire până m-am pensionat și eu. Asta e toată povestea, mai mult sau mai puțin. Până ai apărut tu.

— Și Robert?

— A călătorit prin toată lumea și n-am mai ținut legătura până în 1995. Atunci, din senin, am primit o scrisoare de la el din Australia. Nu știu cum de m-a găsit iar. Probabil internetul.

Nu l-am mai văzut de când ne-am despărțit și luăm rar legătura unul cu altul. El nu vine niciodată în Anglia.

— Ai vrea să-l vezi?

— Nu chiar, zice Roy. Avem atât de puține în comun și mă tem că sunt nejustificat de rigid în privința standardelor mele morale. Nu sunt de acord cu stilul lui de viață și mă îndoiesc că aș putea cădea la pace cu el. Mai bine să lăsăm lucrurile așa cum sunt. Oricum, poftim! Am simțit că era corect, dat fiind că intrăm într-o nouă etapă a vieții noastre...

— Ultima mutare, posibil, zice ea cu un zâmbet.

— Da. Am considerat că trebuia să știi despre mine. Mă tem că experiențele mele m-au făcut mai degrabă taciturn. Nu prea am ce face în această privință. Pur și simplu m-am învățat să nu am încredere în oameni - cu excepția ta, asta se subînțelege. Nu-mi place să vorbesc despre mine, ceea ce n-are să se schimbe. Dar dacă ai vreo întrebare...

— Nu, zice ea absentă.

Capitolul opt

MARTIE 1963

Înecare

1

GER NĂPRASNIC. Ca în ultimele trei luni sau cam așa ceva. Atât de frig, încât ți-era greu să și gândești. Mai ales într-o duminică dimineața când fuseseși târât pe nepusă masă din culcușul tău, cu a sa siguranță confortabilă, în așa ceva. Tremura la acest gând și tânjea după patul său cald.

Ceață. O ceață aspră, goală și înghețată ce plutea peste Fens[1]. Nu bătea vântul. Pe jos stăruia un strat gros de zăpadă, de la ninsorile din săptămânile trecute, adunat ca amintirile, în noian. Drumurile fuseseră curățate de câteva ori, dar se acoperiseră din nou de polei.

Se rezemă de camion, mai exact de ușa din dreptul șoferului, cu degetele amorțite și tremurând când le porunci să-i aprindă țigara. Era singur și-l aștepta pe Bob. Domnul Cole plecase de mult și-l luase și pe șofer cu el. Problema necesita îndemânarea lui Bob, iar domnul Cole nu avusese răbdare să mai aștepte.

— O să fii în regulă, nu, Roy? zisese el. Ar fi bine să-l duc pe șofer în oraș. I-a luat amărâtului o oră să ajungă la Old Ma Forsyth și la telefon.

[1] Zonă joasă din estul Angliei, un ținut mlăștinos din care o mare parte a fost redat agriculturii (n. tr.).

Amărâtul probabil că se ghemuia acum lângă soba doamnei Cole și-i bea ceaiul. O situație mult mai mulțumitoare decât cea în care se afla Roy în acel moment.

Le luase patruzeci și cinci de minute să localizeze camionul pe vechiul drum spre King's Lynn, un loc izolat prin care, într-o asemenea zi, nu ar fi trecut aproape nimeni. Când rămăsese în drum, șoferul pur și simplu o pornise în grabă pe jos spre cea mai apropiată casă, fără să-și noteze locul în care se afla. Ceața era aproape de nepătruns, iar domnul Cole înaintase în pas de melc cu dubița pe drumul dinspre satul Essenham, cu șoferul așezat incomod în spate, dându-i instrucțiuni destul de vagi. Habar n-avea unde era camionul.

În cele din urmă îl găsiseră, pe mijlocul drumului principal. Șoferul afirmase că lovise un petic de gheață, frânase și derapase până la o oprire necontrolată, blocând motorul. Nu reușise să-l pornească. Fără îndoială era ceva simplu cum ar fi un carburator înfundat, dar domnul Cole insistase ca Roy să-l aștepte pe Bob. Pasămite, astfel putea cere mai mulți bani.

„Norfolk nenorocit!" își zise Roy. În ultimii cinci ani fusese omul care făcea de toate în sat. Îi plăcea la grădina de zarzavaturi peste vară, dar asta era ceva sezonier. Domnul Brown era genul de om mult prea meschin ca să-l țină și peste an. Așa că, atunci când venea luna octombrie, era obligat să-și caute ce găsea disponibil. Cel mai adesea Cole's Garage era singurul port de escală. Totuși, îi ieșea și lui mai mult sau mai puțin suficient de bere și țigări. Departe de a-și împlini destinul, totuși. O ducea de azi pe mâine.

Îl străbătu un fior de sus în jos și apoi de jos în sus pe șira spinării. Unde era Bob, Bob cel care nu făcea niciun efort să fie vesel, era cu cincisprezece ani mai tânăr decât el, plin de optimism și cu nunta programată? Bob, mecanicul calificat, care avea perspective, mai ales când Bătrânul Rege Cole se decidea, în cele din urmă, să vândă și să iasă la pensie? Cole avea o slăbiciune pentru Bob. Pe Roy îl privise mereu cu un soi de suspiciune curioasă, ca și cum ar fi comis vreo infracțiune pe care nu reușea să și-o amintească bine și, când colo, el se purtase întotdeauna cât se poate de frumos.

Încercă să-și aprindă iar țigara și, de data asta, și izbuti. Trase cu nesaț din tubul de hârtie și auzi trosnetul care era mai degrabă un foșnet al țigării arzânde. Își scoase țigara din gură și o studie critic preț de o clipă, scoțând o bucățică strâmbă de tutun de la capătul care nu ardea cu degetul mare și cel arătător amorțite. Măcar țigara îi dădea impresia de căldură în plus.

Liniște. Cam așa se caracterizau locurile astea în cel mai bun caz. Împotmolită în ceața de iarnă la dracu'-n praznic se afla o lume diferită. O lume a liniștii deznădăjduite și a izolării. Se simțea de parcă ar fi murit și i s-ar fi desprins sufletul de trup. Nu că ar fi fost multe chestii care să-l lege, dar în acel moment se simțea complet dezlegat. Constată că asta îi dădea energie mai degrabă decât să-i provoace îngrijorare: nu exista plasă de siguranță, dar nici vreo constrângere.

2

ÎN ESENȚĂ, Bob era flăcău de treabă. Crescuse în acel sat îndepărtat și nu plecase niciodată din el.

Bob avea o iubită, Sheila. Și ea crescuse în același loc. Bob îi spunea regulat că fuseseră sortiți unul altuia din prima zi la creșa din sat. Familiile, amuzate, conspiraseră la crearea acestui mit și astfel se îndeplinise. Erau logodiți și urmau să se căsătorească la vară, iar Sheila era ocupată până peste cap să-și umple lada de zestre.

Bob avea energie și entuziasm și putea, spre cinstea lui, să-și închipuie și lumea de dincolo de granițele celei în care trăise. O trăsătură pe care Roy o încuraja, în general, în ședințele lor de la pub. Roy era invariabil nevoit să-l însoțească pe Bob la părinții lui acasă și să bată la ușă cu un zâmbet ironic, ridicând din sprâncene, spre amărăciunea tatălui acestuia.

Viteza și caii erau marile pasiuni ale lui Bob. Era scund, vânos și atletic, ca tatăl lui, și aspirase cândva să devină jocheu. Tatăl său i-o interzisese pentru că, în urmă cu douăzeci și cinci de ani, el însuși fusese băiat la grajduri la un centru de echitație de lângă Newmarket, dar își rupsese piciorul la o căzătură. Îi luase ani de zile să-și refacă viața și nu voia să treacă și Bob prin același chin. Numai că Bob încă mai năzuia la asta și se ducea la curse la Newmarket și Doncaster ori de câte ori și-o permitea.

Gonea prin mica lui lume pe motocicleta sa Triumph, pentru care făcuse economii câțiva ani și de care avea grijă ca de ochii din cap. Și ea avea să fie o victimă a vieții de om căsătorit, urmând a fi dată avans pentru un Austin A35[1] sau probabil o Anglia[2]. Până atunci, accelera pe drumurile drepte din zona mlăștinoasă, străbătând monocromia plată din fața lui într-o rafală de aer și în răget de motor.

3

SĂ FI FOST OARE o motocicletă în depărtare zgomotul pe care-l auzea Roy în aerul nemișcat? Nu, era un truc al ceții bulversante ori al așteptărilor lui.

---

[1] Model de mașină mică de familie comercializat de producătorul auto britanic Austin între 1956 și 1968 (n. tr.).

[2] Model Ford proiectat și construit de Ford Marea Britanie între anii 1939 și 1967 (n. tr.).

Se urcă la loc în cabină, sperând să dea de o urmă de căldură, și trânti portiera cu zăngănit metalic.

Cinci ani. Uneori i se păreau o viață de om în mohorârea sufocantă a regiunii mlăștinoase, jilave și închise în sine.

Își studie mâinile bătătorite, învârtoșate de munca manuală. Din punct de vedere fizic era mai mult decât capabil de așa ceva, dar nu despre asta era vorba. Pur și simplu nu astfel trebuia să fie viața lui. Roy nu era menit să fie unul dintre cei care doar concurau fără să câștige vreodată, care munceau din greu ca să-i țină pe pozițiile lor pe cei care reușiseră. Lucrurile trebuiau să se schimbe, cât de curând.

Nu auzi decât hârșâitul ca de glaspapir al mâinii lui pe bărbie când își pipăi fața. N-avusese la dispoziție decât vreo câteva minute la ora cinci dimineața ca să-și tragă pantalonii pe el, să-și spună bocancii, cămașa și cravata, înainte să caute cel mai gros pulover pe care-l putea purta pe sub sacou și palton. Ar fi fost recunoscător pentru o înghițitură de ceai dulce și fierbinte care să-i străbată trupul. Expiră și urmări aburul din răsuflarea lui plutind într-un norișor pe parbrizul camionului înainte să înceapă să se dizolve în condens. Din lipsă de altceva mai bun de făcut, scotoci prin cabină, citind facturile prinse în ordine pe o mapă, răsfoi un exemplar vechi din *Daily Sketch*[1] și găsi în torpedo o pungă de hârtie pe jumătate plină cu dropsuri în formă de pară. Mai era și o pătură militară soioasă gri făcută ghem sub scaunul din stânga. Luă manivela din spațiul pentru picioare al locului din stânga, dar își zise din nou să-l aștepte pe Bob cu trucurile lui magice.

---

[1] Tabloid britanic înființat în 1909 și care și-a încetat apariția în 1971 (n. tr.).

4

ERA RELATIV UȘOR să-l întărâți pe Bob. Fă referire la comportamentul și viața sa de țărănoi, aprinde amorsa și retrage-te ca să râzi batjocoritor pe seama lui!

Exista totuși un soi de scop în tachinatul său. Bob voia și avea nevoie să vadă mai mult din viață înainte să intre în închisoarea deschisă a căsniciei. Asculta captivat când îi povestea Roy despre aventurile lui în Europa Centrală imediat după război, cum ducea naziștii la judecată cu pistolul la tâmplă sau despre călătoriile sale prin lume alături de lordul Stanbrook și cum se întorcea la Hotelul Raffles taman la timp ca să prindă răsăritul în Singapore. Majoritatea celor povestite erau oarecum aproape de adevăr, dar păreau să stârnească în Bob ceva ce semăna a imaginație.

Realmente, îi desconsidera pe toți, inclusiv pe Bob, care, deși îl simpatiza, era pur simplu cel mai acceptabil dintre toți acești nerozi cu călcătura greoaie. Perioada de respiro fusese tolerabilă, chiar dacă surprinzătoare atunci când apăruse, dar cinci ani, măiculiță! Acum era momentul să se întoarcă undeva mai aproape de centrul lucrurilor.

Așa că aștepta momentul potrivit și se distra ațâțându-i lui Bob ambiția și dorul de ducă și enervându-i tatăl, care-i făcuse morală lui Roy de mai multe ori pentru ideile lui crețe. Îl ignorase negreșit, nu tocmai râzându-i în nas. Nu tocmai.

Călcatul domnului Mannion pe coadă nu era nicio distracție și era cam sub nivelul aspirațiilor lui. Voia să se întoarcă în lumea smochingurilor și a costumelor de vânătoare din tweed, a conversațiilor în șoaptă la un trabuc și un pahar de porto, unde se aranjau lucrurile și se ungeau rotițele, cu femei strălucitoare și trufașe, nerăbdătoare să-și alunge plictiseala și dispreţul pentru soţii lor prin sex.

Sub supravegherea lui, Bob vădise semne autentice de neastâmpăr care se întindeau dincolo de sporovăiala de bar. Se certase chiar și cu tatăl lui, dând de înţeles că ar fi preferat mai degrabă să-și încerce norocul în Fum. Se dusese la bărbierul din King's Lynn, de unde se întorsese cu o tunsoare cu părul tapat în vârful capului rezonabil de spectaculoasă de care se îngrijea cu minuţiozitate. Începuse și să poarte geacă de piele. Mergea cu iuţeală fulgerătoare de colo până colo pe Triumph-ul lui, căruia îl lustruise piesele de oţel-inox ale blocului motor și ţevile de eșapament cromate să strălucească.

5

ÎNTR-UN FINAL, distinse uruitul îndepărtat al unei motociclete.

Se forţă să audă mai bine, după care fu sigur. Zgomotul devenea din ce în ce mai puternic.

În curând, Bob avea să-și vâre mâinile în maţele pline de ulei ale vehiculului, ca un chirurg vesel, sporovăind repede și nedeslușit, zâmbind cât lucra, cu o Woodbine[1] între buze. În cele din urmă, avea să-și scoată degetele murdare, să le șteargă pe o cârpă și treacă la pornirea camionului cu gesturi teatrale.

Acum zgomotul era ușor de recunoscut ca fiind de la motocicleta lui Bob, nu mai era un uruit ușor și furios, ci un răget gutural și supărător de la acceleraţia apăsată. Roy se îndreptă spre botul lung al camionului și deschise capota. Avea să conducă el camionul înapoi la garaj, iar Bob avea să vină în urma lui. Ar fi fost un pic cam devreme pentru o halbă, dar poate

---

[1] Marcă britanică de ţigarete (n. tr.).

că doamna Langley, proprietăreasa lui Roy, avea să le-arunce și lor în tigaie ceva de mâncare. La fel ca majoritatea femeilor, avea o slăbiciune pentru Bob cel tânăr și obraznic.

Probabil că îngheța pe chestia aia. Cu siguranță era una dintre primele dăți din an când ieșise Bob pe ea. Când naiba avea să vină iar căldura în țara asta?

Zgomotul motocicletei care se apropia se auzi și mai tare. Spargerea liniștii era binevenită din punctul lui de vedere, lucrurile începeau să se miște.

Și atunci lumea se opri iar.

Încă făcându-și de lucru la capota camionului, Roy avu sentimentul că avea să se întâmple ceva. Ulterior avea să-l pună pe seama faptului că, în mod inconștient, își dăduse seama de o treabă: zgomotul motocicletei era prea puternic și prea aproape, dar nu avu timp să judece acest lucru pe moment.

Motorul motocicletei urla. Undeva, de cealaltă parte a camionului, ascuns vederii lui Roy, crescu neajutorat turația când își pierdu tracțiunea. Urmă o bufnitură zdravănă, iar el simți camionul zgâlțâindu-se scurt de la impactul din partea opusă. Auzi sunetul metalului zgâriind carosabilul și, chiar și observând scânteile de sub camion, se uită la motocicletă, o fiară zvârcolindu-se furioasă, cum ieși alunecând de sub mașină și patină câțiva metri pe drum înainte să se oprească.

Reveni liniștea apăsătoare. Roy încă mai era cu mâna pe capotă, ținând-o deschisă. De Bob nici urmă.

Îi trebui ceva prezență de spirit să dea drumul capotei, care se trânti cu zgomot și ecou în ceață. Rămase locului o clipă, neajutorat, înainte să tușească, doar ca să facă zgomot, să audă sunetul gol, ca și cum ar fi vrut să-și confirme propria existență.

O presimțire ciudată, detașată, care nu se transformase tocmai în groază, îi străbătu trupul. De probă, întrebă răgușit:

— Bob?

Apoi îi reveni glasul și strigă mai tare. Niciun răspuns. Îi luă încă o clipă să-și convingă mușchii picioarelor să-l asculte și porni pe drumul lung spre partea opusă a camionului.

Bob se înfipsese în bara transversală care ieșea din șasiul de fontă al autocamionului-platformă. Pesemne intrase drept cu burta în ea și acum atârna de aceasta ca și cum era în aer, cu vârfurile degetelor de la picioare atingând drumul, în poziție șezândă și cu brațele întinse de parcă încă ar mai fi fost călare pe motocicletă.

Cu siguranță fusese un accident bizar. Se întrebă oare cât de repede mergea Bob: o viteză nesăbuită de 96, 112, 144 de kilometri la oră? Ce băiat prost! Scurgerea de sânge, câtă o fi fost, încetase, după ce împroșcase drumul acoperit cu gheață aproape circular. Cicatricea traiectoriei ulterioare a motocicletei se putea vedea pe sub camion.

6

NU MAI AVEA SENZAȚIA DE FRIG ACUM. Tot ce simțea era o amorțeală fizică și mintală. Liniștea totală revenise. Ceața atârna grea și albă.

Îi porunci creierului să funcționeze. Prima sa concluzie fu una ciudată. Succesiunea îngrozitoare de evenimente ar trebui să declanșeze o reacție automată pe măsură. Ar trebui să facă tot ce poate pentru Bob, dar ce rost avea să se agite pe lângă rămășițele lui pământești? Ar trebui, probabil, să și vomite din pricina priveliștii groaznice de dinaintea lui. Ar trebui să înceapă să-și plângă prietenul în orice mod potrivit. Poate nu să-l bocească, dar ceva mai adecvat decât simpla închinare a unui pahar la pub în seara aceea. Ar trebui să se ducă pe cât de repede posibil la autorități, pentru ca acestea să poată întreprinde demersurile cuvenite. Ei bine, poate, mai stai puțin!

Nu făcu însă nimic din toate acestea. Îl privi pe Bob cu indiferență și-i veni un oftat pe care reuși să-l reprime. Pica un pic cam prost chestia asta. Sau poate că nu.

În scurtă vreme, Bob trecuse de la prieten la o enigmă abstractă, o serie de încercări concrete care formau curiosul dublet amenințare – ocazie. Ce trebuia să facă el la locul faptei ca să vădească decență, în caz că se nimerea vreun trecător pe acolo, deși erau foarte slabe șanse de așa ceva? Cum să ajungă la cea mai apropiată secție de poliție? Ce să le spună părinților lui Bob?

Sau...

Nu-i luă mult până să-i apară în minte două opțiuni. „Stai sau te arunci?" Ca întotdeauna, alegerea era să se arunce. Înțelegea, atât rațional, cât și intuitiv, că următoarele câteva zile aveau să necesite o oarecare dibăcie din partea lui. Trebuia totodată să creeze explicații pentru ceea ce se petrecuse, câtă vreme erau fezabile, în cazul în care detaliile practice s-ar fi adunat și l-ar fi biruit. Aplică o logică rece, spunându-și că tocmai în asemenea împrejurări se descurca el cel mai bine. Avea să acționeze calm, reprimându-și toată neliniștea și să facă un pas rațional după altul. Viteza avea să fie critică.

Roy cercetă cu atenție locul accidentului, mergând câțiva metri în fiecare direcție până la intersecția celor două drumuri. Ce voia el era realizabil, dar riscant.

Se întoarse la camion și se uită iar la ceea ce rămăsese din Bob Mannion. Șocant! O, Doamne, o, Doamne! Sarcinile următoare aveau să fie extrem de neplăcute, dar nu avea cum să se eschiveze. Luă pătura din camion. Fără îndoială șoferul avea să-i simtă lipsa și să se întrebe nedumerit pe unde-o fi pierdut-o, dar îi trebuia neapărat.

Trunchiul lui Bob rămăsese lipit de şasiu. Arăta acum de parcă s-ar fi rezemat, beat, de o parte camionului ca să nu cadă. Roy întinse pătura bine, o trase sub picioarele lui Bob, poziţionând-o cu grijă. Îl apucă strâns pe Bob de subsuori şi, după ce inspiră adânc, îl trase înapoi. Cât era viu, Bob ar fi intrat la categoria pană, aşa că elementele practice ale acţiunii prezentară mai puţine probleme decât cele conceptuale. În cele din urmă, Bob se desprinse cu un plescăit, iar Roy îl întinse pe pătură, având grijă să nu se uite prea de aproape la el. Rămăsese suficient din bucata de material cât să poată şterge cu un colţ bara din capătul şasiului în care se înfipsese Bob. Trecu apoi la sinistra treabă de a goli buzunarele mortului fără să se mânjească. Nu putu să nu-i vadă deloc faţa: Bob arăta mulţumit, aproape angelic. Ar fi fost încântat să ştie că-i rezistase tunsoarea cu păr tapat în vârful capului. Măcar Roy putea argumenta că părea împăcat şi că era imposibil să fi suferit.

Măcar partea respectivă din treabă se terminase. Dumnezeule, începuse să plouă! Taman asta-i mai trebuia lui Roy. Fundalul sonor al eforturilor lui nu mai era liniştea mormântală, ci răpăitul ploii pe gheaţă. Începu să-i curgă apa pe gât. Se cutremură.

Paralel cu drumul mai mare se afla un canal de drenaj care făcea parte dintr-o reţea construită în diverse momente, cu începere din secolul al XVII-lea, ca să îndepărteze apa din aceste locuri pentru a le reda agriculturii. Canalul dădea, fără îndoială, în sistemul de drenaj al zonei de mijloc şi, într-un final, în râul Ouse înainte să curgă în Marea Nordului. Era vechi, prost sau chiar deloc întreţinut, năpădit de vegetaţie şi înfundat de buruieni şi trestie. Evident, fusese ignorat de ani de zile. Dar, na, săracii n-au de ales. El nu miza pe faptul că leşul lui Bob ar fi ajuns vreodată în mare.

Păşind cu mare atenţie pe malurile abrupte ale şanţului cu scârţâit de iarbă îngheţată la fiecare pas timid, ajunse în cele din urmă la marginea apei. Suprafaţa era solidă. Roy estimase că în acest loc, care era punctul său cel mai îngust, şanţul avea vreo doi metri lăţime. Trebuia să fie de ajuns. Ţinându-se de creanga subţire a unui copac care creştea la un unghi de patruzeci şi cinci de grade faţă de mal, încercă suprafaţa îngheţată cu călcâiul bocancului, iar acesta îi opuse rezistenţă. Mai încercă o dată, apăsând cu mai multă forţă, şi trecu prin gheaţă. Un şuvoi de lichid rece şi leşios îi acoperi glezna când alunecă uşor. Se redresă şi-şi trase piciorul afară din apă. Aducând manivela de pornire din camion, se apucă să lărgească gaura în care intenţiona să lase cadavrul lui Bob. Era ceva improvizat, o ştia, dar n-avea unde altundeva să-l pună.

Cu ambele mâini, târî pătura până la marginea şanţului şi o poziţionă cu grijă, înainte să o tragă dintr-o parte. Cadavrul lui Bob se răsturnă pe mal, se rostogoli la vale şi căzu bâldâbâc în canal.

Suprafaţa apei se linişti, iar cadavrul se ridică uşor, plutind, dar rămânând în valuri. Roy vedea clar spatele lui Bob, cu o gaură pătrată în el, mâinile şi picioarele. Coborî repede malul. Nu avea ce greutate să agaţe de cadavru, chestie la care ar fi trebuit să se gândească înainte să-l bage în apă. Făcu şi el ce putea, împingând cadavrul în partea de canal mai puţin vizibilă de pe drum şi acoperindu-l cu ramurile înfrunzite îngheţate care crescuseră de sub mal pe care reuşise să le smulgă de la locul lor.

Efectul nu era profesionist, dar s-ar fi putut să fie suficient. Cadavrul avea să fie găsit doar la o căutare hotărâtă, lucru care nu prea avea cum să se întâmple dacă el gestiona situaţia cum se cuvine în următoarele ore şi zile. Oricum, zarurile fuseseră aruncate şi n-ar fi trebuit să se agite atât. Chiar îşi dăduse toată silința. Încercă să sufle căldură și-și învioreze mâinile înghețate pe drumul de întoarcere la camion. Venise momentul următoarei decizii.

Se hotărî că trebuia să scape de motocicletă. Nu putea risca s-o pornească iar și să meargă cu ea înapoi în sat. Nu se putea să-l vadă nimeni, pe motocicletă sau altfel, și să-și închipuie că era Bob Mannion. Dacă, totuși, reușea să pornească motorul camionului, ar fi trebuit să aibă suficient timp să pună în aplicare planul pe care deja îl schița în minte. Dacă nu, ar fi fost nevoit să-și târâie picioarele kilometri întregi până la cea mai apropiată casă și să improvizeze.

Se duse la motocicletă și inspiră mirosul puternic și amețitor de benzină. Îndreptând-o, încercă s-o pornească din pedală, fără succes. Avea doar o soluție pentru ea. Canalul unde depusese cadavrul lui Bob era mult prea îngust ca să intre și motocicleta și să rămână ascunsă măcar un pic. Merse pe drumul pe lângă care se întindea canalul, căutând un punct în care acesta se lățea. La vreo opt sute de metri mai încolo, la următoarea răscruce de drumuri, canalul dădea într-un curs de apă mai lat și perpendicular pe el.

Roy era conștient de timpul prețios care se scurgea în clepsidră și nu mai putea fi recuperat, precum și de poziția sa potențial expusă din următoarea fază. Făcu o pauză și-și zise ceva în liniștea care-l înconjura, cu răsuflarea scoțându-i rotocoale în ceață. „Panica n-aduce nimic bun. Riscul înseamnă viață. Tu doar mergi!"

Se întoarse să ia motocicleta. Lăsându-se pe ghidon, împinse. Bocancii îi alunecară pe gheață, iar el se aplecă și mai tare și se aburcă, reușind mai întâi o ușoară mișcare, apoi un impuls mai puternic. Nu după multă vreme, camionul dispăru din vedere în urma lui, ca și nici n-ar fi existat și nimic nu s-ar fi întâmplat. Numai că el ținea în mână dovada contrarie.

Continuă să împingă, cu durere de umeri și coapse de la efort, refuzând să se gândească la ce făcea până nu ajunse la punctul pe care și-l fixase. Meticulozitatea îl împiedică să se oprească înainte de țintă chiar dacă aceasta era arbitrară. Un metru sau doi n-ar mai fi contat. În mintea lui însă, da.

Ploua mai tare, iar el se udase mai rău. În locul respectiv, canalul era mult mai lat și mai adânc. Apa începea să curgă iar, pic cu pic. Părea să fi se instalat dezghețul și chiar repede.

Roy trase motocicleta pe marginea malului, o săltă și-i dădu brânci, iar aceasta coborî, păcănind, malul abrupt și lovi apa în viteză. Roata din față se împotmoli, iar motocicleta se dădu peste cap, dispărând în mare parte din vedere, dar roțile îi rămaseră afară din apă.

Oftă. N-avea încotro. Furios, își scoase bocancii, ciorapii și pantalonii și coborî rapid malul. Era șocant de rece, deși nu trebui să înainteze cu greu decât câțiva pași ca să ajungă la motocicletă. Apa îi venea până la genunchi. Împinse cu putere și, nu după multă vreme, fierătania căzu pe-o parte, invizibilă de-acum. Nu putea spera să fie mai bine de-atât.

Se cățără la loc pe drum și, cu hainele și bocancii în mână, dădu fuga și se târî pe gheață până la camion cât de repede putu. Folosindu-se de părțile din pătură care nu se murdăriseră și nici udaseră de la ce cursese din cadavrul lui Bob, se șterse cât de bine putu. Își puse hainele și bocancii și se așeză un pic pe treapta cabinei, tremurând violent. Era însă vorba de supraviețuire aici, iar el trebuia să plece.

Găsi manivela de pornire a camionului și o puse pe poziție după ce verifică să fie schimbătorul de viteze pe poziția „neutru". O răsuci de două ori ca să amorseze motorul înainte să se urce în cabină. Autovehiculul era echipat cu clapeta de aer a carburatorului, pe care o trase până la jumătate. Știa că mergea la ghici și mai știa și că fiara s-ar putea revolta, să-i zboare manivela de pornire în partea opusă și să-i rupă mâna când încerca s-o acționeze. Singura alternativă era o plimbare lungă în haine reci și ude.

Acesta era momentul. În ciuda frigului, își scoase paltonul și căciula ca să poată ataca în cel mai bun mod problema și se aplecă pe poziție atent, înainte să pună mâna pe manivelă și s-o învârtă cu câtă forță putu. Nimic. Încercă a doua oară. Iar nimic. A treia oară când încercă, autovehiculul se legănă ușor de parcă s-ar fi întâmplat ceva, deși Roy nu era sigur ce anume. La a patra încercare, motorul bolborosi, tuși, tăcu aproape, apoi bolborosi iar. Roy se dădu înapoi cu un salt și sări în cabină. Pocni accelerația cu piciorul, iar motorul își reveni gutural și șovăielnic la viață. Cu piciorul pe pedala de accelerație, slăbi clapeta de aer a carburatorului. Zgomotul gutural dispăru treptat, iar motorul pe benzină scânci. În cele din urmă, se hotărî că putea lua piciorul de pe accelerație. Motorul mergea în regim de ralanti suficient de sigur. Se simți cuprins de bucurie. Planul rămânea valabil.

Aruncă pătura jegoasă în șanțul în care zăcea cadavrul lui Bob și scoase manivela de pornire înainte să se urce la loc în cabină, apăsând pe ambreiaj și arzându-i una schimbătorului de viteze ca să-l treacă în viteza întâi. Acceleră ușor și luă, cu blândețe, piciorul de pe ambreiaj. Roțile începură să se învârtă, după care-și găsiră tracțiunea. Camionul o luă înainte și-l întoarse grijuliu cu fața la drumul spre oraș. Manevra nu era tocmai ușoară pe drumurile acelea înguste. Era dificil, dat fiind frigul care-i amorțea trupul și starea lui de alertă maximă, să aibă dexteritate la accelerație și ambreiaj. Reuși și, mergând încet și în cele din urmă cu viteză moderată, se duse la Essenham.

Înecare. Asta fusese tot. O nenorocită de înecare a motorului.

7

DOMNUL COLE ȘI ȘOFERUL beau ceai la garaj.

— Ai reușit să-l urnești, ei? zise domnul Cole cu vorba lui tărăgănată și degajată de om de la țară. Bob a fost, nu?

— Bob n-a apărut. Am meșterit eu sub capotă și l-am pornit de unul singur.

— Unde-i Bob atunci?

— Întreabă-mă să te-ntreb! replică enervat Roy. Am așteptat o groază, după care am renunțat. Ești sigur că s-a dus cineva la el?

— Sigur că sunt sigur. Nevastă-mea s-a dus acolo. Doamna Mannion a zis c-o să-l trezească.

— Bănuiesc că tot în pat e. În orice caz, totul e bine.

— Arăți degerat, naibii. Tremuri și ești ud.

— Păi da, a fost un pic cam frig în caz că n-ai observat. Și a mai și plouat în ultima oră sau cam așa ceva.

— S-a pornit dezghețul?

— Poate. În orice caz, eu mă duc acasă să mă încălzesc și să fac o baie.

Șoferul mormăi lipsit de recunoștință când îi înmână cheile. Simți o oarecare plăcere prematură la gândul derutei și al nemulțumirii omului când avea să descopere, într-un final, că-i dispăruse pătura.

Nu se duse direct acasă. Dacă ar fi fost luat la întrebări, ar fi spus că s-a dus mai întâi să verifice dacă Bob mai era încă în pat. Ca de obicei, ușa din spate de la casa familiei Mannion era descuiată. O deschise și strigă prudent:

— E cineva acasă?

Nu primi niciun răspuns. Soții Mannion aveau să fie la biserică, de unde nu lipseau niciodată. Se gândise la acest lucru și, uitându-se la ceasul din bucătărie, calculă că s-ar putea să aibă cam douăzeci de minute la dispoziție. Aerul îmbâcsit și cald al bucătăriei era ademenitor, iar aroma cărnii de vită care se frigea la cuptor ispititoare, dar, după ce mai strigă o dată precaut și-și încălzi mâinile scurt pe Aga[1], urcă la etaj.

Locul arăta de parcă Bob tocmai s-ar fi sculat. Plapuma era dată la o parte pe pat în dezordine, cearceafurile boțite și o pernă strivită în colț, lângă perete, dovezi ale unui somn agitat de peste noapte, iar cuvertura roz brodată fusese aruncată pe podea. Era rece la atingere, dar persista mirosul lui, acel after-shave cu care se dădea în fiecare zi, spre amuzamentul domnului Cole, pe lângă amestecul imposibil de definit de sudoare și feromoni. Hainele erau împrăștiate peste tot, iar pe tăblia de sticlă a măsuței de toaletă nepotrivit de feminine se aflau un teanc de ziare și ceva mărunțiș. Bob Mannion nu fusese un om ordonat.

Roy trase iute o valiză jerpelită de pe garderob, conștient că aceste momente puteau fi cele mai periculoase, și o umplu cu niște haine de-ale lui Bob alese la întâmplare. În fundul dulapului găsi o cutie veche de pantofi. Înăuntru erau câteva scrisori, pe care le parcurse în viteză neinteresat. Majoritatea, pe care le dădu deoparte, erau de la Sheila. Și le vârî pe cele care erau de la bancă în buzunarul hainei, împreună cu carnetul de cecuri pe care-l găsise în cutie. Avea deja în buzunar cheia lui Bob de la casă și portofelul în care se aflau patru lire și permisul de conducere.

Urma partea dificilă. Căută printre lucrurile lui Bob o bucățică de hârtie și, în cele din urmă, găsi un carnețel mic Basildon Bond. Îi cunoștea bine scrisul de mână, de pe facturile și chitanțele pe care le semnase foarte atent și concentrat la garaj.

---

[1] Marcă de mașină de gătit din fontă, cu acumulare de căldură, care previne uscarea alimentelor, inventată de laureatul premiului Nobel Nils Gustaf Dalén (1869–1937) și produsă exclusiv în Marea Britanie din 1957, țară în care este foarte populară, mai ales în zone rurale. (n. tr.)

Din fericire, Bob nu scria corect. Roy l-ar fi caracterizat drept om puțin instruit, în cel mai bun caz. În loc să încerce să scrie frumos de mână, Bob scrisese mereu cu litere mari de tipar laborioase, care erau relativ ușor de imitat. Redactă un mesaj scurt:

SCUZE. PLECAT LA MUNCĂ LA GRAJDIURILE DL HURST. NAM PUTUT SĂ VĂ SPUN NICI VOUĂ NICI LUI SHEILA. VĂ ROG SĂI ZICE-ȚI ȘI EI. TREBUIE SĂ FAC ASTA. NU VENI-ȚI DUPĂ MINE. SCUZE IAR. FIUL VOSTRU ROBERT MANNION

Avea să fie suficient. Roy nu știa să existe niște grajduri ale vreunui Hurst, dar nu conta. Asta avea să facă imposibilă o anchetă dacă, așa cum sigur avea să se întâmple, domnul Mannion decidea să încerce să-și caute fiul.

Roy făcu patul, puse hainele rămase într-o singură grămadă pe podea și cheia lui Bob pe bilet, pe care-l lăsă pe măsuța de toaletă.

Era vremea, decretă el, după ce pitise valiza la garaj, pentru baia aia și niște somn.

8

VENI DEZGHEȚUL, iar temperatura crescu la cincisprezece grade și peste. Bizar sentimentul trecerii peste iarnă și al revenirii la viață încă o dată.

Roy nu se mai întoarse la locul izolat unde lăsase cadavrul lui Bob, dar totuși se agită. Dezghețul dusese la umflarea râurilor și a canalelor. În fiecare zi se temea ca nu cumva cadavrul lui Bob să fie luat de viitură, să plutească în aval și să fie aruncat pe undeva, pe țărm. Aștepta speriat bătaia în ușă. Nu avea nicio poveste pregătită în caz că avea să se întâmple asta, dar credea că, afirmând repetat că n-avea cunoștință de nimic, s-ar fi putut să iasă la liman. Dacă polițiștii îl interogau, ar fi fost tentant să adauge și ceva detalii care i-ar fi dus la concluzia că Bob fusese acostat de o persoană sau de persoane necunoscute, vreo aluzie la niște voci ciudate prin zona unde așteptase el răbdător lângă camion, de exemplu, dar știa că așa ceva n-ar fi fost înțelept din partea lui.

După cum prevăzuse, domnul Mannion îl chestionase în privința stării de spirit a lui Bob înainte să dispară.

— Credeai că Bob se purta ciudat?

— Nu, nu era nimic neobișnuit, însă a fost ciudat că nu a apărut duminică dimineață. De regulă te poți baza pe el.

— A vorbit cumva cu tine despre faptul că voia să lucreze la niște grajduri?

— Da, știu că îl pasionau caii. Vorbea mult despre asta, ca să fiu sincer, dar pe mine nu mă prea interesa.

— A vorbit vreodată despre faptul că intenționa să meargă să lucreze la un oarecare Hurst?

— Hurst? Nu, nu-mi aduc aminte. Nu-mi sună cunoscut. A vorbit de Cheltenham, totuși. M-am gândit că erau castele în Spania, ca de obicei, la drept vorbind. Pe-o ureche mi-a intrat și pe alta mi-a ieșit.

— Ezita în privința căsătoriei?

— Da, acum c-ați adus vorba, a zis ceva: considera căsătoria ca pe un soi de laț de gât. V-ați gândit să anunțați poliția?

ȘTIA CĂ ERA MUSAI SĂ SE ȚINĂ TARE, să numere minutele, orele, zilele și săptămânile. După trei săptămâni, își luă câteva zile libere și, spunând că trebuia să-și viziteze o mătușă la Weston-super-Mare, parcurse drumul lung cu trenul până la Londra, iar de acolo până la Cheltenham. Găsi o pensiune, unde se purtă cât putu el de fermecător și luă o cameră pentru două nopți, plătind în avans. La micul dejun îi spuse proprietăresei că era din Londra și se gândea să accepte o funcție de conducere în consiliul local.

— V-ar deranja să primiți corespondență pentru mine până mă mut de tot?

— Nu, domnule Mannion, absolut deloc!

— Nu e nevoie să-mi retransmiteți nimic. O să trec eu regulat să iau ce-a venit. N-are să fie nimic urgent.

Deschise un cont nou la Lyons Bank din Cheltenham pe numele de Robert Mannion, dând nou dobândita sa adresă. Îi arătă funcționarului permisul de conducere[1] al lui Bob și carnetul de cecuri drept dovadă, împreună cu scrisorile și extrasele de cont adunate din camera tânărului. La Martins Bank, puțin mai încolo pe aceeași stradă, se folosi iar de numele Mannion și spuse că se muta de tot în Cheltenham ca să lucreze cu caii și solicita să-i fie transferat contul la filiala locală.

Odată întors la Essenham, constată că încă nu se aflase nimic despre Bob Mannion. Când se întâlni cu Roy la cârciumă în acel weekend, domnul Mannion îi spuse pe un ton conspirativ că soția lui plângea în fiecare seară. Domnul Mannion își petrecea mult mai mult timp la pub decât înainte.

— Măcar am primit o carte poștală azi de dimineață. De la Cheltenham. E o ușurare. Măcar e în viață.

— Eu tot aș lua legătura cu poliția dacă aș fi în locul dumneavoastră, zise Roy.

— Nu. Evident că nu vrea să stea aici. Maică-sa se chinuie așa de tare, totuși!

---

[1] La vremea respectivă, permisele de conducere din Marea Britanie se emiteau fără fotografia șoferului (n.tr.).

La aproape patru luni de la moartea lui Bob, Roy era gata să-și facă mutarea. Venise vara, zilele păreau aproape fără sfârșit. Cerul era de neînchipuit de mare, iar norii lungi care-l străbăteau în fugă nu amenințau cu ploaia. Plin de sobrietate, îi prezentă preavizul domnului Cole și îi explică acestuia că avea de gând să-și încerce norocul în Fum, își plăti proprietăreasa, strânse lucrurile într-o valijoară proaspăt cumpărată de la magazinul general Parke's din King's Lynn și luă trenul de seară spre Liverpool Street.

După ce-și găsi o cameră de închiriat în sudul Londrei, mai făcu o ultimă vizită la Cheltenham ca Robert Mannion pentru a transfera ce mai rămăsese din contul lui Bob de la Martins Bank în noul cont de la Lyons Bank. Lăsă instrucțiuni să-i fie transferat contul respectiv și fondurile din el la filiala din Clapham. Îi transmise potențialei lui proprietărese cu o expresie de profund regret că, din nefericire, picase chestiunea cu noua funcție.

Acum putea s-o pornească de la zero.

Bărbați și femei

1

BOB MANNION. Ce ciudat să se gândească dintr-odată la el! Roy nu-și poate aduce aminte să-l fi încercat în mod deosebit vreun sentiment de tristețe. Totul era o chestiune de utilitate, o necesitate de reacție rapidă și de acțiune. Până și în ziua de azi era impresionat de abilitatea lui de a-și struni gândurile și de a întreprinde ceva logic. Și iarna aia! Cea mai rece din ultimii două sute de ani. Nimeni nu mai crezuse c-avea să se sfârșească. Și nici nu se sfârșise, pentru Bob.

Roy simte acum, dacă nu mâhnire, atunci regret pentru moartea tânărului, neuitând însă că, prin decesul lui, Bob îi oferise o cale de scăpare, așa cum era el izolat în Fens, lăsat în urmă de viituri. Odată mutat la Londra, se afundase în metropolă, izbutind, nu după multă vreme, să intre, cu prudență, în contul bancar pe care-l deschisese pe numele lui Robert Mannion cu banii lui Bob și, ocazional, să fie domnul R. Mannion, în realitate Roy Mannion, atunci când acest lucru slujea nevoilor lui.

De-a lungul anilor în care se petrecuse îmbrățișarea noii identități, dovezile în cerc și felul în care se prezenta ajunseseră să dovedească, fără putință de tăgadă, că el era Mannion. Disponibilitatea unui personaj alternativ, susținut de documente oficiale, fusese mai mult decât utilă. Uneori, provocarea cea mare fusese să păstreze vie identitatea lui Roy Courtnay. E posibil, deși puțin probabil, ca peste puțină vreme să aibă nevoie să-l scoată iar la iveală pe Mannion și să-i ofere un ultim tur de pistă, în funcție de cum o să decurgă lucrurile cu Betty și cât de asiduă și pornită pe procese va alege să devină familia ei.

Regrete? Avusese câteva, mai ales atunci când el și Vincent fuseseră nevoiți să-i jecmănească pe Martin, Bernie, Dave și Bryn. Mai ales pe Martin, sărmanul de el! Dar, de fapt, nu tocmai. *Toți cei ce scot sabia etc., etc.*

Însă Bob Mannion... Pe bune?! Ce-a declanșat acest gând? Ciudată funcționarea asta a creierului!

Spre surprinderea lui, începe să plângă. Imaginea din oglindă i-o confirmă. Își vede fața prelungă, obosită, ochii ăia altădată aprigi, acum doar plini de durere, și dârele lacrimilor care curg pe obrajii lăsați. Pune cu grijă aparatul de ras pe chiuvetă și se prinde de ea cu ambele mâini ca să-și țină echilibrul cât plânge în hohote.

„Bob era ca toți ceilalți pe care i-a lăsat în urmă", își spune el. Odată ce au ajuns să facă parte din trecut, ar putea la fel de bine să fie morți. Să se gândească la ei este o pierdere de vreme și de energie. Pentru el, oricum ei sunt morți.

Maureen, știe Roy, a căpătat notorietate publică. Fost subsecretar de stat la Ministerul Educației, acum își spune părerea de undeva de sus, din Camera Lorzilor, susținătoare aprigă și cam iritantă a feluritelor minorități defavorizate. Ușor când te afli într-un astfel de punct de observație privilegiat. Probabil c-ar fi trebuit să parieze pe calul respectiv un pic mai multă vreme. Totuși, nu fusese decât un moment de răscruce. Pentru el, ea e la fel de moartă ca Bob și așa a fost din ziua în care a părăsit apartamentul lor jegos din Clapham.

Surorile alea, acum atâția ani! Și lor le trebuia o lecție. Pe care și-au primit-o. Cele mai mari râseseră de stângăcia lui în societate. Cea mică îl umilise. Se învățaseră minte toate.

Fiul lordului Stanbrook, Rupert, pe care odinioară îl legănase pe genunchi, e acum cel de-al cincilea conte, bolnav, cu inutilul de fiu-său, un playboy urmărit de scandaluri. Tatăl lui Rupert, Charles, s-a petrecut de mult de pe această lume.

Nu i-a urmărit îndeaproape. A prins câteva ceva pe ici, pe colo prin presă, iar restul l-a inventat el. Nu contează! Morți. Morți cu toții. Pentru el, cel puțin. Niciunul de jelit, cu excepția, probabil, lui Bob. Acesta din urmă a fost un flăcău bun, ca Vincent, dar în alt fel, impresionabil așa cum trebuia, maleabil. Și cine-ar putea zice că Bob, prin moartea lui, n-a fost de un mare ajutor?

— Fir-ar! strigă el tare.

Încă mai are pasiune și hotărâre.

— Fir-ar!

Ce naiba face? Vorbește vrute și nevrute, ca un pensionar bătrân care bolborosește ceva. „Vino-ți în fire, omule!" Măcar acum știe când îi zboară mintea aiurea. Se poate să vină o vreme când nici măcar n-o să-și mai dea seama. Mai bine mort decât ramolit. Numai că el știe că nu e cazul. Nu uită. Își amintește totul. Nu demența e problema lui, ci neclintirea scopului. De pierderea voinței de a se strădui se teme el.

— Fir-ar! bombăne iar, mai încet când se uită la fața din oglindă cu o indiferență rece și nu prea îi place ceea ce vede.

— Roy? strigă Betty de jos.

— Da! răspunde el.

— Te-am auzit strigând. E totul în regulă? Te simți bine?

— N-am nimic, draga mea! replică el calm. Am crezut că m-am tăiat la bărbierit. Nu mai sunt la fel de agil cum eram altădată. Dar e în regulă. Îmi pare rău, scuzați expresia!

2

A ÎNCEPUT SĂ-I SPUNĂ „draga mea" mai des. Prea des, de fapt. La început era ocazional și ezitant, acum e aproape automat, mai ales când decide el să-i vorbească de sus. Ceea nu se întâmplă rar.

Ea nu e sigură dacă acesta e un proces prin care el să se impună și mai puternic în viața ei ori dacă e ceva inconștient. Trebuie să se teamă de o cerere în căsătorie? Gândul la el, încercând să pună un genunchi în pământ, e aproape suficient ca s-o facă să sune la Serviciul de Urgență.

În cele din urmă, bănuiește că e o chestie inofensivă și chiar tare drăgălașă în felul ei, dacă „drăgălaș" ar putea fi un termen care să fie folosit în cazul lui. Rămâne bucuroasă că el încă îi mai e alături.

Și-au luat prânzul cu sandvici, iar ea a făcut focul în căminul cu gaz. Stau împreună în sufragerie, ea, cu cartea ei, iar el, cu mâinile în poală, plictisit și iritabil.

— Ce crezi tu cu adevărat despre femei? întreabă ea, neavând altceva mai bun de spus.

LUI ROY ÎI SARE INIMA DIN PIEPT. Nu una dintre acele discuții interminabile care răsar de nicăieri, nu duc nicăieri, din câte își poate da el seama, și par calculate să-l umilească! A avut parte de suficiente din astea de la Maureen cât să-i ajungă o viață întreagă. Numai că ar fi bine să nu transforme discuția de față în ceartă.

„Bărbați și femei", își zice el. „Două specii complet diferite."

— Ce vrei să spui, draga mea? întreabă el politicos, dar cu o uitătură mânioasă.

Pare că n-are să-l lase să se eschiveze.

— Presupun că generația noastră e obișnuită cu alt tip de relație între sexe.

„Dă-mi putere!" își zice el, păstrându-și calmul.

— O, știu și eu, răspunde el, tratând întrebarea ca și cum ar fi fost una rezonabilă. Nu-s expert în chestiile astea.

— Cu siguranță nu trebuie să fii expert!

— Ei bine, nu. Nu asta am vrut să zic. Am cunoscut ceva femei la viața mea...

Speră ca zâmbetul șiret să aibă efectul scontat.

— Da? face Betty.

— Și, și, ei bine, am constatat mereu că mă înțeleg cu femeile. Vedem lucrurile cu aceiași ochi. Nu e cazul multor bărbați, știi tu. Îmi plac femeile. Mai ales tu.

— Înțeleg. Dar în general? Diferențele dintre bărbați și femei?

El își zice: „Da' ce le mai place să vorbească, nu?"

— Păi aș putea să te întreb și eu pe tine același lucru. Ce crezi despre bărbați?

— Corect. Îi găsesc pe bărbații de azi mai nesiguri pe ei decât altădată. Sunt o mulțime de bărbați care par siguri pe ei. Cam prea siguri față de cum ar trebui să fie, în realitate. Dar...

O privește și ascultă.

— ... per total, bărbații par mai puțin... integri... decât erau. Și mai plini de ciudă. Bănuiesc că e ceva normal. Așa cum ne-am „eliberat" noi. Deși eu una n-aș putea spune că mă simt deosebit de eliberată, continuă ea. Înainte, rolurile noastre erau clar definite. Două războaie însă au avut grijă să schimbe totul.

„Istorie", își zice el. „Iar istorie. Îmi ține o nenorocită de prelegere. Doamne, Dumnezeule!" Dar îi zâmbește atent și politicos.

— Presupun că e de așteptat din partea bărbaților să se simtă tulburați și amenințați. Nu că femeile par să fi câștigat în mod deosebit.

— Hm, face el.

— Se văd mai multe extreme. Lipsă de încredere, dar și agresiune. Expresii ale nesiguranței de sine, ambele.

— Bănuiesc, zice el. Mie nu mi-a lipsit niciodată încrederea.

— Nu, dar așa ești tu, nu? Ai fost învățat să preiei controlul. Pur și simplu pentru că ești bărbat. Ai fost condiționat să nu gândești lucrurile altfel.

„Ceea ce mi-a și economisit o groază de timp, naibii", își zice el enervat.

Ea continuă.

— Ce zic eu e că bărbații nu prea mai știu ce-ar trebui să fie.

— Slabi, mulți dintre ei. Suntem destul de direcți, la o adică. Fără complicații, fără emoții ascunse. Să nu crezi că-s împotriva drepturilor femeilor. Numai că bărbații nesiguri de – ghilimele – identitatea lor sunt, de fapt, cei cărora le place să se dea în spectacol. Eu cred că suntem cine suntem și tot ce putem face e să ne descurcăm. Gânditul prea mult te poate băga în tot felul de necazuri.

„La fel și vorbitul."

— Deci, femeile... Cum suntem?

— De unde să încep? întreabă el, zâmbind. Extraordinare. Minunate. Derutante. Frustrante. Ilogice.

Ea nu spune nimic. El știe că zice ceva nepotrivit, dar nu-i în stare să găsească altceva.

— Adică, se aventurează el, mie îmi place un pic de mister între bărbați și femei. Dacă aș pricepe totul, aș fi un bărbat mult mai nefericit.

— Și eu care credeam c-ai priceput totul, zice ea, zâmbind.

„Bun! Ne întoarcem pe teren solid!"

— O, nu! Cu siguranță, nu. Toată lumea trebuie să aibă un răspuns pentru orice în ziua de azi. Nu și eu. Dac-am mai și trăi un pic, am face lucrurile la care suntem buni, am lăsa-o mai moale cu gânditul, s-ar putea să ne fie tuturor un pic mai bine.

— Deci o lipsă de informații este ceva bun?

— O, nu! Sigur că nu! Dar...

— Tot nu mi-ai răspuns la întrebare. Despre femei. Despre mine...

El riscă și-i oferă încă un zâmbet spășit.

— Betty, nu am decât respect pentru tine. Ai realizat atât de multe în viață! M-ai luat!

Conversația e copleșitoare, fără rost și de neoprit. Pe Roy nu-l preocupă sensul a ceea ce zice, el doar umple golurile. Nu stă aproape deloc să se gândească dacă spusele lui sunt inteligibile, darămite convingătoare, și și mai puțin dacă el chiar crede prostiile pe care le debitează. „Totul face parte dintr-un joc: bărbați și femei", își zice el.

Îi aruncă o privire plină de venin, ascunsă sub un zâmbet binefăcător. „E prea proastă să se prindă", își zice el.

„NU-ȘI DĂ SEAMA CĂ-L VĂD", își zice ea. Într-un fel, îi place să-l pună în încurcătură. El nu poate sau nu vrea să conducă o discuție în contradictoriu. Are dreptate, e mai puțin inteligent decât ea, așa că e și o undă de cruzime în felul în care-l pișcă așa cum o face. E bine, totuși, să-l vadă încurcându-se la vorbă, ușor stingherit și pierzându-și controlul. Doar îngaimă. E o mică răzbunare, probabil aplicată nechibzuit. Presupune că mai încolo va trebui să se revanșeze față de el, spunându-i ceea ce vrea să audă.

3

E LA TOALETĂ, cu ceva probleme. Crampele stomacale au revenit iar pe nepusă masă și a fost nevoit să se repeadă sus, să-și dea iute pantalonii și izmenele jos și să se apuce de treabă cu un scurt oftat de ușurare că nu s-a petrecut niciun accident înainte de atac. O serie dureroasă și tulburătoare de detunături îl zgâlțâie până-n măduva oaselor cu străfulgerări de foc de kerosen, urmate repede de o cascadă nocivă de lichid, timp în care toată ființa lui pare să se scurgă în vasul de toaletă. E alarmat de forța explozivă a acțiunii. Se apleacă în față, cu fiecare mușchi încordat de la efortul zadarnic de a se reține. Mirosul – de sulf și mațe putrezinde – e de nedescris, mai că-i vine pe gât.

Stă locului și lasă totul să se desfășoare. N-are de ales. E involuntar – de parcă ar fi sărit o valvă și e curățat de starea proastă –, și totuși face atâta efort. Organele și reflexele au scăpat de sub stăpânirea lui. I se întâmplă în cel mai intim mod și totuși n-are niciun cuvânt de zis în privința reacției. Se teme, atât de momentul prezent, cât și de un viitor apropiat al cărui jalon poate fi ceea ce i se întâmplă acum. Cel mai tare se teme să nu-și piardă controlul, nu de durere, nu de umilință. Scâncește înăbușit.

Când, într-un final, e gol-goluț pe dinăuntru, e epuizat. Rămâne așezat o vreme ca să-și găsească echilibrul, tremurând și răsuflând greu, neliniștit, nejustificat de febril, iar prin minte îi trec cu repeziciune diverse lucruri. Odată ce s-a curățat cât de bine a putut, se târăște încet spre dormitorul său, ținându-și pantalonii cu o mână tremurândă, cu bretele atârnându-i și cămașa ieșită afară la spate, sprijinindu-se cu mâna liberă de perete. În cele din urmă se prăbușește pe pat cu zbârnâit sesizabil de arcuri. Încă epuizat și cu sfincterul usturându-l, se holbează la tavan și se căznește să gândească.

Betty s-a dovedit, într-un fel, a fi o dezamăgire. Atât de credulă și numai bună de prostit. Nu-i nicio provocare. Totul a fost prea ușor, fără pic de adrenalină. Ei bine, nu contează. Plăcerea și distracția n-au fost decât niște motive secundare ale întregului demers. Mai important este că ea e, ca să folosească expresia la modă din ziua de azi, tare în gușă. I-o spun scrisorile de la administratorul ei de fond pe care Roy le citește în voie ori de câte ori îi umblă prin dormitor atunci când e plecată. Iar dacă mulțumirea ei de sine și credulitatea înseamnă mai puțină provocare în joc, se poate să nu fie rău. Dacă această aventură i-a arătat ceva, acel lucru este că devii mai puțin ager pe măsură ce înaintezi în vârstă. Odată ce se termină chestia asta, a terminat-o și el. Trist gând, dar ce să-i faci?

Betty strigă de jos:

— Te simți bine, Roy?

— Da, răspunde el cu glas slab.

Ea urcă și intră în dormitor.

— O, Doamne! exclamă ea, văzându-l trântit pe cuvertură cu mâinile și picioarele desfăcute, cu hainele în neorânduială și zburlit. E roșu la față și agitat.

— N-arăți prea bine.

— N-am nimic, zice el, încercând să schițeze un zâmbet încrezător. Mi s-a aplecat de la ceva ce am mâncat. Mă simt bine, serios îți spun.

Betty se așază pe marginea patului.

— Ești sigur? întreabă ea, încruntând deosebit de atrăgător din sprâncene.

De-ar fi cunoscut-o la tinerețe! A ei și a lui.

— Mă simt bine, mulțumesc, draga mea! zice el, cu zâmbetul amabil încă intact.

O mângâie pe mână.

— Mă gândeam și eu, Roy...

— Da?

— Probabil că mi-ar prinde bine o trecere în revistă a investițiilor mele. Numai că nu știu de unde să încep.

Brusc își revine și se ridică destul de greu, e drept, într-un cot.

— Cu siguranță ai pe cineva care să se ocupe de portofoliul tău...

— Păi, firma asta...

— Firmă? Ah!

— Ce e, Roy?

— Fac prinsoare că ia comision mare în fiecare an și face foarte puțin. Presupun că-ți și scrie din când în când. Cunoști pe cineva pe nume de-acolo? Ai vorbit cu cineva de-acolo?

— Păi, nu. Fondurile au fost investite cu atâta timp în urmă, că n-aș mai ști cu cine să cer. Pare în regulă din scrisori.

— Sunt sigur că este. În felul ei. Numai că...

— Îi lipsește, presupun, nota personală.

— Hm...

Așteaptă. Trebuie s-o spună ea, nu el.

— Mă întrebam...

— Da?

Nu prea repede!

— Ai menționat că știi tu pe cineva...

— Te referi la Vincent?

— Da, prietenul tău.

— A, Vincent nu e prieten, cât e profesionist. Deși mi-aș lăsa viața în mâinile lui.

— Crezi c-ar fi pregătit să discute puțin și cu mine despre investițiile mele?

— O, da! Sunt sigur că da. Fără obligații, bineînțeles. Dacă pun eu o vorbă bună, o să discute bucuros cu tine.

Ușor. Mult mai ușor decât își închipuise. Durerea din burtă pare să se mai fi potolit un pic.

Capitolul zece

AUGUST 1957

N-a fost nicicând mai bine

1

URMAU SĂ O ŞTEARGĂ REPEDE ŞI DISCRET, ceea ce însemna împrăştiatul a mii de franci pe la cei care aveau să le înlesnească plecarea: mai întâi şi întâi, directorul hotelului şi apoi în jos, pe scară ierarhică, la portarul-şef, funcţionarul de la recepţie şi liftierul. Făcu teancuri ordonate pe birou cât calculă cursul de schimb.

Terminaseră de împachetat lucrurile, ce-i drept neglijent şi într-o stare de surescitare, iar Roy sună la recepţie. Când i se făcu legătura cu directorul, zise încet:

— Suntem gata!

— Nu ştiu sigur, veni răspunsul, dacă n-ar trebui să iau legătura cu poliţia, la urma urmei. Trebuie să mă gândesc la reputaţia hotelului.

Nu avea timp să numere până la zece, aşa că numără doar până la trei.

— Exact la asta mă gândesc şi eu, Claude, zise el, cu compasiune şi regret în glas. Tocmai de aceea trebuie să gestionăm împreună situaţia.

— Dar dacă descoperă poliţia că am ajutat un infractor să se facă nevăzut...

— Lordul Stanbrook nu e infractor, zise Roy răspicat și iritat. Doar ți-am explicat. E o neînțelegere. O situație care a scăpat de sub control. Încerc s-o tratez cu delicatețe.

— Hm... Numai că eu sunt cel care rămâne să suporte consecințele când o să înceapă poliția să pună întrebări dificile.

— Nu e nicio consecință pentru tine. Nu există nicio întrebare dificilă. Pur și simplu spui că habar n-ai unde se află nobilul lord.

— Ție ți-e ușor să vorbești. Eu însă risc numele hotelului. De unul singur.

— Nu, deloc, deloc! O, nu! Amândoi încercăm să-i păstrăm nepătată reputația lui George V. Ce-ar fi mai rău decât arestarea unui membru al aristocrației britanice pe holurile sale? Ce-ar crede clienții tăi? Îți înțeleg punctul de vedere, totuși. Îți cer mult. Trebuie să accepți totul pe încredere. Dacă stau să mă gândesc, cred că atenția de care ți-am pomenit se poate să fie un pic cam modestă.

Cu aceasta, conversația fu extrem de ușor de încheiat. Roy mai numără câteva bancnote pentru teancul cel mai înalt de pe birou. Angajatorul lui stătea pe marginea patului în dormitor. Prin ușa deschisă, Roy îl văzu rezemându-și capul în palme.

Intră și-l atinse ușurel pe umăr.

— Este în regulă, Charles. Suntem aproape gata de plecare. Cinci minute?

— Probleme? întrebă Stanbrook.

— Nu chiar. Directorul a vrut mai mult, dar asta-i tot. Ce se întâmplă de obicei. N-o să fie probleme.

Dădu servitorului instrucțiuni atente. Trebuie să aștepte două ore înainte să se ducă la Orly cu mașina care fusese comandată. Trebuie să ia bagajele Domniei Sale cu el.

Servitorul rămase în cameră. Roy îl conduse pe Stanbrook pe coridoare spre liftul care aştepta. Fiecare avea cu el câte o valiză, demonstrativ. Directorul se afla înăuntru cu liftierul.

— Plecaţi foarte devreme, zise directorul, adresându-i-se lui Roy.

Stanbrook stătea în partea din spate a liftului, uitându-se ameţit în oglindă.

— Vreau să termin formalităţile de la Orly cu mult timp în avans. Aş vrea să evit orice neînţelegere.

Liftul îi duse la nivelul al doilea de subsol şi la fundaţia lăsată în paragină de dedesubtul carapacei lucioase. Spulberarea iluziilor strălucitoare nu conta în împrejurările de faţă. Directorul îi conduse prin coridoare lungi şi slab luminate de becuri cam chioare, înşirate de-a lungul centrului tavanului tencuit grosolan.

Roy aruncă o privire scurtă şi neliniştită afară, într-o parte şi într-alta a intrării pentru marfă înainte să-l împingă pe Charles repede în maşină. Nu avea încredere în director.

Urmară câteva momente în care cugetă, odată ce şoferul băgă maşina în viteză cu un ţăcănit şi demară, cu transmisia scâncind ca un copil care nu se dă dus.

Slavă Domnului că în seara precedentă se prinsese ce se petrecea înainte să scape lucrurile de sub control şi reuşise să-l scoată pe Charles! Slavă Domnului că le spuseseră tuturor că stăteau la Crillon!

Slavă Domnului că avusese prevederea de a-i lua lui Charles şi paşaportul civil. Verifică iar dacă se afla în siguranţă în buzunarul lui de la piept, împreună cu al său. Ţinea în poală o mică valiză diplomat în care se aflau restul documentelor lor şi atât de importanţii bani lichizi. Charles părea să reziste. Privea în depărtare, dar măcar încetase cu plânsul.

Se îndreptară în mare viteză spre Orly pe sub soarele care se răsfrângea în geamuri. Prin tunelul de transmisie corodat al Citroënului vechi Roy vedea cum le fugea pe sub picioare macadamul gudronat.

Acum era momentul! În franceza lui decentă, îi spuse șoferului că se răzgândiseră și cereau acum altă destinație. Flutură prin fața bătrânului un teanc mare de bancnote și-l instrui să se îndrepte spre Calais, spunându-i că, dacă ajungea acolo la timp pentru vasul de la ora trei, onorariul lui avea să se dubleze. Absurd: cu suma respectivă de bani ar fi fost de ajuns să-i cumpere cazanul cel vechi oricum, bașca un rezervor de benzină. Șoferul mârâi cu o expresie acră pe care Roy o interpretă drept acceptare. Ca să evite problemele, îi aminti șoferului că știa străzile și avea să se prindă imediat dacă o lua pe un drum neobișnuit. Blufa pur și simplu, desigur. Șoferul mârâi iar. Nu-i trebui decât o privire piezișă ca să obțină o scuză acceptabilă, dacă nu chiar entuziastă din partea acestuia.

Se întoarse să se uite în spate. Charles adormise, pierdut și vulnerabil. Bietul de el, cu siguranță era epuizat! Roy însă trebuia să rămână alert cât gonea prin zona rurală din nordul Franței mașina în care mirosul de piele fierbinte și transpirație de bărbat devenea din ce în ce mai puternic. Se uită nerăbdător în stânga și în dreapta la monotonia nesfârșită când ieșiră pe *route nationale*. Trei sute de kilometri sau cam așa ceva. Șoferul trebuia să se străduiască un pic dacă voia să ajungă la timp.

La Calais, intrară în port. Șoferul își câștigase prima și plecă în viteză. Roy simți mirosul de sare și se gândi la Anglia și la siguranță. Fumară o țigară lângă zidul portului cât încercă Roy să depisteze vreo activitate suspectă care ar fi putut sugera iminenta lor reținere. Satisfăcut, se duse tacticos la casa de bilete, afișă zâmbetul său câștigător și cumpără două bilete de pasageri fără mașină de la fata drăguță de la ghișeu. Pasagerii fără mașini care apăreau în port fără bilete erau rari, bănuia el. Aveau să fie remarcați, dar era un risc pe care trebuiau să și-l asume. N-ar fi trebuit să conteze, dată fiind mina binevoitoare pe care o luase.

Așteptară până în ultima clipă înainte să o rupă la fugă spre feribot, alergând prin coridoare de beton și trecând printr-un scurt control al pașapoartelor. Roy se cam temea de o verificare conștiincioasă, așa doar ca să facă în ciudă perfidului Albion, dar nu fu nevoie decât de încă puțin farmec, un zâmbet amabil și utilizarea unei franceze ceva mai fluente decât până atunci cu oficialul de la căi ferate pentru a lăuda minunata capitală a Franței, rețeaua feroviară eficientă a țării și băștinașii prietenoși.

Abia când debarcară la Dover, scoase și Charles Stanbrook primele sale vorbe de când plecaseră de la George V.

— Unde-i nenorocita aia de mașină? întrebă el.

— N-am putut suna din timp de la hotel. Directorul ăla ar fi ascultat fiece cuvințel.

— Și atunci cum ne întoarcem?

— Cu trenul, ca toată lumea. Casa de bilete e acolo.

— Fir-ar! făcu Charles, înainte să cufunde iar într-o liniște bosumflată.

Îi permise lui Roy să-l ghideze, ținându-l de braț.

La Gara Victoria luară un taxi până la reședința din Londra. Când trecură pragul, Roy făcu tranziția obișnuită de la îndrumatul lui Charles, protejatul său neascultător, la angajatul credincios al lordului Stanbrook.

2

ÎI PLĂCEA SLUJBA LUI. Căzuse în picioare cu aproape zece ani înainte de apariția acestui post. Se deschisese îmbietor în fața lui, mai degrabă.

După incidentul din '46, fusese trecut la îndatoriri ușoare, pentru o vreme. Nu mai fusese trimis înapoi la detașamentul lui, care, oricum, era în curs de desființare. Nu știuseră realmente ce să facă cu el. Întâi „pilotase" un birou dintr-un oficiu din Belgia, lucrând la ceea ce avea să devină ulterior cunoscut drept Tratatul de la Bruxelles. O foarte mică rotiță dintr-un foarte mare angrenaj, ce se exprima cu greutate într-o avalanșă de cuvinte. Nu era genul lui de treabă. O, nu! Apoi fusese expediat la Viena să se ocupe de documentele de transport ale forțelor de ocupație britanice.

Acolo îl cunoscuse pe maiorul Stanbrook de la Intelligence Corps[1]. Se plăcuseră instantaneu, iar Stanbrook trăsese sforile ca Roy să fie repartizat la el. Când se hotărâse să-și ia în primire locul din Camera Lorzilor, îi ceruse să-i devină consilier neoficial, iar Roy nu scăpase șansa.

În zilele de după întoarcerea din Franța, lordul Stanbrook își recăpătă efervescența-i caracteristică. Aproape imediat, Roy plecă încă o dată la Paris să lămurească nefericitele neînțelegeri care se petrecuseră. Cum nu-l mai păștea sfârșitul iminent al carierei sale, Claude de la George V fu mai îndatoritor. Gestionase bine treaba cu poliția, afișând o ignoranță jignită, și-i dădu lui Roy numele inspectorului care se ocupa de caz.

La secția de poliție, Roy fu primit politicos. *Monsieur l'Inspecteur* se miră să afle ce anume se petrecuse în realitate. Fu șocat să descopere că adevărul era întrucâtva diferit de ceea ce auzise el de la diverși angajați ai clubului și presupusa victimă însăși. Roy îi explică nefericitele împrejurări ale încăierării și accidentului care urmase, soldat cu fracturarea ambelor brațe

[1] Intelligence Corps (Int Corps), corp al armatei britanice. Este responsabil cu colectarea, analiza și diseminarea informațiilor militare, precum și cu securitatea și contraspionajul (n. red.).

ale bărbatului, insistând că acuzațiile împotriva respectabilului lord Stanbrook erau atât nefondate, cât și răuvoitoare. Bărbatul însuși recunoscuse între timp că înțelesese el greșit intențiile Domniei Sale față de tânăra pe care o însoțea. Inspectorul clătină din cap a lehamite, știind mersul lucrurilor pe lume.

— Angajatorul meu este om bogat, zise Roy, un stâlp al societății britanice, ministru în guvern și, trebuie s-o spun, și cu o integritate de netăgăduit. N-are să evite să facă apel la justiție, dacă se dă curs acestor acuzații defăimătoare și neîntemeiate.

Îi întinse inspectorului cartea de vizită a avocaților scumpi de pe Rue de l'Échelle pe care-i angajase deja, după care-i propuse să meargă la o cafea sau la ceva mai tare.

Stăteau la bar, fumând țigările americane pe care se gândise Roy să le ia în bagaj când plecase de la Londra, fiecare cu un *café express* și un păhărel de rachiu de tescovină în față. Roy dădu pe gât paharul, iar detectivul îi urmă exemplul, după care cel dintâi făcu semn să li se mai pună un rând.

— Greutatea este, zise el, că sunt atâția oameni care caută un unghi. Orice unghi. Se pare că s-a produs o prăbușire morală după războiul în care națiunile noastre au luptat cu atâta vitejie împreună. Nu se mai pune preț pe sinceritate, ci doar pe reușita de a scăpa neprins cu minciuna.

Inspectorul încuviință docil din cap. Nu se aștepta de la el să vorbească.

— Lordul Stanbrook este - ei bine, n-ar vrea să fie descris drept erou de război - un om curajos care-și slujește în continuare țara. Ar fi mare păcat dacă i-ar fi întinată reputația de un nemernic oarecare. Sunt sigur că nici țara dumitale nu și-ar dori așa ceva.

Făcu o pauză. Nu știa dacă vorbise destul și puteau încheia rapid afacerea. Avea un tren de prins. Amândoi știau că discuția era o formalitate. Târgul se făcuse atunci când polițistul acceptase invitația la ceva de băut. Ca întotdeauna însă, trebuia păstrată minciuna. Încă un pic, evident.

— Sunt sigur că niciun polițist din Paris nu și-ar dori să fie complice la înfăptuirea unui șantaj. Cu atât mai puțin dumneata, Jacques. Pot să-ți spun Jacques?

Celălalt încuviință cu o ușoară mișcare din cap. Roy detectă o umbră de zâmbet.

— În acest caz, sunt liniștit. Mi-am terminat treaba. Nu mai trebuie să susțin nevinovăția angajatorului meu. Am încredere deplină în judecata dumitale. Dar, în eventualitatea în care s-ar petrece ceva neprevăzut, știi cum să iei legătura cu mine.

Acestea fiind zise, își puse pălăria pe cap și o bancnotă mare pe masă pentru barman, dădu mâna cu polițistul și ieși din cafenea, lăsând în urmă, sub ziarul de seară pe care-l cumpărase pe drum, un plic durduliu. Prinse trenul cu zece minute înainte de plecare.

3

REGULILE PENTRU MOMENTELE când se aflau la reședința din Londra sau la casa de la țară erau diferite de cele din momentele când, așa cum spunea lordul Stanbrook, își făceau de cap.

Lipsa de ceremonie era exclusă. Angajatorul lui Roy era Domnia Sa, nu Charles, iar respectul cuvenit era de rigoare. Nu că Roy și-ar fi dorit să fie altfel. Era mai puțin complicat. Existau momente de stânjeneală, mai ales când Stanbrook solicita prezența lui Roy la Burnsford la cinele cu oaspeți, dar aceste ocazii erau destul de rare. Musafirii cu pricina știau în general din ce motive era prezent Roy și poziția lui în raport cu angajatorul său. Pentru Roy, era doar un pic mai multă nevoie de atenție la exprimare și comportare, ceea ce făcea parte din repertoriul său profesional. Constată că-i era relativ ușor să umble printre acești oameni.

Weekendul acela era unul dintre cele mai relaxate. Niciun oaspete din sfera politică. Vineri urmau să se adune la o cină neprotocolară la care invitații soseau în funcție de ora la care reușiseră să scape de rigorile Londrei. Burnsford House se afla în anonima regiune Midlands, la sud de Birmingham și la est de pitoreștile clădiri în stil Tudor din Stratford, dar suficient de departe de orașele industriale negre de funingine din East Midlands. Neatrăgătorul Northampton era cel mai apropiat oraș, dar vizitatorii care veneau cu trenul erau, de regulă, luați de la Daventry.

După ce adusese un viconte cam irascibil și pe soția sa la casa lordului Stanbrook, îi condusese în cameră și-i lăsase să-și desfacă bagajele, Roy stătea și fuma în birou, nederanjat. Grupul din acel weekend avea să fie unul restrâns. Aveau să fie zece oameni la masă în seara aceea: lordul Stanbrook și răbdătoarea sa soție, fiica lor, Francesca, vicontele Wexford și soția sa, Margaret, Joachim von Hessenthal, un conte german și veche cunoștință de-a lui Stanbrook, Oliver Wright, secretarul particular al ministrului de Externe, Roy însuși și Sir Thomas cu soția, Sylvia. Oh, Sylvia! Oftă înăbușit.

Roy se afla acolo ca să completeze grupul, deoarece lui lady Stanbrook îi displăcea să aibă un număr impar de persoane la masă. Sau cel puțin asta era povestea. Sigur, dacă unul dintre invitați nu apărea, el avea să se retragă. Prezența lui la masă avea de-a face cu numerele.

Aveau să se îmbrace elegant pentru cină doar sâmbătă. Avea deci ceva timp. Wexford și soția lui ajunseseră deja, von

Hessenthal era adus de propriul şofer, iar Roy avea să evite cu orice preț să-i întâmpine pe cei doi Banks. Mai rămânea, deci, domnul Wright. Se uită la ceas şi văzu că avea câteva minute la dispoziție să-şi savureze țigara şi ceaşca de ceai înainte s-o pornească spre gara din Humber.

— Înțeleg că vă veți alătura nouă la cină, spuse Wright pe când ştergătoarele de parbriz se mişcau ritmic în timp ce maşina se îndrepta spre casă.

— Aşa este, domnule, replică politicos Roy. Cină neprotocolară în seara asta. Dineu mâine.

— Întocmai!

Oliver Wright era un personaj îngândurat, costeliv şi supt până la a părea suferind de malnutriție. În cercurile guvernamentale era cunoscut drept un geniu în politici și un tânăr care avea să ajungă cineva, constituind, evident, o partidă bună. Stătea în față lângă Roy, răsucindu-și în poală fără astâmpăr mâinile ciolănoase și albe, ca și cum i-ar fi indus o stare de nervozitate priceperea cu care tovarăşul de drum conducea maşina la viteză mare prin băltoace şi viraje pe drumuri de țară. Se încruntă.

— Care anume vă este locul în casă? întrebă el. Dacă nu sunt prea indiscret.

— Nicidecum, domnule. Rolul meu este de consilier pe probleme de afaceri al lordului Stanbrook. Un om bun la toate, ați putea zice.

— Îi gestionați domeniul?

— A, nu, domnule. Am foarte puțin de-a face cu domeniul în sine. Mă depăşeşte. Lordul Stanbrook are diferite afaceri. Eu mă ocup de portofoliul său în sensul că veghez să se rezolve tot ce este de rezolvat şi să nu se uite nimic. Îl însoțesc în călătorii de afaceri.

— Omul care-i face treburile, adică.

— Dacă așa doriți să-i ziceți. Deși, fără îndoială, lordul Stanbrook s-ar putea exprima un pic altfel.

— Cam da. L-ați cunoscut pe individul ăla, von Hessenthal?

— Nu, nu l-am cunoscut. Înțeleg că lordul Stanbrook îl cunoaște de dinainte de război. Au fost amândoi ofițeri și, bineînțeles, se cunoșteau în calitate profesională în anii '30. Mă îndoiesc că *Graf*[1] von Hessenthal ar considera o coincidență fericită faptul că lordul Stanbrook a fost maiorul căruia i-a predat arma în 1945 generalul său.

— Și cine are să mai fie de față?

— Fiica lordului Stanbrook, Francesca, precum și lordul Wexford și Sir Thomas Banks cu soțiile lor. Cred însă că pe Sir Thomas îl cunoașteți.

Wright se uită la Roy ca și cum întrebarea ar fi avut vreo însemnătate. Roy stătea cu ochii la drum și acceleră la colț, suficient cât să derapeze mașina pe drum și să-l alarmeze pe Wright, dar nu cât să piardă controlul asupra volanului.

— Da, răspunse el. Ne-am intersectat de câteva ori cu treburi guvernamentale.

— Că tot veni vorba, Domnia Sa m-a rugat să subliniez faptul că acesta este un weekend neprotocolar. Relaxat. Accentuez, nu e un weekend la datorie. Vrea ca toți să se simtă în largul lor. Fără discuții despre politică sau alte chestiuni de guvernare. Fără, ăă, ceremonie.

— 'Nțeles, zise Wright.

Roy își închipui că s-ar fi putut ca tânărul să zâmbească pentru prima oară pe parcursul acelui drum.

---

[1] „Conte“ (în germ. în orig) (n. tr.).

4

SYLVIA SE UITA PESTE MASĂ la el cu ceea ce considera a fi o dorință mascată corespunzător. Născută din experiență, judecata ei în privința discreției și a subterfugiului era infailibilă.

El era frumos, pur și simplu frumos. Era singurul mod în care-l putea descrie. Înalt, fără să facă niciun efort, relaxat și totuși musculos și atletic, cu șuvițe blonde de filfizon pe care și le dădea cu dispreț la o parte de pe frunte. Și ochii aceia albaștri, adânci, cu o privire batjocoritoare ce părea a ști totul, dar și oarecum înfricoșători. După cum arăta, puteai să-l iei campion sportiv la Oxford, căpitan al echipei de rugby a Angliei ori în trupele de comando. Însă n-avea să fie confundat vreodată cu cineva din clasa ei socială: pe lângă accentul lui un pic cam greu de ghicit, poseda un soi de îndârjire. O excita și speria în egală măsură.

Barbă[1]. Nu o poreclă căuta ea, ci pe cea pe care i-o trântise în față scârboasa de Gertrude. Era un cuvânt, în acest sens, pe care Gertrude îl prinsese, evident, în timpul recentei ei călătorii la New York. După câte știa Sylvia, termenul acela vulgar încă nu ajunsese în societatea britanică, lucru care n-o oprise pe Gertrude să-l folosească la unul dintre ceaiurile lor intime.

Căsătoria Sylviei nu fusese atât una aranjată, cât una care ajunsese să se producă. Problema delicată constituise subiectul multor discuții pe un ton scăzut și cu cuvinte nedeslușite între părinții săi înainte ca mama să comenteze că Tommy Banks ar fi o partidă bună. Sylvia consimțise așa cum se aștepta de la ea și de acolo lucrurile se aranjaseră pe o cale previzibil de lină,

---

[1] *Beard* (în orig.), termen argotic american care desemnează o persoană de sex opus care însoțește un gay sau o lesbiană pentru a da impresia de heterosexualitate (n. tr.).

fără implicarea ei, se pare. Sylvia însă știuse precis în ce fel de căsnicie intra.

ROY ÎI ARUNCĂ O PRIVIRE DISCRETĂ SYLVIEI, care părea să se holbeze la el, dar e posibil să fi fost stânjeneala lui de vină. Aveau un acord tacit care le convenea tuturor părților moderat de bine. Iar moderat de bine era stilul englezesc. Se îndoia că trufașul conte german era câtuși de puțin conștient de echilibrul delicat care exista în încăpere.

Femeia era, într-adevăr, năucitor de atrăgătoare, cu ținuta dată de creșterea și educația ei, fața slabă și ovală, ochii mari și un nas obraznic, precum și un coc la modă care-i dădea la iveală și punea în valoare gâtul delicios, pe care avea să-l acopere el cu sărutări. Era voluptoasă și zveltă, aproape slabă.

Sylvia îi mărturisise fantezia ei de a rămâne căsătorită în timp ce-și contura o viață viitoare alături de el, păstrând o delicată aproximativă respectabilitate. El știa că așa ceva era o absurditate, în cele din urmă ea avea să îmbrățișeze normele sociale și, oricum, putea să vadă în ea babornița sclerozată care avea să devină ulterior. Cât dura toată treaba aveau să se limiteze la legături pe ascuns în weekenduri, cum ar fi cel de față, ori în timpul săptămânii la casa din oraș pe care o împărțea ea cu Sir Thomas și în diverse ocazii furate la hoteluri discrete din comitatele din jurul Londrei. Lui îi convenea mai mult decât complicațiile a ceea ce ar fi putut numi relație.

După cină, bărbații se duseră la un pahar de porto și țigări în bibliotecă. Acolo contele ținu un discurs monoton despre proprietățile sale din Sachsen-Anhalt, în partea de est a Germaniei.

— Germania e atât de necivilizată! anunță el. Prostimea a preluat puterea. În Est, și-a creat statul socialist. Statul lor! Bolșevicii îl conduc, de fapt, în realitate. E un experiment care o să eşueze. E şi mai rău în Vest, cu miracolul lor economic. Oameni complet nepotriviți ajung să prospere în dauna vechilor valori. În felul lor, aceşti oameni sunt la fel de neacceptabili precum aceia de dinaintea lor.

— Vă e greu să ajungeți la pământurile dumneavoastră din Est? întrebă Wright.

— Nu în prezent, nu, zise von Hessenthal. Am o relație rezonabilă cu autoritățile de acolo, în ciuda dogmei lor. Trebuie să am grijă să fac contribuțiile potrivite și să cultiv relații agreabile cu reprezentanții locali ai partidului, dar merge. Nu pot garanta că la nesfârșit, totuși. Se lucrează fără încetare la graniță și aud din când în când zvonuri cum că autoritățile vor să „regularizeze" poziția proprietăților mele. „Să regularizeze" e expresia pe care o folosesc. „Să fure" ar fi a mea. Din fericire, am suficiente fonduri și pământ departe de ghearele lor.

— Locuiți mai mult la Londra? întrebă Wright pe un ton mai degrabă agreabil.

— Exact. Mai am și pământ în Bavaria. Numai că Germania din ziua de azi e așa de ieftină! Neplăcută. Est sau Vest, nu prea contează.

Se cutremură pentru efectul dramatic, după care zise:

— Nu doresc să fiu nepoliticos, Charles, dar pot să întreb și eu ceva?

— Desigur, replică Stanbrook.

— Se pare că ți-ai invitat la cină un membru al personalului.

— Courtnay? Păi...

— Trebuie să spun că nu prea mă simt în largul meu să-mi discut afacerile în asemenea împrejurări, zise contele, uitându-se drept la Roy cu un dezgust pe care nici măcar nu încerca să-l ascundă.

„Nu în privința mea ar trebui să-ți faci griji", își zise Roy, „ci a ălora ca Oliver Wright, care abia așteaptă să te prindă în gheare." Îi zâmbi însă inofensiv.

— Ei bine, spuse Stanbrook, Courtnay are o poziție diferită de cea a majorității oamenilor mei. Eu...

— Nu, domnule, îl întrerupse Roy. Vă rog, oricum mă pregăteam să mă retrag. Noapte bună, domnilor!

Se ridică de pe fotoliul de piele, stinse trabucul și, încă zâmbind larg, părăsi încăperea. Cu coada ochiului îl văzu pe contele von Hessenthal urmărindu-l cu o animozitate nemascată cum se îndepărta tacticos.

În realitate, nu-l afectaseră comentariile lui von Hessenthal. Se simțea mai bine când nu participa la asemenea conversații devenite emfatice din cauza politeții protocolare și la pura plictiseală reprezentată de inevitabilul joc de biliard. Se duse în camera lui și se pregăti pentru Sylvia.

Ea îl aștepta. Fu dur, așa cum prefera femeia, țintuindu-i brațele cât împingea implacabil în moliciunea ei, neținând cont dacă se simțea bine. Avea să fie timp pentru îmbrățișări tandre mai încolo în acea noapte, deși nu și pentru dragoste. Femeia țipă triumfătoare și peste puțină vreme se termină.

Sir Thomas și Oliver Wright aveau să se afle în dormitorul vecin nu peste mult timp. La patru dimineața, Roy avea să fie dat afară ca să se întoarcă la el în pat și la fel avea să se întâmple și cu Wright. Ușile care dădeau spre baia dintre cele două încăperi aveau să se descuie și, până să fie aduse tăvile cu mic dejun, fericirea conjugală avea să fie restabilită. Nu păcăleau pe nimeni din casă, probabil cu excepția grețosului de neamț și a servitorului său, dar aranjamentul avea să respecte rigorile rafinamentului.

Cât îi șopti ea, întinsă în brațele lui, el nu ascultă, privind la tavan fără să vadă. „Îi disprețuiesc pe oamenii ăștia", își zicea el. „Te disprețuiesc pe tine."

5

ÎN DIMINEAȚA URMĂTOARE se răzgândi însă în privința întreținutului cu invitații și-și luă micul dejun în bucătărie, alături de servitorul cu ochelari al lui von Hessenthal. Descoperi că Ernst Maier fusese abia recent numit în rândul personalului contelui. Micul dejun se prelungi căci Roy fu nevoit să-l asculte pe omulețul plictisitor, în costum prost croit, depănându-și povestea vieții într-o engleză bună, dar cu un accent înfiorător.

Sperând să scape de Maier, Roy anunță că avea să facă o plimbare prin grădină. Maier zise că avea să vină și el.

— Se schimbă lucrurile în Germania, zise omulețul, așa cum o să se întâmple peste tot prin lume. Vestul are azi capitalism, dar în viitor vom fi toți împreună sub un guvern socialist.

— Ăsta da, discurs pentru un servitor de conte! făcu Roy.

— Eu nu m-aș descrie drept servitor. Și mă îndoiesc că ar face-o contele. Îi sunt mai degrabă asistent executiv. Contele știe compromisurile necesare. Acasă niciodată nu zice că e conte. E Hessenthal simplu. Ocazional, tovarășul Hessenthal. Vorbește aici despre „domeniile" lui ca și cum ar mai exista. De fapt, chiar acum sunt transformate în cooperative agricole de producție. Încearcă disperat să obțină o compensație. Treaba mea e să-l trezesc la realitate și să-l feresc de ghearele unora cum ar fi inteligentul vostru domn Wright. Încerc s-o fac cu duhul blândeții. Nu-s lipsit de inimă. Unii dintre camarazii mei îmi spun că sunt moale.

Maier se opri și se uită la Roy.

— Toți trebuie să prevedem viitorul și să facem pregătirile necesare. Să aplanăm diferendele. Sunt sigur că și dumneata a trebuit să faci așa ceva.

Foarte ciudat omulețul! Roy își reluă plimbarea. Zise:

— Fără îndoială, acest moment al istoriei creează nevoia unor aranjamente stranii. Alianțe neașteptate. Înțeleg că și contele, sau tovarășul, Hessenthal a trebuit să se adapteze.

— Într-adevăr. Și încă mai trebuie. Noi toți trebuie.

Merseră tăcuți prin grădina de trandafiri pentru o vreme, fără ca Maier să dea vreo urmă de atenție prețioasei colecții a lui lady Stanbrook. Se pomeniră la oarecare depărtare de casă, plimbându-se tacticoși printr-un mic crâng aproape de limita proprietății.

— După cum, fără îndoială, trebuie să te adaptezi și dumneata.

Lui Roy îi luă ceva să înțeleagă că Maier continua conversația de unde o întrerupsese el.

— Ei bine, așa cum spuneți cu toții, trebuie să ne împăcăm cu vremurile în schimbare. Eu sunt un tip destul de adaptabil. Mă descurc chiar bine, zise el și zâmbi cu modestie.

— Da, văd, replică Maier, ca și cum s-ar fi îndoit. Dar s-ar putea să fie nevoie să te adaptezi iar pe viitor.

— La un nou stat socialist? Nu prea cred. Mă îndoiesc că sunt mulți oameni în Anglia care să-ți împărtășească vederile despre lume.

— Însă eu sunt sigur că nu. Am putea dezbate subiectul altădată. Ar putea exista niște motive mai presante pentru care să-ți regândești poziția.

Roy continuă să-i facă pe plac.

— Cum ar fi? Nu înțeleg.

— Probabil că pot să-ți explic.

Ieșind pe o pajiște pe drumul de întoarcere spre casă, se așezară pe un trunchi de copac doborât. Maier scoase un pachet de țigări rusești și-i oferi una lui Roy, care refuză. Ridicând din umeri, Maier își aprinse una, cu miros respingător, și se șterse pe frunte cu mâneca soioasă a hainei. Soarele dogorea implacabil, dar niciunul dintre ei nu-și dădu jos haina.

— După război ai fost un soi de urmăritor neînfricat al angajaților lagărelor de concentrare.

— De unde-ai auzit asta? întrebă Roy, în alertă, dar ascunzând-o cu o întindere lungă și leneșă de brațe.

— Nu-i adevărat, atunci? Am fost informat că asta era ocupația ta.

— Am fost implicat în ceva muncă de curățenie după război. Ceva de rutină. Ceva tare neînsemnat.

— Ești prea modest! Amețitoare zile, este? Derută, distrugere și haos. Totuși, noi construiam ceva din oroarea aia. Pot sta mărturie. M-au luat în armata germană în 1940 și am fost capturat în timpul retragerii de la Stalingrad în '42. A fost cel mai frumos lucru care mi s-a întâmplat. Am putut să-mi dovedesc loialitatea față de socialism. M-am oferit voluntar să-i distrug pe naziști.

— Foarte nobil! comentă Roy.

— Nu chiar. Era supraviețuire. Ca să supraviețuim, facem ceea ce trebuie să facem. Nu-i așa?

Nu se cerea, nici nu se aștepta vreun răspuns.

Maier continuă.

— S-au întâmplat anumite lucruri în tot haosul acela. Lucruri care nu ne-am dorit să se întâmple. Uneori le acceptam. Deși nu ai fost implicat în conflict, cred că știi câte ceva despre asta.

— Cum așa?

— În strădaniile dumitale de a lua urma naziștilor, cred că s-a petrecut un incident tragic în care și-a pierdut viața unul dintre camarazii dumitale.

Roy rămase tăcut.

— O întâmplare tristă. Dar una din care-ai apărut dumneata. Mă bucur să te văd aranjat acum.

— De unde știi?

Regretă întrebarea imediat ce-i ieși de pe buze.

— Autoritățile noastre păstrează arhive, desigur. Am ceva relații acolo unde trebuie. Ele și-au dat silința să caute anumite dovezi, care oferă o relatare vie a incidentului. A fost pregătită de tovarășii noștri ruși. Am avut norocul să obțin accesul la ea. Soarele ăsta e aprig! Mergem în casă să bem niște apă? Probabil că o să mai discutăm mai încolo.

Se ridică și-și flutură mâna în dreptul feței în încercarea zadarnică de a pune în mișcare aerul încremenit, umed și neplăcut.

Întorși în casă, Maier păru cumva să dispară fără ca Roy să își dea seama. Trebuia să vorbească iar cu omulețul vânos, dar să nu alerge după el. Nu-și permitea să fie el cel care se ruga de celălalt.

După prânz, lady Stanbrook trimise după el la rugămintea Sylviei. I se ceru să joace tenis, indiferent de ce simțea contele. Mai întâi se ținu un concurs de simplu pentru bărbați. Von Hessenthal nu participă, pretextând o rană la picior pe care o căpătase în război, și urmări jocul cu o expresie severă pe chip, sorbind din limonadă. Roy termină rapid cu Sir Thomas, care era probabil cu douăzeci de ani mai în vârstă decât el, înainte ca Oliver Wright să reușească să piardă în fața lordului Stanbrook, scund și corpolent, care radia când își șterse sudoarea de pe fruntea de un roșu-aprins.

Doamnele refuzară să joace la simplu, așa că bărbații trecură imediat la finală. Plictisindu-se și cu gândul la Maier care nu-i mai dădea pace, Roy își expedie angajatorul și mai tăios decât era normal. După ce luă bătaie cu șase la zero, lordul

Stanbrook dădu dovadă de eleganță, chiar dacă era încă năucit. Când jucau, Roy era, de regulă, nemilos, iar lordul Stanbrook nici nu se aștepta să fie altfel, dar, de data aceasta, fusese brutal. Roy era cu mintea în altă parte și se scuză, lăsându-i pe bărbați și pe doamne să-și organizeze perechile de dublu-mixt. Sylvia păru dezamăgită.

Maier stătea la o masă de pe terasă la mânecă scurtă, citind o carte. Roy se așeză lângă el. Doamne, Dumnezeule, ce bine era acum să stai la umbră!

— Ai câștigat? îl întrebă Maier.

— Da. Ce spuneai mai devreme...

— Da?

— Unde bați?

Maier închise cartea și o puse cu atenție pe masă.

— Mă bucur că putem vorbi sincer. Am menționat că toți trebuie să ne asigurăm viitorul. Se poate să existe o cale prin care să te poți și dumneata aranja în acest sens.

— Cum?

— Făcându-i un serviciu țării noastre.

— Țării noastre? Cum adică țării noastre?

— M-am referit la țara mea și a lui Hessenthal. Ce altceva? Ce propun eu e în interesul nostru, al tuturor. Presupun că pot sări peste preambulul cu înțelegerea între națiuni. Ai acces la informații care ar fi valoroase pentru mine și camarazii mei. Ajutorul dat nouă îți va asigura poziția viitoare în schemă. Și te vom și plăti. Foarte bine. Chiar și un stat socialist poate plăti foarte bine. De la fiecare după posibilități, fiecăruia după nevoi. Și văd că nevoia dumitale se poate să fie chiar mare.

Zâmbi superior.

— Cu niciun chip! Îi voi raporta lordului Stanbrook.

— Simte-te liber să faci cum vrei! Numai că, în locul dumitale, n-aș face-o. Mai întâi o să te gândești. O să iei în calcul consecințele și beneficiile la care ai renunța. E bine. Ai timp s-o faci.

— N-am nevoie de timp, replică Roy cu glasul slab. Sunt cetățean britanic credincios. Nu vreau să am nimic de-a face cu asta și nici cu dumneata.

— Desigur! Un discurs bun! E dreptul dumitale! E o reacție imediată naturală. Dar mai gândește-te! O să ne mai vedem, nu încape nicio îndoială.

Zâmbind, Maier se ridică și făcu o plecăciune aproape imperceptibilă, în stil ciudat milităresc.

— Pe când ne-om mai vedea!

6

MARȚEA URMĂTOARE, mai devreme decât și-ar fi închipuit, lui Roy și lui Ernst Maier li se încrucișară iar drumurile.

Se întorsese în oraș alături de lordul Stanbrook în ziua precedentă. Mergând prin Parcul St. James dădu cu ochii de ei, cum se rezemau de balustradă, îl priveau și zâmbeau. Își scoaseră pălăriile în semn de salut, iar el se prefăcu că nu-i observase. Cu coada ochiului îi văzu mișcându-se repede, ca și cum ar fi vrut să-l intercepteze la următoarea răscruce de alei. Se întoarse și o apucă înapoi pe drumul pe care venise, cu gând să se întoarcă la club.

Îl ajunseră din urmă, cu răsuflarea ușor întretăiată, încă zâmbind. Maier purta același costum ieftin și lucios care-i atârna de umeri. Roy îl recunoscu pe celălalt bărbat, deși nu-l mai văzuse de zece ani. Atunci, la Berlin, acesta fusese unul dintre ofițerii ruși de legătură, căpitan, își aminti Roy. Karovski.

Roy nu avu de ales și se opri.

— Ai uitat ceva? întrebă Maier.

— Pardon? zise Roy.

— Am întrebat dac-ai uitat ceva. Te-ai întors de parcă ți-ar fi trecut ceva prin cap.

Însoțitorul lui zâmbi, de parcă tocmai s-ar fi spus o glumă foarte amuzantă.

— Nu, voiam să spun... De ce mă urmăriți?

— Nu te urmărim.

Maier afișă o expresie de inocență rănită.

— Iuri și cu mine luam aer în frumosul vostru parc. Dumneata s-a întâmplat să treci pe-aici. Ți-l amintești, desigur, pe Iuri Ivanovici, nu?

Celălalt bărbat vorbi înainte ca Roy să apuce să răspundă.

— Căpitanul Courtnay, nu?

Făcu o pauză și scoase un hohot de râs vesel și subțire. Ceva îl amuza foarte tare.

— Ne-am aflat amândoi la Berlin în același timp. Nu mai ții minte?

Roy luă o expresie agreabilă.

— A, da, desigur! În alt context. Fără uniforme.

Îi întinse mâna și Karovski i-o strânse cu căldură.

— Locuiești la Londra acum?

— Nu, sunt doar în vizită, răspunse Karovski. Mă gândesc adesea la zilele acelea de după război. Eram cu toții prinși în istorie, nu?

Engleza lui se îmbunătățise. Sau probabil că fusese dintotdeauna atât de bună. Roy își amintea de un ofițer crud, care insistase pe traduceri laborioase din partea interpretului lui.

— Presupun că da. Zile amețitoare. Deși nu le consideram așa pe atunci. Lucrurile se întâmplau atât de repede. Ce vânt te aduce la Londra?

— A, una, alta, răspunse Karovski vag, zâmbind. Mă gândesc adesea la interpretul tău neamț și la ce s-a întâmplat cu el. Groaznică poveste! Cum îl chema?

— Da. Hans Taub. Groaznic!

— Ți-am povestit oare vreodată despre asta, Ernst? întrebă Karovski, întorcându-se spre Maier.

Acesta dădu din cap a negare, dar rusul clar trebuia să se țină de scenariu.

— O chestiune îngrozitoare! Prietenul nostru aici de față și colegul lui se duceau să aresteze un nazist mărunt. În zona noastră. Am trimis o echipă să-i sprijine, dar lucrurile au mers prost. Sărmanul... Hans, zici? Hans a murit în schimbul de focuri care a urmat. Am văzut cu toți morți în război. Numai că războiul se terminase. Tragic. Un fascist nebun.

Clătină din cap și se uită drept la Roy.

— Te-ai schimbat, căpitane Courtnay! Nu știu sigur cum, dar te-ai schimbat. Cred că Ernst a discutat în secret cu dumneata în weekend. N-ai fost convins. Să înțeleg că n-ai mai spus nimănui despre asta?

Roy nu zise nimic.

— Așa credeam și eu. Atunci probabil că putem discuta ideea în continuare. Îți putem oferi toate asigurările de care ai nevoie...

— Nu mă interesează, zise Roy. V-am mai spus o dată.

Dădu să plece.

Karovski vorbi mai tare.

— Îți putem oferi toate asigurările necesare în privința siguranței dumitale și cred că înțelegi la ce mă refer. Dacă decizi să nu vorbești cu noi, acele asigurări sunt... cum ziceți voi... luăm oferta de pe masă.

Roy se întoarse și se duse la Karovski, roșu la față, cu pumnii încleștați de o parte și de alta a trupului.

— M-ai auzit? N-am nevoie de asigurările voastre. O să reclam la poliție.

O femeie îmbrăcată într-o elegantă rochie roșie se uită la ei și trecu grăbită mai departe. Karovski își păstră zâmbetul echilibrat pe chip când se lăsă pe călcâie, dar Roy îi văzu nervozitatea din ochi.

— Zău așa! făcu Maier, împăciuitor.

Îi puse mâna pe braț lui Roy, care se uită o clipă la ea înainte ca Maier să și-o retragă. Își dădeau seama că i-ar putea plesni ca pe muște dac-ar vrea.

Karovski își recăpătase într-o oarecare măsură stăpânirea de sine.

— Fii om de înțeles, te rog, căpitane Courtnay! Ne aflăm în centrul civilizației, în Parcul St. James. Eu sunt diplomat rus de rang înalt și ar fi neplăcut dacă poliția ar trebui să aibă de-a face cu un atac al unui angajat al lordului Stanbrook asupra unuia ca mine. Neplăcut pentru dumneata, mă refer. S-ar putea ivi tot felul de neînțelegeri.

Roy se calmă, dându-și seama că stătea cu brațele pe jumătate ridicate, gata să-l apuce pe rus de reverele hainei.

— Așa mai merge! zise Karovski. Nu vreau decât să stăm de vorbă. Am niște fotografii de la Berlin la care s-ar putea să vrei să te uiți. Ce-ar fi să ne întâlnim la cină săptămâna asta? Atunci am putea pune lucrurile la punct la un pahar de vin și ceva bun de mâncare. Te asigur că e în interesul dumitale, căpitane Courtnay.

— Nu sunt interesat, vă tot spun.

— Te-am auzit. Dar mă văd silit să insist că, dacă știi ce-i bine pentru dumneata, ar trebui să vii. Uite ce e, în loc să te rețin aici, am o masă rezervată pentru mâine-seară la restaurantul pescăresc Galbraith. Îți place peștele mult, nu? Sau prietenului Hans îi plăcea? Nu-mi amintesc. Mereu v-am confundat. A fost cu atât de mult timp în urmă că amintirea pălește. Masa e rezervată pentru ora șapte. Ne vedem acolo!

Cei doi porniră la unison în pas vioi spre cea mai apropiată ieșire, întorcându-și capetele să zâmbească unul la altul, ca și cum și-ar fi spus o glumă. Roy rămase locului preț de o clipă înainte s-o apuce cu pași mari în direcția opusă. Uitase complet încotro mergea. Se întoarse și se duse înapoi la club.

7

NU SE DUSE LA GALBRAITH. Nu mai avu nicio veste de la Maier ori Karovski. Nu se prăbuși cerul. Nu imediat, adică.

La două zile după înfruntare, Roy citea ziarul în sala de mic dejun a reședinței din Londra, când văzu silueta lui David Millward, secretarul particular pe probleme politice al lordului Stanbrook trecând prin dreptul ușii. Millward se întoarse din drum și apăru în prag. Se rezemă de cadru, jucându-se gânditor cu degetele pe el.

— 'Neața, Roy!

— 'Neața, David! Cum îți mai merge?

Cei doi nu prea aveau de-a face unul cu altul, dar erau în relații amicale. Pe Roy nu-l interesa politica, iar David părea să-i fie, în general, recunoscător omului care avea grijă ca superiorul lor să nu se bage în belele atunci când nu se ocupa de harababura guvernării.

Millward zâmbea.

— Mai bine ca niciodată. Am dat și eu pe-aici să iau niște acte pentru șefu'. E o dezbatere pe tema achiziției de arme în după-amiaza asta.

— A, da? făcu Roy și-și îndreptă iar atenția la ziar.

— De fapt, zise Millward cu o sfială neobișnuită pentru el, mă întrebam dacă n-ai timp să stăm un pic de vorbă.

— Despre ce?

— Ah, una, alta...

Împături ziarul și-l puse frumos pe masă.

— Probabil c-ar fi mai bine la șefu' în birou, zise Millward. Știi tu...

Urcară împreună scările.

— Splendidă vreme avem!

— Da, replică Roy.

— Un pic cam cald la Londra, totuși. Tânjești să fii la țară într-o zi ca asta.

— Într-adevăr. Plecăm la Burnsford în weekend.

— Serios?

Millward păru ușor deranjat.

Luară loc în birou, Roy tolănindu-se cât era de mare pe canapeaua capitonată din piele, iar Millward, afectat, pe unul dintre fotoliile din același material.

— Ei bine, zise el, e vorba de o chestiune stânjenitoare.

— Da? întrebă Roy, clipind rar.

— Șeful a fost contactat de niște oameni care sunt plătiți pentru așa ceva. Oamenii din umbră. Știi tu...

— Nu sunt sigur că da.

— Spioni.

— Ah!

— Ei bine, se pare că aceștia au urmărit un rus care-i în vizită la Londra, iar alaltăieri l-au văzut cu unul dintre asociații lui est-germani stând de vorbă cu tine. În Parcul St. James, mai exact.

— Serios?

— Da. Neamțul ăla e un soi de membru al personalului contelui von Hessenthal. A fost la Burnsford weekendul trecut.

— Într-adevăr. Ernst Maier.

— Exact. Vrei să-mi spui despre ce-ați stat de vorbă?

— Nu chiar. Nu mi-a plăcut Maier. După care el și amicul lui au dat peste mine în parc.

— Se pare c-ați avut o altercație.

— Da. Îl cunoșteam pe rus de pe vremea serviciului militar de la Berlin. A vrut să reia relația. Eu nu. Atâta tot.

— Înțeleg. Destul de simplu, după cum descrii tu situația. Mă tem însă că nu-i chiar așa. Treaba e că spionii cred că ți s-a cerut să prestezi anumite servicii.

— Servicii? Ce servicii?

— Ei, haide, Roy, nu-i greu să-ți închipui, nu? Ocupi o, să zicem, poziție delicată. Fără îndoială că lor li se pare c-ar ieși câștigați dacă te-ar corupe.

— Păi nu m-au corupt. Am pus capăt conversației. Spionii tăi ar trebui să-ți poată spune asta.

— Mă bucur s-o aud, zise Millward liniștitor. Foarte mult. Numai că, vezi tu, ei tot insistă să discute cu tine.

Lui Roy îi îngheță sângele în vine.

— Cred c-aș prefera...

— Ca noi toți, sunt sigur. Șeful nu vrea să se târască prăpădiții ăia prin treburile lui. Numai că ei insistă. E o situație mai degrabă...

— Stânjenitoare. Știu, tu ai zis-o.

— Există o altă cale, totuși. Șeful a reușit să negocieze o soluție posibil diferită.

— Care implică?

Millward se apleacă în față.

— Ei bine, Roy, nu e ideală, dar Domnia Sa a reușit să ajungă la un acord cu oamenii ăștia prin care să nu meargă mai departe dacă încetezi să lucrezi pentru el și te retragi, cu, ăă, discreția cuvenită.

Zâmbi scurt, cu satisfacția de a fi dat peste un cuvânt potrivit.

— Aș prefera să rămân și să-mi încerc norocul, răspunse Roy țâfnos.

— Ei bine...

Întinse de cuvinte și le repetă.

— Ei bine, mă tem că noi nu privim asta ca pe o alternativă. Și nici oamenii ăia. Se poate să fie o lovitură pentru tine, dar mă tem că am cam ajuns într-un impas în ceea ce privește viitorul tău ca angajat al lordului Stanbrook.

— Mă concediezi?

— Cred că lordul Stanbrook preferă să considere că te lasă să pleci. Cu mare regret, desigur. Crede că e singura posibilitate în interesul tuturor, darămite al tău. Nu vrea să te oblige să treci prin toate problemele pentru ca, la final, să fii obligat să-ți dai demisia. Și, desigur, reputația lui trebuie să rămână neîntinată. Mă tem că nu se poate să fie câtuși de puțin asociat cu orice chestiune care miroase a spionaj. Sunt sigur că înțelegi logica. Așa că îmi pare rău, dar asta e.

— Măcar pot să vorbesc cu el, să mă apăr?

— Mă tem că nu. E la Cameră în acest moment și are de trecut un proiect de lege, răspunse Millward, cerându-i scuze din priviri.

— Și dacă mă hotărăsc să înfrunt situația cu tupeu?

— Ai tot dreptul să faci ce crezi, desigur. Eu doar încercam să-ți ofer o soluție care să fie mai, ăă, elegantă și în interesul tău. Ai completă libertate să-mi ignori sfatul. Nu pot prevedea consecințele.

— O să mă țină lordul Stanbrook în slujba lui?

Millward zâmbi scurt.

— Cred că am trecut deja de asta. Tare mă tem că va trebui să accepţi că perioada ta ca angajat al Domniei Sale s-a sfârşit. Cred că la judecata opiniei publice, o concediere în aceste împrejurări aparte ar putea părea perfect justificată, dat fiind contactul tău cu acei indivizi. Eu însă sper să nu se ajungă la asta.

Roy căzuse pe gânduri, cu faţa impasibilă.

— Desigur, zise Millward, Domnia Sa va fi cum se cuvine de generos, date fiind eforturile excelente în slujba sa. A considerat de cuviinţă să pună lucrurile în mişcare şi să-ţi caute altceva de lucru. Unul dintre foştii grădinari ai tatălui său are o mică pepinieră într-un sătuc încântător din Norfolk. Mi-am permis să aranjez să începi acolo de lunea viitoare.

— Da' eu habar n-am de grădinărit.

— Poziţia presupune îndatoriri mai generale. N-are să fie oneroasă, iar salariul va fi, desigur, mai mult decât suficient. Şi mai e o chestiune.

— Da?

— Lordul Stanbrook îţi este extrem de recunoscător pentru munca depusă. M-a autorizat să-ţi ofer o compensaţie financiară potrivită în loc de preaviz şi ca recunoaştere a loialităţii tale. Am scris un cec. Oferta de lucru şi remuneraţia vin, ca să zic aşa, la pachet. Sunt valabile doar împreună.

Cu degete fusiforme, scoase cu dexteritate o bucată de hârtie din buzunarul de la piept al hainei, punând-o pe măsuţa joasă din faţa canapelei. Fără s-o atingă, Roy se aplecă în faţă şi se uită la ea, lipsit de expresie.

— Şi cam cât timp am la dispoziţie? Când trebuie, aşadar, să-mi iau tălpăşiţa?

Millward zâmbi, deloc triumfător.

— Nu putem ţine câinii departe de urmă prea mult. Cred că, din toate punctele de vedere, ar fi preferabil să pleci înainte să se întoarcă lordul Stanbrook în seara asta. Mi-am luat libertatea de a-ți cumpăra un bilet de pe Liverpool Street pentru azi după-amiază.

Scoase cartonașul din buzunar.

— Îți vom expedia, bineînțeles, cufărul la adresa la care te vei caza, care se află pe această hârtiuță, dimpreună cu detaliile despre pepiniera domnului Brown. Are să te aștepte lunea viitoare.

Puse un bilețel atent dactilografiat alături de bilet pe masă, lângă cec.

Roy îl privi cu ostilitate nemascată, pe care celălalt n-o văzu sau alese s-o ignore.

— Bun! zise Millward mulțumit, cu un zâmbet larg. Cred că s-a aranjat, deci!

Îi întinse mâna, dar Roy își întoarse privirea în altă parte.

— Ei bine, trebuie să plec spre Cameră. Foarte frumos din partea ta că ești om de înțeles, Roy! Dacă poți, lasă-i, te rog, cheile domnului Percival. O să-l anunț eu.

Se ridică și plecă.

„Ticăloși nenorociți!" își zise Roy. „Fiecare dintre ei. Ticăloși nenorociți!" Luă însă cecul, biletul și bilețelul și merse în camera lui să-și facă bagajele.

Capitolul unsprezece

Chestiuni bănești

1

VINCENT SOSEȘTE cu expresia lui plină de solicitudine, încruntat și îngrijorat. Costumul de la M&S[1] nu vădește nici opulență, nici sărăcie.

— N-am să vă insult inteligența, doamnă McLeish, spune el, după preambul și conform introducerii din scenariul său.

— Betty.

O privește o clipă, perplex.

— Mulțumesc, Betty! Văd că ai avut o carieră universitară. Ai fi surprinsă să afli ce parte importantă din slujba mea o constituie explicatul lucrurilor în cuvinte cât mai simple pentru clienți, cuvinte care mie sau ție ni s-ar părea că vorbesc de la sine. Clienții ca domnul Courtnay se exclud, firește. Așa că nu intenționez să-ți insult inteligența. Te rog să mă oprești și să mă întrebi oricând ai vreo întrebare. Și dumneavoastră la fel, domnule.

Vincent se uită sfios la ei peste masă.

— Stephen, zice Betty. Să ne tutuim, te rog! Așa o să ne simțim cu toții mai în largul nostru. Și probabil c-ar fi bine să mă tratezi ca pe cel mai lipsit de inteligență client pe care l-ai întâlnit vreodată. Recunosc, sunt complet neștiutoare în materie de chestiuni financiare.

[1] Rețeaua de magazine Marks & Spencer (n. tr.).

Surâde afectat, voioasă.

— Atunci bine. Acesta este momentul în care, în cadrul unei consultații normale, îți citesc o descriere a rolului meu de consultant financiar independent și-ți spun care-mi sunt responsabilitățile în conformitate cu legea față de Autoritatea de Servicii Financiare (ASF). Apoi îți dau un formular și te pun să-l semnezi. Înțeleg însă de la domnul Courtnay că ai prefera să ne lipsim de toate astea.

Roy și-a studiat preocupat mâinile în tot acest timp. Ridică ochii, dar nu zice nimic.

— Exact. Roy a zis că are încredere în tine. Nu văd ce folos ar avea păsăreasca birocratică.

— OK, dar dacă dorești să parcurgi acei pași acum e momentul s-o spui.

Face o pauză și nu zice nimeni nimic.

— Într-un fel, pică bine.

— De ce? întreabă Stephen.

— Pentru că anumite opțiuni de investiții pe care le-am recomandat sunt... neconvenționale. Nu intră în sfera reglementărilor normale din Marea Britanie, care sunt încă în urma ultimelor tendințe de pe piață. Și nu sunt nici sub jurisdicția ASF.

— Pentru că sunt ilegale?

— Nu, domnule, scuze, Stephen. Absolut deloc. Nu m-aș ocupa eu de produse lipsite de etică sau ilegale. Poziția e următoarea: am acces la fluxuri internaționale neortodoxe de investiții și instrumente financiare de avangardă, dacă vreți să le spuneți așa. Domeniul încă mai are de recuperat. De aceea potențialele randamente sunt mai mari decât te-ai aștepta în mod normal.

— Ce fel de randamente?

— E dificil să fii precis, Betty. Valoarea investițiilor poate, evident, să fluctueze. Însă cu paleta de investiții pe care o propun eu, pe o perioadă minimă de cinci ani, estimez un randament anual de cincisprezece la sută în cel mai pesimist caz, în care capitalul ți s-ar aprecia cu aproximativ sută la sută. Mult mai probabil este un randament de douăzeci și cinci până la treizeci la sută pe an, iar investiția ta în acest caz s-ar aprecia de aproape patru ori.

— Există și risc? întreabă Betty.

— Există un risc în toate, intervine repede Roy. Chiar și în traversatul străzii.

Vincent se uită la el pentru o clipă.

— Există risc, da, între anumite limite. Clar nu pot să mă uit în globul de cristal, dar pot să te asigur că aceste investiții sunt indicate celor cărora nu le place riscul. E un mod prudent de-a economisi. Ai dori să afli mai multe?

— Da, te rog.

— Probabil că ai auzit de economiile cu creștere rapidă ale țărilor în curs de dezvoltare. Îți sună cunoscut acronimul BRIC?

— Nu.

— Economiile BRIC sunt Brazilia, Rusia, India și China. Nu-ți sugerez să investești acolo. Brazilia a avut de suferit din pricina recesiunii. Guvernul chinez încearcă să limiteze creșterea ca să reducă gradul de îndatorare. Rusia este asediată de corupție și probleme politice. Bulele lor încă nu s-au spart, nici pe departe. Ai putea scoate randamente bunicele, dar nu cum se putea odată, iar profilul de risc a crescut treptat. Așa că nu ți le-aș recomanda. Mă orientez spre un număr din ce în ce mai mare de alte țări.

— Cum ar fi?

— Turcia, Malaysia și Indonezia. Posibil Nigeria. Acestea sunt economiile în ascensiune, din trei motive: creșterea populației, o generație tânără cu mai multe aspirații și politici economice luminate din partea guvernului. Investițiile în aceste țări nu sunt pentru un novice. Există probleme la fiecare – corupție, spre exemplu. Am constatat că e nevoie să se acționeze cu o mai mare prudență și discreție. I-am recomandat domnului Courtnay o paletă de investiții care să cuprindă toate aceste țări. Am recomandat să bage mai puțin în Nigeria, în principal din cauza problemelor de corupție și fraudă. Știi de diversele escrocherii grosolane prin scrisori sau prin email?

— Da.

— Bun! Atunci permite-mi să-ți dau iar asigurări ferme că eu acționez cu multă prudență. Un lucru pe care trebuie să-l subliniez este nevoia de confidențialitate. Produsele și investițiile pe care urmează să vi le descriu nu sunt disponibile publicului larg. Instituțiile cu care colaborez se cam feresc de publicitate. Nimic din toate astea nu e lipsit de etică. La o adică, ceea ce facem noi este să ajutăm la creșterea țărilor subdezvoltate. Țările respective consideră această chestiune una privată, lucru pe care nu-l pot sublinia suficient de mult.

Face o pauză și se lasă pe spate ca să le permită să înțeleagă cum trebuie ce le-a zis.

— Acum, continuă el în cele din urmă, am aruncat o privire preliminară la tabelul de active pe care ai fost amabilă să-l completezi. Cred sincer că activele tale ți-ar putea aduce mai mult decât portofoliul actual. Și cred că sunt și niște lucruri pe care ți le-aș putea foarte bine oferi eu.

Betty zâmbește.

— Păi asta-i o veste bună!

— Da. Va trebui să-ți trecem toate finanțele amănunțit în revistă, totuși. Sper că n-o să te importuneze prea tare.

— Sunt sigură că nu, Vincent.

— Încă o chestie și gata.

— Da?

— Ceva la care să te gândești. Și domnul Courtnay de asemenea. Există o modalitate de a reduce cheltuielile și de a eficientiza întreaga investiție. Dacă tu și domnul Courtnay ați constitui un portofoliu comun, am putea limita taxele de introducere, comisioanele tranzacțiilor și costurile administrative, care se pot aduna.

— Înțeleg, zice Betty.

— Așa cum îți spuneam, ceva de luat în calcul. Nu schimbă sfatul pe care ți l-am dat. Pur și simplu e o altă chestiune la care să te gândești când vei lua decizia finală. Poți alege să investești separat sau să investiți împreună. De tine depinde. Acum, dacă-mi permiți, aş parcurge această lungă listă de întrebări cu tine. Te rog să mă întrerupi dacă îți e ceva neclar.

2

— EU NU-S PREA SIGUR, zice Stephen.

— Nici eu, răspunde Betty.

— Nu ai fost cine știe ce implicată în chestiuni bănești, spune Roy. E normal din partea să te simți un pic neliniștită.

Vincent a plecat. Cei trei se uită la teancul de proiecții și broșuri pe care li l-a lăsat.

— Te cam buimăcesc toate astea, zice Betty.

— Hm, face Stephen.

— Tu ai încredere în Vincent, Roy? întreabă Betty.

— Mi-aș lăsa și viața în mâinile lui, Betty. Cât de mult am eu încredere în cineva. Nu-s prost, așa să știi.

— Nu, nu ești.

— E teribil de dificil, pricep asta. Dar nu știu ca Vincent să se fi înșelat vreodată în judecata lui. Este foarte prudent.

Diversifică investițiile între opțiuni sigure și speculative. Probabil randamentele nu sunt la fel de spectaculoase ca în alte părți, dar măcar nu-ți mizezi toți banii la ruletă.

— Păi cam așa ne și simțim, se bagă Stephen.

Roy îi aruncă o privire piezișă plină de mânie, dar de vorbit, vorbește pe alt ton.

— Bineînțeles, ai dreptate. Sigur că exact așa o să și pară. Numai că toată treaba e foarte științifică, știi tu. Vincent mi-a explicat totul despre algoritmi și programele lui de computer. Știe ce face.

— Nu asta ziceau și bancherii înainte de crah?

Roy oftează.

— Cred c-ai să constați că Vincent și clienții lui au ieșit destul de bine din crah. Vincent nu se ține după turmă. El face munca de teren și trage propriile concluzii.

— Deci nu urmează înțelepciunea ortodoxă? Numai asta și-mi sună riscant.

— Probabil c-ar fi mai bine s-o lași pe bunica ta să hotărască singură.

— Nu! zice Betty. Vreau să aud și părerea lui Stephen. De fapt, dacă merg înainte, o să vreau să fie și Stephen implicat total. Aș vrea să citească și el toate prospectele și celelalte materiale. Aș vrea să judece cu mintea lui tânără chestii care minții mele bătrâne i-ar putea scăpa.

— Desigur, Betty. N-am vrut să...

— Nu, sigur că nu. Nu contează. Numai că Stephen trebuie să fie implicat. Tu ce simți, scumpule?

— Neliniște! Fără îndoială, Vincent e foarte bun în ceea ce face și Roy are dreptate să se încreadă în el. Dar tu ești destul de bine aranjată și fără asta, nu?

— Presupun că da. N-ar strica un picuț în plus și mi-ar plăcea și să fiu în stare să vă las ceva mai consistent ție, surorii tale și părinților tăi, precum și câtorva cauze bune.

— Sunt sigur că nu ne-am dori. Nu ne interesează banii tăi. La urma urmei, nu-s decât niște bani.

— Decât niște bani. Bleah! pare să țâșnească involuntar de la Roy. Uite cum vorbește cineva care n-a dus lipsă niciodată!

— Cam așa ceva, spune Betty. Îți înțeleg rezervele, Stephen, dar eu înclin să accept propunerea. O să mă gândesc peste noapte la chestiune. Dar, dacă nu cumva mă răzgândesc până mâine-dimineață, aș vrea să pui lucrurile în mișcare cu Vincent. Parcurge materialele informative, citește formularele și asigură-te că semnez ce trebuie, te rog!

Se ridică și traversează bucătăria cu gând să umple ceainicul și să-l pornească.

— O ceașcă de ceai? întreabă voioasă.

Roy îi aruncă pe furiș lui Stephen un zâmbet superior. Stephen se uită liniștit la el.

3

ÎNTR-UN FINAL E LINIȘTE în casă. Stephen a plecat, iar Betty a pregătit o cină ușoară cu sandviciuri.

Rareori se mai întâmplă ca vreunul dintre ei să suporte o masă completă.

— Stephen cam are dreptate, zice Roy. E preocupat să-ți fie bine. Ar trebui să fii mândră că ai un nepot care ține atât de mult la tine.

Betty toarnă ceaiul.

— Da, dar eu m-am hotărât.

— Credeam că ai nevoie să te gândești peste noapte.

— Asta a fost de ochii lui Stephen. Ce-a zis Vincent e complet logic.

— Bun. Nu vreau să tot rumegi problema în minte peste noapte. Va trebui să discutăm și ce zicea Vincent despre pus banii la comun.

— Pare logic, nu?

— O, da. Așa cred.

— Eu doar am nevoie să mă asigur că e ce trebuie.

— Firește. Mai era o chestie pe care de mult doream s-o discut cu tine.

— Da?

— Este oportun, cred eu, acum că pornim în întreprinderea asta comună. M-am gândit că poate ne-am dori să cimentăm relația noastră și mai tare.

— Ce vrei să spui?

— Nu-s pe punctul de a te cere de nevastă, dacă de asta te temeai, zice el cu un zâmbet. Bag de seamă că suntem amândoi un pic cam bătrâni pentru genul ăsta de treabă. Nu, mă gândeam că am putea lua și noi exemplu de la tinerii ăia și să ne facem un pic de cap.

— În ce fel?

— Mă întrebam dacă nu ne-am putea gândi să împărțim dormitorul cel mare. La urma urmei, când te-apropii de finiș, e plăcut să simți ceva căldură umană. Mie cu siguranță îmi lipsește asta noaptea. Sunetul respirației celuilalt, chiar dacă tu nu poți să dormi. E cumva liniștitor. Te face să te simți ca și cum toate sunt în regulă pe lume.

Îl privește alarmată.

— O, nu, nu asta! continuă el. Vai mie! Clar nu așa ceva. S-a terminat de multă vreme pentru mine. N-a mai rămas mină în creionul ăla, scuză-mi bădărănia. Pur și simplu mă gândeam că uneori mă simt singur. Trebuie că te simți și tu. Ne putem face unul altuia o favoare și să ne alinăm unul pe altul. Nu mă gândeam decât la o îmbrățișare plăcută în pat din când în când.

— Ei bine, începe ea, e o idee încântătoare. Numai că am căzut de acord atunci când te-ai mutat aici că relația noastră va fi una de tovărășie, fără nimic romantic.

— Se acceptă! Dar am evoluat din acel punct. Sentimentele mele au evoluat. Ale tale nu?

— Nu-i asta, Roy, cu siguranță nu-i asta. Doar că... Alasdair.

— Știu c-ai fost foarte atașată de el.

— Da. Îmi pare foarte rău. Încă mai simt o absurdă legătură de fidelitate.

— Nu-i absurd deloc, Betty. E admirabil.

— Pur și simplu n-aș putea, Roy. M-aș simți de parcă l-aș trăda cumva.

— Nu-i nevoie să explici, înțeleg. E perfect în regulă, desigur.

Îi zâmbește recunoscătoare.

— Și, oricum, mă îndoiesc că tu sau oricine altcineva mi-ați putea suporta sforăitul.

— Pur și simplu nu-mi vine să cred că sforăi, Betty. Tu dintre toți oamenii!

— Ai face bine să crezi! Sforăi zdravăn. De ani de zile. A început cândva după cincizeci de ani.

— Atunci bine. Se pare c-am scăpat ca prin farmec. Prieteni?

Își zâmbesc.

— Da, desigur. Roy?

— Da?

— Tu nu pronunți niciodată cuvântul dragoste, nu?

— Îl pronunță cineva? În viața reală? Din generația noastră, cel puțin? Bărbații măcar?

— Știu și eu... Dar tu sigur nu-l folosești. Nu în legătură cu trecutul. Nu în legătură cu noi.

— Ai vrea s-o fac? Te-ar face asta mai fericită? Pentru că aş putea încerca dacă vrei. M-aş simţi penibil, dar aş putea experimenta, pentru că fericirea este de importanţă capitală pentru mine. M-am ataşat foarte tare de tine. Ai vrea să-ţi vorbesc despre dragoste?

Betty zâmbeşte.

— Nu, nu la asta mă refeream, să ştii. Doar ce mi-a dat prin cap. N-aş vrea să te forţez să faci ceva împotriva conştiinţei tale. La urma urmei, ăsta e felul englezesc de-a fi, nu? Să nu vorbeşti despre asemenea lucruri. Discutăm despre afecţiune şi ataşament pentru că e un subiect sigur.

— Ei bine, bănuiesc că da. Dar dac-ai vrea să-ţi spun că te iubesc, Betty, cu siguranţă aş face-o.

— Sunt sigură că ai face-o, Roy. Mulţumesc, dar nu. Realmente, nu asta am vrut să zic.

El e uşurat. Faptul de a se oferi să împartă o viaţă dincolo de tovărăşie, oricât de falsă ar fi fost ea, se poate să fi fost factorul determinant al deciziei. E chiar mai bine că a refuzat. Acum nu are să mai fie nevoit să mediteze la asta, cel puţin nu deocamdată.

Centrul lucrurilor

1

BERLIN. Totul se învârtea în jurul acestui oraş. Cele şase luni ale lor la Viena fuseseră distractive, dacă acesta era cuvântul potrivit, dar acolo nimeni nu mai voia o căutare îndârjită a funcţionarilor mărunţi din lagărele naziste. Avântul se îndrepta spre reconciliere şi reconstrucţie grabnică, cel puţin cât de grabnică se putea când aveai de-a face cu ruşii. Puterile vestice erau rezonabil de încrezătoare în faptul că ruşii aveau să se retragă spre est, păstrând Praga şi Budapesta în sfera lor de influenţă. Personaje nepotrivite precum Roy Courtnay şi interpretul lui, Hans Taub, a căror tenacitate întreţinea disputele, nu se mai căutau.

Fuseseră repartizaţi la Hanovra, în partea de Germanie ocupată de britanici, cam într-o fundătură. Activau într-un mic birou vizavi de gara principală. Hanovra, ca mai tot restul ţării, fusese făcută una cu pământul şi îngenuncheată. Provincială şi liniştită totuşi, iar lor li se permitea să-şi vadă de treabă fără prea mare amestec de sus, obţinând asistenţă de la alte unităţi militare doar prin simpla lor tărie de caracter. Căpitanul Courtnay era convingător, iar ostaşul britanic de aproape orice rang era dispus să participe, acum, că se terminase războiul și începuse operațiunea de curățire, mai ales dacă acest lucru implica vânatul personajelor negative.

Pe superiorii lui Courtnay nu-i prea interesau activitățile lui. Aveau lucruri mai importante de făcut și cariere militare de cultivat după război. Se afla, de formă, în subordinea unui maior, dar se ținea departe de cartierul general cât de mult posibil. Avea un personal format cinci oameni: secretarul său, trei subofițeri pe post de funcționari și interpretul de limbă germană, Taub. Hans Taub, iar împreună erau cunoscuți în glumă drept „Cuplul de Groază"[1], după filmul de animație din anul precedent. Se simpatizaseră din momentul în care Taub fusese trimis de la Londra.

Semănau la fizic: înalți, blonzi, impunători. Taub era sigur pe sine. Nu beneficiase de o creștere la țară și de condiționarea unei educații la o școală particulară de băieți din eșalonul al doilea[2], proiectată să insinueze în sufletele cursanților un sentiment incipient de inferioritate. În plus, nu era englez prin naștere ca să înoate în compromis, stângăcie și jenă. Poate că nu toți englezii erau ca Roy sau toți nemții ca Taub, dar Roy găsea lipsa de sfială a lui Hans eliberatoare. Taub, fiul unui jurnalist liberal care fugise din Germania și ulterior se sinucisese și al unei mame care fusese executată în 1939, era plin ochi de siguranță când ar fi putut să fie împovărat de mâhnire și îndoială.

Roy descoperise în el însuși ceva ascuns și totuși mereu prezent, o încredere care uneori creștea în propriul trup, în entuziasmul și în judecățile sale. Acum putea să înceapă s-o exprime. Atitudinile simple ale lui Hans făceau ca izbucnirile

---

[1] Aluzie la *A Gruesome Twosome*, film de animație din seria *Looney Tunes* produs de Warner Bros și lansat în 1945 (n. tr.).

[2] *Minor public school* (în orig.), una dintre școlile particulare de băieți care nu făceau parte din rândul celor nouă principale ale țării (n. tr.).

lui mărunte să pară pline de îngăduință față de propriile slăbiciuni și inutil de complexe.

În general, cei doi mergeau la interviuri. Dacă arestările erau iminente, un simplu telefon la poliția militară punea în mișcare o echipă de musculoși cu mutre de oameni răi care să ajute la treaba murdară.

Nu făceau aproape nimic în afară de a lucra mecanic. Munca nu-i solicita, nici nu avea ca rezultat binele suprem, din câte își putea da Roy seama. Cea mai mare parte putea fi făcută în zonă. Majoritatea subordonaților din lagăre nu plecaseră prea departe. Puteau fi culeși, precum iepurii rămași locului în bătaia farurilor, din orașele și satele din jurul orașului Celle. Compatrioții lor erau mai mult decât bucuroși să-i predea. Oamenii care contau cu adevărat fuseseră deja reținuți ori dispăruseră de mult. Denazificarea devenise un simplu proces, în care puțini credeau. Era o modalitate de revenire la normal, care-o fi fost acela după atâția ani de haos și suferință. Se reducea la ceva ce semăna cu o linie de producție: identifică, localizează, arestează, înregistrează, acuză, urmărește în justiție, denazifică, trimite la închisoare sau eliberează.

Din când în când, erau nevoiți să se aventureze în zonele americană sau franceză pentru anchete, dar nu și dincolo de linia de demarcație din munții Harz, în zona rusească. Era prea mare bătaie de cap să ai de-a face cu Armata Roșie pentru cât câștigai. Din construcție sau din întâmplare, era învălmășită și necooperantă.

Roy și Hans munceau din greu și la fel se și distrau, cufundându-se seara în viața hedonistă și de o moralitate îndoielnică a unui oraș în haos, care fugea de regrete și mâhnire. Nu că mai rămăsese mare lucru din Hanovra care să poată fi vopsit în roșu în 1946.

Berlin însă... Era prima oară când ajungeau acolo. Căutarea lui Klaus Müller, fost administrator la Bergen-Belsen[1], îi adusese în acel loc. Müller, berlinez, se mutase la Celle când se căsătorise în 1937, iar acum credea, evident, că orașul lui natal era un loc mai sigur în care să se dea la fund. În loc să paseze ancheta autorităților britanice de la Berlin, Roy își convinsese șeful plictisit să-i autorizeze pe el și pe Taub să se ducă acolo. Roy spera ca această deplasare să fie o șansă de a-și găsi drumul spre o funcție care i-ar fi permis să se prezinte, în mod plauzibil, drept un personaj important. Nu-l interesa avansarea, ci să facă, pe cât posibil, bine. Nu peste multă vreme avea să se întoarcă la Oxford, fără îndoială ca să-și reia studiile ecleziastice înainte să preia o parohie în Dorset, aproape de casa familiei sale. Oare? Războiul îl schimbase, ca pe milioane de alți oameni.

Nu putea spune că-l abrutizase. Credința rămăsese neștirbită. Instinctele lui rămăseseră pasive și pacifiste, deși i se ceruse constant să se comporte exact pe dos. Trecând prin Olanda în 1944, condusese de pe front, punându-se în același pericol ca și oamenii săi, iar ei îl respectaseră pentru asta. Insistase mereu pentru compasiune față de soldații germani din diferite cuiburi de rezistență izolate pe care îi scoteau din clădirile ruinate, chiar dacă, numai cu câteva minute înainte, aceștia îi uciseseră și-i răniseră oameni. Ceea ce îl învățase însă războiul era capacitatea de răutate brutală a unei ființe umane față de alta, care aproape că nu ținea seama de uniformă, rang sau clasă socială.

O simțea când bătea la mașină scurte poezii, care, cu fiecare încercare, căpătau o notă mai pământească, mai cinică.

[1] Lagăr de concentrare care a funcționat la sud-vest de orașul Bergen, în apropiere de Celle, printre victimele sale numărându-se și Anne Frank (n. tr.).

Subofițerii lui îl luau în râs când îl auzeau lovind clapele mașinii în fiecare pauză de prânz. „*Război și pace*", glumeau ei. Lui însă îi plăcea micuța mașină de scris portabilă pe care o ducea pretutindeni cu el. Îi conferea un straniu sentiment de siguranță și certitudine pe care mâzgăleala lui foarte măruntă nu i-l putea oferi, chiar și în scrisorile pe care le trimitea acasă și pe care nu suporta să le scrie de mână, încă o chestie care-i amuza personalul tare de tot.

Când dactilografia epistolele pe care le trimitea cu regularitate de ceas în fiecare săptămână, găsea din ce în ce mai puține de spus. Nu era sigur dacă să aspire la o viață de serviciu rural obscur sau dacă așa ceva încă se mai potrivea cu vederile lui din prezent.

2

CASA PE CARE O CĂUTAU era pe Marsiliusstrasse, în apropiere de Gara Jannowitzbrücke și de râul Spree. Se afla în interiorul sectorului rus. Luaseră în calcul o scurtă incursiune pe furiș ca să-și ridice omul, dar aceasta ar fi însemnat și să traverseze sectorul american, iar americanii spuseseră că nu-și permiteau încă o ruptură a unor relații deja proaste pentru un câștig atât de mic. Se hotărâseră, așadar, să-și încerce norocul la Comisia Aliată de Control din Schöneberg, în sudul sectorului american, unde forțele de ocupație administrau probleme care depășeau granițele fizice dintre ele.

Își petrecuseră două zile pe holurile largi, lipsiți de putere, fumând și așteptând în timp ce birocrații discutau și mediau cererile. Nu exista niciun precedent puternic pe care să se bazeze: mai întâi rușii îl doriseră pe Müller pentru ei, după care admiseseră faptul că, de vreme ce crimele fuseseră comise în ceea ce era acum zona britanică, iar britanicii aveau toate dovezile, s-ar fi putut să fie nevoiți să li-l cedeze. Britanicii, pe cât politicos puteau, afirmaseră scurt că ei nu erau pregătiți să predea rezultatele descoperirilor lor sau pe martori rușilor pentru un proces judiciar. Rușii se întrebaseră dacă un proces judiciar chiar era necesar. Britanicii și americanii se arătaseră, teatral, șocați, după care rușii se hotărâseră că, la urma urmei, Herr Müller era insignifiant.

Fusese mult mai simplu la Viena, deși nu fără ceva lupte și acolo. Totuși, dacă insista cineva suficient de mult, exista șansa ca rațiunea să triumfe într-un final. Și-ți dădeai seama că sovieticii n-aveau tragere de inimă. Berlinul însă era important pentru ei. Chiar dacă erau pregătiți să lase Viena să se întoarcă la indiferența ei mulțumită de sine, prețul, cel puțin tacit, era Berlinul. În concluzie, fiecare bătălie în acest loc se purta pe viață și pe moarte, iar gândirea rațională juca un rol minor.

În cele din urmă, se ajunsese la un compromis. Rușii aveau să consimtă ca britanicii să facă o arestare, dar nu aveau să permită accesul unei echipe britanice de sprijin înarmate în sectorul lor. Barnes, maiorul repartizat cazului lor, îi avertizase de această posibilitate și de pericolele ce decurgeau de aici:

— Limba e cel mai mic dintre ele. Rusnacii vor fi neglijenți. Nu există disciplină în rândurile lor și îi detestă pe ofițeri și pe străini. N-o să aibă grijă nici de dumneata, nici de interpretul dumitale.

Roy ridicase din umeri.

— Vă sunt recunoscător pentru grijă, domnule, dar e o ridicare de rutină. Am mai făcut-o de zeci de ori.

Nu c-ar fi fost îngrijorat că rușii n-aveau să le permită să poarte uniformă sau arme.

— Nu-i niciun motiv să credem că Müller va fi înarmat și vreau ca toată treaba să fie cât mai discretă posibil. O să-l şutim înainte să afle ceva. Nu doresc să dea năvală un pluton de soldaţi peste el.

— Atunci să cadă pe capul dumitale! zisese Barnes smiorcăit, înainte să le semneze hârtiile şi, astfel, să se spele pe mâini de responsabilitate.

Şi iată-i în biroul mohorât imediat lângă Alexanderplatz, aşteptându-l pe Karovski, irascibilul căpitan din Armata Roşie, ca să le autorizeze planul. Karovski fuma una din urât mirositoarele lui ţigări ruseşti *papirosi,* după ce-o refuzase tăios pe cea americană oferită de Roy. Se lăsă pe spate în scaun şi examină iar atent ordinul de la Comisia Aliată de Control, de parcă i s-ar fi putut schimba conţinutul la o a treia citire.

— Serviciul Militar de Informaţii din Marea Britanie, citi el cu un accent spart.

Făcu semn interpretului său, care veni târşâind picioarele de la biroul lui. Prin intermediul acestuia, zise:

— Hai că-mi plăceţi! Sunteţi cei mai ciudaţi oameni, dar mie îmi plăceţi. Vă suntem duşmani. Aţi avut cândva un imperiu. Vă place să vă pretindeţi în continuare importanţi. Noi am eliberat Berlinul, iar acum vreţi să veniţi pe străzile mele şi să faceţi una dintre arestările voastre mărunte.

— Nu prea măruntă, zise Roy netulburat. Omul pe care încercăm să-l arestăm a fost administrator la Bergen-Belsen.

După pauza impusă de traducere, Karovski respinse cu hotărâre afirmaţia lui Roy:

— E plină Germania de criminali de război. Şi mărunţi, şi importanţi. Probabil că toţi nemţii care neagă crimele naţiunii lor sunt criminali. Ştiu şi eu... De ce-aş alege să vă ajut?

Desfăcu larg mâinile, făcând pe niznaiul.

— Pentru că ai în faţa dumitale un ordin direct al Comisiei Aliate de Control, probabil?

Karovski rânji.

— Ai fost până de curând la Viena?

Clar își făcuse temele, în ciuda aparentei delăsări.

— Da, am auzit că lucrurile sunt minunate acolo. Ordinea a fost restabilită atât de repede, încât austriecii se pot întoarce la ignoranța lor fericită, la valsurile și la *Sachertorte*-le lor. Relațiile dintre puteri sunt minunate.

Râse disprețuitor.

— Numai că la Berlin este altfel. De Viena nu prea ne mai pasă. Să nu-ți imaginezi însă că aveți mână liberă la Berlin! Cât despre Comisia Aliată de Control, asta vine zilnic cu cereri absurde și decrete. Le ignor după cum consider că e cazul, cu deplina susținere a ofițerilor mei superiori. Așa că permisiunea pentru operațiunea dumitale lipsită de importanță de mine depinde, nu de bucata asta de hârtie.

Împinse ordinul pe birou, așteptă traducerea, apoi rânji din nou. Roy îi aruncă o privire lui Hans.

— Ei bine, dacă acesta e ultimul dumitale cuvânt...

— N-am zis nu. Dar dacă treceți la fapte, o veți face în condițiile mele. Fără uniforme britanice, iar eu voi dori să intervievez prizonierul. Doar ca să verific că voi, englezii, nu vreți să ne păcăliți. Iarăși.

— În regulă, zise Roy. Câtă vreme sunt și eu de față. Probabil că dacă ne permiți să facem o recunoaștere la adresă astăzi, putem discuta mâine. Nu avem nevoie de ajutorul dumitale. Doar o să aruncăm o privire la adresă de afară.

— Crezi că n-ai nevoie de ajutorul nostru. Eu însă insist. Poți lua trei oameni cu dumneata. Să stea ascunși. Nu aveți arme, înțeleg?

— Nu. Vrei să ne percheziționezi? întrebă Roy pe un ton zeflemitor ca reacție la privirea sceptică a celuilalt.

Un risc calculat: o percheziție corporală a unui ofițer englez avea să iște un tărăboi la Comisia Aliată de Control, lucru pe care amândoi îl știau.

— Mulțumesc! Nu.

3

ERAU RECUNOSCĂTORI pentru răcoarea neașteptată care le oferea pretextul să-și poarte mantalele cu buzunare încăpătoare în care se aflau ascunse articole de contrabandă pentru netezirea drumului, dar și o armă, în caz că lucrurile nu decurgeau conform planului. Costumele lor erau caraghioase. Le fuseseră oferite de ruși, furate, fără îndoială din atelierul vreunui croitor de haine ieftine. Courtnay și Taub călătoriseră de la Hanovra cu trenul, îmbrăcați în uniforme, având cu ei doar hainele, trusele de toaletă și un schimb de lenjerie intimă. Costumele erau cu câteva numere mai mici, obligându-i la un mers legănat de cât strânși le erau pantalonii pe coapse și cu nasturii hainelor gata să plesnească. Arătau ca niște clovni. Roy avea sentimentul că acest lucru era o umilință impusă cu forța de Karovski pentru propriul amuzament. El, ca mai mare în grad, putuse umfla costumul de serj albastru, pe când cel gri cu dungi albe al lui Hans avea pantalonii mai scurți cu zece centimetri decât ar fi trebuit, lăsând să i se vadă urât bocancii. Arăta pur și simplu absurd, deși în orașul acela devastat comicul lipsea sau trecea neobservat. Măcar erau recunoscători pentru că reușiseră să găsească pălării care să li se potrivească mai mult sau mai puțin, iar acum puteau trece drept polițiști în civil.

Zăboviră lângă catedrala aproape transformată în ruine, din a cărei cupolă rămăsese doar scheletul, și priviră peste Spree, pe care pluteau gunoaie și o spumă cenușie, murdară, mânată de vânt spre maluri. Merseră pe Unter den Linden[1], pe lângă mormane de moloz curățate cu sârguință de muncitori nemți îmbrăcați în zdrențe. Soldații ruși stăteau de vorbă și fumau. Drapele uriașe cu secera și ciocanul atârnau triumfător de ruinele unor clădiri impozante care mărgineau cândva mărețul bulevard. Nici urmă însă de teii din denumirea arterei.

Taub era foarte tulburat de priveliște.

— Asta era orașul meu, zise el. Uite ce i-au făcut oamenii ăștia! Pe-aici pe stradă te puteai plimba alene înainte de toate astea. Atenție, de când mă știu, a trecut mereu printr-o criză sau alta. Socialiști și fasciști. Marșuri și discursuri. Lupte de stradă și sabotaj. Prosperitate și colaps. Sărăcie și bogăție. Mereu încleștări. Probabil că așa era și în familia mea.

— Tatăl tău te-a implicat în politică?

— Nu chiar. Amândoi erau angajați politic.

Ultimul cuvânt fusese accentuat cu amărăciune.

— Tata însă mă lua peste tot cu el. Politică. În final doar cu asta te alegi.

— Probabil că în viitor o să fie un loc pașnic.

— Nu crezi asta! Rușii și puterile voastre occidentale o să se lupte pentru oraș și pentru țara mea la nesfârșit.

Asemenea vehemență nu era deloc normală din partea lui Hans Taub.

— Avem o treabă de făcut, îi aminti Roy.

— Da, zise Taub, înseninându-se, iar eu am planuri pentru seara asta. Am putea să mergem iar la clubul ăla...

Asta era tot ce se putea face în împrejurările date. Să anihilezi oroarea cu distracție frenetică, fără să ții cont de consecințe.

---

[1] Celebru bulevard din Berlin al cărui nume s-ar traduce prin „Pe sub tei” (n. tr.).

Aproape ajunseseră la Poarta Brandenburg, de unde le zâmbea de sus un portret al Unchiului Joe Stalin[1] care acoperea mai toată construcția cu coloane. O cotiră apoi pe Wilhelmstrasse, îndreptându-se spre Voss Strasse, doar ca să se uite la micul turn conic și la ușa modestă care marca locul în care se petrecuseră ultimele zile ale ororii. Cică aici fuseseră arse cadavrele[2]. Zona era păzită de soldați ruși nervoși, care-i abordară răstit și începură să-l împingă pe Hans. Roy scoase rapid documente din buzunar, iar situația se calmă oarecum. Se întoarseră iute la Alexanderplatz pentru întâlnirea cu escorta, discutând tactica pe drum.

— Dacă nu cumva suntem foarte norocoși, soldații pe care o să ni-i dea n-o să fie buni de nimic, zise Roy. Mai mult un pericol decât un ajutor pentru noi. O să încercăm să scăpăm de ei cât de repede posibil. Sau măcar să-i lăsăm în peisaj. Poți să-i prelucrezi?

— Presupunând că măcar unul dintre ei vorbește un pic de germană sau de engleză, spuse Hans.

— Bun! Acum știm că Müller ăsta e plecat pe timpul zilei.

— Așa a zis nevastă-sa. Primește scrisori de la el în fiecare săptămână și asta-i spune. Rușii nu știu nimic despre el?

— Rușii nu-l au în evidențe nici pe el, nici pe proprietarul lui. Rușii n-au evidențe deloc. Sau cel puțin așa zic ei. Hai să cercetăm locul și să hotărâm cum procedăm după aia!

---

[1] Uncle Joe (în engl. în orig.), „Unchiul Joe", poreclă dată de americani lui Stalin (n. red.).

[2] Este vorba despre ieșirea de urgență din buncărul lui Hitler, aflat sub grădina Noii Cancelarii a Reichului, lângă care se afla un turn de ventilație și pază, de formă conică în partea superioară. După ce Hitler și soția sa, Eva Braun, s-au sinucis, cadavrele le-ar fi fost arse în apropierea acestei ieșiri, potrivit zvonurilor din epocă (n. tr.).

4

AȘA CUM PREVĂZUSE ROY, soldații ruși care le fuseseră repartizați erau posomorâți și taciturni. Hans reuși, cu greu, să comunice cu caporalul și, împreună cei cinci bărbați, o echipă învălmășită, se îndreptară, târându-și picioarele, spre adresă.

Hans vârî mâna în haina lui după țigări și le dădu soldaților câte un pachet, iar caporalului două, înainte să-i lase la colțul Blumenstrasse să glumească și să-i înjure pe englezi.

Micul bloc de apartamente nu arăta mai părăginit decât altele de pe strada lui, ceea ce nu însemna foarte mult.

Klaus Müller reușise să-și convingă un vechi prieten de pe vremea școlii, Franz König, să-i împrumute o cameră. König era ospătar și lucra în principal seara. Müller își găsise o slujbă sub un nume fals la Departamentul Clădirilor al autorităților ruse. Știau toate acestea de la soția lui, care, confruntându-se cu perspectiva unei urmăriri în justiție pentru că ajutase un criminal să fugă, se dovedise foarte cooperantă.

Trecură de clădire, ceea ce nu-i lămuri cu nimic. Ușa de la intrare atârna în balamale și se hotărâră să intre. Apartamentul pe care-l căutau se afla la etaj. Când urcau scările, simțiră miros de mâncare stricată sau și mai rău. Înainte de război, aceasta trebuie să fi fost o adresă distinsă. Scările erau late și cu balustrade bogat ornamentate. Acum însă clădirea era părăginită, iar înăuntrul ei se vedeau semnele care arătau că fusese prădată de ruși cu mai puțin de un an în urmă, când aceștia se abătuseră asupra zonei ca o molimă. Ușile apartamentelor fuseseră forțate și rămăseseră nereparate. Fiecare pas ridica în aer nori de praf.

În cele din urmă, găsiră o ușă cu o hârtiuță prinsă prost de ea. Litere mari scrijelite declarau scurt că acela era apartamentul lui König.

Roy se uită la Hans, care ridică din sprâncene.

— Dac-ai intrat în horă, trebuie să joci! șopti Roy.

Știau cum trebuiau să procedeze. Hans avea să vorbească numai el, să transmită impresia că erau de la poliția germană, ceea ce i-ar fi ajutat să intre în casă și să liniștească oarecum subiectul. Obținuseră documente de polițiști berlinezi care ar fi putut trece drept valabile. La momentul potrivit, aveau să se anunțe mai clar.

La semnalul din cap al lui Roy, Hans bătu zgomotos în ușă. Liniște, după care un râcâit dinăuntru. Imediat, din ușa crăpată precaut, apăru capul unui bărbat de vârstă mijlocie cu început de chelie.

— Herr König? întrebă Hans politicos.

Bărbatul se holbă la el pentru o clipă, cu ochii mari.

— Da, răspunse el încet în cele din urmă, după ce cântărise atent întrebarea. Cu ce vă pot fi de folos?

— E doar o anchetă de rutină, spuse Hans cu un zâmbet, arătându-și scurt documentul de polițist. Regretăm să vă deranjăm.

Bărbatul se uită la Roy, care-și ridică ușor pălăria de pe cap în semn de salut și o regretă imediat ce-o făcu. El și Hans mai trecuseră prin asta. „Nu pot să-ți explic", îi spusese Hans, „dar un neamț n-ar saluta niciodată așa. Declari că ești englez la fel de clar ca și cum ai spune: «How do you do?»[1]. Dă și tu din cap scurt, dacă trebuie să faci ceva!" Reflexul însă intrase din nou în acțiune. König nu păru să sesizeze.

— Putem intra, vă rugăm frumos, Herr König? întrebă Hans.

— Desigur, desigur! zise omulețul grăbit. Scuze, ce-o fi fost în capul meu?

Deschise ușa și intrară într-o locuință sărăcăcioasă. Din holul generos se vedea ceea ce fusese cândva un salon somptuos,

[1] Ce mai faceți? (în engl.) (n. tr.).

care fusese însă prădat. Cornișe de ghips atârnau periculos din tavan. Din podeaua fără mochetă sau covoare lipseau scânduri. Mobila era strânsă într-un capăt al încăperii: două canapele și o adunătură de scaune de sufragerie. Totul era acoperit de un strat de praf.

König era nebărbierit și îmbrăcat într-o cămașă fără guler. Ochii îi erau încețoșați de o noapte de băut. După mirosul de transpirație stătută, era evident că nu se mai spălase de ceva vreme. Se uită implorator la ei, ca și cum se simțea pierdut.

— E vorba de un oaspete al dumneavoastră, zise Hans.

— Un oaspete? întrebă König.

— Exact. Klaus Müller?

— A, da, Klaus! Un vechi prieten de pe vremea școlii. Stă și el aici câteva nopți sau cam așa ceva. Mă tem că este plecat pentru moment.

— Nu? Pricepem. E la lucru?

— Nu știu sigur unde lucrează.

— Nu, n-aveți de unde ști, zise Hans meditativ. Dar nu contează. Nu trebuie să se întoarcă în curând?

— De unde să știu eu? Nu-s maică-sa! Dar nu, nu cred.

— Nu e ceva important. Cu dumneavoastră voiam să vorbim, de fapt.

Hans scoase un carnețel.

— Putem începe cu una sau două întrebări despre dumneavoastră? Lucrați ca ospătar?

— Exact. La restaurantul Zum Goldenen Bären[1], pe Karl Liebknecht Strasse.

— Și nu aveți cazier?

— Ar trebui să știți acest lucru.

— Știm. Dar, vă rog...

---

[1] „La urșii de aur" (în germ. în orig) (n. tr.).

— Da, nu am cazier.

— N-ați avut nimic de-a face cu național-socialismul? N-ați lucrat pentru partid? N-ați lucrat în calitate oficială pentru regimul național-socialist?

— Absolut deloc. Nenorociții ăia...

— Într-adevăr, zise Hans tăios. Se pare că nu i-a susținut nimeni. E de mirare c-au ajuns la putere.

Urmă o pauză.

— Cafea, domnilor? întrebă König. Mă tem că nu pot face rost decât de erzaț.

Hans se mai înmuie un pic.

— Poate vă pot ajuta eu.

Scoase din buzunar un pachețel din hârtie cu cafea veritabilă și i-l întinse lui König, care-l duse la nas și-i inspiră aroma cu plăcere vădită.

— Se prea poate să mai găsesc niște cafea prin buzunare. Depinde de cum merg lucrurile.

Roy îi făcu semn din cap, îmboldindu-l.

— Și cât faceți dumneavoastră cafea, poate putem să aruncăm o privire în camera lui Herr Müller.

— Cu siguranță. Pe aici!

Fură conduși într-o cameră întunecoasă, cu miros de mucegai. Roy apăsă pe comutatorul de la lumină. Nu era curent. Dădu la o parte draperiile grele, lăsând soarele să se strecoare prin geamurile împuțite. În aer pluteau fire de praf ca niște pauze în timp. Patul era nefăcut, cu așternuturile boțite și cenușii de murdare ce erau. La piciorul acestuia zăcea deschisă o valijoară.

— Păi atunci..., zise Hans, iar omulețul dispăru în bucătărie cu punguța de cafea.

În cameră era năucitor de cald. Roy și Hans își scoaseră mantalele, punându-le una peste alta pe un scaun, și cuprinseră încăperea cu privirea. Nu prea aveau ce vedea. Dulapurile fuseseră jefuite. O privire scurtă în valiză, sub saltea și sub pat. Zăngănit de tigaie din bucătărie.

— Ține-i companie prietenului nostru! zise Roy. Continuă să-l pisezi cu întrebări! N-o să dureze mult. Ne întoarcem mâine cu amicii noștri.

Hans părăsi încăperea, iar Roy își începu percheziția în mod nesistematic. Nicio armă, așa cum presupuseseră. N-avea să fie nicio dovadă acolo. Niciun un indiciu. La urma urmei, nu era niciun mister. Saltă omul și întoarce-te la bază! Înapoi la Hanovra peste câteva zile, odată ce Müller avea să fie înregistrat. Deprimant gând! Unde-ajunsese Taub cu König ăla?

Auzi o farfurie spărgându-se și se ridică în picioare, bățos și atent. Mișcându-se cât de repede și tăcut izbuti, trase revolverul Webley de serviciu din buzunarul hainei când ieși din cameră. Se furișă pe coridor și văzu lumina din bucătărie prin ușa deschisă. Apropiindu-se, se uită pe lângă ușor, de după care se ivi o pereche de ochi privindu-l fix, înnebunită și speriată.

— Poftește, englezule! zise omulețul. Cu grijă! Cu mare grijă!

Roy îl văzu pe Taub îngenuncheat în fața bărbatului, cu fața spre ușă. Acesta din urmă stătea pe un scaun și-l ținea pe Taub de gât, apăsându-i lama unui cuțit pe piele.

— Cu grijă! repetă el, apoi trecu la germană, iar Hans îi traduse cu sufletul la gură.

— Zice ăsta că trebuie să intri imediat în încăpere sau îmi taie gâtul.

Încet, Roy dădu ocol ușii și intră în bucătărie. Ținea revolverul ațintit spre scaun. Nu avea cum să tragă. L-ar fi putut omorî pe Taub sau să rateze.

— Ah! făcu Roy cât de nonșalant putu. Înțeleg. Herr Müller, bănuiesc...

Omulețul nu răspunse. Șopti însă ceva, iar Hans continuă să traducă.

— Zice să lași arma pe podea.

— În regulă. O s-o fac foarte încet. Nu ne dorim vreun mic accident, nu?

Se lăsă pe vine și puse arma cu grijă pe podeaua bucătăriei.

— E pusă piedica, zise el, iar Taub traduse.

Müller vorbi iar, cu șoapta lui febrilă. Ochii mari, care-i fulgerau, trădau o stare vecină cu panica. „E delicată situația", își zise Roy.

— Zice s-o împingi încoace, după care să ieși.

— Exact!

Îl privi pe Taub în ochi. Taub îl privi și el, iar mesajul lui de încuviințare fu clar.

— În regulă, atunci. O să împing arma cu vârful piciorului. Ușurel, uite așa!

Taub traduse, iar Roy puse bocancul mare pe revolverul Webley, făcându-i vânt înainte nu suficient de puternic, după calculele lui, cât să ajungă la Müller. Cei trei bărbați urmăriră concentrați bucata de metal distrugător alunecând repede, repede pe podea. Se opri cam la jumătatea distanței dintre Roy și ceilalți doi.

— Ah! făcu el, n-a mers prea bine. Vrei s-o mișc un pic mai aproape? îl întrebă el pe Müller, studiindu-l cât traduse Taub.

— Nu! veni și răspunsul mânios. Doar du-te odată!

Roy se întoarse și ieși, uitându-se în urmă pe lângă ușorul ușii. Müller își calcula, evident, celelalte opțiuni, niciuna dintre ele fără risc. Să se întindă după armă în timp ce-i ținea lui Taub cuțitul la gât se putea dovedi dificil. Să încerce să plece din apartament fără armă părea să fie și mai periculos. Să încerce să-l ucidă pe Taub cu cuțitul înainte să se întindă după armă putea avea consecințe neștiute.

Universul se îngustă parcă la următoarea succesiune de evenimente. Viețile celor trei atârnau de aceste momente. Lui Roy i se părea că timpul încetinise și toată activitatea se concentrase pe un centru inviolabil: aici și acum.

Müller alesese. Roy îl urmări cât se pregăti pentru următoarea mișcare, trăgând adânc aer în piept. Din câte se părea, era un om grijuliu, ceea ce, pentru Roy, reprezentă semnalul să-și încordeze mușchii.

Müller îl îmbrânci pe Hans în față și sări spre armă. Roy consideră că făcuse o mișcare proastă și, trăgând aer în piept, trecu rapid de ușă și plonjă spre aceeași mică zonă de podea. Hans, care începuse să-și revină, încercă să-i pună piedică și să-l dărâme pe Müller. Se împiedică și se treziră toți trei îndreptându-se spre același obiect. Müller dădu orbește din mână cu cuțitul, gândind că astfel îi va ține pe ceilalți la distanță. Toți erau însă pregătiți să încaseze câteva tăieturi ca să scape cu viață din acea încercare.

Ajunseră unul lângă altul, înnebuniți și panicați, zbătându-se aproape comic. Roy simți că, fără îndoială, avea să câștige lupta, date fiind antrenamentul și experiența lui, dar micul birocrat era mai rapid și mai puternic decât estimase. Hans deveni posibilul învins, dar probabil că Roy avea să poată să-i salveze pe amândoi. Îi trecu prin minte un gând absurd, cum că orice se întâmpla acolo avea să devină cea mai zdravănă belea administrativă și politică.

Se luptară disperați. Când cuțitul atinse carnea, sări sânge. Un pocnet răsunător aduse o fracțiune de secundă de liniște și nemișcare, după care revolverul bubui iar. O liniște și mai lungă, înainte ca Müller să fugă din încăpere.

STĂTEA ÎN CAPUL OASELOR, sângerând din abundență din cauza unei răni la braț. Sângele curgea prin materialul gri al costumului, întunecându-l, precum cerneala pe o sugativă. Avea să trăiască, spre deosebire de nefericitul său camarad. Focurile fuseseră trase de sub bărbie cât se lupta cu Müller, cu arma între ei, lipită de piepturile lor. Îi smulseseră jumătate de față, lăsând în urmă un haos furios de carne roșie, coarde vocale și sânge, mușchi țipător și os alb. Pe jos se vărsase neglijent materie cenușie. Un ochi se holba mânios, eliberat din orbită, dar încă prins de chiasmă de o jurubiță membranoasă umedă a nervului optic.

Își trase răsuflarea. Simți cum i se face frig. Nu simți însă și durerea. Probabil că era pe moarte, la urma urmei. Dar nu, nu avea să moară. Se uită iar la răvășeala care fusese odată fața unui om. Se târî la trup și verifică artera carotidă, căutând pulsul. Nu avea, din câte izbuti el să determine în starea lui de slăbiciune. „Absurd", își zise, „parcurg automat pașii". Băgă mâna pe sub cămașă după o plăcuță militară de identificare. Nu găsi. Trebuie să fi fost lăsată, la fel ca a lui, împreună cu uniformele în cazarma de la Berlin.

Așeză arma pe podea și se ridică nesigur în picioare. Vomită din abundență pe jos, acțiune care nu-l ajută să se purifice. Imaginea acelui chip nu voia să-l părăsească. O porni, împleticindu-se, pe coridorul îngust al apartamentului, parțial ca să caute căldură, și parțial ca să se îndepărteze. Găsind patul, își puse mantaua și se așeză iar, tremurând necontrolabil. Auzi sunet de bocanci pe scări înainte să-și piardă cunoștința.

5

FU DUS LA UN SPITAL MILITAR RUS și transferat rapid în sectorul britanic. Ulterior află că acest lucru se datorase ordinelor lui Karovski, care nu-și dorea complicațiile pe care le presupunea explicatul incidentului în fața superiorilor săi. În spitalul britanic, îi tăiară costumul de pe el. Remarcă irelevant în ceața durerii că brațul drept era acum negru de sângele care ștersese orice urmă din dungile albe ale costumului ieftin. Medicii se ocupară de incizia care trecuse curat atât prin deltoid, cât și prin biceps. I se spuse că rănile lui erau grave, dar nu-i puneau în pericol viața. Ascuțimea cuțitului îi făcuse o favoare. În timp, existau șanse să-și recapete mobilitatea completă a brațului drept, dar avea să aibă o convalescență lungă.

Un căpitan de la poliția militară veni să-l interogheze două zile mai târziu.

— Courtnay, îi zise acesta pe un ton agreabil, sunt Craig. Trebuie să te intervievez în legătură cu acest mic incident. Ghinion pe toate părțile, dacă mă întrebi pe mine.

— Da? făcu el absent.

— Apar niște complicații în plus atunci când treaba se întinde dincolo de granițele sectorului. Așa că să fie cât mai simplu și curat, bine?

Încuviință din cap.

— Ce propun eu este să trecem în revistă ce s-a întâmplat și dumneata să-mi confirmi dacă versiunea mea este corectă. Îți convine?

— Da.

— Minunat!

Craig descrise pas cu pas cele petrecute cu două zile înainte. Citi ordinul emis de Comisia Aliată de Control. Trecu apoi prin conversația cu Karovski și oferta de sprijin a acestuia. Confirmă faptul că trei soldați ai Armatei Roșii fuseseră delegați să-i ajute.

— Băieții ăștia o să se aleagă cu papară pentru c-au dezertat. În raportul nostru intern cel puțin. Nu că ne-am gândi să împărtășim critica asta cu rușii. Lucrurile sunt și așa dificile. Ne presează timpul, poate că putem trece la partea esențială, te rog?

Craig consultă un raport pe care-l ținea în mână, pregătit, zise el, de către poliția militară rusă. Britanicilor nu li se dăduse acces nici la locul faptei, nici la anchetatorii ruși.

— Au făcut o listă cu armele găsite în apartament. Am pus eu detaliile cap la cap în mare parte, dar te rog să mă corectezi dacă mă înșel cu privire la succesiunea evenimentelor. Tipul ăsta, Müller, vă vede afară și vă poftește în casă. Voi presupuneți că-i proprietarul. König, cred. Destul de normal. N-aveați de unde ști. Intrați în apartament, iar el se duce în bucătărie. Voi îl urmați. Scoate un cuțit dintr-un sertar și vă amenință. Încercați să-l deposedați, dar reușește să te taie. Ești scos din joc. Cuțitul alunecă zăngănind pe undeva, iar colegul dumitale, Hans, se duce să-l caute. Numai că domnul Müller dă fuga la geanta lui și scoate de-acolo un pistol. Interpretul dumitale, curajos cum era, deși probabil nesăbuit, se ia la trântă cu el, iar beleaua aia de om îl împușcă, aruncă arma și fuge. Sună corect?

— Aproape. Doar că arma...

— Da, arma. Am cercetat problema. Webley de serviciu. Documentele noastre arată că i-a fost dată în 1942 unui soldat din Regimentul Yorkshire. Raportată ca pierdută la Bielefeld în aprilie 1945, probabil furată în timpul ultimului asalt. Sau cel puțin așa arată acum actele pe care le avem și asta le spunem rusnacilor. E în regulă, da?

— Da, zise el cu glas stins.

— Bun atunci! Îmi pare rău pentru prietenul dumitale. Mai bine c-a fost un interpret vărzar[1] și nu un ofițer britanic, totuși, așa-i?

---

[1] *Kraut* (în germ. în orig.), de la *Sauerkraut* (varză murată fideluță), termen argotic peiorativ folosit pentru nemți (n. tr.).

6

SE DUSE LA ÎNMORMÂNTARE, un ritual sec care constituia singura mărturie a morții, pe lângă ancheta superficială. Unitatea lor fusese desființată, iar ceilalți fuseseră trimiși la Aldershot. Îi plăcea să creadă că ar fi participat și ei dacă ar fi fost posibil. Evident, maiorul avea lucruri mai bune de făcut. Părintele nu cercetase niciuna dintre dovezile prezentate, așa că slujba fusese scurtă. Se părea că, mort, Hans Taub nu era decât o complicație.

Întrebase dacă avea să fie trimis înapoi în Anglia. Dacă o solicita el în mod special, s-ar fi putut organiza așa ceva. Exista o secție pentru convalescenți în apropiere de Bad Oeynhausen, cartierul general al Armatei Britanice a Rinului.

— Nu, nu vă faceți griji, spusese el, la cartierul general o să fie bine.

Avea să-și reintre în formă nu peste multă vreme.

La centrul pentru convalescenți reintră în posesia lucrurilor lui. În valiza jerpelită găsi niște ciocolată păstrată pentru zile negre. Care zile negre și veniseră. Mâncă trei batoane unul după altul repede, după care fu nevoit să dea fuga la toaletă să vomite.

Apăru apoi o încurcătură cu dosarul său medical, care se pierduse la transport, cândva, prin timpul războiului. Medicul care se ocupa de cazul lui îl făcu cu ou și cu oțet pentru că-și lăsase plăcuța militară de identificare cu uniforma, dar, ulterior, un subofițer sanitar îi spuse că oricum grupa de sânge nu se potrivea.

— Se întâmplă mereu din astea, zise acesta vesel.

Zilele treceau cu o rutină familiară care năștea în el dispreț. Diminețile avea fizioterapie în încercarea de a i se readuce la viață brațul. Treptat-treptat, începu să dea rezultate. Prânzul era la ora douăsprezece fix. După-amiaza, dacă era vreme frumoasă, pacienții care se puteau deplasa erau încurajați să meargă la o plimbare dătătoare de sănătate. Dacă ploua, exista o bibliotecă plină de cărți cu colțurile paginilor îndoite. Seara se organizau jocuri înăuntru: bridge sau trasul cu inele la țăruș ori, și mai rău, șarade. Le evita cu asiduitate.

Nu avu vizitatori. Primi o scrisoare de la un membru al personalului său, care îi scrisese de la Aldershot. Nu-i răspunse. Ofițerii lui superiori aveau lucruri mai bune de făcut decât să viziteze și să aibă legătură cu un invalid, un ratat.

Periodic se ducea la un psiholog militar. Ei, cine-or fi aceștia, trebuie să fie fost îngrijorați de comportamentul lui retras. Sau probabil, era o ostentație de rutină pe timp de pace.

— Musai să ai traume, zise Parsons. E ceva natural, bătrâne. Chestia e să nu le lași să te domine.

— Nu mă domină! replică el rapid.

Parsons se uită la el, cântărind, pasămite, ce să zică.

— Trebuie să fi fost un pic sinistră. Imaginea aia de aproape.

— A fost.

— Vrei să-mi povestești despre asta?

— Nu chiar.

— Erați apropiați? Dumneata și interpretul ăsta?

— Nu tocmai. Lucram împreună.

— Și socializați împreună?

— Numai cât era normal.

— A fost un om bun, nu?

— A fost în regulă, da.

— Înțeleg. Trebuie să fi fost neplăcut pentru dumneata.

— Cum te-ai simți în cazul în care cuiva cu care lucrezi i-ar fi zburată fața cu un foc de armă chiar sub ochii dumitale?

Parsons păru să reflecte corespunzător asupra întrebării.

— Vise? Coşmaruri?

— Nu.

— Ai ales să nu te întorci în Anglia?

— Vreau să mă întorc la datorie cât de curând posibil.

— Exact. Aşa te vreau!

Câteva dintre conversaţiile lor urmară această cale bătătorită, făcându-l pe Parsons să ridice din sprâncene când îşi scria notiţele la finalul şedinţelor lor. El avea să plece din birou, să tragă uşa fără zgomot în urma lui şi să se întoarcă la cartea sa. Presupunea că, la un moment dat, Parsons avea să-i dea avizul psihologic.

Nu era normal pentru el să se eschiveze de la ceva, dar amână cât putu de mult scrisoarea adresată reverendului şi doamnei J. M. P. Courtnay la vicariat. Într-o seară lungă de iulie, pe când se lăsa crepusculul, iar lăstunii de casă începuseră să bată din aripi în faţa ferestrei lui pe fundalul de un albastru-închis, se aşeză la maşina de scris şi compuse un răspuns la cele câteva scrisori neliniştite pe care le primise. Starea braţului îi permitea să mişte un pic degetele de la mână, iar dactilografiatul constituia un exerciţiu bun.

„Dragă mamă şi tată", începu el, „îmi pare rău că n-am putut să vă scriu până acum. Din fericire, mi se vindecă braţul şi sunt în stare să creez această scrisoare tare dificilă."

Se gândi la ce să scrie în continuare, hotărându-se într-un final să fie concis. Accidentul, cum îl numea el, îi schimbase irevocabil viaţa. Probabil că pur şi simplu simbolizase schimbarea care se petrecuse în el de la începutul serviciului militar. Nu avea să se întoarcă prea curând în Anglia, nici la Oxford, nici acasă la familia lui. Vedea un viitor diferit pentru sine. Pentru moment, plănuia să rămână într-o funcţie sau alta în cadrul armatei, deşi activitatea pe front se excludea. După aceea, avea să vadă pe unde urma să-l poarte soarta. Considera că o ruptură cu trecutul era cea mai bună soluție, așa că nu avea să le mai scrie. Nu avea să răspundă scrisorilor de la ei. Îi asigură că era perfect sănătos și la minte, și la trup, și că decizia finală fusese luată perfect rațional. Regreta mâhnirea pe care acest lucru avea să le-o provoace și le mulțumi pentru că-l crescuseră cu dragoste.

Semnă scrisoarea cu un „Roy” dureros și neregulat și mai vârî o dată hârtia în mașină pentru un post-scriptum în care se scuza pentru că nu era în stare să scrie de mână.

Se săturase de locul în care se afla și solicită un post. Trei săptămâni mai încolo fu trimis la biroul din Bruxelles, care începea lucrul la codificarea statutului operațional al Forțelor Aliate în Europa de după război.

Rezistând

1

SE TREZEȘTE dintr-un somn agitat în lumina strălucitoare a salonului. În jurul lui aude zgomotul agitației eficiente și impersonale, dar nu are nimic de-a face cu el.

Își amintește foarte bine momentul în care revolverul s-a oprit din alunecare pe podea și acea fracțiune de secundă în care toți trei bărbații și-au dat seama că ajunseseră la un punct de cotitură. Își amintește cum îi săltase inima de bucuria indusă de frică atunci când se aruncase după armă. Și-i amintește pe ceilalți doi făcând același lucru și liniștea care parcă durase o veșnicie înainte să se adune la un loc. Altceva nu prea mai ține minte. În gândurile lui se încețoșează acțiunea, scânteierea cuțitului, durerea din braț și apoi absența ei, împroșcarea cu sânge, trosnetul trupurilor izbindu-se unul de altul și împușcătura Webley-ului, uluitor de puternică atât de aproape. Îi răsună și acum în cap. Și după aia ce? Nimic măcar nu știe sigur cine e.

Deschide ochii. Activitatea din salon are legătură cu pacientul de dincolo de culoar, căruia i se schimbă așternuturile. Nimic prea drastic și, din fericire, nu se uită nimeni spre patul lui. Închide iar ochii să se gândească. Speră că va fi externat în curând și-și va relua viața reală. Biroul din Hanovra, care păruse întotdeauna atât de monoton, acum e de-a dreptul îmbietor. Marjorie, jandarmul biroului, Derek, Bert și Ernie, cei trei funcționari. A reușit să facă rost de niște cafea veritabilă de la cantina americană. O să le placă la nebunie. După care realitatea începe să se prelingă înspre el. Lucrurile n-o să revină la normal, deși el nu prea știe de ce.

Totuși, imediat ce i se vindecă rana o să plece. Își schimbă poziția și-l străbate o durere vie. Ciudățenia e că pare să vină dintr-o parte în loc de braț. Până și gânditul îi pare un efort și se simte obosit.

Atunci se aude o voce blândă care curge peste el:

— Trezește-te, Roy!

Vrea să zică: „Sunt treaz, nu-ți dai seama? Doar am vrut să țin ochii închiși. Vreau să nu se mai miște nimic, să înceteze să existe." Glasul e însă dulce, ca și adierea de parfum de verbină, și nu poate să nu deschidă ochii.

Iat-o! Cum se poate așa ceva? Dulcea și micuța... Nu. Imposibil, își dă el seama când i se învârte gândul în minte.

Treptat, izbutește să se concentreze. Nu! Cum a putut să fie atât de prost? E femeia aia bătrână. Cea cu care trăiește el. Cum o cheamă? Ce lucru simplu, numele! Sau cel puțin ar trebui să fie. S-a mândrit mereu că ține minte numele. Îi stă pe limbă. Betty.

Odată cu numele, plutesc înapoi fragmente imponderabile. Căsuța cu remiză la parter de lângă The Green. Vincent. O, da, Vincent. Medicamentele pe care ți le dau. Asta trebuie să fie! Se resimte un pic, atâta tot. Îi ia mâna și o ține cât poate de strâns.

Apare un doctor, care are cu el un clip-board.

— Ei bine, domnule Courtnay, zice acesta.

Da! Da! Courtnay! Căpitanul Roy Courtnay, vă rog. Prezent și corect.

Și atunci încep să se așeze lucrurile. Lumea se rotește încet. Planetele coincid cu blândețe. Memoria îi revine abia auzit și totul se limpezește. „Doar un mic atac", își zice el.

— Ați avut o căzătură serioasă, domnule Courtnay. Câteva coaste fisurate. O să doară destul de tare.

De ce-i spune asta? De ce vorbește atât de tare? N-are nevoie să i se spună că-l dor coastele. Rămâne mut, uitându-se fix în sus la copilul-bărbat care se ocupă de el. Păr lung și ciufulit, tricou pe sub halatul alb. Nu s-a ras. Dezordine totală.

— Peste câteva zile o să fiți în perfectă stare. Am zis în perfectă stare, domnule Courtnay.

Doctorul zâmbește încurajator. Roy își zice: „M-oi fi imbecilizat eu peste noapte?" Tușește, dar tot nu vorbește.

— Și după aceea probabil va fi nevoie să discutăm despre opțiunile dumneavoastră.

Observă că încă o mai ține pe Betty de mână și o strânge și mai tare. Ridică ochii spre ea, dar ea se uită la doctor.

— Poate am putea sta de vorbă după vizita dumneavoastră, doamnă Courtnay.

— Nu sunt doamna Courtnay, zice Betty cu un zâmbet timid. Sunt doar o prietenă.

— Îmi pare tare rău, zice tânărul. Vă rog să mă iertați! Doar am presupus.

Mai că-ți vine să crezi că-i sincer băiatul ăsta. Betty îl crede, din câte se pare.

Doctorul se îndepărtează cu încălțămintea lui sport și mâinile în buzunarele halatului.

— Cum te simți? întreabă Betty.

Nu l-a auzit pe doctor? „Mă simt groaznic. Mă doare." În schimb, zâmbește și zice:

— Sunt teafăr. Doar un mic atac.

— Poate că ai întrecut măsura.

— Cum?

— Toate chestiile alea financiare. Vincent.

— Ah, nu zice el tranșant. Sunt și eu un pic ofilit. O fi vreun virus. O să mă fac bine cât ai zice pește.

— Sunt îngrijorată. Nu trebuie să grăbești lucrurile.

— Nu-ți face griji pentru mine! zice el. O să mă întorc acasă cât ai clipi.

Ridică ochii la ea.

— Am tras o spaimă..., zice ea.

— Fără îndoială. Trebuie să fi fost ceva tărăboi.

— Echipajul de ambulanță a fost excelent. A ajuns în câteva minute și a preluat controlul.

— Bun! Uite, poți să iei legătura cu Vincent? Sunt sigur că ar vrea să știe și, în funcție de cât de mult o să zac, s-ar putea să vrea să treacă pe la mine.

— În regulă. Ai numărul lui?

— Cred că Stephen al tău îl are. Dacă nu, o să fie pe hârtiile pe care ți le-a dat.

— În regulă.

— Betty?

— Da, Roy?

— Să nu-i lași să mă trimită la azil. Te rog!

— Ce tot spui acolo, Roy? Cine-a vorbit de azil?

— E doar un atac ciudat. O să fiu bine. Să nu-i lași să mă bage într-unul dintre locurile alea!

— Nu fi prostuț! zice ea cu un surâs. O să întorci acasă atât de repede, că nici n-o să-ți dai seama.

2

— DOCTORUL A VRUT SĂ STĂM DE VORBĂ după aceea, îi spune Betty lui Stephen. A sugerat c-ar trebui să luăm în calcul „alte opțiuni" atunci când este externat.

— Cum ar fi? întreabă Stephen.

— Nu este evident eufemismul? Vreo instituție disperată cu numele de Happy Valley. Vrea să-i evalueze serviciile de asistență socială nevoile de îngrijire. N-o să te surprindă să afli că nici nu vrea s-audă. Înțelege c-ar cădea din lac în puț.

— Ar trebui să iei serios în calcul această posibilitate. Care e diagnosticul, totuși?

— Câteva coaste fisurate. Dureros, dar o să-și revină. Au pus căderea pe seama tensiunii arteriale crescute. Se poate s-o fi indus anxietatea. Are o boală de inimă ținută sub control cu medicamente. I-au crescut doza de pastile.

— Anxietate?

— Da. Posibil de la tot stresul cu Vincent și banii.

— Noi n-am făcut nimic să-i creștem nivelul de stres. Totul merge remarcabil de lin. Indiferent de ce fel de om o fi, nu e genul care să se panicheze.

— Știu. Dar trebuie să-ți amintești că e foarte bătrân. Ca mine. Și o să fie mai fragil decât arată.

— Ar trebui să ne gândim la opțiunea azilului.

— Te-am auzit de prima dată. I-au făcut și niște teste cognitive. Pentru semne de demență. E dezorientat de când cu căderea. Testele nu sunt concludente. Trebuie să mai facă unele, dar s-ar putea să fie din cauză că se manifestă debutul bolii. Dacă se confirmă, dată fiind vârsta lui, atunci e de așteptat ca evoluția să fie destul de rapidă.

— Cât de rapidă?

— Luni, probabil. Poate un ani sau doi. Posibil săptămâni.

— Și asta nu aranjează lucrurile? Nu ai cum să te înhami la așa o povară. Trebuie să meargă la azilul potrivit. Apoi te retragi.

— Dacă e demență în stadiu incipient, atunci n-ar trebui să fie o problemă prea mare, zice ea pe un ton realist. O să fie perioade lungi de luciditate. Odată cu trecerea timpului, dezorientarea o să se agraveze. Doctorii o s-o monitorizeze și, în plus, există opțiunea azilului mai încolo.

— Dar de ce? Lasă totul baltă!

— Probabil pentru că sunt egoistă, dar nu pot. Nu pot s-o las baltă. Nu încă. Rezist. Nu mă pierd cu firea. Ne-au mai rămas doar câteva săptămâni, pricepi tu, odată ce iese. Îți vine să crezi că, înainte de accidentul lui, m-a rugat să împart dormitorul cel mare cu el?

— Și tu ce i-ai zis? întrebă Stephen calm.

— Ce crezi? Am scăpat râzând. Probabil c-ar trebui să ne gândim să luăm o cameră dublă undeva în vreo chestie îngrozitoare numită Sunset Pastures.

Stephen nu-i la fel de amuzat, evident.

— Am discutat despre dragoste, spune ea. Sau cel puțin eu.

— Dragoste?

— Da. Mai degrabă mi-a scăpat. Era ceva de zis. Pur și simplu am spus că dragostea nu face parte din vocabularul lui.

— Un pic cam nesocotit din partea ta, nu crezi? Să-i vorbești despre dragoste?

— Parc-ai fi Gerald.

— Scuze, doar că mi se pare un pic cam prea riscant. Ca să-i iau apărarea pentru o clipă, asta nu-i deloc o întrebare la care bărbații trecuți de optzeci de ani sunt pregătiți să răspundă.

— Nu. A fost un pic derutat. În orice caz, mie nu prea îmi pasă de riscuri. Toată aventura asta e un mare risc. E chiar amuzant să-l văd atât de încurcat. Cu toată siguranța lui. Un pic crud, probabil, ținând seama de ce s-a întâmplat recent. Oricum ar fi, subiectul s-a închis nu după multă vreme.

Toarnă ceaiul.

— Sunt așa de...

— Da?

— Îngrijorat pentru tine, bănuiesc.

— E în regulă. Țin lucrurile perfect sub control.

— Știu, dar eu tot îmi fac griji. E extrem de dificil. Iar cu el atât de aproape, fizic vorbind, mă îngrijorează că s-ar putea sfârși prost.

— Îți sunt extrem de recunoscătoare pentru grijă, Stephen. Contează foarte mult pentru mine să știu că-mi păzești spatele, nu așa-i expresia? Însă mă pot descurca bine cu el. Realmente pot.

— Eu doar te admir atât de mult și mi se face rău la gândul că s-ar putea să-ți facă rău.

— O, Stephen! Nu-mi poate face niciun rău. Sunt destul de dură. Și chiar dacă oi fi trecut eu prin niște chestii la vremea mea, nu sunt singură că merit atâta adulație din partea ta. Sunt un om obișnuit.

— Nu ești.

— Ba da, insistă ea și tac amândoi.

— Mulțumesc însă, zice Betty în cele din urmă. Mi-ai fost de mare ajutor și un prieten bun, dacă-mi permiți s-o spun. Chiar ai făcut posibilă toată chestia asta pentru mine. Cu ajutorul tău pot să-l gestionez pe Roy.

3

— N-AM ȘTIUT CE SĂ ADUC, mormăie Vincent. M-am gândit la struguri sau ceva...

— Am oroare de nenorociții ăia de struguri, zice Roy.

— N-am știut.

— O juma' de Bell's[1] ar fi bine. Ca s-o bag sub pernă.

— În orice caz, am adus astea.

---

[1] Sticlă de whisky Bell's de 350 de mililitri (n. tr.).

Vincent îi întinde lui Roy o pungă de hârtie cafenie în care se află o cutie de bomboane de ciocolată ieftine, pe care acesta o acceptă fără să scoată vreun cuvânt și o pune pe măsuța de lângă perete.

— Voiam să mă asigur că lucrurile se derulează conform înțelegerii, zice Roy.

— Glumești, nu? Credeam că vrei să pui totul pe pauză, până se mai lămuresc lucrurile.

— Adică vrei să spui dacă ies de-aici între patru scânduri sau nu.

Vincent îl fixează cu privirea, dar nu neagă că așa a gândit.

— Nu, zice Roy. E nevoie de mai mult de o căzătură ca să mă scoată de pe teren. Oi fi eu bătut și învinețit, dar nu învins. La pământ, dar nu făcut knock-out. O să revin când te-aștepți mai puțin. Cu toată viteza înainte, din partea mea.

— Ești sigur. Adică...

— Poftim? Ți-ai pierdut curajul sau cam așa ceva, Vincent? Cumva a bătut Betty din gene la tine? Ți-a sucit capul un picuț?

— Nu, nici vorbă de-așa ceva, zice Vincent irascibil. Dacă trebuie să știi, îți port de grijă.

— Foarte mulțumesc! Dar n-am nevoie s-o faci. M-am descurcat destul de bine de-a lungul anilor.

— E o nebunie, Roy! E sinucidere, ai fost pe-aproape să ți-o furi. Te-ai aranjat confortabil acolo. Are grijă de tine și sigur de asta ai tu nevoie acum, nu de bani.

Roy râde.

— Te-ai răzgândit, nu? Nu-ți stă în fire. Crezi c-o să dau ortu' popii în toiul acțiunii și-o să-ți las ție o încurcătură de rezolvat? Ți-ar rămâne mai mult ție, aș fi gândit eu. Betty nu e genul care să nu respecte acordurile. Ai avea și banii mei de miză în buzunar. Tu n-ai băga decât câteva lire și tot ce-ar trebui să faci ar fi să dispari frumos din peisaj.

— Nu, nu-i asta, Roy. E ceva prostesc. De ce-o faci?

— Ți-am mai zis. Cu asta mă ocup.

— Nu-i o mutare suficient de bună, Roy. O s-o distrugi și o să te distrugi și pe tine.

— Va trebui să fie, replică Roy tăios. Nu trebuie să mă justific în fața ta. Ești plătit suficient de bine cât să-ți ții fleanca și să faci ce vreau. Sau să fie oare... Crezi că asta-i ultima noastră treabă împreună și te-ai gândit să mai storci ceva bănuți de la mine? Asta vrei? Șaizeci la sută? Șaptezeci?

Vincent clatină din cap.

— Nu, nu-i asta, zău. Pur și simplu nu cred c-ar trebui să faci așa ceva.

— Asta înseamnă că te retragi? Pentru că dacă da, atunci ar fi trebuit să ai decența să mi-o spui mai devreme. Mă lași într-un dezastru total, pot să zic.

— Nu, Roy, încă sunt alături de tine. Dacă asta vrei, clar. Eu doar spuneam că ai timp să dai înapoi dacă vrei. Fără resentimente. Nu-i necesar nici să mă plătești pentru ce-am făcut până acum. M-ar bucura mai tare s-o las baltă.

Roy se relaxează în pat și ia un ton mai calm.

— Nu, îi dăm înainte. Până în pânzele albe. Uite ce e, Vincent. Asta-i viața mea. Feritul și strecuratul. Ăsta-s eu. Amândoi știm că ăsta ești și tu. Știu ce te mână, Vincent. Nu, atunci când vine vorba de acțiune, o să mor în șa, convingând vreo țintă lacomă să facă ceva stupid. Poate asta, poate următoarea. Acum, putem să trecem și noi la fapte?

O țară îndepărtată

1

VENISE DEJA ZĂPADA LA BERLIN, mânată de vântul friguros peste stepe. Konrad Taub și fiul său mergeau pe stradă, înfruntând viscolul, neputând să stea de vorbă, parcurgând pur și simplu drumul cu o hotărâre înverșunată.

Taub sună la sonerie și-și scoase mănușile, lovindu-le de peretele de cărămidă ca să scuture rămășițele de zăpadă. Hans îl imită și ridică ochii la cerul plumburiu, dinspre care pluteau în jos fulgi mari, prinși de vânt și aruncați încolo și încoace cu violență. Imaginea semăna a haos.

Un servitor deschise ușa și-i pofti înăuntru fără să zică nimic. Își scoaseră paltoanele cu băgare de seamă și bătură din picioare pe preșul de la intrare, care era mare cât covorul din camera principală a apartamentului lor prăpădit. Pe preș se scurseră urme de zăpadă și umezeală. Hans tremură de la căldura care-l făcuse să-și dea seama cât era de frig afară.

Cunoșteau drumul, iar servitorul plecă salutând din cap, cu paltoanele lor. Departe de tulburarea vântului și a zăpezii, departe de agitația întunecată a orașului, în acest loc era liniște și peste toate domnea un calm seducător. Nu se auzea decât un murmur îndepărtat undeva în interiorul casei, de la pregătirile pentru balul de Crăciun din seara aceea, la care nici Hans, nici părinții lui nu fuseseră invitați. Întrevederea cu Schröder avea să fie scurtă.

Urcară scările și ajunseră în biroul acestuia.

— A, bine-ați venit! le zise. Ce mai faci, Konrad? Și tu, Hans? E frig afară. O cafea? Poate un șnaps?

— Un pahar mic, poate, răspunse Taub.

Schröder găsi o sticlă și pahare într-un dulap.

— E un haos aici. Petrecerea din seara asta. Magda e într-o stare de frenezie... Cu asta trăiește. Îmi pare rău că nu v-am invitat. Am crezut că așa e cel mai bine, zise el pe un ton sec.

— Nu, înțeleg. Mă îndoiesc c-ar fi genul de ocazie la care să ne facă plăcere să participăm.

— Nici mie nu-mi face, răspunse Schröder cu un zâmbet. Dar asta se așteaptă de la mine. Nu că, pricepi dumneata, l-am invita pe vreunul dintre naziștii ăia îngrozitori. Doar că relația noastră este, cred eu, cel mai nimerit să rămână discretă. Pentru siguranța amândurora. Renate e bine?

— Da. La fel de ocupată ca întotdeauna.

— Așa, tânărul Hans... Câți ani ai acum?

— Paisprezece, domnule.

— Mă întreb dacă n-ai vrea să bei un pahar de șnaps cu noi, Hans, dacă-ți îngăduie tatăl tău.

— Nu, domnule, nu prea cred.

— Te rog, Hans, dacă vrei, zise tatăl său.

— Nu, tată, nu cred că mi-ar plăcea gustul.

— Un tânăr rațional, spuse Schröder cu un zâmbet. E bine să eviți demonul băuturii cât de mult posibil. O să comand ceva de la bucătărie pentru tine. Ce ți-ar plăcea? Sunt sigur că trebuie să fie niște tort de ciocolată prin casa asta.

— E în regulă, domnule. Nu mi-e nici foame, nici sete.

Cei doi bărbați își luară băuturile și se așezară pe canapele de piele care stăteau față în față în dreptul șemineului care dogorea. Hans rămase în picioare, cu căciula în mână. De pe pantofi i se scurgea în continuare zăpadă topită pe covor.

— Ei bine, Konrad. Care-s ultimele noutăți?

Hans era fascinat de încăpere. Pereții erau acoperiți de la tavan la podea cu corpuri de bibliotecă din lemn de mahon închis la culoare, iar fiecare raft era plin de cărți. Era și o scară mică de aceeași culoare, ca să se poată ajunge la volumele de sus. Un birou greu, cât patul lui de mare, cu fața spre interiorul camerei și spatele la fereastră, era acoperit în întregime de hârtii, aranjate cu grijă în teancuri ordonate, fiecare dintre ele, își închipuia el, acoperind câte un aspect al imperiului comercial al lui Herr Schröder. În ciuda curiozității și a îndrăznelii, n-ar fi avut curajul să se uite la hârtii nici dacă i s-ar fi oferit șansa s-o facă. Încăperea era luminată pe bucăți: o lampă mare lumina biroul, corpurile de bibliotecă erau și ele iluminate discret ca să fie mai ușoară căutarea și mai erau și două lampadare grele din fier în spatele fiecărei canapele care să completeze strălucirea orbitoare a focului.

Cei doi bărbați, dornici să-și discute treburile lor, uitaseră, evident, de prezența lui.

— Categoric o să fie război, zise Schröder.

— Asta crede toată lumea, replică tatăl lui.

— Nu. Eu mă refer la faptul că știu că au intenția fermă de a porni războiul odată ce-au terminat pregătirile.

— De unde știi asta?

— Ravenstein. Îi suntem furnizori. Nu-i tocmai simpatizant, dar nici nu-i lipsit de simpatii. E un prieten bun de-al lui Speer[1]. I s-a cerut să crească producția în următoarele șase luni cu scopul expres de a fi gata de conflict în cursul anului viitor.

---

[1] Albert Speer (1905–1981), arhitectul preferat al lui Hitler și ministru al înarmării și producției de război (n. tr.).

Hitler o să găsească un pretext ca să-l grăbească. Probabil Danzig. Poți să le spui persoanelor dumitale de legătură confidențiale.

— Și cu tot efortul diplomatic cum rămâne? Liniștirea Marii Britanii, adică?

— Ravenstein zice că asta-i convine lui Hitler. Îl consideră pe Chamberlain un neghiob convenabil. Se poate să cumpere Marea Britanie pentru câteva luni, dar ne dă și nouă mai mult timp să ne pregătim uneltele. Sub nicio formă Hitler n-are să-l lase pe Chamberlain să-i afecteze planurile. Britanicii sunt ca o culoare la pocher stricată de-o carte. Treaba, Konrad, e ce putem face noi? Ne putem aștepta să crească atrocitățile față de evrei. Ravenstein zice că planurile de aplicare a programului de înființare a lagărelor de concentrare sunt sub control. Se ia în calcul și emigrarea forțată în masă a evreilor spre est. Cu tot cu militarizarea, ne aflăm pe un drum de neoprit spre iad. Acum e momentul să acționați dumneata și asociații dumitale.

— Întrebarea rămâne aceeași ca întotdeauna, Albert. Cum anume? Nu avem structuri militare, nu avem bani, nici arme, nici experiență. Am fi măcelăriți. Eu sunt jurnalist. Nu-s o personalitate politică, darămite lider. Habar n-am ce să fac. E prea târziu să mai facem agitație în fabrici. Sunt prea pline de fervoare patriotică.

— Prietenii dumitale din afara țării?

— Sunt liberal, Albert. Și am relațiile mele. Marea Britanie și aliații ei însă? Toate stau pe gânduri, studiază și se comportă rațional până se face prea târziu pentru rațiune. E deja prea târziu, dar ei n-o știu. Pur și simplu cred că Regiunea Sudeților[1] e

---

[1] Regiunea Sudeților (în limba germană: *Sudetenland*; în cehă și slovacă: *Sudety*; în poloneză: *Kraj Sudetów*) a fost numele folosit în prima jumătate a secolului XX pentru regiunile locuite de germani în zonele de graniță din Boemia, Moravia și Silezia (n. red.).

o țară îndepărtată. O să creadă același lucru și despre Polonia sau Cehoslovacia. Sau despre Franța sau Olanda, dacă se ajunge la asta. Se gândesc la noi toți ca la ceva îndepărtat câtă vreme nu dăunăm intereselor lor. Și când chiar o să le dăunăm, o să fie prea târziu.

— Atunci trebuie să facem ce putem și noi.

— De acord. La ce te gândești?

— Evreii vor avea cel mai mult de suferit în anii următori. Vor fi victimizați, chiar mai mult decât astăzi. Tremur doar când mă gândesc la ce are să se întâmple. Ar fi la fel și pentru noi dacă am fi evrei. Un simplu accident de naștere sau religie.

— Așa, și?

— Așa că trebuie să stabilim o cale de a-i salva de noi, zise Schröder. O cale de a-i ajuta să fugă, cât mai mulți posibil. Sunt pregătit să găsesc bani. Sume mari. Dumneata însă va trebui să lucrezi la aspectele practice, cu prietenii dumitale din afara țării.

Konrad făcu o pauză și-i aruncă o privire fiului său.

— Hans! zise el. Îmi pare rău! Am uitat că erai și tu aici. Te-am plictisit cu discuția noastră despre politică. Poți să pleci, dacă vrei.

— Hans, spuse Schröder, de ce nu te duci tu să le cauți pe fete? Sunt sigur că-s pe undeva prin casă.

Schröder se ridică în picioare, iar Hans îl simți urmărindu-l cum se îndepărtează pe hol înainte să închidă ușa biroului.

O porni cu pași ușori pe coridor, sărind de probă ca să-și simtă picioarele afundându-i-se în covorul de pluș care înăbușea orice zgomot. În ciuda zgomotului îndepărtat de servitori care alergau, mobilă mutată și tacâmuri și vase așezate pe mese, sus era liniște. Deschise o ușă, apoi alta, dincolo de care nu era nimeni. Se uită în salonul de protocol și apoi în odăița confortabilă de cealaltă parte a coridorului. Afară ningea tare.

În cele in urmă, auzi voci emoționate de dincolo de ușa unui dormitor. O deschise încet. Acolo erau cele trei surori mai mari.

Charlotte chicoti de încântare.

— Oh, e micul Hansi. Intră, intră!

Cândva se bucurase să le fie micul Hansi. Orice îi aducea lui accesul la prezența lor frumos mirositoare fusese suportabil. Acum îl irita să i se zică „micul". Era mai înalt decât oricare dintre ele și mult mai puternic. Sentimentul că râdeau de el înrăutățea lucrurile.

Intră totuși. Charlotte era mijlocia dintre cele trei, în vârstă de optsprezece ani și cea mai sperioasă, după părerea lui Hans. Totodată era și cea pe care el o considera cea mai frumoasă și pe care-și dorea cel mai tare să o sărute. Avea buzele roșii, pârguite și pline. S-ar fi mulțumit cu oricare dintre cele trei. Hannelore era cea mai mare, un pic mai serioasă decât celelalte două. Deja începuse să lucreze în fabrica tatălui ei. Anneliese era pur și simplu prea mică pentru el, deși era cu trei ani mai în vârstă. Era atât de imatură!

Niciuna dintre cele trei n-avea ambiție ori intelect. Erau toate frivole, iar el nu era familiarizat cu frivolitatea. Tatăl și mama lui erau serioși și profunzi și-l încurajau să fie și el la fel. În această familie, Lili, sora cea mai mică, era cea studioasă.

— Ne probăm rochiile pentru petrecerea din seara asta, Hansi, zise Anneliese, cu falsă sfială. Ți-ar plăcea să le vezi?

— Ăă, da, făcu el, roșind. Cred că da.

Fetele râseră.

— O, dragă Hansi, zise Charlotte, vii la bal diseară? O să fii prințul nostru?

— Ăă, nu. Nu vin.

— Nu-l mai necăji, Charlotte! zise Hannelore. Ai venit cu tatăl tău, Hansi?

— Da.

— Sper ca tati să se oprească din muncă repede, spuse Anneliese. Trebuie să se pregătească și el.

Camera mirosea a curățenie și a săpun. Se simțea stânjenit, aproape încurcat, și totuși se bucura să se afle acolo. Strălucirea locului era orbitoare. Tânjea să întindă mâna și s-o atingă pe una dintre ele. Ar fi fost chiar și mai bine dacă l-ar fi atins una dintre ele pe el.

— Nu ți-e cald, Hansi? întrebă deodată Charlotte. Nu-i cald aici, Anneliese?

— Da, răspunse sora ei. E așa de palpitant!

— Speri să vină și locotenentul tău, Hannelore?

— Păi, a acceptat invitația.

Cele două surori ale ei chicotiră la unison.

— Sper să aducă și niște prieteni cu el, zise Anneliese.

Sporovăiră ca și cum Hans nu s-ar fi aflat acolo. Lui nu-i păsa. Își dorea să poată fi invizibil, dar să rămână acolo pentru totdeauna. Să privească. Aceasta era camera lui Charlotte. Își dorea să se poată uita la ea cum se pregătea pentru seara aceea și să fie în încăpere la întoarcerea ei, s-o vadă demachiindu-se, atentă în fața oglinzii, înainte să-și scuture părul negru și să-și dea jos rochia. Voia s-o vadă scoțându-și lenjeria intimă, să-i vadă sânii durdulii eliberați din legăturile lor, s-o privească scăpând de chiloți și să savureze priveliștea, mirosul, gustul și simțul a ceea ce se afla dedesubt.

Simți o tărie dureroasă și cuprinsă de dorință arzătoare și nu îndrăzni să se miște ca să nu cumva să observe și ele. Ele râdeau și strigau, mișcându-se prin jurul lui așa cum stătea el afectat pe marginea patului.

— Scuze, zise el, când se trezi uitându-se în ochii întrebători ai lui Hannelore. Ce ziceai?

— Iar visează Hansi cu ochii deschiși, făcu ea, râzând. Am zis: Ți-ar plăcea să ne vezi în rochiile noastre?

— Ăă, da, replică el.

— Bun. Va trebui să stai afară vreo câteva minute până ne pregătim noi. Hai, du-te! Afară!

Îl conduse dincolo de ușă, unde băiatul așteptă supus. Nu îndrăzni să arunce o privire prin gaura cheii, ci rămase locului, bățos și liniștit.

În cele din urmă, ușa se deschise iar și Anneliese scoase capul pe ea.

— Prezentare de modă! anunță fata, deschizând larg ușa.

Intră, iar surorile defilară prin fața lui una câte una, zâmbind, pozând și făcându-i bezele. Era orbit, dar lipsit de expresie, înghițind în sec în sinea lui pe scaunul măsuței de toaletă pe care-l întorseseră cu fața spre cameră. Anneliese îl atinse cu blândețe pe picior, iar el se uită concentrat la locul în care mâna ei îl atinsese în treacăt. Începea să se simtă amețit de mirosul parfumului și de fată. Hannelore îi răvăși părul, iar el zâmbi prostește. Fetele dansau împreună, iar Anneliese îi întinse mâna. Se ridică, și fata îl trase spre ea. Știu să-și pună mâna ușor pe talia ei, dar nu mai mult. Fata îl luă cu ea ca legați de funigel, mișcându-se grațios. El tropăi vitejește după ea.

Hannelore râse și bătu din palme.

— Sper că tati o să ne lase să-i bem din șampanie, zise ea.

Hans chicoti fără motiv.

Charlotte se trânti pe pat, oftând. Poalele rochiei ei largi se ridicară. Îi văzu jupa. Nu-și feri ochii. Pentru o clipă, doar una, îi văzu chiloții.

Fără să-și dea seama, se oprise din dansat. O trase pe Anneliese aproape de el, cu ochii încă la Charlotte. Anneliese se împotrivi, dar el era băiat puternic. Era conștient că ea atingea cu coapsa pe tăria lui.

— Nu! zise ea tare. Hans, nu! O să-mi șifonezi rochia.

Îi dădu drumul și se îndepărtă rapid de el. În încăpere se lăsă liniștea. Toate trei se uitară la el. Semnificația uităturilor le fu clară tuturor.

În cele din urmă, Hannelore rupse tăcerea, cu veselie forțată.

— Chiar trebuie să ne pregătim pentru diseară, Hans. Te așteaptă tatăl tău acum, nu?

Sesiză batjocură în privirea ei. Jigodiile! Fără să scoată o vorbă, ieși din cameră și trânti ușa în urma lui.

Furios, străbătu călcând apăsat coridoarele, aruncându-și picioarele înainte. O servitoare care trecu pe lângă el îi propuse să se ducă la bucătărie să bea o ciocolată caldă cu frișcă. Îi aruncă o căutătură cruntă. Ura casa asta.

Lili stătea pe pervaz, cu picioarele îndoite frumos sub ea, citind o carte. Îl strigă să se întoarcă abia după ce trecuse de camera respectivă.

— Hans! Hans! Ai văzut zăpada?

Hans mârâi în sinea lui. Îi ajunseseră celelalte. Acum trebuia să aibă de-a face și cu copila asta. Putea să-și continue drumul, purtat de supărarea lui, dar ceva îl trase înapoi.

— Da, am văzut-o.

Fata se ridică și veni la ușă.

— Nu-i minunată? O s-o rog pe mama să mă lase să mă joc afară mai încolo.

— Ai petrecerea diseară și unde mai pui c-o să se și întunece în curând...

— N-am voie la petrecere. Trebuie să mă duc la culcare devreme. Numai că eu o să mă uit de pe scări, indiferent ce-o să zică. Poate c-o să mă joc mâine în zăpadă. Vrei să vii să ne jucăm, Hans?

Lili era de departe cea mai mică dintre surori. Părinții lui glumeau adesea că ea era gândul întârziat al familiei Schröder.

Nu știa ce era amuzant la a fi un gând întârziat. Avea zece ani, era copil mic.

Dificultatea era că Lili îl adora, deși nu la fel ca fetele mai mari. Pentru ele, era un soi de animăluț de companie, un cățeluș. Lili îl respecta, era eroul ei. Jenant, dar nu întrutotul nedorit. Uneori se bucura de atenția ei plină de fascinație, alteori, ca în momentul de față, îl umplea de dispreț.

— Nu! îi zise. Am lucruri mai importante de făcut.

— Ce păcat!

— Nu mai pierd vremea cu jocuri de copii.

Fetița ridică privirea la el, tristă, studiindu-l curioasă cu ochii ei căprui. Savură efectul cruzimii lui și făcu un efort de voință ca să-i transmită din priviri o indiferență rece.

Cândva o tolerase. Cândva nu fusese așa de iritantă. Cândva și el fusese copil. Stătuse chiar răbdător când ea îi tăiase o șuviță din părul blond pentru un medalion pe care-l primise de ziua ei de la o mătușă. Cam mult păr, de fapt. Îl ținuse în aer, studiindu-l încântată în lumina soarelui înainte să-l sărute și să-l pună în medalion. El își amintea că chicotise în sinea lui. Acum n-avea s-o mai facă.

O atinse pe braț cu mâna și-i simți pielea rece.

— Hai să ne jucăm de-a ceva acum! îi zise.

— În regulă! replică ea.

O duse în camera ei și închise ușa în urma lor. Ningea tare afară și cenușiul se transforma în crepuscul. De-abia se vedeau.

Se puse dinaintea ei și cu mâinile pe exteriorul brațelor sale o trase, astfel încât să stea drept cu fața la el. Se uită în jos la ea.

— Te-ai sărutat ca ei?

— Care ei?

— Ei. Ca adulții.

— Se sărută diferit?

— Da. Ai vrea să încerci?

— Cu tine?

— Da. Desigur.

— Păi da, cred.

Se aplecă spre fetiță și o trase spre el, ținând-o aproape de trupul lui. Îi simțea mirosul și căldura pe piept. O mângâie pe braț înainte să-i pună mâna stângă pe șale și cealaltă pe umăr. Era o poziție stângace, manevra păruse atât de naturală în filme, dar, în cele din urmă, erau așa cum voia el. Ea ajunse cu stomacul lipit de penisul lui țeapăn, care-l apăsa și pe el pe burtă. Nu se putea să nu-l remarce, iar el asta și voia.

Se aplecă să-și pună gura pe a ei. Ea făcu ochii mari, surprinsă. Lui îi plăcu frica. Are să fie tare frumușică într-o bună zi, își zise el. Buzele li se atinseră într-o clipă în care el își închipui că trebuie să devină un alt om. Ulterior avea să descopere exact contrariul.

Își apăsă gura cu putere pe moliciunea ei, mișcându-se insistent ca s-o îndemne să deschidă buzele. Nu se deschiseră și mușchii gurii lui Lili se încordară. Își împinse limba în gura ei, de dinții ei și, în cele din urmă, pătrunse cu forța. Nesigură, ea se supuse, deschizându-i-se fără tragere de inimă. Excitat, exploră cu limba. Era pentru prima oară când făcea așa ceva.

În cele din urmă icni. Ea se uită la el, temătoare, cu respirația întretăiată și dădu să se îndepărteze. El însă continuă să o țină de brațe.

— Ți-a plăcut? întrebă el nerăbdător.

— Păi..., zise ea șovăielnică.

— S-o mai facem o dată?

— Știu și eu... Dacă vrei tu.

Se aplecă iar. De data asta totul decurse mai natural. Savură umezeala salivei ei pe limba lui cât căută cu ea înăuntru, ca și cum ar fi descoperit ceva nou și fundamental despre altcineva. Chiar dacă acel cineva nu era decât Lili. Treptat-treptat, își eliberă mâna dreaptă și-i ridică fusta. Ea se trase în spate, dar el o ținu strâns cu cealaltă mână. Limba lui continuă să exploreze, cât îi găsi elasticul de la chiloți și-și strecură degetele pe sub ei, simțindu-i pielea netedă ca marmura de pe coapse. Fetița se foi, dar el o trase de păr cu o smucitură violentă care-o făcu să stea cuminte. Spre enervarea lui, scâncea. Găsi crestătura cărnoasă pe care-o căuta și-și trecu degetul în sus și în jos pe ea până găsi obiectivul real. Dur, împinse degetul prin gaura moale, iar ea tresări de durere. A doua oară înfipse două degete, până simți osul pubian opunându-i rezistență, iar ea scoase un țipăt scurt. Îi dădu drumul, iar fetița se prăbuși pe podea.

Se săturase. Lili își îndeplinise scopul. Plângea înăbușit și se ținea de burtă. El își adulmecă degetele curios.

— Jigodie împuțită! murmură. Îndrăznește tu numai să spui ceva cuiva!

Asta a fost tot? Nu fusese plăcut. O porni mânios pe coridor spre birou. Poate c-ar fi trebuit să facă toată treaba. Probabil asta era. Poate că nu era nimic la capăt. Poate că asta era festa pe care i-o jucaseră. Toată excitația și apoi asta. Nimic! Jigodii! S-o creadă ele că-l pot umili. Se opri în dreptul ușii. Cei doi bărbați încă mai vorbeau. Puse urechea la ușă.

— Câteodată îmi doresc să fiu și eu evreu, zicea Schröder.

— Doar nu vorbești serios, spuse Konrad Taub.

— Ba da, de fapt da. Măcar așa aș putea să-mi țin capul sus alături de prietenii care sunt victimizați. Așa cum stau lucrurile, națiunea noastră este dezbinată între persecutori și persecutați. Cei care aleg să nu se implice intră în prima categorie. Avem nevoie de oameni ca dumneata, Konrad.

— Și ca dumneata, Albert.

— Dar eu nu fac opoziție publică. Dumneata da. Te-ai pus în calea pericolului pentru semenii dumitale. Acesta e un fel aparte de curaj.

— Sau de nesăbuință. Iar eu sunt foarte atent. Îmi sesizez limitele când scriu.

— Dumneata te duci drept la ei. Dumneata și Renate sunteți oameni curajoși. O să vă țină minte istoria.

— Probabil pentru cum ne-am luptat jalnic împotriva inevitabilului, zise Konrad. Cu cuvinte. Caraghios. Acum, nu te deranjează să transmit mai departe informația pe care mi-ai dat-o?

— Oricum o s-o transmiți. Și da, firește că nu mă deranjează. Orice îi face să își dea seama de gravitatea situației. Desigur, o să fac mai mult. Orice e nevoie.

— Trebuie să ne gândim la rețele. Trebuie să ne gândim la cum se poate zădărnici efortul de război.

— Orice este nevoie. E mult prea târziu acum pentru jumătăți de măsură.

— Ești un om curajos, Albert, orice-ai zice.

Își îndreptă ciuda spre ei. Neghiobii ăștia care se felicită și se amăgesc singuri, cu politica lor! Propriul tată! Jalnic! Dezgustător! Să creadă că pot schimba mersul lucrurilor. Orice fantezii or fi avut ei, lumea reală era aranjată un pic altfel. Bătu la ușă și o deschise șovăitor.

— Tată...

— Cerule, s-a făcut ora? zise Konrad. Trebuie să ajungem acasă. Mai am o întâlnire în seara asta.

— Iar eu trebuie să mă pregătesc pentru petrecere, spuse Schröder. Noapte bună, Konrad! Noapte bună, Hans!

2

PÂNĂ DIMINEAȚĂ, ninsoarea stătuse, deși afară era în continuare un frig aprig. Când se trezi el la șase, pe interiorul ferestrei de la baie era un strat de gheață, așa că îndeplini ritualul spălatului de dimineață cât de repede putu.

Mama lui era deja în bucătărie, în picioare, lângă plita mică. Îi turnă cafea, iar el cuprinse ceașca aburindă cu mâinile. Luă oul ce sălta ușor într-o tigaie și i-l puse în farfurie, dimpreună cu două felii de pâine de secară și o porție generoasă de unt. Le acceptă fără să mulțumească.

— Unde-i tata? întrebă el.

— A plecat deja. Are o întâlnire.

Mâncă în tăcere, vegheat de ea.

— Ce e?

— Nimic. Crești atât de repede, asta-i tot! Nu mai ești un băiețel, zău așa.

Mormăi și întrebă dacă era și niște brânză. De la o vreme încoace, îi era mereu foame.

— Cum mai merg lucrurile la școală, Hans? Încă mai vorbesc urât despre tatăl tău?

— Nu, nu prea. S-au plictisit.

Aceasta era o jumătate de adevăr. Descoperise strategii pentru a reduce insultele.

— Suntem de partea bună, așa să știi.

— Știu, mi-ai explicat-o.

— Dacă însă lucrurile devin prea dificile la școală, trebuie să ne spui. Trebuie să discutăm problema. Se poate să fiu nevoită să mă duc să vorbesc cu *Herr Professor* Wolff.

— Nu-i nevoie! răspunse el țâfnos și se gândi cu un soi de ironie cum vorbeau ai lui cu directorul.

La ce bun credeau ei c-avea să fie întrevederea cu Wolff? Konrad Taub, jurnalistul cu simpatii roșii, privit cu suspiciune, discutând cu candidatul (din câte se zvonea) la funcția de

Gauleiter[1] adjunct, Hermann Wolff? Vedeau ei vreo confluență a minților acolo? Avea propriile mijloace de a rezolva situația și nu era nevoie de vreo intervenție din partea părinților.

— Este în regulă. Nu-i nicio problemă. Notele mele sunt în regulă, nu?

Știa că erau. Părinții lui erau amândoi intelectuali, un termen care, în prezent, se răspândea din gură în gură ca fiind ceva dezgustător. Măcar însemna că dotarea necesară pentru realizări exista. De el depindea ce făcea cu ea. Cu siguranță, nu avea să-și irosească potențialul la fel ca părinții lui pe cauze pierdute de un fel sau altul.

— Se poate să fiu plecată când te întorci, Hans, zise mama lui. Am o întâlnire la Neukölln. Îți las cheia la Frau Schärner, vecina de lângă noi.

— În regulă, mormăi el, indiferent.

Merse la școală pe străzi cufundate în întuneric. Licărirea zorilor încă nu apăruse. Zăpada își pierduse moliciunea pufoasă, iar acum era înghețată și compactată sub picior. Arterele principale fuseseră curățate eficient, dar trotuarele și aleile rămăseseră acoperite. Măcar nu era polei. Zăpada întărită era destul de înșelătoare, dar se putea merge pe ea. I se ridicau aburi din nas și se auzea inspirând și expirând în timp ce avansa în ritm susținut. Băcănia evreiască de pe colțul Wilhelmstrasse fusese iar incendiată peste noapte. Tăciunii străluceau, iar un grup de tineri cu caș la gură din rândul Cămășilor brune[2], nu cu mult mai mari decât el, se tachinau și dădeau cu piciorul în

---

[1] Conducător al unei diviziuni administrative din perioada Germaniei naziste (n. tr.).

[2] Sturmabteilung (în germ. în orig.), „Batalioanele de asalt", poreclite și „Cămășile brune", organizație paramilitară nazistă care a jucat un rol-cheie în ascensiunea la putere a lui Adolf Hitler (n. tr.).

rămășițele fumegânde ca să se încălzească. Vocile li se auzeau cu ecou în peisajul urban încotoșmănat în alb.

Intrând în școală, se încălzi instantaneu. Țevile și caloriferele țăcăneau și funcționau bine pe drumul lui spre biroul secretarei. Majoritatea băieților ar fi fost expediați cu asprime, dar nu și Hans Taub. Femeia îi spuse să revină la terminarea cursurilor, la ora unu și cincisprezece minute.

Dimineața se scurse încet. Latina fu urmată, inevitabil, de matematică, apoi chimie și germană. Hans excela la toate aceste materii, ceea ce era și motivul principal pentru care era în continuare popular în rândul profesorilor, în ciuda părinților săi dubioși. Își câștigase un oarecare respect și printre colegi, pentru că-i ajuta la teme.

La sfârșitul cursurilor, colegii lui de clasă se grăbiră să iasă. Unchiului cuiva îi spusese cineva care avea un frate la Gestapo că bijutierul jidan din capătul Blumenstrasse urma să fie arestat, iar Cămășile brune aveau să se ocupe de prădat și răscolit. Era, așadar, rost de amuzament și, posibil, de câte un ceas.

Hans rămase în clădire și așteptă în anticameră să fie primit la director. Își aminti de o conversație pe care o avusese în săptămâna anterioară cu *Herr Professor* Wolff în aceeași încăpere.

— Pot înțelege de ce ești nerăbdător să intri în Tineretul Hitlerist, zisese Wolff, dar trebuie să reflectăm și la urmări. Sunt sigur că nu vrei să provoci o ruptură cu părinții tăi. În orice caz, eu cred că există modalități mai bune prin care să poți sluji Reich-ul. Sunt sigur că Führerul ar prefera să-ți oferi ajutorul în alte moduri. O să fie timp și pentru glorie.

Alesese, ținând seama de cele spuse, iar acum avea o propunere. Era periculoasă, dar era singura cale de a ieși din încurcătura creată de idioții lui de părinți.

— Intră, Hans! zise Wolff, profesor universitar dedicat studiului și membru de rang înalt al partidului, „parașutat" pe post cu trei ani în urmă, după concedierea predecesorului său, care nu era de încredere.

În încăpere se mai afla încă un bărbat, mult mai puțin aplecat spre carte, dar mai practic.

— Dă-mi voie să ți-l prezint pe Herr Weber. De la Gestapo.

Weber părea să-i semene lui Hans. Drept ca lumânarea, musculos și viguros, părea mai tânăr de cât s-ar fi așteptat el. Îi strânse ferm mâna și-l privi în ochi, iar el se simți de parcă i-ar fi privit în suflet.

— Deci, zise Weber, înțeleg că vrei să-i faci un serviciu țării tale. Discret, mă refer. Ai să fii bucuros să afli că am experiență în asemenea chestiuni. Care implică discreție, adică. Vrei să-mi spui ceea ce dorești să zici?

Discret și la obiect. Exact ce voia Hans.

— Da, domnule, răspunse el, mai întâi cu glas tremurat, apoi căpătând încredere. Am ceva să vă ofer și aș dori ceva la schimb.

Weber zâmbi.

— Un târg. Da, ne putem descurca, desigur în limite rezonabile. Trebuie să fie potrivit pentru amândoi, totuși. Cu ce-ți pot fi de folos?

— Părinții mei sunt nesăbuiți, domnule. Amândoi o știm. N-am cum să nu-i iubesc. Știu că ceea ce fac are să-i ducă, probabil, la închisoare, dar nu găsesc nimic cu care să-i conving să renunțe.

— Ai discutat cu ei?

— Nu, nici măcar nu merită să încep.

— Probabil că e mai bine așa. Cu cât mai puțin știu ce simți tu, cu atât mai bine.

— Exact așa mă gândeam și eu. Aș vrea însă să-i salvez de ei înșiși.

— Admirabil! Continuă!

— Am informații pe care cred că le-ați dori, dar vreau să-mi și protejez părinții.

Weber zâmbi iar, de parcă i-ar spus că absolut orice problemă are o soluție.

— Înțeleg. O dilemă, așadar. Hai să vedem dacă-i putem da de capăt! Care sunt informațiile?

— Credeam, domnule, că mai întâi am putea cădea de acord asupra ce are să se întâmple după ce vă spun.

— Păi, depinde, serios îți spun. La ce te gândeai?

— Aș vrea ca părinții mei să părăsească țara. Eu aș prefera să rămân aici, dar voi fi nevoit să merg cu ei. Nu s-ar da duși fără mine.

— Pricep. Informația asta ar trebui să fie foarte importantă pentru noi ca să îngăduim așa ceva. În plus, chiar dacă am fi pregătiți să aranjăm plecarea părinților tăi - cu cât mai mic numărul de neloiali în afara Patriei, cu atât mai bine - într-un fel, să-i determinăm să plece fără să devină evident de ce ar putea constitui o problemă. Deportarea n-ar fi un bun exemplu. Pe de altă parte, dacă pur și simplu ar fugi... Pricepi?

— Da, m-am gândit și eu la asta, zise Hans.

— O, bine! Foarte bine!

Weber zâmbi din nou.

— La prima întrebare, da, cred că informația mea ar fi suficient de importantă.

— Hm... Vedem noi. Dacă ar fi să zic da, în principiu, ar trebui să ai încredere în mine să mi-o dezvălui. Ți-aș da cuvântul meu, dar, evident, dacă aș crede cu adevărat că ceea ce-mi spui e lipsit de importanță, n-ar exista niciun târg. Ți se pare suficient de corect? Ai încredere în mine?

— Da, domnule!

— Ești un bărbat de nădejde. Atunci putem să continuăm. Batem palma?

— Da, domnule! Îmi puteți da în scris?

Weber izbucni în râs.

— Târgurile de genul acesta nu fac, de obicei, obiectul unui contract. Dar da, sunt pregătit să-mi pun semnătura pe ceva, dacă te mulțumește. Pentru siguranța ta, însă, ar trebui să țin eu documentul.

— E în regulă, domnule. Am încredere în dumneavoastră.

— În regulă, atunci. Dă-i drumul, Hans Taub!

— Am surprins o conversație între Albert Schröder și tatăl meu în biroul lui Herr Schröder.

— Schröder, proprietarul de fabrici?

— Da, domnule. Discutau despre guvern și spuneau că războiul e inevitabil.

— Da?

— Herr Schröder zicea că e groaznic. El și tatăl meu discutau despre ce se poate face în această situație. A oferit bani ca să-i ajute pe jidani să plece din țară. Voia să-i ajute pe cei care se opun Führerului. Mai încolo au discutat și despre zădărnicirea efortului de război din fabricile lui Herr Schröder.

— Sabotaj, adică?

— Da, domnule. Herr Schröder i-a spus tatălui meu că e dispus să accepte stricăciuni la fabricile lui dacă asta afectează efortul de război. L-a rugat pe tatăl meu să transmită informația în afara țării.

— Altceva, Hans?

Băiatul simți că ceea ce spusese s-ar fi putut să nu fie suficient.

— Da, domnule. Herr Schröder i-a spus tatălui meu că este jidan. Are sânge jidănesc.

— Înțeleg, zise Weber, care-și notase ce s-a spus. Ar putea fi important. Sau se poate să nu fie. Pur și simplu, nu știu. Îți aduci aminte exact ce s-a spus și de cine?

— Da, domnule, și e totul adevărat.

— Nu mă îndoiesc, însă trebuie să reflectez asupra problemei.

— Târgul nostru? își încercă Hans norocul.

— N-ai de ce să-ți faci griji. O să-mi respect partea mea de înțelegere. Întrebarea e dacă putem folosi cumva ce-am aflat. Asta va determina importanța informației. Ai fi pregătit să semnezi o declarație?

— Da, domnule.

— Bărbat de nădejde! Ai zis că ai niște idei despre cum să-l faci pe tatăl tău să plece peste hotare?

— Da, domnule. E nevoie de *Herr Professor* Wolff.

— Înțeleg. Dă-mi detalii!

Ceva mai încolo, Hans fu rugat să plece, după ce se puseseră de acord cu toții că aveau să mai discute a doua zi în biroul directorului.

— DUMNEATA ÎL CREZI, WOLFF? întrebă Weber. S-ar putea oare să nu fi înțeles el bine?

— E un băiat foarte inteligent. Da, îl cred. Numai că avem o problemă de etică.

— Da?

— Băiatul e minor. Una e să-ți denunți părinții pentru că-l insultă pe Führer când vorbește la radio. Cam alta e chestia asta. Ar putea fi consecințe importante.

— Sunt conștient de asta. Numai că se poate ca dificultățile să fie surmontabile.

— Ai vreo confirmare pentru ceea ce zice?

— Asta o să trebuiască să verific. Sincer, mă îndoiesc. Se poate să se fi trezit vorbind în fața micuțului Hansi, dar Taub și Schröder sunt, în general, oameni prudenți. Bineînțeles, știm despre vizitele lui Taub la cel din urmă acasă, dar dincolo de asta...

— N-ai vrea să vezi dacă băiatul nu mai poate obține și alte informații despre Schröder și despre tatăl lui?

— Mă îndoiesc c-o să poată. Ce-a zis ar fi suficient ca să fie condamnați amândoi, dacă reușim să dovedim acuzațiile în instanță. De asemenea, se poate ca timpul pe care-l avem la dispoziție pentru aranjamente de genul acesta să fie limitat. La anul pe vremea asta...

— Avem mărturia nesusținută de nimic a unui băiat de paisprezece ani.

— Presupun că da. Dacă pui așa problema. Numai că e convingătoare și bănuiesc c-o să fie și mai și odată ce se consemnează detaliile în scris. Vârsta nu-i afectează credibilitatea. Ce-a zis el e perfect credibil. Și mai e o chestie. Există multe îndoieli cu privire la cei din familia Schröder. Au relații în Boemia. Nu fac niciun efort să adopte idealurile corecte. Sincer să fiu, colegilor mei le-ar prinde bine un motiv concret să-l scoată pe Albert Schröder din peisaj. Afacerea lui e bună și poate contribui la efortul de război. Este condusă de cine nu trebuie, însă. Schröder e văzut drept un om pe care nu te poți baza. Din motive întemeiate, se pare. Ar fi bine să scăpăm și de Taub senior. Se poate să avem un pic de libertate de acțiune.

— Cum adică libertate de acțiune?

— Se poate să ne convină să trecem peste vârsta lui Hans, de pildă.

— Dar când o să se ajungă în instanță...

— A, nici nu se pune problema să compară Hans ca martor! Statul îi protejează pe cei care țin seama suficient de mult de binele public ca să ofere informații confidențiale. Președintele completului de judecată de la Tribunalul Poporului o să citească pur și simplu declarația băiatului și să mă audieze pe mine ca martor.

— Ai fi pregătit să omiți fapte relevante?

— Firește că nu. Pur și simplu, nu cred că vârsta băiatului este relevantă. Mai pertinentă este seriozitatea lui, iar asta se pare c-am determinat-o. Sunt destui adulți ale căror denunțuri sunt mult mai puțin detaliate și exacte. Iar dacă dumneata și cu mine avem de ales între a apăra Reich-ul și a permite unor infractori cunoscuți să scape cu basma curată din cauza unor probleme de procedură îndoielnice, atunci, cu siguranță, trebuie să greșim, acordând prioritate justiției. O să mă gândesc la noapte. Te rog, vezi să fie disponibil băiatul mâine!

3

ÎN DIMINEAȚA URMĂTOARE, Hans fu chemat de la prima oră de curs de *Herr Professor* Wolff și dus cu mașina la un bloc de birouri oarecare, pe care nu-l recunoscu, în apropiere de Ku'damm. O experiență palpitantă și, în același timp, înspăimântătoare. N-ar fi fost greu să fie încarcerat în acest loc sumbru. Mercedesul parcă sub clădire, iar el fu escortat din lift până la un birou gol de la etajul al patrulea.

Încăperea era lambrisată în lemn de nuc și avea mochetă de un albastru-închis. În jurul unei mese lungi și lustruite de consiliu se aflau douăsprezece scaune îmbrăcate în piele. Hans dădu ocol mesei și le numără de două ori. Un perete lung era dominat de un steag mare, cu svastică. Simți un fior de mândrie.

Weber intră repede, însoţit de alţi doi bărbaţi. Purta o uniformă neagră atât de elegantă, că Hans râvni imediat şi el la una! Weber zise:

— *Heil, Hitler!*

Hans nu-şi dădu seama dacă acest lucru era un truc sau un test. Răspunse, întinzând braţul, cu un curajos *Heil, Hitler!*, ceea ce îl făcu să se simtă mult mai bine decât atunci când exersase în dormitor sau salutase în clasă. Acum era ceva real şi se simţi un pic mai înalt. Cei trei bărbaţi zâmbiră un pic condescendent, sesiză el.

Weber avea o atitudine profesională.

— Aşadar, Herr Taub...

Lui Hans îi trebui un pic de timp să-şi dea seama că se referea la el. Weber stătea de o parte a mesei alături de ceilalţi doi bărbaţi şi-l invită pe Hans să ia loc de cealaltă.

— Dă-mi voie să-i prezint pe cei doi colegi ai mei de la Departamentul juridic, Herr Engel şi Herr Ziegler. Cum ai adus nişte acuzaţii grave, trebuie să ne asigurăm de exactitatea lor atunci când îţi luăm declaraţia. Trebuie să evităm o eroare judiciară cu orice preţ. Avocaţii sunt de faţă ca să adeverească faptul că declaraţia a fost luată în conformitate cu legea Reich-ului şi că este admisibilă pentru posibilele viitoare acţiuni în instanţă.

Acţiuni în instanţă. Hans înţelese, presupunea el, că aceasta era consecinţa inevitabilă a informaţiei pe care i-o furnizase în ziua precedentă lui Weber. Numai că, auzind-o rostită cu glas tare, conştientiza şi mai tare concreteţea acestui lucru. Un sâmbure de îndoială îi răsări în stomac, dar fu repede alungat. Ticălosul de Schröder plănuia, la urma urmei, să trădeze Patria. Şi ce dacă familia aia avea să fie umilită şi ruinată? Merita tot ce avea să capete.

— Înţelegi? întrebă Weber.

— Da, domnule.

Cu răbdare și amabilitate, recapitulară ce-i spusese el lui Weber în ziua precedentă. Hans avea o memorie excelentă și-și amintea mai mult sau mai puțin cuvânt cu cuvânt ce se spusese. Se ținu îndeaproape de scenariu, aventurându-se să ofere doar câte un detaliu ici și colo, evitând însă adăugiri cu toptanul chiar și când Weber sau cei doi avocați îi cereau să dea mai multe amănunte. Cei trei bărbați aveau ceea ce părea a fi un document identic în fața lor, pe care-l verificau atent la fiecare etapă.

Engel insistă asupra împrejurărilor în care auzise ce spuseseră tatăl lui și Schröder.

— La prima parte m-am aflat în încăpere, zise el. Pur și simplu au uitat că eram și eu pe-acolo. Herr Schröder era atât de nerăbdător să înceapă discuția. Am plecat și m-am întors mai încolo. Atunci am ascultat la ușă.

— Ai zice că ai auzit clar conversația?

— Da, domnule.

— Mai erau și alte persoane în cameră? Îi puteai recunoaște pe cei doi vorbitori suficient de clar?

— Da, domnule.

Engel își țuguie buzele subțire.

— Așadar, îi citezi exact pe cei doi?

— Da.

— Vreau să te întreb despre răspunsul tatălui tău la ceea ce a avut de zis Herr Schröder, spuse Ziegler, cel mai prietenos dintre avocați. Tatăl tău e socialist, din câte înțeleg eu.

— El își spune liberal, domnule. Eu nu știu mare lucru despre politică, dar cred că asta înseamnă că e de stânga?

— Într-adevăr, îi răspunse Ziegler, zâmbindu-i. Acum, ai zice că tatăl tău s-a bucurat de ce-a propus Herr Schröder?

Weber se uită pieziș la Ziegler și îl avertiză din priviri pe tânărul Hans.

— Nu, nu s-a bucurat. Nu tocmai. Desigur, n-am putut să le văd fețele.

— Dacă-mi permiți să te întrerup, *Herr Doktor* Ziegler, zise Weber. Am notat impresia lui Hans că tatăl său a fost șocat de declarațiile îndrăznețe ale lui Herr Schröder. Cred că tu, Hans, ai zis, dacă am consemnat eu corect, că „orice opinii personale o avea tatăl meu, n-are să se dovedească neloial țării la vreme de criză națională". Am scris bine?

— Da, domnule.

— Întreb, insistă Ziegler, pentru că se pare că, dintr-un motiv sau altul, Herr Schröder avea impresia că tatăl tău urma să transmită informația unor terți. Ai idee de ce?

— Deloc, domnule.

— Prea bine.

Ziegler zâmbi iar și cu asta se termină treaba lor.

Weber adună cele trei exemplare ale documentului pe care-l frunzăriseră și îndreptă marginile. Gestul i se păru lui Hans mai degrabă feminin.

— Aceasta e o declarație pe care am pregătit-o s-o semnezi, Hans. Citește-o cu atenție, e un document legal. Apoi, dacă ești mulțumit, te rog să semnezi fiecare exemplar.

Hans zăbovi ceva ca să se prefacă a citi documentul. În realitate, valul de adrenalină îl răpise capacitatea de a se concentra. Semnă nepăsător cele trei exemplare.

— Bun atunci, zise Weber, adresându-li-se lui Engel și lui Weber, domnilor, poate doriți să demarați procesul. Eu trebuie să discut niște detalii practice cu Herr Taub.

Cei doi avocați părăsiră încăperea.

— Trei zile, zise el. Atâta îți pot garanta. Se poate să-mi ia mai mult să întocmesc mandatele dacă tărăgănez, dar trei zile e maximumul pe care poți conta. Va trebui să fi plecat până atunci, după care va fi ca și cum acordul nostru n-a existat. Între timp, dacă părinții tăi sunt arestați din motive ce nu țin de acordul nostru, se întâmplă același lucru. Înțelegi?

— Da, domnule.

— Am stat de vorbă cu *Herr Professor* Wolff. O să facă precum am discutat, mai încolo în cursul zilei de azi.

— Vă mulțumesc, domnule!

— Iar părinții tăi vor avea nevoie de vize de ieșire. Vor trebui să le obțină prin intermediul lui *Herr Professor* Wolff. O să-l învăț eu ce să spună. Nu pot face însă nimic în privința vizelor de intrare în alte țări. Presupun că tatăl tău are relații care-i pot furniza ce este nevoie...

— Presupun că da, domnule.

Weber se mai lumină un pic.

— Atunci nu ne mai rămâne decât contractul nostru scris.

Scoase o singură foaie de hârtie din buzunar și se uită la ea înainte să i-o întindă lui Hans s-o semneze. Hans o iscăli fără să citească.

— Londra, acolo crezi că se va duce tatăl tău? întrebă Weber.

— Da, domnule.

— Ai fi pregătit să slujești Reich-ul de acolo?

— Bineînțeles.

— E nevoie să fie ținute sub observație micile comunități enervante de disidenți. Se poate să fii contactat de unul dintre colegii noștri.

— Da, domnule.

— Aș vrea să-ți fie clar un lucru: eu îl consider pe tatăl tău trădător. Îi permit să plece pentru că avem o înțelegere. Sunt om de cuvânt. Dac-ar fi după mine, i-aș suci gâtul cu mâinile mele. Dar asta e. Avem un târg. Ai fost un tânăr german foarte curajos și inteligent și ți-ai slujit țara. Se va nota. La revedere și noroc!

În mașina care-l ducea înapoi la școală, Hans revăzu în minte conversația și savură fiecare strop de sarcasm din vorbele lui Weber. „Ei, la dracu' și cu tine", își zise el și zâmbi.

4

TATĂL SĂU LUCRA la un articol când se auzi bătaia în ușă în acea seară. Hans se duse repede la fereastră și privi în jos în stradă. Nu vedea mașini, dar se aștepta deja ca Weber să nu se fi ținut de cuvânt. Tatăl său se repezi să adune ce era pe masă, străduindu-se panicat să apuce hârtiile întinse dinaintea lui și care păreau să se fi lipit de tăblie. Renate deschise ușa dormitorului principal, unde Konrad aruncă totul sub pat. Hans era sigur că părinții lui știau că era inutil, un simplu gest și nimic mai mult.

Îl urmări pe tatăl lui adunându-se și ducându-se la ușă.

— A, *Herr Professor* Wolff! exclamă acesta surprins.

— Herr Taub!

— Poftiți!

Wolff intră, scuturându-și picioarele de zăpada udă pe preșul de la ușă și-i întinse paltonul mamei lui Hans. Cercetă din priviri apartamentul mic, cu o curiozitate evidentă, deși încercă s-o ascundă. Hans nu știa la ce se aștepta Herr Wolff de la bârlogul a doi intelectuali cu vederi liberale. Un loc sordid și împuțit care denota depravarea lor, o coterie de revoluționari polemizând, un depozit secret de arme și explozibili. Ce-ar fi văzut era un apartament perfect normal format dintr-o baie, două dormitoare mici și un singur spațiu de zi în care aflau sufrageria, zona de luat masa și o mică bucătărie, curată și ordonată, probabil un pic cam uzată și veche, de vreme ce familia Taub nu prosperase de când devenise Hitler cancelar.

Era ciudat să-l vezi pe director în acest loc. Wolff părea un om greu de mulțumit, care se simțea în largul lui în mediul familiar al biroului său, unde-și putea găsi siguranța în cărțile atent aranjate, în creioanele și stilourile aliniate frumos pe mapa sa de birou. Aici părea însă agitat, cu ochii fugindu-i în toate părțile și cu degetele mișcându-i-se repede, încleștându-se și descleștându-se, sucindu-se și îndoindu-se neîncetat, fără vreun scop evident.

— E în legătură cu școala? întrebă tatăl. Are Hans probleme?

— Mă scuzați? făcu Wolff cu o expresie de perplexitate apărându-i pe față.

Nu era făcut pentru asta, își zise Hans. Neliniștea lui s-ar putea dovedi utilă.

— A, nu, nimic de genul acesta.

Konrad și Renate Taub așteptară o clipă.

— Atunci? întrebă Konrad.

— A, da... Dacă nu vă deranjează, ar fi de ajutor să discutăm în privat, zise Wolff,, aruncându-i o privire fugară lui Hans.

— Fără Hans? întrebă Renate.

— Într-adevăr.

— Nu avem secrete față de fiul nostru, spuse Konrad. Puteți zice orice aveți de zis și de față cu el.

— Cred că...

— E în regulă, tată, zise Hans. O să citesc la mine în cameră.

Se duse în dormitorul lui minuscul, care dădea spre curtea acoperită cu zăpadă, și-și lăsă cartea nedeschisă pe pat. Ascultă la ușă. Wolff încerca să vorbească încet, dar era atât de obișnuit să facă declarații bombastice, că nu trebui cine știe ce efort din partea băiatului ca să audă ce zicea. Răspunsurile părinților lui erau însă mai greu de distins.

— Herr Taub, spuse Wolff, putem fi de acord cu privire la un singur lucru, cel puțin, și anume că părerile noastre diferă exagerat de mult pe aproape orice subiect. Vederile dumneavoastră mi se par detestabile și sunt încredințat că și dumneavoastră le considerați pe ale mele la fel. Recunosc însă faptul că, oricât de nechibzuit ați fi, vă iubiți țara. Mă aflu deci aici într-o misiune de caritate. Văd în fiul dumneavoastră toate semnele unui tânăr pe cinste, dar mă tem că, din cauza vederilor pe care le aveți, viitorul lui are să fie distrus.

Konrad Taub replică abia auzit.

— Nu, nu, nu! zise Wolff. Nu mă aflu aici să fac prozelitism sau să încerc să vă conving c-ați acționat greșit. Lucrurile sunt mult prea avansate pentru asta. Mă aflu aici cu un scop clar și practic. Iar dumneavoastră știți că este foarte riscant pentru mine. Trebuie să înțelegeți că trăim într-o lume diferită chiar și de cea de acum cinci ani.

Tăcere. Hans se încordă să audă dacă părinții lui vorbeau. Se părea că pauza era pentru efect dramatic, înainte ca Wolff să continue să declame.

— Indiferent de neînțelegerile noastre, mă aflu aici să vă spun că sunteți într-un pericol grav și imediat. După cum știți, sunt implicat în chestiuni de partid. Am aflat din sursele cele mai sigure că s-a emis mandat pentru arestarea dumneavoastră.

Hans își putea închipui foarte bine expresiile șocate ale părinților săi.

— Motivele vă vor fi la fel de clare dumneavoastră cum îmi sunt mie. Am fost informat discret. Consecințele sunt evidente. Veți fi judecat pentru răzvrătire, cu deznodământ previzibil. Viitorul lui Hans va fi nesigur. Dacă are noroc, va fi luat în plasament temporar sau adoptat. Eu însă mă cam îndoiesc că se va întâmpla asta. La urma urmei, va fi fiul a doi trădători.

Wolff vorbea fără emoție.

— Nu poate fi o greșeală. Nu mai încape nicio îndoială, zicea el acum cu desconsiderare, ca și cum i-ar fi vorbit unui elev din cale afară de prost. Sunt sigur de informațiile mele. În asemenea vremuri de criză, națiunea are nevoie să știe precis cine-i sunt dușmanii.

Când auzi tonul amar al tatălui său, Hans și-l putu închipui pe Wolff privindu-l cu dispreț prin ochelarii săi fără ramă.

— Nu mă aflu aici să dezbat cu dumneavoastră, Herr Taub. Am venit fiindcă doresc să vă salvez fiul nevinovat de la pieire. Mă aflu aici ca să vă ofer niște informații. Dumneavoastră decideți ce să faceți cu ele. Mă puteți denunța, dacă doriți, și vom ajunge amândoi în instanță. Acesta este un risc pe care, desigur, l-am luat în calcul.

Wolff își drese glasul înainte să continue:

— Desigur, puteți decide să deveniți erou. Puteți fi martir pentru ce cauză ați ales să susțineți. Ce mi se pare mie lipsit de inimă este că păreți mulțumit să vă sacrificați fiul. Presupun că acest drept vă aparține și este exact la ceea ce ar fi trebuit să mă aștept de la cineva ca dumneavoastră.

Konrad Taub vorbi iar și, chiar dacă Hans nu-i putu auzi cuvintele, tonul era mânios.

— Nu, nu pot interveni în privința lui Hans. Oficial nu știu. Odată ce s-au efectuat arestările, va fi dus undeva – nu știu unde – și-mi va fi imposibil să fac ceva.

Hans o auzi pe Renate întrerupându-l, cu glas aproape strident, dar tot nu putu distinge cuvintele.

Wolff continuă, vorbind peste ea:

— Aveți o alegere evidentă de făcut, mi se pare mie, și nu dispuneți de prea mult timp la dispoziție. Simt, de asemenea, și că am făcut degeaba această vizită. Sper să nu fie cazul.

Pași apăsați traversară camera și se întoarseră. Hans presupuse că erau ai tatălui său. Cineva târî cu zgomot un scaun și căzu greu pe el. Auzi glasul mângâietor al mamei lui.

— A, da! zise Wolff, ca și cum ar fi uitat ceva important. În condiții normale, v-ar fi greu să părăsiți țara. Eu însă am relații și se poate să vă obțin vize de ieșire. Vă rămâne dumneavoastră sarcina de a vă procura viză de intrare oriunde v-ați duce, dacă vă vine mintea la cap. Aș fi pregătit să vă fac acest ultim serviciu, dar numai de dragul lui Hans. Voi fi la școală la șase și jumătate dimineața. Poate vreți să reflectați peste noapte asupra pașilor de urmat, iar dacă-mi doriți sprijinul, vă rog să mă căutați acolo. Aduceți-vă actele! După aceea nu voi mai fi pregătit să vă ajut.

Urmă un ultim schimb scurt de replici înainte ca Wolff să spună tare și pasămite cu furie:

— Sper că veți înțelege potențialele dificultăți pe care sunt pregătit să le risc. De dragul fiului dumneavoastră. Noapte bună!

Hans auzi ușa trântindu-se. Se duse repede la patul său și-și luă cartea. Ușa nu se deschise însă decât peste câteva minute.

5

DOUĂ SERI MAI TÂRZIU, la gara din Frankfurt, Hans și tatăl său așteptau plecarea trenului de noapte spre Paris. Konrad Taub era îmbrăcat sobru. Barba provocatoare fusese rasă, părul, tuns. Murmura din când în când către fiul său pe un ton cât putea el de liniștitor.

Luaseră trenul de la Berlin în dimineața anterioară, lăsând-o pe Renate să aranjeze rămășițele existenței lor acolo. Konrad și Renate Taub erau ascultători și ordonați și considerau că era de datoria lor civică să-și administreze rațional treburile.

În seara vizitei lui Wolff și după ce se hotărâseră că trebuiau să părăsească Germania, stătuseră toți trei la masă și alcătuiseră o listă. Konrad avea să se ducă la Wolff la prima oră a dimineții să-i ceară vize de ieșire. De acolo avea să se ducă la Ambasada Marii Britanii, unde cunoștea pe cineva care, era el sigur, le putea aranja documente pentru Franța și Anglia. Nici el, nici Renate nu-și exprimaseră îngrijorarea că ofertele lui Wolff ar fi putut să fie un șiretlic ca să-i incrimineze. Într-un fel, lui Hans i se păru aproape mișcătoare încrederea lor instinctivă. Înlăuntrul lui creștea însă sămânța îndoielii cu privire la buna credință a lui Weber în acest acord.

După ce Konrad obținea vizele, el și Renate aveau să se ducă la bancă să retragă cât mai mulți bani posibil. Restul de bani avea să fie transferat în contul surorii ei. Aveau să le trebuiască bilete de tren. Aveau să facă bagajele cu băgare de seamă, aveau să fie scrisori de scris familiei și prietenilor. Era evident că nu avea să se poată realiza totul într-o singură zi, așa că se puseseră de acord ca Renate să mai rămână o zi la Berlin să se ocupe de alte puncte de pe listă, de la încheiatul socotelilor cu băcanul la informatul prietenilor ei de la centrul de asistență socială unde lucra că ea și soțul ei plecau într-o vacanță de câteva zile în Bavaria.

Hans susținuse că trebuia să lase totul baltă și să plece cu ei, dacă luau în serios ce le spusese *Herr Professor* Wolff. Știind că ei nu conștientizau situația în care se aflau, îi atacase pe partea logicii, dar degeaba.

— De mine sunt interesați, Hans, spusese tatăl lui. Mama ta nu e în pericol. Nu putem pleca așa, pur și simplu. Trebuie să ne punem toate treburile în ordine.

Hans se simțise disperat și iritat în același tip, dar știuse că ar fi fost lipsit de sens și poate chiar periculos pentru el să insiste.

Planul fusese ca Renate să li se alăture în tren, dar clar aceasta nu avea să se întâmple. Ceasul cel mare de pe peron tocmai bătuse ora unsprezece noaptea. Aburul se ridica în nori negri de funingine spre arcadele ca de catedrală și acoperișul de sticlă ale măreței stații terminus cât își aduna locomotiva puterile. Șuierături și sunetul anunțului iminentei plecări a trenului sparseră liniștea nopții. Nu era nicio mișcare pe peronul monocrom în lumina artificială. Se părea că pasagerii urcaseră în vagoane și totul se redusese la așteptare. Mai erau patru minute până la plecare. Urcară și ei și trântiră ușa în urma lor.

— Are să ne-ajungă ea din urmă mai încolo, șopti Konrad. O să ne vedem cu ea la Paris.

Erau câteva compartimente mai goale în tren, dar Konrad insistase să ocupe ultimele două locuri libere în cel în care se aflau și fusese întâmpinat de căutături crunte și tăcute. Tovarășii de drum erau, se pare, oameni de afaceri care nu prea reușiseră în domeniul lor și călătoreau la clasa a doua fără să-și fi aranjat loc de dormit în tren. Mai era și o femeie singură, o blondă drăguță, trecută de treizeci de ani, își zise Hans, care se strâmba sfidătoare la bărbați, provocându-i să se uite la ea sau să-i vorbească și indicând consecințe dacă o făceau.

Trenul o luă din loc cu o smucitură, pornind încet prin suburbii spre regiunea rurală nedefinită și neagră, pe unde trecu cu vuiet asurzitor în noaptea de iarnă. Se îndreptau spre Anglia, țara aceea îndepărtată, dacă nu din punct de vedere geografic, atunci filosofic. Legănatul, ritmul regulat al locomotivei și uruitul șinelor erau mângâietoare și, după valul de emoție, Hans se simți ostenit și adormi.

Se trezi brusc. Trenul era cufundat în liniște și nemișcat, iar compartimentul, întunecat. Tatăl lui se rezema pe umărul său, cu capul bălăngănindu-i-se. Cu atenție, Hans îl împinse ușor, astfel încât capul i se lăsă pe fereastra dinspre coridor cu o ușoară bufnitură. Konrad nu se trezi. Se auzea sunet de respirație grea în compartiment și se simțea mirosul urât a opt trupuri care emiteau fiecare izurile lui necontrolate, fermentate de parfumul dulce de levănțică al femeii. Nu mai era nimeni treaz, din câte se părea.

Ochii i se obișnuiră treptat cu lumina. Se uită pe fereastră. Vedea felinare, dar niciun semn de gară. Vizavi de tatăl său stătea femeia, înghesuită în locul ei din colț, evitând contactul cu străinul cu mustață subțire de lângă ea. Și ea era adormită, cu gura deschisă și fusta care se trăsese în sus. Hans îi putea vedea clar portjartierul care-i ținea ciorapii diafani ridicați și o îmbucătură de carne tulburătoare de porțelan. Se holbă, după care ceva îl făcu să ridice privirea. Femeia se uită în ochii lui și-i zâmbi malițios. Își desfăcu picioarele și mai mult, iar Hans putu să vadă și mai mult picior alb și luciul deschis al lenjeriei ei intime de mătase moale de culoarea piersicii, în mintea lui, chiar dacă nu putea distinge detaliile. Femeia închise ochii cu un zâmbet și, i se păru lui Hans, se lăsă mai tare pe spate, întorcându-și foarte ușor picioarele spre el. Probabil că-și închipuise el asta, dar vederea pielii ei și a materialului aceluia era suficient de reală.

Încercă să se concentreze la senzația plăcută din vintre. O vreme, excitația îl ținu treaz, dar, în cele din urmă, îl fură somnul încă o dată când trenul își reluă drumul.

Se trezi iar mai încolo. Toată lumea din compartiment se mișca deja, cu hainele în neorânduială, dar pregătindu-se să iasă din tren. Se îndreptară cravate, se pieptănă părul, se îndesară pălării pe cap și degete stoarseră somnul din ochi. Femeia își dădu calmă cu ruj, aruncându-i priviri fugare, lipsite de expresie. Fasciculul unui reflector străpunse întunericul din compartiment.

— Cât e ceasul? întrebă Hans mai tare decât intenționase.

— Trei patruzeci, răspunse tatăl său. Suntem la Aachen. Trebuie să ne dăm jos pentru controlul pașapoartelor.

Conductorul mergea pe coridor, bătând în fereastra fiecărui compartiment pe lângă care trecea.

— Toată lumea afară! striga el. Repede!

Ocupanții compartimentului stăteau stângaci în picioare, cerându-și scuze și luptându-se politicos pentru spațiu. Tatăl lui Hans întinse mâna după valiză.

— Nu-i nevoie s-o luați, zise unul dintre bărbați. E treabă doar de documente. Nu-i interesează marfa de contrabandă. Doar oamenii. O să vă întoarceți suficient de repede.

Konrad încuviință din cap și lăsă valiza pe raft.

Ieșiră în șir din compartiment și din tren, cu blonda în frunte, și se așezară la coada ordonată care șerpuia în sala vămii. La ieșirea din vagon, dădură într-un ger aspru și nu se făcu mult mai cald nici în sala gării. Când traversă peronul, Hans se uită în lungul trenului. I se detașa locomotiva germană, iar la peronul vecin aștepta deja înlocuitoarea ei franceză, pufăind a nerăbdare.

Odată intrați, îi simți parfumul plutind dulce înspre el. Coborî privirea pe spatele ei elegant și îi văzu dungile negre și drepte ale ciorapilor. Se gândi din nou la acel material ușor încrețit și lucios și la ce ascundea el. Femeia fuma o țigară dintr-un portțigaret de fildeș, iar el trase cu nesaț aroma în piept, dorind-o cu totul.

Tatăl lui era agitat, pipându-și buzunarele după acte. Femeia se întoarse și zise:

— E-așa un deranj, nu, să te dai jos din tren și să urci la loc? Au introdus măsurile astea recent.

Cu un zâmbet condescendent fluturându-i pe buze, trase din țigară.

— Da, replică Konrad nervos. Mergeți des la Paris?

— O, da, sunt creatoare de modă. Lucrez cu câteva studiouri. Dumneavoastră?

— Jurnalist. Pregătesc un articol despre Monsieur Cocteau. Prima mea călătorie la Paris după câțiva ani.

— Și acesta e asistentul dumneavoastră personal?

— A, nu! E fiul meu, Hans. M-am gândit c-ar fi vremea să vadă Parisul.

— Înțeleg, zise ea, întorcându-se spre el. Un tânăr de vârsta lui... Sunt atâtea de văzut la Paris!

Hans se uită drept la ea și-i susținu privirea preț de o clipă. Crezu că remarcase pe fața ei un zâmbet conspirativ care i se păru delicios, dar fix în acel moment coada se puse în mișcare.

Hans se uită într-o parte. Femeia îi surâse afectat, aparent fără să râdă de el, ci mai degrabă amuzată de freamătul lui. Tânjea să întindă mâna s-o atingă, să-i simtă carnea de sub fustă sau de pe braț, doar ca să știe că există și că există și el. Coada însă prinse viteză, iar femeia trebui să-și reia locul.

Patru mese așezate pe capre de lemn fuseseră amplasate două câte două de fiecare parte a pasagerilor care avansau prin sala slab luminată. Era ușor să-ți dai seama de procedură. La fiecare masă se aflau doi bărbați în uniforme gri-verzui cu însemne SS la rever. Unul stătea jos și punea întrebări, celălalt stătea în picioare și se uita sceptic la subiect, ca și cum ar fi avut intenția de a-l intimida. În umbrele din lateralul sălii stăteau alți patru bărbați care supravegheau totul.

Fiecare persoană era chemată în față și verificată destul de repede. Din câte se părea, se selectau oameni la întâmplare pentru un interogatoriu mai amănunțit. Chiar și acela însă părea fără metodă. Pentru majoritatea oamenilor, chinul consta doar dintr-o cercetare atentă a actelor lor și niște întrebări superficiale, puse cu lipsă de interes.

Se apropiau. Konrad se uita concentrat la gărzile care-și vedeau de treaba lor, ca și cum ar fi putut ghici un răspuns la problema trecerii în siguranță de următoarele câteva minute. Hans îi șopti să înceteze cu agitația.

Fu chemată femeia din fața lor. Pășind încrezătoare înainte, se întoarse pe jumătate spre Hans și tatăl său și zâmbi iar. Tatăl său, cu mintea în altă parte, n-o văzu.

Hans o urmări cu privirea cum se îndrepta cu pași mari spre masă. Se deplasa cu eleganță, își zise el. Femeia le zâmbi veselă celor doi bărbați și-și puse actele ordonat și tranșant în fața lor. Aceștia îi răspunseră cu zâmbete birocratice. Femeia făcea glume, dar Hans nu putea auzi ce se zicea. Se putea, își spuse el, ca ea să-i alerteze cu privire la agitația tatălui său.

Bărbatul care stătea jos râse și se uită scurt la partenerul său, care luă unul dintre documentele de pe masă, în timp ce celălalt dădea paginile pașaportului. Hans încercă să se prefacă lipsit de interes și relaxat cât se concentra la ceea ce se petrecea.

Hans și tatăl lui erau acum în capul cozii, dar pe moment nu fură chemați în față. Activitatea de la celelalte mese încetase și singura verificată era blonda, care pesemne nu observase liniștea, vorbind animată cu oficialii și zâmbind cu gura până la urechi. Sigur că da. Era o persoană care marca. De aceea vorbise cu ei. Se afla acolo ca să-i depisteze.

Sau, își zise Hans, avea să se întoarcă în scurt timp în tren și să se întrebe ce se alesese de jurnalistul arătos, dar încordat, și de fiul lui cel frumos. Se întrebă ce avea să se întâmple cu bagajul lor, dacă vreun funcționar mărunt avea să fie delegat să meargă în tren să caute gențile trădătorilor și să le ia cu el pentru verificare. Cercetă cu privirea de jur-împrejur, așteptând în orice clipă strânsoarea unei mâini înmănușate pe braț.

Îl văzu pe unul dintre oficiali făcând un semn discret cu mâna, neobservat, se pare, de femeie, și trei dintre bărbații din umbră o porniră spre ei. Gata, s-a terminat! Hans se pregăti sufletește. Numai că nu el fu cel luat de braț. Bărbații se duseră spre colegii lor de la masă. Cu o mișcare bine exersată, o apucară pe femeie de subsuori și o duseră rapid și eficient spre o ușă din fundul sălii. Aceasta nu scoase o vorbă; trebuie să fi fost șocul, își spuse Hans. Agitația, câtă fusese, se termină în câteva secunde. Bărbatul așezat la masă adună actele ei într-un teanc ordonat, se ridică și intră pe aceeași ușă cu colegul lui.

— *Mein Herr! Bitte schön!*[1]

Hans și tatăl său auziră tonul iritat al vocii bărbatului care striga la ei și o porniră spre el pe dată. Erau chemați la una dintre mese. Cercetarea fu scurtă și energică. Trebuia respectat mersul trenurilor. Trebuia recuperată întârzierea. Oficialii se împuținaseră cu un sfert.

În nici două minute se întorceau în tăcere la tren.

---

[1] „Domnule, vă rog!" (în germ. în orig) (n. tr.).

Capitolul cincisprezece

Semnat, pecetluit, livrat

1

ATUNCI, ÎȘI ZICE EL, cât se căznește să-și vâre butonul prin prima gaură a manșetei, și-a dat pentru întâia oară seama de potențialul intrigilor și al intervențiilor pe ascuns. Până în clipa aceea nu înțelesese faptul că aranjamentele secrete convenabile se puteau realiza și între indivizi la fel de bine ca și între niște state ostile. Cu acel mic demers ajunsese să-și înțeleagă puterea și talentul de a imboldi planetele să se așeze într-o constelație care să coincidă cu interesele lui.

Îi fusese relativ ușor să-l joace pe Weber; în ciuda intelectului și a realizărilor sale academice, Wolff nu era decât un neghiob. Fuseseră lecții de învățat, totuși. Se lăsase mult prea mult la mila onestității lui Weber pentru respectarea părții acestuia de înțelegere. Ar fi trebuit să existe piedici și contraponderi ca să se asigure că-și respecta angajamentele. Se deșteptase după aceea.

Și, desigur, mama sa. Mare păcat! Atât de departe de acel moment, sunt singurele cuvinte care par potrivite. Probabil lipsite de emoția pe care ar fi trebuit s-o reverse asupra femeii care-i dăduse viață, totuși sincere. Realmente, el fusese un inconvenient pentru ea, scos afară din pântec cu o ridicare absentă din umeri cât filosofa ea și făcea agitație. Încercase să-l educe în chestiuni politice de la o vârstă fragedă, fără succes însă. Konrad fusese cel mai romantic și mai tradiționalist dintre ei doi. O ținuse pe Renate cea fără tragere de inimă și cu expresie nerăbdătoare pe chip lângă el și se îngrijise de micul Hansi în cea mai mare parte a timpului.

Și-a revenit și se simte relativ bine. Scăpase ca prin urechile acului la spital și se așteptase să fie internat în vreo instituție. Dacă rolurile ar fi fost inversate, i-ar fi făcut vânt lui Betty cât ai zice pește. Nota zece pentru ea, totuși. Chiar și acum, când se recuperează, îi tremură mâinile și tot nu reușește să bage capătul ascuțit al butonului în ochiul care astăzi pare mai mic decât altădată. Începe să se enerveze.

Oftează. Of, ce viață a dus el față de una ca Betty! Tatăl lui aflase ulterior că Renate fusese arestată în ziua următoare celei în care părăsiseră ei Germania. Weber respectase cu strictețe litera acordului lor. Restul fusese previzibil: procesul de fațadă, relatările din *Völkischer Beobachter*[1] și condamnarea. Probabil mai puțin evidentă fusese înăsprirea atitudinilor în Germania în perioada scursă între arestarea și condamnarea ei. În mai 1939, fusese dusă la îndeplinire condamnarea la moarte de către plutonul de execuție de la cazarma Spandau. Ce mai era de zis ori de gândit? Fusese un moment regretabil, dar grăbit de stupiditatea îndărătnică a părinților săi. Acum își amintește foarte vag de mama lui.

Dezamăgit, smulge cămașa de pe el și o trântește pe pat. Cum și-a planificat bine garderoba, mai are o cămașă perfect călcată pe umeraș în dulap, una cu nasturi în loc de nesuferitele astea de manșete duble. Stă pentru o clipă în fața oglinzii cu vesta pe el. O, Doamne! Sfârcurile lăsate. Carnea cenușie de pe bicepși care atârnă ca niște stegulețe. Roșeața feței.

[1] „Observatorul popular" (în germ. în orig.), oficiosul Partidului Național-Socialist german (n .tr.).

Albul-gălbui al irisurilor. Textura de mătase de porumb a părului lui alb. Se întâmplă.

Fuseseră duși în Scoția la o casă de țară, unde, în timp ce tatăl lui era interogat cu privire la experiența prin care trecuse de către Birch, fostul secretar secund al Ambasadei Marii Britanii de la Berlin, pe atunci un funcționar de rang mijlociu în Serviciile de Informații britanice, de el se ocupase o menajeră amabilă. În cele din urmă, Birch se hotărâse ce să facă cu ei, iar el fusese trimis la internat la Herefordshire la începutul semestrului de primăvară. Tatăl lui se dusese la Londra ca să scrie materiale propagandistice la BBC și să înoate în marea de autoexilați germani pe motive politice sau intelectuale, căutând spioni naziști printre ei. În vacanțe, Hans stătea cu tatăl lui în micul lor apartament din Putney.

Arestarea și procesul lui Albert Schröder atrăseseră și ele atenția presei. Se anunțase că fusese găsit vinovat și executat. Prin rețelele de autoexilați umblase vorba că familia lui fusese reținută preventiv, un eufemism bineînțeles. Următoarele evenimente s-ar fi desfășurat cu o inevitabilitate rece. Nimeni nu mai vorbise vreodată de familia Schröder cea favorizată și care avea toate avantajele, dar cumva se pusese rău cu regimul.

Se îndreaptă de spate și-și umflă pieptul. Își leagă cu grijă cravata și-și perie părul. O fi sfârșitul aproape, dar el se ține încă bine, plin de viață și putere. E aproape ora să iasă la rampă.

După izbucnirea războiului, Konrad Taub fusese clasificat drept german de categoria C, care nu reprezenta un risc de securitate, și-și păstrase slujba. În 1940, situația se schimbase dramatic când Germania se apropiase de coastele Angliei și începuse Blitzkriegul. Toți cei de naționalitate germană fuseseră internați în lagăre de prizonieri, iar Taub nu făcuse excepție. Birch reușise să se asigure că Hans avea să rămână la școală și se străduise să învingă birocrația ca să obțină eliberarea lui Konrad. Lucrurile avansaseră prea încet însă, căci, în octombrie 1940, Konrad se sinucisese de disperare și mâhnire, din câte se presupune. Înmormântarea fusese o chestie dificilă, la care participaseră diverși autoexilați și Birch, care se ținuse deoparte, încercând să evite discuțiile cu ceilalți. Diplomatul îi transmisese stânjenit condoleanțe – se părea că fusese mai afectat decât el, care credea că sinuciderea tatălui său era semn de slăbiciune – și continuase să-i plătească școala, apoi îi găsise de lucru ca interpret. Pe urmă, avusese grijă să se distanțeze de burlacul supt și trist cu mustață care-i atârna pe la colțurile gurii.

Ce viață a dus și el, cugetă cât face ultimele pregătiri, stropindu-se cu un pic de colonie pe obraji. E gata, dichisit și prezent, să înfrunte clipa.

2

— HAINELE DE DUMINICĂ, ROY? zice Stephen, cu un zâmbet de știe-tot pe față.

— Ei, hai, Stephen! intervine Betty. Fii cuminte! Noi, ăștia antici și de demult, ne îmbrăcăm mereu frumos atunci când se întâmplă ceva important. Nu vezi că și eu m-am străduit?

Prea îi îngăduie multe băiatului.

— Unii dintre noi avem anumite standarde, zice el caustic.

Observă că Stephen e în obișnuiții lui blugi și tricou, cu părul în neorânduială.

— La cât trebuie să ajungă Vincent? întreabă Betty.

— Nu peste multă vreme, răspunde Stephen.

Cât verifică Betty să fie masa pregătită, cu letiera, zaharnița, ceștile de ceai și cutia de tablă plină cu biscuiți din cei scumpi în folie, el stă fără să se așeze, un pic nesigur pe picioare, și se uită aspru în ochii lui Stephen, făcându-l să-i piară zâmbetul.

Se aude soneria, iar Stephen îl poftește pe Vincent înăuntru.

Iau loc la masă, cei doi investitori de o parte, iar Vincent și Stephen de cealaltă, gata să purceadă la importanta lor afacere.

Vincent scoate o serie de documente. Se pricepe la genul ăsta de teatru. Actele sunt realizate profesionist și au limbajul potrivit. Vincent îi ajută solemn să parcurgă formularele, indicând cu grijă clauze și subclauze care se poate sau nu să fie relevante și explicând limbajul juridic pentru binele lui Betty și, de ochii lumii, și al lui Roy. Dau periodic din cap, deși Roy e sigur că Betty n-a urmărit chestiunile prezentate. Exact situația la care visau Roy și Vincent.

Cu Stephen e un pic mai problematic. O fi el nepriceput, dar Vincent i-a spus că tânărul e dezghețat și cu spirit de observație. A urmărit documentele cu atenție și a verificat instrucțiunile financiare. La un moment dat, Roy și Vincent luaseră în calcul crearea unui cont fals la o bancă inexistentă dintr-un paradis fiscal pentru ca Betty să poată face depuneri printr-un terț, iar Roy să evite deranjul cu banii de miză, o sumă mult mai mică decât i se cerea ei să scoată din buzunar, dar deloc neglijabilă, totuși. Din cauza atenției lui Stephen, socotiseră această opțiune prea riscantă. Vincent considera tradiționala soluție a atotprezentului cec fără acoperire drept neverosimilă în aceste vremuri. Roy nu avea încotro și trebuia să marcheze banul, ceea ce însemna să nu-și asculte instinctul, dar dacă trebuie, trebuie.

— În regulă, atunci, zice Vincent. Sunteți gata să semnați formularele?

Le întinde pixul. Roy îl refuză, căutându-se în buzunarul de la piept după stiloul lui scump.

— Cred că se cere un pic de stil, spune el.

— Da, zice Betty, cu un zâmbet larg pe chip. Trebuie să facem lucrurile în stil mare. Trebuie să ne obișnuim cu asta.

Are fiecare teancul lui de hârtii. Betty așteaptă cât semnează el cu mâna tremurândă și un scris foarte mărunt. Când a terminat, îi întinde stiloul, iar ea iscălește cu scrisul său îngrijit. Vine apoi rândul lui Stephen, în calitate de martor, iar Vincent mai trece încă o dată peste documente ca să verifice să nu fie greșeli.

— Bun, zice el într-un final. Să efectuăm transferurile?

Își scoate laptopul din servietă și-l pornește. Stephen aduce laptopul lui Betty.

— Ați aranjat amândoi transferurile cu băncile voastre? întreabă Vincent.

— Da, răspund amândoi.

— Atunci nu ne mai rămâne de făcut decât să le confirmăm. Se vor realiza instantaneu.

— Eu primul? întreabă Roy, zâmbind.

Știe că dacă pune el banii înaintea ei, gestul va susține veridicitatea tranzacției.

— Știi cum se face, Vincent?

— Desigur. Trebuie să introduceți voi parolele, dar eu o să vă spun pe ce butoane să apăsați.

— Neajutorat mai sunt! remarcă Roy. Calul bătrân nu se mai învață.

Urmărit îndeaproape de Stephen, Vincent navighează pe pagina de start a băncii lui Roy. Duce laptopul de cealaltă parte a mesei. Betty, Stephen și Vincent își feresc ochii când se autentifică Roy și-i permite amicului său să navigheze la pagina pe care o caută. Roy se uită, zâmbind, suficient de tâmp, speră el, când Vincent zice:

— Bun atunci, Roy! Tot ce trebuie să faci e să treci prin meniul ăsta mic.

— Meniu? face el. Ridicol cuvânt!

— În regulă. Acum. „Vreți să efectuați tranzacția?" Dacă da, atunci pune cursorul în căsuța cu „da" și fă clic!

Roy se supune ascultător, mutând cursorul cu mouse-ul extrem de încet și, speră el, cu o evidentă lipsă de experiență.

— Acum. „Doriți să confirmați plata?” Clic pe „da”, iar. Sau, desigur, „nu”, dacă ai vreo întrebare de ultim moment. Acesta este punctul din care nu mai poți da înapoi.

Repede, face clic pe „da”.

— S-a rezolvat! zice Vincent, întorcându-se la locul lui. Acum, Betty, ai vrea să faci și tu la fel? Între timp, eu o să mă autentific pe site-ul Hayes and Paulsen.

— Hayes and Paulsen? întreabă Betty.

— Banca din Insulele Virgine Britanice, explică Stephen pe un ton răbdător.

— Firește. Mă cam lasă memoria.

Îi face semn lui Stephen să vină lângă ea. „Ai grijă”, își zice Roy. „Nu trebuie să te arăți prea interesat. Nicio șansă. Ani de experiență.”

Betty pune cursorul și face clic atentă când intră în contul ei bancar, îndrumată de Stephen, care i se uită peste umăr și, într-un final, termină. Ridică privirea, așteptând.

— Adu-ți aminte să te deconectezi! zice Stephen.

— A, da, face ea cu cea mai uitucă voce a ei. Ce prostuță mai sunt și eu!

— În regulă, atunci, spune Vincent, care se ridică iar în picioare și-și pune laptopul pe masă între Betty și Roy. O să mă autentific pe site-ul Hayes and Paulsen acum.

Se joacă la o tastatură de mărimea unui calculator pe care a scos-o din buzunar. Betty se uită întrebătoare la el, dar Vincent o ignoră.

— Acum o să vedeți soldul curent la Hayes and Paulsen.

Face clic pe alt link.

— Iar aici aveți o listă a transferurilor în cont. Puteți vedea că amândouă transferurile voastre apar aici.

— O, slavă Domnului! zice Betty.

Roy o studiază ironic.

— Vă puteți autentifica amândoi în cont, spune Vincent. Tot ce trebuie să fac eu este să vă arăt pașii pe care trebuie să-i parcurgeți ca să creați datele de autentificare.

Scoate două plicuri din servietă și le întinde fiecăruia câte unul. În ele se află un set de instrucțiuni și o tastatură, care, afirmă el, este esențială pentru procesul de autentificare. Lui Roy i s-a mai arătat de câteva ori deja, dar face suficient de bine pe prostul cât explică Vincent iar și-l pune să se gândească și să țină minte parole când își creează accesul online.

— Nu știu de ce facem asta, Vincent, zice el când termină. Nu-s în stare să folosesc un computer nici să mă tai și n-o să-mi aduc aminte toate astea. Nici măcar n-am calculator.

— E important ca tu și Betty, în calitate de clienți ai mei, să aveți acces la cont douăzeci și patru de ore din douăzeci și patru. Trebuie să vă puteți verifica soldul ori de câte ori doriți. Zi-i formalitate dacă dorești, dar e important.

Și încă cum! El doar se uită pur și simplu la Betty și ridică ușor din umeri.

— Ce ți-am zis eu, Betty? Ți-am zis eu că e formalist. Un adevărat formalist.

I se arată procesul care trebuie parcurs și lui Betty, care, i se pare lui, e un pic încurcată.

— Bun! spune Vincent. Ne-am aranjat. Cu dispozitivele astea micuțe, vă puteți autentifica în cont în orice moment. Aveți acces deplin, dar vă rog să nu faceți nicio retragere înainte să vorbiți cu mine pentru că oricând pot să mut bani de colo până colo ca să fac investiții. Am și eu acces în calitate de broker al vostru. Puteți vedea cât mai rămâne în contul comun și, din când în când, se vor întoarce bani în el. O să vă pun la dispoziție rapoarte de profit și pierdere periodic, ca să știți exact cum stați cu investițiile.

— Profit și pierdere? întreabă Stephen.

— Doar o figură de stil. N-o să fie pierderi, cu condiția ca judecățile mele să fie corecte. V-am explicat însă în amănunt factorii de risc.

Betty oftează.

— Uf, ce mă bucur că s-a terminat! Mi-a dat ceva bătaie de cap. E momentul să sărbătorim, cred.

— O, da! face Roy.

Betty aduce pahare din dulap și șampanie rece din frigider. Îl roagă pe Stephen să desfacă sticla și toarnă în patru pahare.

— Nu zic nu, spune Roy.

— Eu nu, mulțumesc, zice Vincent. Sunt cu mașina.

Toastează și beau fericiți cât pune Vincent formularele semnate în mape de plastic transparent, își vâră laptopul în geantă și pixurile în locurile stabilite în servietă. La final, își ia rămas-bun scurt, dar politicos.

3

AU RĂMAS SINGURI. Stephen a plecat după doar un pahar, lăsându-i pe Roy și pe Betty să golească sticla. Roy a băut majoritatea șampaniei și, pe drept cuvânt, se simte cam amețit. Nu mai rezistă la băutură ca altădată. Era un talent util, dar acum nu mai contează. Nu cu Betty.

— Ei bine, asta e prima zi din restul vieții noastre.

— Da, zice ea. Vincent o să aibă grijă de banii noștri, nu?

— Ca și cum ar fi ai lui. O să ne facă să ne simțim mândri de el.

— Și ne putem aștepta la ceva randament în șase luni?

— Într-adevăr. Hai să rezervăm deja croazierele alea!

Zâmbește, exultând în sinea lui.

— Ce păcat că trebuie să te duci așa de repede la Londra! Ar trebui să petrecem weekendul ăsta împreună. N-ai putea să-l inviți pe Robert să vină el aici?

— Nu, nu prea. Nu stă decât o zi sau două. Se duce la un congres de bucătărie în Belgia. Face escală la Londra doar peste noapte. Unde mai pui că deja e pe drum la ora asta.

— Mi-ar face plăcere să-l cunosc.

— Toate la timpul lor, sunt sigur, zice Roy. S-ar putea chiar să mergem la Sydney să-l vedem, acum că ne-am aranjat cu banii.

— Mi-ar face mare plăcere. Presupun că tu ai văzut mai mult din lumea asta ca mine.

— Am trăit și eu un pic. Am avut parte de aventurile mele. Agitație. Ștrengării și belele. Am avut o viață variată și plină.

Capul i se învârte un pic de la băutură și își dă seama ca prin vis că trebuie să fie prudent.

— Sunt sigură, zice ea. Dar tu ai zis c-ai dus o viață destul de banală.

— A, păi nu-mi prea place să mă laud. Am văzut lucruri pe care nici nu ți le-ai putea închipui.

Zâmbește și-și zice: „Cât e de adevărat! Habar n-are ea!"

— Mă rog, ar fi bine să-mi fac bagajul. Ești sigură că pe Stephen nu-l deranjează să mă ducă mâine la gară?

— Foarte.

Îi surâde și ea.

Lili Schröder

1

CU TOATE CĂ LA VREMEA RESPECTIVĂ NU ÎNȚELESESE, viața lui Lili Schröder se încheiase și o alta, destul de diferită, începuse odată cu atacul din vila din Tiergarten.

La Hans văzuse pentru prima oară ciuda în toată puritatea ei. Înainte de asta, simțise ea un soi de ură în felul în care tineri cu fețe strâmbate și pline de furie strigau pe străzi și înghionteau bătrâni cu barbă speriați. Numai că părinții ei o împingeau în cafenele la modă ori în mașini de lux sau în magazinul universal KaDeWe când își întindea gâtul să vadă mai bine. Până la acel crepuscul de iarnă cu Hans, acestea fuseseră aspecte comportamentale și de caracter de care era numai pe departe conștientă. Știuse că lumea avea și partea ei dezagreabilă și că era izolată de ea, dar atâta tot. Nu-și închipuise că privilegiile și protecția ei ar putea să-i fie retrase.

Zăcea cuprinsă de dureri, care o săgetau neregulat prin tot corpul, pe fondul unei dureri surde care o învăluia. Nu știa dacă durerea era atât de puternică pe cât și-o închipuia ea, dacă nu cumva o agravau rușinea și groaza. Se întrebă dacă avea să treacă, pricepând însă faptul că era cel puțin posibil să moară în următoarele câteva ore sau zile. Sigur că nu avea să-i spună mamei ei, nu pentru că așa îi zisese Hans, ci pentru că se simţea atât de vinovată. Adusese murdăria şi ocara asupra ei, iar acestea aveau să fie molipsitoare dacă le povestea şi altora ce i se întâmplase.

În cele din urmă, o mai lăsă un pic durerea. Sentimentul de murdărie nu, totuşi. Dădu fuga la baie ca să fie gata la vreme pentru masa simplă de dinainte de petrecerea din seara aceea. Se spălă cât de bine putu la chiuvetă, stropind neglijentă cu apă pe covorul galben şi gros şi pe rochia ei albă, după care se spălă iar şi iar. Frecă chiloţii cu săpun, încercând să îndepărteze petele de sânge de pe ei şi, în cele din urmă, îi aruncă în coşul de rufe. În dormitor, verifică să nu sângereze iar înainte să-şi schimbe lenjeria intimă, punând cu băgare de seamă o batistă înăuntru în caz că se întâmpla iar. Nimic din toate astea n-o făcu să se simtă mai curată sau mai în siguranţă.

Masa fu potolită, nu cum ar fi trebuit să fie înainte de o asemenea seară scânteietoare şi nu cum era de obicei. Numai mama ei păru la fel de veselă ca întotdeauna. Surorile ei mai mari părură cu mintea în altă parte şi-şi şoptiră una alteia într-un fel care sugera îngrijorare. Ştia că tati nu se dădea în vânt după balurile astea măreţe, dar le accepta de dragul „fetelor", cum le spunea el tuturor, dar şi de dragul convenţiilor sociale. Din locul ei în capul scărilor, de unde se uita de obicei, el se descurca bine în rolul de gazdă, în ciuda sfielii şi a seriozităţii sale. În acea seară însă, privea absent la zăpada care cădea afară.

— Îţi faci griji, dragul meu, că n-are să vină lumea pe vremea asta? întrebă Magda.

Fetelor le plăcea la nebunie să-şi audă mama spunându-i „dragul meu" tatălui lor.

— Scuze? făcu el. Ce-ai zis? Îmi pare rău! Da. Mă întreb câţi o să dea îndărăt.

— Mă îndoiesc c-o s-o facă vreunul. Nu mulți berlinezi se împiedică de zăpadă.

— Bănuiesc că ai dreptate.

Se îmbărbătă și zâmbi.

— Și totuși, ce-i rău să speri?

— Albert, îți plac evenimentele astea fastuoase la fel de mult ca și mie. Știi asta.

— Tare mă îndoiesc, draga mea.

— Îți intri tu în ritm când o să vină lumea.

— Sunt sigur că ai dreptate, zise el cu un aer de îndoială și se întoarse iar spre fereastră.

— Lili, poți să te uiți la fete cum se îmbracă, după care trebuie să te duci la tine în cameră. Poți să citești până la ora opt și apoi stingi lumina.

— Da, mamă, spuse Lili.

— Foarte ciudată atmosfera în seara asta! remarcă Magda, cu o veselie care părea forțată. În mod normal voi trei ați sporovăi, iar eu v-aș întrerupe să vă aduc aminte de îndatoririle voastre. Iar tu, Lili, ai pune întrebare după întrebare. Nimeni nu pare încântat.

— A, ba suntem, mamă, zise Hannelore cu fals entuziasm. Sigur că suntem. O să fie minunat. De-abia aștept!

Lili le urmă pe surorile ei în dormitorul lui Charlotte, desemnat drept cabina pentru îmbrăcat și machiat pentru petrecere. Fiecare dintre ele se spălă în cada din baia de lângă cameră înainte să se întoarcă la îmbrăcat. Mai întâi trebuia pus un strat de lenjerie intimă, apoi coafat părul și dat cu lac. Rochiile erau ridicate și coborâte cu exagerat de mare băgare de seamă ca să nu deranjeze coafurile complicate. Se prindeau brățări, coliere și cercei și se analizau în oglindă. În cele din urmă, în fața măsuței de toaletă, fiecare făcea tot felul de încercări cu machiajul din vasta colecție a lui Hannelore. Se chicoti mai puțin și cu mai puțină încântare ca de obicei. La un moment dat, Lili o auzi pe Anneliese spunând cu oarecare gravitate: „Hansi..." și oprindu-se după o privire înspre ea. Atunci veni mama lor să le zorească și plecară. Lili rămase pe pat, înconjurată de învălmășeala caldă încă și în neorânduială de haine, singură și tulburată din cauza faptului că nu le putea încredința surorilor ei secretul a ceea ce pățise.

Jos începu să cânte muzica, iar oaspeții să sosească. Lili așteptă câteva minute până să se așeze la locul ei obișnuit de pe podest, cu vedere la holul de intrare. O adiere rece urca pe scări de fiecare dată când un membru al personalului lor deschidea ușa cea mare. Tineri eleganți în uniforme militare, prietenii părinților ei, prietenele care chicoteau ale surorilor ei și oamenii invitați obligatoriu fură anunțați de Bauer, cu îngâmfare și cât de tare putu, iar aceștia dădură mâna cu părinții și surorile ei.

Lili descoperi că n-o mai interesa spectacolul și se duse pe tăcute spre camera ei. Când se dezbrăcă, găsi medalionul cu șuvița lui Hans. Îl smulse de la gât, se duse la pat și-l aruncă în gaura dintre podeaua de lemn și plintă, unde-și ținea bilețelele secrete și mai ales scrisorile ei copilărești de dragoste către el, pe care nu le trimisese niciodată. Nu mai voia să vadă niciodată medalionul.

2

TRECU SEARA, așa cum trece umbra unui nor. Se poate ca oaspeții să fi comentat a doua zi că familia Schröder păruse mai puțin încântătoare decât în alți ani, că Albert se poate să fi părut preocupat și arțăgos, iar fetele, un pic cam distante. Ulterior, avea să se găsească și motivul.

Familia se trezi în dimineața următoare simțind c-ar fi trebuit să se străduiască mai tare la petrecerea din seara precedentă. Magda băuse cam multă șampanie din cauza agitației și a unui sentiment nedeslușit de neliniște cauzat de faptul că soțului și fetelor ei numai la petrecere nu le stătea mintea, iar acum era chinuită de o durere sâcâitoare de cap. Albert se duse devreme la birou și-și făcu griji din pricina socotelilor, cât se gândea când ar fi trebuit să se mai vadă cu Taub. Hannelore se așeză la biroul ei din aceeași clădire o oră sau cam așa ceva mai încolo când se lumină mai tare, ceea ce o ajută să se înveselească. Charlotte și Anneliese luară un mic dejun târziu și plecară la cumpărături pentru cadouri de Crăciun. Durerea din trupul lui Lili trecuse și nu-i prea venea să creadă că lucrurile se întâmplaseră așa cum și le amintea ea. Stătu la locul ei de la fereastră și citi, distrasă și nefericită.

ABIA TREI DIMINEȚI MAI TÂRZIU veni SS-ul, la ora cinci. Lili nu auzi agitația de la început, dar ieși pe podest la timp să-și vadă tatăl cu capul plecat, condus pe scara mare cu cătușe la mâini de doi ofițeri în uniforme elegante. Nu se întoarse să se uite la ea sau la cele trei surori ale ei, care stăteau și ele în fața camerelor lor în cămășile de noapte. Magda urmărea de lângă ușă mica procesiune ieșind în peisajul alb. Nu i se permise să-și ia rămas-bun de la soțul său.

Din fericire pentru ei, erau o familie suficient de importantă cât să atragă atenția SS-ului mai degrabă decât a unui grup de Cămăși brune murdare de la SA. Se bucurară așadar nu de serviciile unor golani oarecare, ci de cele ale unor golani rafinați. Ofițerii înțeleseseră că familia Schröder avea suficiente relații, așa că respectară procedura cu o politețe mieroasă.

Fetelor li se permise să se îmbrace în intimitate și să ia un mic dejun pe fugă alături de mama lor.

— Autoritățile o să-și dea seama că e o greșeală, zise ea.

Lili nu știu sigur dacă le vorbea tuturor celor patru fiice, oamenilor de la SS ori servitorilor, care stăteau și se uitau, nepermițându-li-se să pregătească masa. Sau, tot ce-i posibil, ei însăși.

Oricum, avea disperare în glas.

— E un caz de eroare asupra persoanei.

Căpitanul SS care conducea operațiunea zise cu curtoazie:

— Să sperăm că așa stau lucrurile. Între timp, este de datoria mea să vă rețin preventiv. Pentru siguranța dumneavoastră. Nu putem prevedea ce ar putea să facă oamenii când o să audă de arestarea soțului dumneavoastră. Din nefericire, mult prea mulți oameni iau legea în propriile mâini. Veți fi duse la un centru de detenție. Mi se spune că e suficient de confortabil. Nu la fel de luxos ca frumoasa dumneavoastră casă, desigur.

Își îngădui un zâmbet.

— Acela din biroului soțului dumneavoastră să fie oare un Dürer? Magnific! Am studiat cândva istoria artei. Sunteți gata? Câte o geantă mică de fiecare, vă rog. Nu aveți de ce să vă temeți. Dacă e adevărat ceea ce spuneți, atunci vă veți întoarce cât ai clipi în această casă. Trebuie să avem încredere în sistemul judiciar al Reich-ului.

O dubă le duse la o clădire de la periferia orașului. Pe drumul într-acolo rămaseră tăcute, neîndrăznind să-și facă vreo confidență, incapabile să-și dea una alteia false asigurări că avea să fie bine. Duba trecu prin două rânduri de porți. Primirea fu energică, dar politicoasă. Lucrurile lor fură notate individual într-un registru voluminos, cu cotor tare, înainte să fie duse la magazie. Într-o încăpere mică li se dădu fiecăreia o uniformă de serj gri, aspru, și li spuse să se schimbe. Era chiar și una de copil pentru Lili. O gardiană le urmări și le puse hainele într-o pungă de hârtie maro. Întoarse la recepție, Magdei i se ceru să semneze în registrul în care erau trecute lucrurile lor. Fură conduse într-o încăpere rece cu pereți albi, suficient de mare cât să încapă în ea cinci paturi înguste. Nu aveau așternuturi, doar o câte o pătură murdară împăturită la capătul fiecărui pat.

Mama lor murmura repetat:

— E o greșeală. O să ne întoarcem în curând acasă.

În cele din urmă, Charlotte o întrerupse:

— Nu spune asta, mamă! Știm cu toatele că așa ceva n-o să se întâmple.

Mama ei o fixă cu privirea.

— Nu, Charlotte, zise Hannelore cu blândețe. Nu știm. Se poate că mama să aibă dreptate. Iar Lili...

Hannelore se uită la ea și zâmbi, mângâind-o din priviri. Charlotte însă nu punea preț pe așa ceva.

— Am văzut la alte familii. Nu s-a întors nimeni niciodată. Ar fi nevoie de o minune.

— Atunci hai să credem în minunea aia! zise Anneliese.

Tăcură iar.

3

APĂRĂTORUL DIN OFICIU SE ÎNTÂLNI CU MAGDA și cu fetele într-un birou mic și sărăcăcios de la centrul de detenție. Lili nu-și amintea să-i fi auzit numele. Deși arăta a om amabil cu gulerul lui demodat cu colțurile întoarse în jos, se așeză pe singurul scaun disponibil și-și răsfiră hârtiile pe masa șubredă, lăsând-o pe Magda să stea în picioare dinaintea lui ca o solicitantă. Lili încercă să fie atentă, dar nu reuși să se abțină să nu se uite la copacii care se legănau în vânt afară.

Bărbatul îi spuse Magdei că, din nefericire, avocatul familiei nu le putea reprezenta. Oricum, se îndoia că mai erau suficiente fonduri ca să-l plătească. Le fuseseră confiscate bunurile în așteptarea judecății. El fusese desemnat de instanță să le reprezinte interesele și avea să facă tot ce-i stătea în putință pentru ele. Zâmbi liniștitor înainte să continue:

— Cazul soțului dumneavoastră va fi audiat peste două săptămâni, zise el, iar atunci poziția dumneavoastră va deveni mai clară. Mai sunt însă niște elemente de luat în calcul, printre care moștenirea evreiască a domnului.

— Dar soțul meu nu este evreu.

— Sigur că da. Tot ce se poate. Numai că se pare că e posibil ca statul să conteste această afirmație. Există o acuzație încă nedovedită că unul sau mai mulți dintre bunicii lui se poate să fi fost evrei. Se fac cercetări în acest moment. Dat fiind că bunicii materni ai soțului dumneavoastră au crescut în Pomerania, totuși, se poate dovedi problematic. Ne bazăm pe autoritățile din Polonia.

O privi cu un zâmbet ușor neajutorat.

— Este esențial să se stabilească dacă sau nu unul sau amândoi bunicii din partea mamei au fost evrei pentru a judeca dacă soțul dumneavoastră este nearian de gradul întâi sau al doilea.

Lui Lili îi era greu să urmărească logica.

— Dar niciunul dintre părinții mamei lui nu a fost evreu, zise Magda. Au fost germani, din Danzig, cu pașapoarte germane. Ar trebui să fie suficient de ușor de verificat.

— Știți dumneavoastră sigur?

— Ei bine, nu. N-a părut niciodată important.

— Într-adevăr, zise avocatul voios. De verificat, o să verifice. Cu sârguință. Normal că nu pot accepta doar cuvântul unui cetățean. Și date fiind întrebările cu privire la integritatea soțului dumneavoastră și, prin urmare, a familiei, vă vor verifica și dumneavoastră atent strămoșii.

— Desigur, zise Magda. Înțeleg.

— În eventualitatea în care s-ar descoperi că dumneavoastră sau soțul dumneavoastră ați ascuns de autorități fapte relevante, vor exista consecințe. Cele mai importante însă vor decurge din procesul domnului.

— Sunt sigură că Albert n-ar fi niciodată neloial Germaniei. Nu-l interesează politica.

— E normal din partea dumneavoastră să afirmați asta, dar nu vă puteți aștepta ca statul să vă creadă pe cuvânt. Mai ales în împrejurările date.

Magda îl privi fix pe avocat. Lui Lili îi fugi atenția. Nu-și dorea decât să se întoarcă acasă și să se întindă în patul ei moale. Începuse să ningă iar și se uita la fulgii duși de vânt. Era frig, mereu frig, în locul acela, iar plictiseala, mizeria și disperarea sporeau parcă de la o clipă la alta în cămăruța lor sordidă.

Într-un final, omulețul cu guler cu colțurile întoarse în jos își luă rămas-bun.

— Sunt sigur că se va rezolva cum e mai bine, zise el, în timp ce Anneliese plângea. Ne vom revedea peste puțină vreme să discutăm ce să facem în continuare.

Mama ei încă nu plânsese; nici măcar în toiul nopții, când nu putea dormi, nu văzuse Lili lacrimi pe chipul său. Hannelore o strânse în brațe pe Anneliese, care tremura. Charlotte privea în gol. Lili se simți tristă, fără să știe sigur de ce. Posibil din cauza suferinței surorilor ei și a feței înnegurate a mamei sale.

4

NU-L MAI VĂZU pe avocatul cu guler cu colțurile îndoite în jos.

De-ar fi știut ele că zilele acelea aveau să fie atât de prețioase! Cu siguranță nu păruseră astfel la momentul respectiv. Erau închise în camera lor, cu excepția unor scurte ieșiri în frigul iernii ca să se plimbe prin curtea mohorâtă. Nu știa dacă erau ținute în acel loc ori aleseseră ele să rămână. Din când în când, o femeie cu o figură lipsită de zâmbet le aducea o masă sărăcăcioasă, de regulă rece. De fiecare dată când Lili voia să meargă la toaleta urât mirositoare de pe coridor, mergea și mama ei cu ea. Coridoarele erau părăsite, deși Lili putea auzi glasuri îndepărtate de copii care sporovăiau altundeva în clădire. Nu păreau fericite, dar era posibil să fi fost din cauza că-și proiecta ea propriile sentimente asupra lor. Știa că se întâmplase ceva grav, dar nu-i venea să creadă că tatăl ei făcuse ceva atât de rău, încât să se abată așa ceva asupra lor.

Nu se putea să fi trecut mai mult de câteva săptămâni monotone, dar amintirea lor avea să rămână mai vie în sufletul lui Lili decât cei câțiva ani de după aceea.

Mai întâi se trezea și încerca să se mai încălzească un pic, răsucind pătura aspră mai strâns în jurul ei. Stătea întinsă pe tăcute și se uita la mama ei cum dormea vizavi. Paturile erau suficient de apropiate cât s-o atingă, dar nu îndrăznea, de teamă să n-o trezească. Magda era, oricum, aproape epuizată. Uneori însă, Lili întindea gâtul, cu fața spre mama ei, astfel încât să-i simtă răsuflarea pe obraji și viața din ea. Când era frig aspru, Magda o invita pe Lili în patul ei îngust, puneau păturile una peste alta, iar Magda o cuprindea cu brațele și o strângea, și-și îngropa fața în părul ei murdar, iar Lili se cuibărea și ea, astfel încât să atingă cu spatele fiecare părticică din trupul mamei. Patul era însă prea mic, iar Lili prea agitată noaptea. Insistă că, dacă nu cumva frigul era de nesuportat, îi era suficient de cald la ea în pat, pentru că știa că mama avea nevoie de somn.

Se sculau toate deodată și le urmărea pe mama și pe surorile ei cum își luau expresii care să le spună una alteia: „e în regulă", „ar putea să fie mai rău", „are să se termine în curând". Niciuna nu credea, dar era o modalitate de a trece ziua. Una dintre surori mai reușea să găsească un colț de pâine și niște apă pentru micul dejun, după care stăteau de vorbă, evitând povești despre viața pe care o duseseră cândva și, în schimb, arătându-se nerăbdătoare în privința vieților de care aveau să se bucure mai încolo. Lili se hotărâse că avea să devină profesoară, că n-avea să se mărite niciodată și că avea să se mute într-un sătuc din Bavaria, unde să trăiască într-o căsuță.

— O căsuță de turtă dulce? întrebase Charlotte, râzând.

— Da, răspunsese Lili. De unde-ai știut?

Uneori, se opreau din vorbit dintr-un motiv pe care Lili nu-l putea ghici. Anneliese se întorcea cu spatele la surorile ei și scâncea. Hannelore o alina. Charlotte se uita în gol undeva, nici aproape, nici în depărtare, iar Magda, cu riduri cenușii încadrându-i ochii, ofta.

După-amiaza, probabil după un castronel de supă rară, li se permitea să iasă la plimbare în jurul clădirii. Se plimbau într-o curte mărginită pe o latură de un zid monoton, fără ferestre, și pe celelalte trei, de un teren necultivat cu tufăriș pe el. Se aflau undeva în afara orașului. Totuși, lui Lili nu i se părea că se aflau la țară. Garduri înalte cu trei role de sârmă ghimpată marcau granița.

Seara vorbeau iar, mereu cu glas scăzut, ca și cum ar fi putut deranja pe cineva, sau își pierdeau timpul în liniște cu jocuri copilărești pe care le inventaseră. Nu vorbeau niciodată despre Albert Schröder și ceva înlăuntrul ei îi spunea lui Lili să nici n-o întrebe pe Magda. La un moment dat, niciodată previzibil, lumina se oprea dintr-odată. Atunci era momentul să încerce să doarmă.

5

NU AUZIRĂ NIMIC despre acţiunea în justiţie împotriva tatălui lor. Viaţa le era formată din aşteptare: aşteptau ca procese invizibile să se finalizeze şi să se ia decizii. Aceasta părea să fie înţelegerea tacită dintre mama ei şi cei care le supravegheau detenţia, oameni obişnuiţi în mare parte, cu expresii chinuite pe chip. Ori poate asta era înfăţişarea pe care avea să le-o atribuie Lili mai târziu.

Faza următoare fu gestionată de autorităţi cu o precizie caracteristică şi un pic de tact. Magda fu chemată în biroul directorului centrului, undeva la etajul de sub cel pe care se aflau ele, ca să discute anumite chestiuni legale. O urmă supusă pe supraveghetoarea solidă, cu capul plecat, căci fusese deja lămurită în privinţa mersului lucrurilor.

— O să exersăm un pic de franceză când mă întorc, le zise.

Se apucaseră de făcut lecţii împreună, fără cărţi şi bazându-se pe cunoştinţele Magdei şi ale celorlalte fete. Era un mod de a-şi petrece timpul.

După câteva minute, supraveghetoarea reveni şi zise voioasă:

— Duşuri! Au reparat în cele din urmă boilerul. Voi, fetelor, o să fiţi primele care să le folosească. Mama voastră o să aibă şi ea posibilitatea când o să se întoarcă.

Le întinse prosoape subţiri şi ţepene, decolorate şi cu aţe spânzurând din ele, dar măcar spălate, lăsând unul pe pat pentru Magda. Fetele se îndreptară în şir indian pe coridorul lung, cu linoleum pe jos, şi intrară într-o anfiladă de camere pe care nu le mai văzuseră, mai bine întreţinute decât restul spaţiului care le găzduia.

— Aveţi şi haine noi, zise supraveghetoarea. Şi un consult medical. Vă las să vă pregătiţi pentru duşuri. Sunt prin preajmă. Lăsaţi hainele murdare într-o grămadă în colţ!

Se dezbrăcară și se uitară la lenjeria intimă nouă, la pantalonii și tunicile întinse pe banchete. Hannelore împături și făcu teanc hainele de care se dezbrăcaseră, apoi, luându-și prosoapele, se duseră la spălat.

Dușurile erau la comun, cu spațiu mai mult decât suficient să stea toate împreună. Charlotte găsi robinetul și se uitară la șuvoiul puternic de apă care se încălzea. În cele din urmă, ajunse să scoată aburi de fierbinte ce era, iar ele se strecurară sub apa vindecătoare. Lili își dădu seama că nimeni nu mai vorbise de când părăsise mama lor încăperea, dar acum chicoteau și șușoteau.

Simțiră momentul ca pe o adevărată renaștere, cu apa caldă care curgea cascadă pe ele. Aveau până și săpun. Pârâiașe cenușii de jeg se prelinseră prin scurgerile de sub picioarele lor. În cele din urmă, supraveghetoarea strigă din încăperea alăturată: „A expirat timpul!".

Remontate, se uscară lângă banchete și-și traseră pe ele hainele cele noi. Charlotte așeză ordonat prosoapele cu care se șterseseră unele peste altele.

Supraveghetoarea ducea cu ea un soi de mapă.

— Consultul medical acum, zise ea, după care vă duceți direct la voi în cameră.

Deschise ușa care dădea într-o altă încăpere, în care Lili putu vedea o femeie cu ochelari, îmbrăcată în halat alb, care aștepta în picioare.

— Schröder, Hannelore! anunță supraveghetoarea, iar Hannelore intră cu ea în încăpere.

— Pe mai încolo! zise ea zâmbind.

Supraveghetoarea închise ferm ușa în urma lor. Cele trei fete rămase erau încântate.

— Probabil că s-au lămurit lucrurile. Despre asta discută mama cu directorul, zise Anneliese.

— O să ne întoarcem în curând acasă, zise Lili.

— O să mă îmbrac cu cele mai frumoase haine și-o să dansez în sala de bal, spuse Charlotte, de una singură.

Abia dacă trecuseră câteva minute când ușa se deschise iar. Hannelore nu se întorsese.

— E la voi în cameră, zise supraveghetoarea, zâmbind liniștitor. Acum Schröder, Charlotte.

Fata intră în cameră, făcându-le ușor cu mâna. O undă slabă de tristețe o străbătu pe Lili, dar dispăru repede când Anneliese se apucă să comenteze despre ce plănuia ea să facă atunci când ajungeau acasă. Nu după multă vreme, dispăru și ea.

Rămasă singură, Lili începu să se gândească. Mama lor le spusese celorlalte fete că, dacă erau despărțite, una dintre ele ar trebui să stea mereu cu ea. Numai că nu era nevoie să-și facă griji. Erau pe drumul spre casă. Ori, în cel mai rău caz, făcuseră duș și aveau să se reunească în camera lor peste câteva minute.

Păru să fi trecut doar câteva clipe până se deschise iar ușa.

— Schröder, Elisabeth! zise supraveghetoarea.

— Dar n-a trecut suficient timp, spuse Lili.

— Ba da, firește. Trebuie c-ai visat cu ochii deschiși, fetița mea. Acum, haide!

Lili se ridică în picioare.

6

CHIAR DE CÂND INTRĂ PE UȘĂ, simți ce se petrecea. Nu se mai recurgea la niciun pretext anume. Habar n-avea ce subterfugiu le luase pe Hannelore, Charlotte și Anneliese de acolo. La momentul la care fu chemată Lili, nu mai era nevoie. Cum era copil, era ușor de gestionat.

O urmă supusă pe supraveghetoare pe coridor, în jos pe scări și pe ușa de metal din spatele clădirii până la o mașină care aştepta. Deşi avea doar zece ani, începuse deja să cunoască bine compromisurile şi parametrii noii ei existenţe. Împreună cu inteligenţa şi agerimea de care dădea dovadă, această cunoaştere avea să se dovedească esenţială pentru supravieţuirea sa. Nu se zbătu şi nici nu se împotrivi.

Ani după aceea, petrecu un semestru în calitate de profesor invitat la una dintre universităţile din Ivy League[1] şi făcu greşeala de a accepta să înlocuiască un coleg absent şi să ţină una dintre prelegerile despre Holocaust în faţa studenţilor din ciclul de licenţă. Clar cei din conducere nu ştiuseră despre viaţa ei, ci doar că, pur şi simplu, era expertă în istoria şi politica Europei din secolul al XX-lea. Experienţele ei nu se numărau printre puţinele detalii pe care alesese să le împărtăşească, aşa că personalul universităţii nu putea fi învinuit de nimic.

La partea de întrebări, o studentă tânără şi drăguţă din rândul al treilea, care fusese mulţumitor de atentă în timpul prelegerii, zise:

— Măi, ce curajoşi! Durerea aia, suferinţa aia!

Remarca fu primită cu murmure aprobatoare, dar un tânăr care-şi petrecuse toată ora foindu-se şi mâzgălind pe bloc-notesul lui, ridică creionul.

— Ştiu şi eu, zise el cu un glas tărăgănat şi plângăcios pe care ea îl găsi iritant, oamenii ăia nu erau curajoşi. Nu aveau de ales. Se aflau în situaţia aia. Şi, continuă el, agitând mai tare creionul, nu s-au împotrivit. De ce?

Nu-şi putea aminti răspunsul ei, ci vag doar gălăgia din sală. Destul de ciudat, totuşi, îi dădea dreptate într-un fel.

---

[1] Grup de opt universităţi particulare americane din nord-estul SUA, considerate cele mai prestigioase ale ţării. Cele opt sunt: Princeton, Harvard, Columbia, Yale, University of Pennsylvania, Dartmouth College, Brown şi Cornell (n. tr.).

Nu era eroină. Fusese, pur și simplu, o chestiune de supraviețuire și i-ar fi trădat pe oricare dintre tovarășii ei de captivitate pentru o coajă de pâine în plus pe săptămână. I-ar fi primit pe oricare dintre gardieni între picioarele ei dacă asta i-ar fi amânat moartea. Nu era nimic nobil la viața din lagăre.

După război, aflată în sfârșit în siguranță, încercă periodic să-și amintească acei ani. Numai că, mai ales în confortul fermei lor din Scottish Borders[1], memoria n-o ajuta. Era imposibil să le aducă laolaltă pe Lili care trecuse prin toate acele lucruri și Elisabeth cea din prezent. Șnurul dintre ele se rupsese. Fusese altcineva, într-o altă lume. Petrecerile de la vila din Tiergarten și toate acele ore monotone de așteptare la centrul de detenție alături de surorile și mama ei îi erau mult mai vii în amintire. La fel și imaginea lui Hans Taub când își înfipsese degetele în ea, îndrăzneț, blond și cu ochi albaștri; rău și demonic.

Murdăria, durerea, frica și disperarea din lagăre îi fură de neînchipuit după aceea. Nu numai că nu-și putea aminti întâmplările, dar nici nu putea evoca în sinea ei mirosul emoțiilor avute. Când căuta o descriere potrivită, cuvintele însele aduceau distanță și un efect antiseptic și anesteziant. Ignorând dovezile, inclusiv numărul tatuat pe antebraț, îi era imposibil să creadă că acel trup, acele mâini și acea minte săpaseră prin toate astea și ieșiseră la lumină. Nu suferea de coșmaruri și dedusese că era din cauză că nu putea pune semnul egal între ce se petrecuse și cea care era în prezent. Fără îndoială, un psiholog profesionist ar fi contrazis-o. Probabil că nega cele întâmplate, avea amintiri reprimate care, la un moment dat, urmau să se întoarcă să-i facă rău. Ea însă nu avea niciun chef să revină asupra trecutului. Supraviețuise, iar asta era suficient.

[1] Una dintre cele 32 de subdiviziuni ale Scoției (n. tr.).

O făcuse, devenind cât de neînsemnată putuse. Ulterior descoperi că, dintr-o greșeală de transcriere, fusese trimisă în lagărul de concentrare când ar fi trebuit să fie dată în plasament temporar. Cel puțin așa ziceau actele, căci se putea la fel de bine ca greșeala să fi fost rezultatul animozității personale nedefinite din partea unui oficial anonim față de familia unui trădător.

La început, după ce coborâse din camionul de vite în uniforma ei aspră și strecurându-se cu stinghereală spre lumina zilei, fusese adoptată de un cuplu de evrei bătrâni de treabă. Ajunsese repede să fie privită ca nepoata lor și inclusă în comunitatea din lagăr. Ulterior, nu-și mai putu aminti cum arătau și nici cum îi chema. Își amintea vag îmbrățișarea caldă a femeii și zâmbetul bărbatului, nelegate însă de nicio o trăsătură a feței. La un moment dat, se despărțiseră. Nu știa și nici nu știuse vreodată dacă fuseseră îndepărtați ori muriseră la lucru. Ca mulți alții, încetaseră să existe, iar ea fusese purtată, pur și simplu, pe marea de mizerie, aruncată de colo, colo de valuri, încercând să fie o pată în centrul tuturor lucrurilor.

Și ea fu mutată, deși nu pentru că ar fi fost aleasă individual, ci ca parte a unei tranșe de vite mânate într-un tren și transportate altundeva. Nu știa de unde venea ori care-i era destinația. Se întâmplă de trei ori. Fiecare lagăr avea propriile proprietăți și topografie, cu care fu nevoită să se obișnuiască. Fiecare fu însă la fel în distrugerea sufletului. Departe de privirea insensibilă a gardienilor, personalitatea încă mai exista, dar era sistematic zdrobită. Existența ei deveni un șir neîntrerupt de muncă, foame și efort disperat de a evita stările de rău și boala.

Ținea bine minte însă zilele de dinaintea eliberării lor. Brusc – așa i se păruse ei – se făcu rumoare în lagăr. Gardienii îi munciseră și mai abitir în ultimele luni, iar hrana se împuținase. Numărul de oameni scoși de la sarcinile de muncă și trimiși în clădirea cenușie și amenințătoare cu patru coșuri crescuse. După care ritmul general încetini, iar gardienii părură să adopte un soi de moleșeală schimonosită.

Numărul lor scăzu până când, într-un miez de noapte, lagărul se trezi de zgomotul motoarelor care porneau și de strigătele oamenilor puși pe treabă. Deținuții îi urmăriră cu privirea pe comandant și pe ultimii gardieni demarând spre pădurea întunecată care înconjura sârma ghimpată.

Totuși, nu făcură nimic altceva decât să aștepte. Nu era de mâncare, dar nimeni nu dădu buzna în zona de bucătărie sau în cazarma în care locuiseră gardienii. Erau obișnuiți cu zile fără hrană.

Abia trei zile mai târziu trecu pe la ei primul jeep britanic, ai cărui ocupanți erau atât de uluiți, că se ridicaseră pe locurile lor, după care se îndepărtaseră în viteză. Mai încolo în acea zi, veni la ei salvarea sau ceva cât de apropiat se poate pe această lume. Elisabeth avea să-și amintească ulterior așteptarea mai degrabă decât zilele de după ce deschiseseră britanicii porțile.

Spre norocul ei, se îmbolnăvise de tifos. Când cei din lagăr fură eliberați, britanicii aduseră pâine, brânză și carne, luate cu forța din cel mai apropiat oraș. Nu știau nici ei, nici prizonierii care se îndopară cu mâncarea sățioasă că nu era indicat așa ceva. Câțiva muriră din cauză că sistemele lor digestive nu puteau mistui abundența de proteine și grăsimi care le umplea acum burțile. Elisabeth, pe de altă parte, n-avea poftă de mâncare.

Pentru ea cel puțin, acel moment nu fu unul de bucurie. Își amintea o depresie adâncă abătându-se asupra ei în timpul petrecut la spitalul militar. Era o eliberare, desigur, dar ea era atât de amorțită, că nu se putea bucura. Nici întrista. Greutatea evenimentelor și a cruzimii la care fusese martoră o strivea.

Trecură câteva luni până să descopere, mai întâi timid, apoi cu o mai mare siguranță, soarta părinților și a surorilor ei. Albert Schröder fusese găsit vinovat de trădare. Magda fusese condamnată în calitate de complice a lui. Amândoi fuseseră executați. Atâta apărea în acte. Cu surorile ei nu avea să se determine niciodată limpede ce se petrecuse. Informațiile nu erau clare în privința evenimentelor petrecute imediat după episodul din centrul de detenție, iar urmele descoperite ulterior erau fragmentare. Știu, fără putință de tăgadă, că, la un moment dat, pieriseră în lagăre, fapt dedus pe baza omisiunii, căci ele nu se aflau printre supraviețuitorii a căror identitate fusese consemnată atent de Aliați.

Elisabeth nutrise o palidă speranță că s-ar putea să mai fie în viață. Când descoperi că probabilitatea era neglijabilă, constată că nu putea suferi după ele. Din toate punctele de vedere, ele muriseră în clipa în care fuseseră despărțite, iar cadavrele lor, adăugate la grămada semeață pe care o văzuse. Nu se simți rușinată de răceala ei. Simți răceala.

În 1946, plecă din tabăra persoanelor strămutate din apropiere de Hanovra, urcă într-un tren care o duse la Oostende, după care luă un vapor care o duse peste Canalul Mânecii. Era trimisă în Anglia, iar când ajunse la bord în adierea caldă de primăvară, simți încântare și niciun pic de vină.

7

ELISABETH SCHRÖDER, nici copil, nici adult. Fu dată în grija lui John Barber, profesor universitar, care se întorsese recent la Pembroke College de la Oxford după război, și a soției lui, Eleanor. În cămăși de noapte albe și capoate fâlfâitoare, cu părul ei lung și cărunt atârnându-i desfăcut pe umeri, Eleanor cutreiera coridoarele casei iacobine mari zi și noapte ca o fantomă argintie. Era o femeie amabilă, dar, la puțină vreme după venirea lui Elisabeth, fu diagnosticată cu cancer ovarian. Era clar că i se apropia moartea. Elisabeth nu se simțea jenată în prezența morții, iar soții Barber erau sinceri, ceea ce însă nu-l opri pe John Barber să măsoare încăperile casei cu pasul, cuprins de un soi de disperare confuză, ca și cum ar fi putut găsi undeva o soluție, cu o expresie de nedumerire și zăpăceală întipărite pe chipul bucălat și roșu. Încercă să plângă de unul singur, deși Elisabeth îl găsi nu o dată în bibliotecă sau în vestibul, pierdut, hohtind și privind în gol pe ferestrele cu menouri.

John și Eleanor Barber nu aveau copii și nu erau obișnuiți cu prezența tinerilor la ei în casă, ceea ce îi convenea de minune lui Elisabeth, care nu dorea să fie tratată altfel decât ca o străină. Casa veche în care trăgea curentul era suficient de mare cât să treacă ziua și să nu se întâlnească unul cu altul. Era exact ce-i trebuia fetei, cât își refăcea percepția de sine.

Intenția fusese ca familia Barber s-o ajute să se familiarizeze cu viața în Anglia. Nu știa o boabă de engleză, așa că plasarea ei la un profesor universitar specializat în romanul romantic german avea să fie în avantajul ei. Cuplul de vârstă mijlocie avea s-o învețe, să aibă grijă de ea și să-i clădească încrederea în sine.

Până la urmă, avu ea grijă de ei cât se uitau fix în vârtejul a ceea ce avea să vină și făceau primii pași timizi într-acolo. Boala lui Eleanor se agravă rapid. Pe Elisabeth n-o deranjă câtuși de puțin să se ocupe de ea, petrecându-și nopțile încercând s-o aline când se zvârcolea de durere, aducând și ducând lucruri și curățând calmă mizeria excrețiilor ei urât mirositoare pe măsură ce se cufunda în iadul ultimelor luni de viață. Nici ce urma să vină n-o îngrijora. Cunoștea intim moartea, care nu era nici de luat în râs, nici de temut. Pur și simplu, era.

Totodată, învăță iar ce înseamnă să fii o ființă umană. Redescoperi compasiunea. Când Eleanor Barber muri la sfârșitul lungii ierni a anului 1947, Elisabeth fu mult mai afectată decât își închipuise. Miile de morți de care fusese conștientă pe timpul războiului, sutele la care fusese martoră de aproape nu-i treziseră asemenea sentimente, ceea ce o făcu să se enerveze pe sine, dar, în toiul suferinței lui, John Barber îi spuse cu blândețe că măcar putea și ea simți din nou.

Abia în 1950 se gândi la universitate. Voise inițial să candideze pentru un loc la Oxford, ca să poată rămâne în casă cu John Barber, dar el respinse ideea. Într-o după-amiază, pregăti o carafă de ceai și se așeză alături de ea în salon, deloc jenat, dar șovăielnic.

— Draga mea, mă tem că trebuie să insist să studiezi în altă parte. Ideea de a studia aici, la Oxford, e, pur și simplu, exclusă. Trebuie să descoperi o viață dincolo de această casă, o viață a ta și nu poți fi legată de mine. În ceea ce mă privește, dacă rămâi, aproape inevitabil voi ajunge să am un atașament nepotrivit față de tine.

Elisabeth râse și zise:

— John, nu fi prostuț!

— Nu. Oi fi eu gras și oi avea cincizeci și trei de ani, dar, din nefericire, continui să am asemenea sentimente.

— Dar, John, ești un om încântător!

— Cred că dacă m-ai cunoaște mai bine, s-ar putea să-ți revizuiești opinia, pe care, cu siguranță, nu o împărtășesc. Aș vreau eu să stea altfel lucrurile.

— O să fiu atât de supărată dacă mă trimiți de-aici!

— După cum, fără îndoială, și eu, dar sunt sigur că e cel mai bine pentru tine. Să descoperi o viață nouă. Să vezi orizonturi noi. Să devii cu adevărat independentă. Și va fi mai bine și pentru mine. Ne vom vedea între semestre. Dacă vrei și tu, adică.

— Știi că da.

Își ascunse sentimentele jignite, cu încântarea perversă produsă de acea senzație care dovedea umanitatea și consimți. Fu ideea ei să-și schimbe numele în Barber printr-un act unilateral[1], dar știa cât de mult îl bucură acest lucru pe John.

— Practic, se poate să ușureze lucrurile, zise el. Rănile războiului sunt încă vii și chiar și la cele mai prestigioase instituții universitare ale noastre pot avea loc neînțelegeri. Unde mai pui că administratorii o să pocească numele de Schröder, fără îndoială. Ai putea să-ți spui cumva mai comun, cum ar fi Smith.

— Nu, spuse ea. Barber o să fie perfect.

Elisabeth Barber merse la Universitatea Cambridge în septembrie 1951, unde studie istorie. Știa că-și datora locul parțial datorită felului în care autoritățile îi percepeau povestea și întrucâtva relațiilor lui John Barber. În egală măsură știa și că era foarte inteligentă, că trecuse prin anii anteriori consumând cu aviditate orice material educațional pus dinaintea ei și că lumea universitară avea să joace un rol vital în viitoarea ei viață.

8

ABIA CÂND ABSOLVI, înțelese pentru prima oară că devenise adultă. Își petrecuse ultimii trei ani studiind cu seriozitate, așa cum trebuiau să facă tinerele dacă voiau să aibă o șansă împotriva omologilor lor bărbați. Știa că trebuia să realizeze mult mai multe decât cel mai apropiat concurent de sex masculin ca să reușească.

---

[1] Spre deosebire de România, unde solicitarea de schimbare a numelui trebuie aprobată de Serviciul de Stare Civilă dacă sunt îndeplinite anumite condiții, Marea Britanie (cu excepția Scoției) permite efectuarea acestei modificări printr-un act unilateral (*deed poll*). Schimbarea poate fi apoi consemnată de stat la solicitarea persoanei în cauză (n. tr.).

John Barber participă la ceremonie și o tratã cu un prânz mediocru la University Arms.

— Și acum ce planuri ai? întrebă el la desert.

— Chiar nu știu, replică ea, înfrântă de întrebarea inofensivă și evidentă. Nu m-am gândit. Să mă relaxez o vreme și apoi să găsesc ceva de făcut, bănuiesc.

— Administrația publică ar fi un pariu bun. Mereu caută tineri dezghețați. Sau comerț. Ai fi la mare căutare, numai pe baza specializării tale de licență. Iar când vor face cunoștință cu tine, o să-i dai pe spate, dar, na, presupun că eu sunt părtinitor.

— Oare sunt complet idioată, John? Adică, nici nu m-am gândit. Nici măcar pentru o clipă.

— Păi nu-i nicio grabă.

— Aș putea să mă fac profesoară, zise ea. Da, s-ar putea să mi potrivească foarte bine. Sau...

— Da?

— Crezi că sunt capabilă să lucrez în mediul universitar cumva? La una dintre universitățile provinciale. Nu ceva măreț ca aici. Aș putea oare să reușesc?

Lui John i se lumină fața într-un zâmbet larg.

— Nu-i nevoie de falsă modestie. Desigur că ar fi o posibilitate. Mai mult chiar. Aș zice că-i chiar sigur. Vrei să-ți pun o vorbă bună? Am relații peste tot, nu doar la Oxford.

Își îndreptă rapid privirea spre el.

— Nu, te rog nu! E ceva ce vreau să fac cu puterile mele. Trebuie să-mi găsesc propriul drum. Înțelegi, nu?

— Firește, zise el, zâmbind iar.

Își dădu seama în acel moment că se regăsise, dacă nu cu totul, atunci măcar suficient de mult cât să trăiască fără să se mai consulte cu alții sau să le ceară permisiunea. Ocaziile îi sclipeau dinaintea ochilor, temperate doar de propria modestie. Nu era sigură ce avea să facă, dar ea și numai ea avea să decidă ce anume.

Până la urmă, lucrurile se aranjară cum prevăzuse John. Stabilise deja o întrevedere cu îndrumătoarea ei ca să-i mulțumească pentru ajutor. La ceai, întrebă într-o doară:

— Mă întreb dacă m-ai susține să candidez pentru un loc la studii aprofundate?

— Cam speram să mă întrebi asta, zise îndrumătoarea, lăsându-se pe spate pe canapeaua de piele uzată. Bineînțeles, aș fi încântată.

— Știi cum decurge procesul?

— Procesul? A, o să fie câte-un formular de completat, fără îndoială. Se poate să fie și un interviu cândva prin vară. Dar cred că cele mai importante părți ale... procesului de admitere au fost deja parcurse.

Se uită la Elisabeth și surâse înainte să continue:

— Desigur, am discutat neoficial despre potențiali candidați pentru locurile de la masterat pentru cercetători științifici, iar numele tău e menționat des. Acceptarea ta e ca și rezolvată. Și poți fi sigură că o să fie și o bursă.

9

CAMBRIDGE ÎI DEVENI ORAȘ, mai degrabă decât locul în care-și continua educația, când veni să locuiască aici ca adult. Își aranjă confortabil camerele care-i fuseseră repartizate și începu să cumpere opere de artă ieftine, dar de bun-gust. Muncea mai puțin frenetic și cu mai puțină neliniște, iar în timpul ei liber învăță să gătească. Regretă că nu avusese ocazia să studieze un instrument muzical, amintindu-și de Charlotte, care, la optsprezece ani, era o flautistă desăvârșită, cu perspective de admitere la un conservator dintr-o capitală europeană. Pentru Elisabeth, acum era mult prea târziu să mai ajungă la un nivel de experiență care s-o mulțumească. În schimb, asculta muzică clasică cu aviditate și mergea la toate concertele la care putea.

Fiecare centimetru din orașul tăcut și inofensiv îi aparținea. Îi exploră aleile și parcurile, evitând viața studențească în care se cufundase total înainte. Îi plăcea să stea un pic la bârfe cu cei pe care-i întâlnea pe scările din zonele comune, dar, în rest, mai nimic din intelectualismul fervent al locului nu o pasiona. Își făcu prieteni, dar prefera să se vadă cu ei în cârciumi din satele învecinate, unde se ajungea cu bicicleta. Continuă să descopere din ce era făcută, ceea ce îi dădea nu doar un sentiment de fericire, ci și unul de nefericire. Cu opt ani înainte, noțiunea de fericire sau nefericire i-ar fi fost complet străină.

Nu era o studentă obișnuită. Se ținea departe de colegii de la masterat și era rareori văzută în compania acestora. Studie felul de a se îmbrăca al colegelor, puține la număr, și alese altceva. Începu, pentru prima oară, să spună ce gândea, mai degrabă decât ce credea ea c-ar trebui să gândească, în timp ce își construia disertația cu privire la împrejurările economice ale Primului Război Mondial. Noul ei îndrumător, cândva contestatar, acum un moș în toată regula, transpirat și băutor de sherry, o privea ca pe ceva periculos, lucru pe care ea îl lua ca un compliment. Se poate ca atitudinea lui să fi fost provocată de faptul că-i respinsese avansurile stângace pe care i le făcuse, nelăsându-i decât libertatea ambiguității sau a neînțelegerilor.

Mai existară, deprimant, și alți bărbați. Întâlnirea cu ei era demoralizantă, deoarece, la fel ca îndrumătorul său, păreau interesați numai de ce simboliza ea: o tânără atrăgătoare și promisiunea de relații sexuale. Orice încercare de contact intelectual cu ea era superficială și condescendentă, gândită s-o îmboldească spre celălalt tip de contact. Pe lângă asta, știau atât, dar atât de puțin despre lume! Îi respinse neclintită până când îl cunoscu pe Alasdair McLeish, masterand la Drept, un scoțian sfios, celt arătos și smead.

Ceea ce urmă fu o relație simplă, discretă și rațională, așa cum erau și ei. Prietenia fu urmată de o curte oficială și, în cele din urmă, de o vizită plină de stânjeneală a lui Alasdair la Oxford, la John Barber. Stânjeneala fu mai ales din partea lui Barber, care considera că nu avea ce căuta în alegerile lui Elisabeth. Se relaxă când Alasdair îi explică faptul că vizita era o formalitate și un gest de curtoazie. Dacă Barber s-ar fi opus, Elisabeth tot s-ar fi măritat. Lui Alasdair McLeish îi plăcea însă să facă lucrurile ca la carte.

Elisabeth deveni bursieră la universitate, iar viața ei păru să se înscrie pe o traiectorie dreaptă spre o pensie îndepărtată. Fu ea cea care decise schimbarea direcției, și nu cerințele viitoarei cariere a soțului ei, candidând pentru un post de asistent universitar la Edinburgh. Îl primi și, cât își finaliză Alasdair studiile la Cambridge, se mută la Edinburgh ca să stabilească modul în care avea să-și vadă de cercetare.

ELISABETH MCLEISH NU S-AR FI DESCRIS ca fiind o persoană meditativă. Exigențele unei cariere academice, împreună cu creșterea copiilor săi, ar fi fost de ajuns s-o distragă de la introspecție, în cazul în care ar fi avut o înclinație naturală pentru așa ceva, ceea ce nu era cazul.

Abia în 1997 se opri iar totul și se trezi aruncată înapoi în vidul spiritual al anului 1945. Perfect conștientă de îngăduința ei de sine, simți că tot ce construise în anii care trecuseră de atunci fusese distrus.

Zâmbea când îi veni acest gând, la înmormântarea lui Alasdair, pe când așteptau să intre în biserică, iar nepoata ei îi trânti întrebarea. Ăsta era stilul Amandei.

— Da' voi nu vă săturaserăți unul de altul? zise fata, ca și cum așa ar fi trebuit să fie orice relație interumană. Nu voiai să faci și tu ceva de capul tău?

Față de cineva pe care nu-l iubea la fel de mult, Elisabeth ar fi putut folosi un ton mai aspru. Numai că întrebarea trezi acel zâmbet distant și meditativ care avea să fie văzut pe chipul ei în anii ce urmau să vină, în timp ce ochii îi însoțeau mintea într-un loc îndepărtat. Undeva, în interiorul ei, nu putu să nu se simtă iar plăcut surprinsă de accentul scoțian cumva cântat, dar deosebit de fermecător al Amandei.

— Păi am cam făcut ceva de capul meu, zise ea. Alasdair n-ar fi vrut să n-o fac. Numai că chestia asta „de capul meu" a avut de-a face cu stabilitatea și continuitatea. Și cu prietenia. Mă tem c-am fost cam plictisitori. Pe atunci însă, individualitatea nu era considerată realmente o virtute, cel puțin nu într-un loc ca Edinburgh. N-avem secrete de ascuns. Probabil că v-am dezamăgit pe toți.

— Nu, nu, zise Amanda. V-am respectat atât de mult! Aș vrea eu să-mi pot trăi atât de simplu viața.

— E o lume complexă, draga mea. Probabil că anii 1950 au fost un soi de răgaz ori o halucinație. Anii de la începutul vieții mele n-au fost chiar atât de simpli.

— Știu. N-am vrut să spun... Doar că...

— E în regulă. N-am lecții de oferit. Poate pentru că am avut parte de așa o viață tumultoasă, am tânjit mereu după ceva stabil și solid. Sunt sigură că milioane de alți oameni au dorit același lucru după război. Asta nu înseamnă că e bine. Însă chiar îmi pare rău pentru voi, tinerii, care încercați să dați de rostul tuturor lucrurilor. Poftim, ascultă la mine! Foarte condescendent. Scuze. Ce zicea John Lennon? Orice te-ajută să treci cu bine noaptea. Sunt sigură c-avea dreptate.

Era conștientă că, deși vorbele ei păreau bine gândite, centrul gândurilor ei era altundeva, ceea ce nu era un talent care să ceară mare efort, mai ales pentru cineva obișnuit să lucreze pe mai multe niveluri, prin profesia sa, construind în minte o teză în timpul unei ședințe plictisitoare de catedră sau testând în sinea ei o idee în timpul unei lucrări practice. Nu era însă ceva ce folosea în general atunci când se afla în mijlocul familiei ei.

Era scuzabil, presupunea, date fiind împrejurările, să se gândească la soțul ei decedat, la părinții, surorile ei și la ea însăși.

Moartea lui Alasdair nu fusese nici pe departe neașteptată. Diagnosticat cu cancer la prostată cu vreo patru ani înainte, se pensionase imediat și începuse să facă planuri pentru perioada de două luni până la cinci ani care i se dăduse de trăit. Croazierele prin lume, mașinile sport, listele de activități și petrecerile demodate nu se numărau printre intențiile lui. Nu, el căuta un final liniștit alături de familie. Nu se descurcase tocmai rău după prognostic, zisese în săptămâna de dinainte, când era atât de evident că moartea era foarte aproape. Elisabeth se amăgise cu gândul că putea să se împace cu situația și să-și stăpânească durerea cu obișnuita ei tărie sufletească. La urma urmei, era învățată cu pierderea.

În realitate, viața îi făcu implozie. Zâmbetul detașat, expresia fixă de stăpânire de sine se păstrară cât continuă ea să controleze atentă emoțiile pe care le arăta. În intimitate, nu erau decât lacrimi. Se disciplina singură ca să nu-și piardă controlul asupra vieții practice – cele câteva proiecte de cercetare continuate sub supravegherea ei după ieșirea la pensie, întreținerea casei și a terenului din jur, astfel încât să fie imaculate, atenția sârguincioasă față de cauzele caritabile.

Le prevăzu pe toate acestea cât stătea lipsită de expresie pe bancă, în timp ce slujba se ținea parcă undeva, departe. Durerea era de așteptat, o știa bine, dar cufundarea în propriile gânduri pe care o provoca trebuia redusă. Pierderea ei era un puț fără fund, în care se pomeni strigând încontinuu, fără vreun ecou. Era ceva de rutină, își zicea ea. Să fi fost oare mai mult decât atât? Nu putea răspunde la întrebare, la fel cum nu putea să încerce o comparație fără rost a durerii ei cu a altuia. N-ar fi fost normal să nu-i simtă acut lipsa acelui bărbat care fusese remarcabil tocmai pentru că le păruse deloc excepțional altora. Competent, dar sfios și lipsit de charismă, ar fi fost lauda adresată lui. Nu și față de ea, de copiii și nepoții lor.

Cumva, trebuia să reconstruiască. O năpădi vinovăția, alături de durerea provocată de egoismul de care dădea dovadă. Chiar și în acel moment i se părea imposibil să-și jelească părinții și surorile, ale căror vieți fuseseră incontestabil mai tragice și ale căror morți, incomensurabil mai îngrozitoare. Imposibil de vizualizat în viață, își zise ea, cât se desfășurau funeraliile. Imposibil să și-i imagineze ca ființe fizice, calde, cu gânduri, emoții și caracter ori să se gândească la moartea lor. Darămite să mai și plângă.

DUPĂ VREO TREI ANI, hotărî să descopere ce se petrecuse atunci. Nu căutase niciodată răspuns la enigma care era trecutul ei, nu dăduse niciodată crezare teoriilor cum că ar avea nevoie să smulgă adevărul ca să fie cu adevărat mulțumită. Nu căutase niciodată chestia aia americănească îngrozitoare numită încheiere[1], fiind perfect mulțumită să le știe pe toate la

---

[1] *Closure* (în orig.), „încheiere”, „liniștire, „împăcare”, termen care desemnează sentimentul încheierii, al încetării efectelor negative ale unui eveniment (n. red.).

locul lor, în firide, de unde nu aveau să mai fie scoase la aer și clar nu pentru răzbunare.

Acum însă voia să afle. Nu știa sigur ce anume căuta: cunoaștere, adevărul, pedeapsă, plata vreunei datorii obscure. Îl angajă pe Gerald Glover, cândva cercetător la studii postdoctorale sub îndrumarea ei, acum profesor la o universitate din nordul Angliei, să se ocupe, în timpul liber, de investigație. Ar fi putut să facă ea treaba, dar voia, din motive neclare la acea vreme, ceva demonstrabil de independent și obiectiv. Gerald lucră în vacanțele universitare, strict confidențial, angajând o serie de doctoranzi, dintre care ultimul fu Stephen Davies.

Când îi fusese îndrumătoare lui Gerald la studii postdoctorale în anii optzeci, acesta fusese vrăjit de ea, fără ca femeia să și-o fi dorit. Era mai mult decât dispus să întreprindă cercetarea și o intervievă în casa ei mare de granit din Borders. Îi vorbi mai bine de trei ore, conversație înregistrată pe bandă, povestindu-și în detaliu viața de până la căsătorie.

— Ce anume cauți? întrebă Gerald cu glas aspru.

— Nu prea știu sigur, dacă răspunsul acesta nu este cumva unul nesatisfăcător.

— Firește că este. E complet nesatisfăcător.

— Ei bine, atunci. Răspunsuri.

— Zău, Elisabeth! Nu-i deloc bine! Prea vag. Va trebui să te străduiești mai mult. Ai derulat destule proiecte de cercetare. Știi zicala: sunt pe-atât de bune pe cât de bune sunt specificațiile de la început.

— Cred că-i zicala ta, Gerald. Nu-i din cale-afară de memorabilă sau dătătoare de inspirație, nu?

— În regulă, zise el, clătinând din cap a frustrare. Dar e adevărată. Doar nu vrei să ajung să cred că te-ai transformat într-o bătrână cu sticleți la cap. La ce întrebări vrei răspunsuri?

— Nu este evident din povestea vieţii mele pe care tocmai ai auzit-o?

Aşteptă câteva secunde, ca şi cum şi-ar fi adunat răbdarea.

— Se poate sau se poate să nu. Care este acea unică întrebare la care cauţi răspuns?

— Păi bănuiesc că este cum de-au ajuns să fie tatăl şi mama mea urmăriţi în justiţie şi cum de-am ajuns noi să fim trimise în lagărele de concentrare.

Gerald se foi.

— Adică?

— Adică cine-a spus minciunile. Şi de ce.

— În sfârşit facem progrese! Aleluia! Va fi destul de greu să aflăm cine. Se poate dovedi imposibil. Îţi dai seama că se poate ca autorităţile să nu-l mai fi putut suferi pe tatăl tău, pur şi simplu? Din ce-ai povestit, nici el nu se dădea peste cap să se pună bine cu ele. Este întrutotul posibil ca oamenii ăştia să fi remarcat vreun comentariu răutăcios al unui rival în afaceri.

— Posibil, Gerald, dar improbabil, aş zice eu. Ştii la fel de bine ca mine că, la acel moment, autorităţile încă păstrau măcar aparenţa unui proces echitabil. Va fi fost un denunţ pe undeva...

— Foarte posibil în mâinile ruşilor. Sau distrus. Nu-mi închipui c-avem cine ştie ce şanse.

— Optimist ca întotdeauna. Asta-mi place foarte mult la tine, Gerald!

Îi surâse cu afecţiune şi văzu că-l câştigase de partea ei, în ciuda firii lui ursuze.

— Are să fie o urmă pe undeva, Gerald! Ştii că aşa e!

Şi chiar aşa şi era. Le luase opt ani, dar, în cele din urmă, găsiră o urmă. Atunci Gerald şi asistenţii lui traseră de capătul sforii şi începu să li se descâlcească totul.

Într-o seară de iarnă, Gerald și Stephen stătură cu ea în fața focului, în salon. Gerald îl rugă pe Stephen să-i prezinte descoperirile. „Pentru numele lui Dumnezeu, fără PowerPoint", știu ea că i-ar fi zis Gerald tânărului rușinos și drăguț, cu gene lungi, dincolo de lentilele ochelarilor. „Fără nenorocitele alea de elemente vizuale! Doar vorbește! Și să nu faci să pară prea tare a scenariu. Îi place sentimentul că poartă o conversație."

Fură luate în discuție numeroase nume. Un director din eșalonul al doilea de conducere de la fabrica principală a lui Albert Schröder care fusese sărit la promovare. O servitoare pe care Magda o concediase pentru că fura. Proprietarul unei afaceri concurente care-l cunoștea personal pe Hermann Göring. Un scriitor care fusese luat în râs la unul dintre saloanele Magdei pentru vederi ce frizau fascismul. În cele din urmă, reușiră să reducă posibilitățile la un singur candidat convingător.

Hans Taub.

10

S-AU ADUNAT ÎN SUFRAGERIA GOALĂ a căsuței cu remiză la parter, care îi pare și mai mică lui Elisabeth, acum, c-a fost luată mobila. Elisabeth stă pe unul dintre cele două scaune de bucătărie rămase. Gerald îl ia pe celălalt, iar Stephen rămâne în picioare.

— A plecat, deci, zice Gerald.

— Așa cred, tu nu?

Gerald se uită la ea, cu un amestec de uimire și dezgust pe chip care îi era atât de familiar de pe vremea când îi era îndrumătoare. N-a fost niciodată în stare să-și dea seama dacă chiar nu se pricepe să-și ascundă sentimentele sau acesta e artificiul lui, construit ca să mascheze ce se petrece cu adevărat în capul ăla chel și în formă de ou.

— Ăă, l-am dus la gară acum două ore, zice Stephen. L-am urcat în tren. A plecat la timp.

— Ei, atunci n-o să-l mai vedem, bănuiesc, spune Gerald.

— Hm, face Elisabeth pe un ton nepăsător. Presupun c-am face bine s-o luăm din loc. Trenul meu e la... Când e, Stephen?

— Cam în cincizeci de minute. Avem destul timp.

— Aranjamentele practice. Putem să le mai recapitulăm o dată, vă rog?

— Contractul de închiriere al casei expiră la sfârșitul lunii, zice Gerald. Noi o să dăm cheile înapoi în după-amiaza asta, odată ce te-ai urcat tu cu bine în tren. După cum vezi, oamenii au dus mobila la magazinul de caritate. Luni o să vină cei de la curățenie. Și cu asta basta!

— Și dacă se întoarce? întreabă Stephen.

— O să-i las un bilet. L-am scris deja.

— Și ce zice în el? întreabă Gerald.

— Asta nu-i treaba ta, tinere! răspunde ea. Acoperă totul mai mult sau mai puțin.

— Presupunerea mea e că n-o să se întoarcă. O să se împace cu situația, de fapt.

— Eu nu-s așa de sigură, zice Elisabeth gânditoare. Dacă nu, o să-i trimit un exemplar, dacă e încă de găsit.

— Oricum ar fi, o să fie un băiețel tare dezamăgit. S-au efectuat toate tranzacțiile, nu, Stephen?

— Da. Contul a fost curățat azi de dimineață. Vincent a fost suficient de amabil să facă cele necesare. Da, am verificat. Toți banii s-au întors în siguranță în contul lui Elisabeth, inclusiv partea lui Roy. Sau mai degrabă a lui Hans. Unde numai ea are acces. Am toate documentele. Și tastatura lui pentru autentificarea în cont. O să...

O privește întrebător.

— Da, le iau eu, zice ea. Lucrurile lui?

— Le-am făcut grămadă și le-am aruncat într-o valiză veche pe care-a lăsat-o aici, zice Stephen. Aveam de gând să le duc la magazinul de caritate. Sau, dacă nu reușeam, atunci la centrul de reciclare al Primăriei.

— În regulă.

— Ce noroc pe capul nostru să treacă Vincent de cealaltă parte a baricadei uite-așa! exclamă Gerald.

— Păi, dat fiind trecutul lui..., zice Stephen. Am fi putut gestiona situația și altfel, dar ar fi fost mai complicat.

— Nici vorbă de noroc. Stephen a reușit să realizeze partea aia extrem de inteligent, spune Elisabeth. Talente ascunse!

Îi zâmbește. El îi aruncă timid o privire fugară și îndrăznește să-i zâmbească și el.

— O schimbare față de slujba de zi cu zi, remarcă Gerald. Nu mi-am prevăzut o carieră în domeniul înșelătoriilor.

— Nu! vine replica ei. Nu-i un lucru pe care mi-aș dori să-l repet.

— Cu toate astea... S-a terminat, da?

— Hm, face ea. E timpul să plecăm, cred.

Schimbare de plan

1

ÎN SFÂRȘIT, călătoria ei s-a încheiat și e din nou acasă. Are un sentiment de liniște pe peron, sub un cer cenușiu-albăstrui, cu un aer mai proaspăt decât își aduce aminte, cu un miros caracteristic de țară. Lucrurile i-au fost expediate înainte, n-are cu ea decât geanta de mână. Andrew i-a sugerat să ia o mașină pentru tot drumul, dar nu cheltuiala excesivă a oprit-o. O asemenea călătorie ar fi obosit-o nejustificat, înghesuită în același spațiu, din care să se extragă cu greu la fiecare stație de servicii de pe autostradă dotată cu farmecul obișnuit al acerbului comercialism britanic de plastic. De altfel, ei îi place trenul. Chiar dacă vechea politețe s-a estompat până și pe calea ferată, tot e o modalitate de a călători mai degrabă decât de a merge undeva. S-a descurcat cu hoardele din Londra, la Paddington, sărind rapid, sau cât de rapid e în stare o octogenară vioaie, într-un taxi, apoi a ieșit din el în harababura de la King's Cross și glonț în sala de așteptare de la clasa întâi, unde un hamal amabil a venit la ora fixată s-o conducă la locul ei. Nicio șansă să-l întâlnească din întâmplare, avea să fie unde avea să fie, adunându-și presupusele câștiguri și cu siguranță neîntâlnindu-se cu fiul imaginar care proiecta bucătării. Trebuie să se obișnuiască să nu-l mai strige Roy.

Iată-l pe Andrew, zâmbind cu gura până la urechi, cu ținuta bunicului său și aceeași inocență rușinoasă. Fuge spre ea pe peron și o prinde cu grijă în brațe.

— Buni! exclamă el.

Ea nu-și poate reține lacrimile. Accentul scoțian e la fel de puternic ca întotdeauna.

— Ce grozav e să te revăd!

— Și eu pe tine, Andrew. Ce mai face lumea?

— Bine, mersi. De-abia așteaptă să te vadă. Ne-am gândit că poate ți-ai dori o noapte liniștită acasă. Posibil să treacă tata și mătușa Laura pe la tine, dar avem planuri pentru o masă mâine-seară. Înțeleg că totul a mers bine. Cum a fost drumul?

— A fost în regulă, mulțumesc! E bine să respiri iar aer. Chestia e că...

2

— FIR-AR! FIR-AR! zice el iar, ceea ce nu-l face deloc să se simtă mai bine.

Stă în vestă și izmene pe patul din apartamentul de hotel. Capriciul acesta e pe post de mică sărbătorire de unul singur. Vincent, așa cum știuse c-are s-o facă, refuzase să-i țină companie. Iată-l, dar, de unul singur. Își poate permite asemenea cheltuieli din când în când, mai ales că acum are și banii albi pentru zile negre ai lui Betty puși bine. Și revine astfel la problemă. „Fir-ar!" își zice el în gând, căci rostitul cuvintelor n-a avut niciun efect.

Conținutul micii genți de o noapte pe care a luat-o cu el de la căsuța cu remiză la parter e întins pe pat. Acolo și-a lăsat niște haine vechi în camera lui, în principal pentru verosimilitate în caz că se rătăcește ea pe-acolo. La urma urmei, acesta ar trebui să fie weekendul în care se întâlneşte cu fiul lui. Ea nu ştie că fiul nu există şi că n-are să-l mai vadă niciodată.

Nu se întreabă ce-o fi făcând Betty. Acum că treaba s-a terminat, a încetat să mai existe. N-are rost să speculeze cât o să dureze până descoperă că nu se mai întoarce și că nu mai are niciun ban. Va trebui să se gândească și la eventualitatea în care tocilarul ăla de nepot al ei o să încerce să-i ia urma lui sau lui Vincent. Într-adevăr, ar putea apela la poliție. Noroc! Va fi nevoit să se gândească dacă să resusciteze numele de Mannion sau nu. Nu e nevoie încă. Acum e momentul să se bucure de reușită.

Nenorocita aia de tastatură! Dac-ar reuși să pună mâna pe ea! Vincent i-a spus c-ar fi prudent să transfere banii cu prima ocazie, iar acum e acea primă ocazie.

Caută iar și se scarpină în cap. Două seturi de izmene și două cămăşi. O trusă de toaletă care a fost golită pe pat. Un aparat de ras, un tub de cremă de ras, o doză de antiperspirant, un tub cu pastă de dinți, unul de cremă pentru hemoroizi. Ar fi bine să nu le amestece pe astea două, chicoteşte el în sinea lui şi se întoarce la treabă. Micuţa tabletă pe care a ţinut-o ascunsă tot timpul în căptușeala valizei ăleia vechi și mizerabile împreună cu încărcătorul ca să-i poată da email-uri lui Vincent, să țină lucrurile sub observație și să-și monitorizeze soldul din bancă, e la locul ei. El însă are nevoie și de tastatură. Pipăie trusa de toaletă pe interior și verifică să nu se fi prins nenorocita aia de chestie în cămășile lui împăturite cu grijă. Caută sistematic în fiecare dintre buzunarele genții de o noapte. E goală. Se duce la sacoul lui, care e pe umeraş în dulap, şi-l scoate. Portofelul, niște mărunțiș, telefonul mobil, batista și un pachet pe jumătate consumat de bomboane de mentă foarte puternice au fost deja extrase şi puse frumos pe noptieră. Pipăie fiecare buzunar din nou. Goale! La fel și la pantaloni.

„Fir-ar!"

E mult prea predispus la scăpările alea. Cândva, o asemenea eroare s-ar fi putut dovedi fatală. Multe dintre schemele lui implicaseră precizie și sincronizare excelentă. Măcar în cazul de față are un pic de spațiu de manevră. Și-asta este ultima dintre acele mici inițiative. Deocamdată, cel puțin. Își permite să zâmbească ușor. Tastatura trebuie să fie în valiză, undeva lângă tabletă. Își aduce aminte clar cum a pus-o în geantă, totuși. Au fost trimise să ne pună la încercare, misterele astea mici. Ciudat lucru, mintea! Îți joacă feste.

A, bine! O fi iritantă situația, dar e doar un mic inconvenient. Cum se zice? Nu-ți bate capul cu mărunțișuri! Bea o gură de scotch și-și ia telefonul mobil. Vincent poate s-o rezolve. Poate să facă el transferul.

N-are semnal. Umblă năuc prin apartament, uitându-se concentrat la ecran, dar degeaba. Obosit, își pune cămașa și pantalonii, își leagă șireturile și ia liftul până la parter. N-are să plătească prețurile exorbitante care se cer în hotelurile astea.

N-are semnal nici în hol. Iese pe Park Lane. Hyde Park arată magnific în apusul de vară, iar el trage în piept mirosul de sfârșit de zi al orașului, al macadamului gudronat, al aburilor de motorină și al celui de iarbă proaspăt tăiată din parc. Tot nu prinde rețeaua. Ciudat!

Întors în apartament, nu are încotro decât să întindă mâna după telefonul de pe birou. Formează numărul lui Vincent, dar nu primește răspuns. I se sugerează să lase un mesaj vocal, dar pe moment refuză. Pornește tableta și, urmând instrucțiunile de pe cartela de pe birou, dă drumul internetului. În cele din urmă găsește Hayes and Paulsen Private Bank. Se duce la pagina de online banking, dar, fără tastatură, nu se poate autentifica. Găsește numărul serviciului de asistență pentru clienți, în Insulele Virgine Britanice. O să-l coste o groază de bani.

Formează iute numărul, iar o voce veselă cu accent medio-atlantic îi răspunde.

— Bună ziua, Hayes and Paulsen Private Bank, Shayla la telefon. Cu cine stau de vorbă?

— Mă numesc Roy Courtnay.

— Bună, Roy! Cu ce-ți pot fi de folos?

— Sunt client de-al vostru. Încerc să transfer niște bani din contul meu. N-am tastatura aia cu mine. Chestia cu care bagi codurile.

— H&PPad-ul? întreabă femeia.

— Exact.

— Bun, să vedem ce putem face de aici!

— Mă pot autentifica fără H&PPad-ul meu?

— Păi nu prea. Unde te afli, Roy?

— Londra.

— OK, Londra.

— Exact.

— Și ți-ai pierdut H&PPad-ul.

— Nu chiar. Am uitat să-l iau cu mine. L-am lăsat acasă. Stau la un hotel.

— Bun, nu-i nimic. Îți putem trimite altul prin curier. Doar trebuie să-ți pun niște întrebări de siguranță, apoi pot să anulez vechiul H&PPad și să-ți dau unul nou. Ți-l putem trimite imediat prin curier. Mai întâi trebuie să-mi dai informațiile despre tine și despre contul tău.

I le oferă pe amândouă, iar ea scoate un mic chiot de plăcere când îl găsește pe computerul ei. Există!

— OK, Roy! Acum nu mai trebuie decât să-l anulăm pe cel vechi și să ți-l expediem pe cel nou.

— Cât are să dureze pân-ajunge la mine?

— Ar trebui să-ți ajungă în vreo câteva zile, Roy.

— Nu-i bine. Trebuie să efectuez tranzacția acum. Astăzi sau mâine. Nu se poate rezolva prin telefon?

— Sigur că da, Roy, doar dacă ai setat opțiunea de banking prin telefon și tranzacția din timp.

— N-am făcut-o.

— Înțeleg...

Se pare că Shayla a rămas în pană de idei.

— Ei bine, vezi tu, Roy, noi facem eforturi să apărăm securitatea clienților noștri. Așa că dacă n-ai setat totul, îmi pare rău...

— O agenție? Aveți un birou la Londra?

— Avem, dar e birou de tranzacționare, nu agenție, iar din evidențele noastre văd că ai un cont online, Roy.

— Deci o să fiu nevoit să mă duc acasă, nu?

— Așa se pare, Roy. Dacă nu cumva îți poate aduce cineva H&PPad-ul. Îmi pare rău pentru deranj, dar nu văd altă cale. Locuiești departe de Londra?

— Cam la vreo nouăzeci de minute.

— Bănuiesc c-ar putea fi și mai rău. Te mai pot ajuta cu ceva astăzi, Roy?

— Nu.

— Atunci nu-mi rămâne decât să-ți mulțumesc pentru c-ai sunat la Hayes and Paulsen Private Bank.

Pune receptorul în furcă, furios. Încearcă iar la Vincent, dar tot nu răspunde. Lasă mesaj.

Nu mai are încotro. Va trebui să se întoarcă acolo. Trebuie să se gândească. Fiul a pierdut avionul. Întârziat două zile. Va trebui să țină. O să se întoarcă mâine la prima oră.

Sună pe numărul de la casă. Intră robotul. Betty trebuie să fi ieșit iar la ceai. Sau trage un pui de somn.

— Ridică receptorul, Betty! bombăne nerăbdător, dar ea n-o face.

Lasă mesaj, spunându-i că fiul lui întârzie și că trebuie să-și ia câteva lucruri. O să se întoarcă în dimineața următoare. Nu-i suficient de bună minciuna, dar dacă trebuie, trebuie. Betty n-o să se prindă niciodată.

3

CHEIA ZGÂRIE ÎN BROASCĂ. Se uită unul la altul preț de o clipă, ca și cum ar vrea să confirme chestiunea asupra căreia au căzut de acord. Andrew ia cele două căni de ceai și le duce în bucătărie, lăsând ușa întredeschisă.

Fuseseră o zi și o noapte obositoare. Se opriseră un pic acasă, ca să-și ia ea niște haine și să le ceară scuze copiilor că se răzgândise. Se urcaseră în mașina cea mare a lui Andrew și merseseră pe A1 cu câțiva kilometri peste limita de viteză. Pe drum rezervaseră camere la hotel și discutaseră pe scurt cu Stephen, care luase cheia casei de la agenții de închiriere.

Ajunseseră la hotel la zece seara. Stephen se întâlnise cu ei în hol.

— Nu m-am gândit c-o să te revăd așa de curând, zisese el.

— Pur și simplu nu mi se părea corect, replicase ea.

— Nu există nicio garanție c-are să se întoarcă.

— Sunt puține garanții pe lumea asta, dar cred că n-are să se poată abține. Gândul la atâția bani care i se bălăngănesc pe dinaintea ochilor are să-l tortureze. Și, desigur, n-a reușit să ia legătura cu Vincent. O să riște de data asta, cu o poveste cusută cu ață albă.

— Dar n-are să fie bănuitor cu privire la dispariția tastaturii?

— N-aș crede. O să creadă pur și simplu c-a lăsat-o aici din întâmplare. Începe să uite. Nu cred că i-a trecut prin cap că i-ai subtilizat-o tu când i-ai adus geanta. Pe de o parte e bănuitor, pe de alta, atât de credul!

Era epuizată, o dureau membrele și-i zvâcnea capul. În dimineața următoare bănui că se putea să fi fost un pic cam iritată cu Stephen. Dormise bine și se trezise înviorată.

Iar acum cheia e vârâtă șovăielnic în broască.

— EI BINE, îl întâmpină ea, ți-am primit mesajul.

Roy stă în mijlocul încăperii și cercetează camera din priviri, ca și cum ar fi uluit. După câteva clipe, zice:

— Doamne, Dumnezeule, ce s-a întâmplat aici?

Îl vede pe Andrew în bucătărie și se uită încruntat la el. Andrew îl privește blajin, dar nu zice nimic.

— Cine e? întreabă, punându-și geanta pe podea.

— Robert a întârziat? întreabă ea.

— Da. I-a fost anulat zborul. Vine mâine-dimineață. O să mă văd atunci cu el.

Rostește cuvintele ca pe o incantație absentă.

— Da, da, zice ea. Sigur că da.

— O să mă cazez la un hotel... Dar ce s-a întâmplat, Betty? Ce naiba se petrece?

Se holbează la ea.

— Speram să-ți fi picat fisa, răspunde ea cu calm. Sau poate că ți-a picat. Mă rog, cum zic tinerii ăștia. Nu prea contează. Ajungem acolo curând.

— Ce tot spui acolo, Betty? Și el cine e?

Smucește din cap înspre bucătărie.

— O, e Andrew. Te simți bine, dragule?

— Da, foarte bine! strigă Andrew.

— Andrew se află aici pentru orice eventualitate.

— Ce eventualitate?

— Ce mai face Robert, apropo? Trebuie să-l fi enervat grozav întârzierea.

— E în regulă. A sunat de pe aeroportul din Sydney.

— Serios? Pe mobilul tău? Probabil c-a fost scump.

— Da, păi, trebuia. Altfel n-aş fi ştiut.

— Ciudat! comentează ea pe un ton parcă nepăsător, însă continuând să-l privească în ochi. Nu ţi-a fost tăiat mobilul?

— De unde ştii? A venit vreo scrisoare?

Betty nu zice nimic.

— Se poate să fi lăsat vreun mesaj la recepţia hotelului, zice el. Sunt cam uituc zilele astea.

— Da, asta cam aşa e, nu? Totuşi, credeam că urma să te vezi cu el la aeroport.

— A, da, o schimbare de planuri, atâta tot, spune el cu mai mare încredere.

— Schimbare de plan peste tot, se pare.

— Cum adică?

— Chiar nu pricepi? Nici măcar un pic? De-a dreptul dezamăgitor! Mereu m-am gândit că eşti ager. Să ne aşezăm?

Se aşază pe unul dintre scaune, iar el îi ia pe celălalt. Se uită prin încăperea goală din nou şi zice:

— Ce-i asta, Betty? Ce se petrece?

— O s-o iau încet, da?

Se uită la el cu o expresie de îngrijorare, ca şi cum binele lui ar fi mai presus de toate. Ţine în mână un plic.

— Îţi scrisesem un bilet, dar m-am gândit că nu se cuvenea. Şi nici corect nu era, la o adică. Aşa că m-am decis să fac asta faţă în faţă. În plus, a avut loc o schimbare de planuri şi la mine. Mă bucur că te-ai hotărât să te întorci.

— Ce te face să crezi că nu aveam de gând să mă întorc? După ce mă vedeam cu Robert.

Ea oftează şi aşteaptă un pic.

— Nu contează! Hai să continuăm, bine? De unde anume să încep? Cu începutul sau cu sfârşitul?

— N-am pretins niciodată că te înțeleg, Betty, dar chiar m-ai încuiat de data asta. Ce s-a întâmplat, vorbește cu mine, Betty!

Ea doar îi zâmbește.

— Nu-ți face griji! Putem rezolva. Când mă întorc de la Londra. Între timp, trebuie să-mi văd de drum. Trebuie să-mi iau câteva lucruri de sus, apoi o să chem un taxi și o să te las la unul dintre hotelurile alea de pe autostradă pentru vreo câteva nopți. Când mă întorc, putem s-o rezolvăm. Am fost în situații mai rele la viața mea, pot să spun.

Surâde mângâietor.

— Sunt sigură de asta, zice ea.

— Deci dau și eu fuga până sus și apoi o întind.

Betty vâră mâna în geantă cât se ridică el de pe scaun.

— Oare asta ai uitat?

Ridică tastatura Hayes and Paulsen, iar el încremenește cu ochii la ea.

— Încep să prindă contur lucrurile?

El se așază la loc, greu. Expresia îi e neschimbată.

— Cariera mea m-a învățat beneficiile cercetării atente. Am eu o mică bănuială că obișnuiești să faci o verificare superficială și cu asta basta. E totul acolo, știi tu. Munca și viața mea, mai mult sau mai puțin. Deschise tuturor vizitatorilor, cel puțin în cea mai mare parte, dacă ți-ar fi păsat să cercetezi mai în profunzime. Gerald n-a crezut că așa stau lucrurile. Dar eu te cunoșteam. Îți cunoșteam aroganța. Te-am recunoscut de cum te-am întâlnit în pubul ăla îngrozitor. Fotografiile au fost de ajutor. Când însă te-am întâlnit în carne și oase, totul a fost atât de clar! Chiar dacă, la acel moment, credeam că treaba era un pic cam riscantă. Cu toții credeam. Ce n-am luat noi în calcul a fost capacitatea ta de-a uita. Concentrarea pe urmăritul țintei fără a ține cont de altceva. Au trecut ceva ani, bănuiesc. Iar eu eram cumva în avantaj. Totuși...

Zâmbește dulce.

— Ce încerci să-mi spui acum? C-ai încercat să mă tragi pe sfoară? Dacă...

— Dacă reflectez mai bine, cred c-o să încep chiar cu începutul. Cu un băiețel sau, mai degrabă, cu un băiat mare pe nume Hans Taub.

El ridică privirea repede. Urmează o pauză extrem de mică, după care zice:

— Habar n-am despre ce vorbești.

— Hm, mă așteptam să zici asta... Dar ești Hans, nu?

Îl privește întrebător.

— Nu, sigur că nu. Zău așa, Betty, sunt Roy! Știi doar. Nu sunt un oarecare, cum îl chema, Hans?

— Deci nu cunoști niciun Hans Taub?

— N-am zis asta. Un neamț cu care am lucrat imediat după război se numea Hans. Mi-a fost traducător. Taub era numele de familie, cred. Când eram la Hanovra. A avut parte de un sfârșit tragic, însă.

Betty încuviințează din cap.

— Da, ucis la datorie de un fugar, cred.

El e uluit.

— Exact. Eram cu el atunci.

— Erai, nu? Chiar așa. A fost o chestie ciudată, nu? Tu și el semănați atât de bine, o spun toate declarațiile de la acel moment. Am reușit să dăm de niște angajați ai biroului de la Hanovra. Sunt aproape la fel de bătrâni ca noi acum. Vorbesc cu drag de Cuplul de Groază. Ce-mi place mie la actele oficiale e că sunt, ei bine, oficiale. Te apucă încântarea când vezi emoția de dincolo de limbajul specific. Relatarea britanică e gândită să-i împace pe ruși și să lase incidentul în urmă. E atât de transparentă! Mi-ar fi plăcut să văd raportul rus, să le compar și să găsesc diferențele. Dar, desigur, așa ceva ar fi imposibil. A trebuit să ne descurcăm cu cea de-a doua opțiune de pe listă, nu cea mai bună, dar suficient de bună pentru ce ne trebuia nouă. Vechile evidențe est-germane. Am început să căutăm abia în 2001, iar informația era disponibilă de mai bine de zece ani după căderea Zidului Berlinului. Mai întâi nu ne-a dat prin cap să căutăm acolo. Mă refer la „noi" în sens larg, desigur. Mă refer realmente la Gerald și la realizările lui. El e cercetătorul pe care l-am plătit. Șeful lui Stephen. S-a prefăcut a fi fiul meu, Michael. Ajungem fără îndoială și acolo, mai târziu. Merg prea repede pentru tine, Hans?

Se uită la ea cu o căutătură cruntă.

— Unde rămăsesem? A, da. Unul dintre oamenii lui Gerald făcea cercetare pe tema Stasi și s-a gândit să arunce o privire rapidă. Când zic privire rapidă, mă refer la săptămâni întregi de parcurs evidențele anilor 1950. Noi, ăștia, universitarii, ne dăm în vânt după așa ceva, știi tu, acele în carul cu fân. Și a apărut. O abordare comună de către agenția est-germană de spionaj și Uniunea Sovietică a consilierului unui secretar în Ministerul Apărării în 1957. Nereușită, din câte se pare, iar consilierul a dispărut din peisaj. Unui observator oarecare nu i s-ar părea mare lucru. Pur și simplu una dintre farsele alea din timpul Războiului Rece. Nouă însă...

— Și ce-are asta de-a face cu mine? întreabă el cu o notă de iritare în glas.

— Totul, desigur. Cel abordat era un oarecare Roy Courtnay, iar Courtnay e un nume atât de neobișnuit! Câteva lucruri erau importante în acel raport. Unul dintre ele era o referire la un incident din 1946 în care Hans Taub cică fusese ucis. În micul dosar se afla un sumar al raportului ofițerului rus de la acea vreme. Avea impresia clară că supraviețuitorul era Hans Taub, dar n-a luat nicio măsură.

— Ne-am întâlnit cu Karovski doar o după-amiază. N-a fost deloc de ajutor.

— Da. Karovski era numele. Ai memorie bună la nume. Era suficient de convins că era Hans Taub, încât să-l găsească ulterior la Londra și să încerce să-l șantajeze. Să trecem mai departe?

— Fă ce vrei! zice el, ridicând din umeri.

— Te plictisesc? Cealaltă chestiune interesantă este că Hans Taub avusese, pesemne, un rol esențial în denunțarea la Gestapo în 1938 a unei familii bogate, Schröder. Părinții au fost executați, iar copiii, trimiși în lagăre. Tatăl lui Taub a fugit din Germania împreună cu fiul său. Mama n-a fost la fel de norocoasă. Deci est-germanii țineau morțiș să discute cu Hans Taub. Sau să fie Courtnay? La care să ne oprim?

El o privește precaut:

— Fă cum vrei! Oricum parcă-mi vorbești în chineză. Mare ticălos, deci, Taub ăsta! Nu știam nimic din toate astea când a venit să lucreze pentru mine.

— Da. Avea numai paisprezece ani în 1938. Ceea ce aduce în discuție o chestiune pe care aș numi-o de interes academic.

— Da?

— La ce vârstă îți poți asuma răspunderea pentru faptele tale? Vârsta legală în această țară este de zece ani, nu-i așa? Crezi că erai responsabil pentru faptele tale când aveai doar paisprezece ani, Hans?

Mormăie.

— Eu una cred că Hans era foarte responsabil de gândurile și faptele lui. Era dezgustat de familia Schröder, de părinții lui liberali, dar, mai presus de toate, era dezgustat de el însuși. Așa că a dat și el din mâini și din picioare. A avut până și un contract scris cu Gestapoul. Karovski avea să-l ia la întrebări despre asta în 1957. Cred că Hans știa foarte bine ce le face lui

Albert și Magdei Schröder, precum și lui Hannelore, Charlotte, Anneliese și Lili.

— Absurd! Eu sunt Roy Courtnay. Am crescut în Dorset. Am făcut războiul. Am trăit o viață. Și ce?

— Așa-i! Am cercetat-o pe toată. Convalescența, lordul Stanbrook, arhiva lui personală, la care Gerald a obținut accesul, ne-au oferit o mulțime de detalii – Londra și toate acele aventuri de după. Erai destul de greu de prins, dar Gerald se pricepe foarte bine la ceea ce face. La fel și asistenții săi.

— E absurd. Unde e dovada pentru toate astea?

— Dovada? Păi Gerald a lucrat destul de meticulos. Istoria, în general, nu se axează pe dovezi. Se axează pe adevăr sau pe ceva cât mai aproape de el.

— Atunci n-ai nimic, să înțeleg? Și ce-are asta de-a face cu tine, în orice caz?

E roșu la față.

Andrew dă să vină în sufragerie, dar Betty zice:

— Este în regulă! Hans n-are să facă nimic nechibzuit. Așa-i, Hans?

— Nu mă cheamă Hans, zice el, scrâșnind din dinți.

— Mă gândeam eu că n-ai să fii mulțumit, continuă ea senină, ca și cum el n-ar fi vorbit. M-am așteptat că s-ar putea să ai nevoie de ceva mai convingător decât comentariul istoric. Îți aduci aminte de călătoria noastră la Berlin?

— Da, răspunde el monoton.

— Minunată, nu-i așa? Apusul peste Spree. Filarmonica Berlineză în plină desfășurare. Am crezut că aveam nevoie de niște timp pentru noi, totuși. Tu păreai cumva frânt și plictisit.

O lasă să continue.

— M-am gândit să mă întorc la vilele acelea frumoase din Tiergarten. De fapt, am și bătut la o ușă. Nu, te necăjesc aici, făcusem aranjamentele cu câteva săptămâni înainte. Proprietarii au fost încântători. M-au lăsat bucuroși să arunc o privire. Sper că urmărești firul poveștii, Hans.

El tace îmbufnat.

— A existat un scop clar. Nu ne aflam acolo doar să vedem casa în care trăise familia Schröder. Ne-am dus până la etaj. Acolo era biroul lui Albert, proaspăt renovat și foarte high-tech. Nu mai rămăsese nimic din lemnul ăla întunecat groaznic. Cam opresiv, îmi ziceam eu mereu. Un pic intimidant. Ne-am uitat într-unul dintre dormitoare. Toate au fost mochetate acum, cu o mochetă pufoasă și de un bej cu gust. Nu i-a deranjat, de vreme ce era pentru o cauză bună. Nu știi despre ce vorbesc, nu, dragul meu?

— N-am nici cea mai mică idee.

— Ai răbdare, te rog! Când am dat la o parte mocheta, era încă acolo.

— Ce, întreabă el cu răbdare forțată, era acolo?

— Gaura dintre plintă și podea, desigur. Și mai surprinzător, după atâta amar de ani, a fost medalionul. L-am putut vedea cu lanterna, dar nu am putut ajunge la el. Proprietarul casei a reușit să-l scoată cu o șurubelniță. Am să ajung și la subiect, îți promit. De fapt, sunt aproape acolo. Am reușit să recuperăm scrisorile și medalionul. Desigur, medalionul era de cea mai mare importanță.

— O, serios!

— Scrisorile erau vorbăria fără șir a unei fetițe prostuțe. Medalionul însă conținea părul tău.

— Părul meu? Cum adică părul meu?

— Nu-ți amintești? S-a întâmplat la mine în cameră. Te-am convins să-mi dai o șuviță. Cam ezitai, totuși, și te uitai urât și furios la mine. Un pic cam ca acum. Eu însă am insistat și m-am prefăcut că n-am observat. Veselă ca un miel de primăvară. Te-ai supărat rău când ți-am tăiat mai mult decât ne înțeleseserăm. Eu am râs. Firește că-ți aduci aminte. Zile fericite.

Îi surâde și oftează.

— Desigur, îți folosești intelectul în situații din astea. Și tehnologia. Recuperarea medalionului n-a fost pur și simplu o chestie de nostalgie. A fost ceva mai mult. Era o chestiune de dovadă. Gerald e un om exagerat de grijuliu și, la fel ca tine, a vrut să fie totul convingător, iar testele ADN sunt o minune. Ne-ai lăsat suficiente mostre prin casă cât ai locuit în ea, așa că a fost simplu să le trimită la un laborator împreună cu părul din medalion și să așteptăm rezultatele. Aș zice că m-ai prins din urmă mai mult sau mai puțin.

4

— A FOST ACUM MULTĂ VREME, BETTY, zice el obosit. Cum ar trebui să-ți spun, Betty sau Lili?

— Elisabeth e numele meu de botez. Îl prefer scris și pronunțat ca în germană. Una dintre particularitățile mele.

— Dar...

— Sunt doar diminutive ale aceluiași nume. Nț. Ține pasul! Și totuși, iată-ne! Da, a trecut mult timp. Nu știu tocmai sigur ce-ar trebui să însemne asta. Mie nu mi se pare că distanța în timp șterge faptele.

— E complicat motivul pentru care mă aflu în pielea lui Roy Courtnay.

— De fapt, ca să mă exprim exact, tu nu ești în pielea lui Roy Courtnay, îl întrerupe ea. Mai degrabă contrariul.

— Accept corectarea. Atât de precis! La început au fost o serie de neînțelegeri. Roy a avut parte de o moarte oribilă, iar eu am fost rănit grav. Eram inconştient, iar ruşii se grăbeau să ne ducă înapoi în sectorul britanic. Ne-au confundat şi de aici problema s-a făcut din ce în ce mai mare. A scăpat de sub control.

Se uită la el, sceptică.

— Am profitat, o s-o recunosc de bunăvoie. Dar n-am prea avut de ales. Eu nu eram decât un traducător. N-aveam garanţia postului. N-aş fi avut pensie militară.

— Engleza ta trebuie să fi fost bună, chiar şi atunci. Ai riscat destul de mult.

— Petrecusem patru ani în Anglia, trei dintre ei la şcoală. Am talent la limbi străine. Mă cunoşti. Îmi încerc norocul la orice. A fost un risc calculat.

— Nici măcar nu te-ai gândit la familia lui Roy.

— Ei bine, nu. Uiţi, Lili, că acelea erau vremuri grele...

— Nu uit, Hans.

— Nu, sigur că nu. Ştii totul prea bine. Ştii ce însemnă să trebuiască să supravieţuieşti. Asta făceam şi eu. Supravieţuiam. Nimic n-avea să-l aducă înapoi pe căpitanul Courtnay, Lili. Tare mă bucur c-ai scăpat! Mereu am sperat să fie aşa.

Se uită la el cu gravitate.

— Chiar aş prefera să-mi spui Elisabeth. Sau ar trebui să-ţi spun Hansi?

El priveşte în jos la degetele încleştate.

— Au fost nişte vremuri nebuneşti. Lumea a înnebunit vreo câţiva ani. Gestapoul a făcut presiuni asupra mea. Mi-au răstălmăcit cuvintele.

— Asta nu prea este ce spun documentele. Est-germanii au ţinut evidenţe destul de cuprinzătoare.

— M-au păcălit, Elisabeth. Trebuie să mă crezi!

— Oare? întreabă ea. Şi ce trebuie să cred despre ceea ce mi-ai făcut tu mie?

— Când?

— Când m-ai atacat.

— Atacat?

— Să explic mai clar? La mine în dormitor, în seara petrecerii de Crăciun. Când tatăl tău stătea de vorbă cu al meu. Când m-ai cercetat cu degetele tale de brută. Când mi-ai arătat cât de inumane pot să fie ființele umane. Probabil c-ar fi trebuit să fiu recunoscătoare pentru perspectiva despre inumanitate. Mi-a prins bine.

— Nu-mi aduc aminte nimic. E doar închipuirea ta...

— Ce anume? Că s-a petrecut? Că ai fost tu?

Vorbește egal, iar el ascultă fără să comenteze. Ridică pleoapele pentru o străfulgerare de dispreț la adresa ei, dar nu-i poate susține privirea.

— E amuzant... Cea mai vie amintire este cum îți adulmecai tu degetele după aia. Păreai atât de dezamăgit de toată treaba!

El trage aer în piept.

— Și atunci ce vrei?

— Vrei să trec la subiect... Există întotdeauna un târg de făcut. Așa că hai să pătrundem în miezul chestiunii și să discutăm detaliile!

— Păi, și?

Capătă curaj să se uite la ea.

— Ce vrei?

— Foarte bună întrebare! Dă-mi voie să te întreb: ți-ai închipuit vreodată consecințele a ceea ce ai făcut?

— Nu pe de-a-ntregul. Bănuiesc că înțelesesem că părinții tăi aveau să aibă necazuri.

— Hm. De ce-ai făcut-o atunci, Hans? Te dezamăgisem așa de tare că nu-ți răspunsesem cum voiai tu?

— Nu știu, zice el. Surorile tale se purtaseră urât cu mine. Eram supărat. Tata era așa un neghiob! Eram furios pe el.

Părinții mei erau niște idioți. Îi și vedeam închiși și trăgându-mă după ei. Aceasta a fost o cale de a rezolva problema, mă rog, cel puțin temporar.

— Și de a rezolva totodată și problema fericitei și prosperei familii Schröder.

— Nu știu...

Dă din umeri, băiatul îmbufnat de paisprezece ani.

— Ce te-a determinat să faci acele acuzații nefondate? Simpla ciudă meschină?

— Tații noștri discutau despre sabotarea efortului de război.

— Și așa-zisa noastră moștenire jidănească?

— Am crezut că asta era mai mult sau mai puțin ceea ce-și dorea omul de la Gestapo să audă. Un mijloc de a ajunge unde trebuia să fiu.

— A fost o minciună. Noi nu eram familie de evrei.

El se uită la ea și zice:

— Nu știu dacă exista sau nu sânge de evreu în familia voastră. Bănuiesc că n-ar fi trebuit s-o fac. A fost... necesar. El a insistat s-o spun.

— Nu asta-i treaba. Fie că eram, fie că nu eram evrei, aș fi bucuroasă să fiu percepută drept evreică, chiar dacă nu-s. Sunt mândră să fiu asociată cu toată suferința. Chiar mă simt mândră de asta.

De când s-a mutat în Marea Britanie a avut grijă să poarte mânecă lungă, mai ales cât a locuit în aceeași casă cu el, dar acum își suflecă mâneca și-i întinde antebrațul, arătându-i numărul cu triunghi. El rămâne lipsit de expresie.

— Treaba e că n-ai spus nimic. Nu a contat dacă eram sau nu evrei. Orice scuze ai putea pregăti tu în sprijinul imaturității tale, ai fost răspunzător pentru ce-ai declarat.

Se uită la ea de parcă n-ar putea înțelege ce i-a spus.

— N-ar fi contat dacă nu ziceam nimic.

— Dar n-ai făcut-o.

— Tatăl tău și tatăl meu conspirau împotriva statului. Despre asta n-am spus minciuni.

— Conspirau împotriva răului. Iar tu ai ales să conspiri alături de el.

— Aveam paisprezece ani, pentru numele lui Dumnezeu! Cum era să calculez eu toate astea?

Pentru câteva clipe, nici unul dintre ei nu mai vorbește. Elisabeth pare epuizată. Numai că își găsește iar glasul.

— Sunt curioasă. Tu nu simți vinovăție?

— În legătură cu ce?

— Cu mine. Cu familia mea. Cu părinții tăi, Roy Courtnay, Bob Mannion.

— Vinovăție... Asta-i o emoție destul de dificilă. Nu!

— Nu! Nu simți, așa-i?

— A fost...

— Util?

— O afirmație cam dură. Am făcut ce trebuia să fac. N-am avut de ales. Sau oi fi crezut că n-am. Am făcut-o ca să supraviețuiesc. Știi toate astea.

— Și după aia?

— După aia. După aia a rămas în trecut. Nu se mai putea desface. Nu provocasem eu nimic din toate stea. Eu doar... Eu doar...

— Da?

— Am profitat de ocazii atunci când au apărut. Asta nu-i așa de groaznic, nu?

— Și acum?

— Sunt om bătrân. Ce s-a făcut nu se mai poate desface. Nu pot să repar lucrurile. Ce rost ar fi avut să mă torturez cu sentimentul de vinovăție?

— Nu mi-am dat seama că a simți vinovăție e o opțiune.

— Ce vrei de la mine? Bani? Nu pricep!

Acum e mai calmă, potrivindu-și vocea cu un ton mai jos și vorbind cu atenție:

— Știu! Tu nu reușești să pricepi o mulțime de lucruri. Tu nu reușești să pricepi că nu vreau absolut nimic de la tine. Că se poate să nu fie niciun târg de făcut. Că se poate să nu fie niciun preț de plătit. Și eu mi-am schimbat planul. Dă-mi voie să-ți spun ceva!

El se uită la ea, dar nu zice nimic.

— Când mi-a murit soțul, m-am simțit pierdută. Nu am cum să judec dacă m-am simțit mai pustiită decât oricare altă văduvă care tocmai și-a pierdut soțul, dar, în mintea, mea m-am întors drept la sfârșitul războiului. Ți-ai putea închipui că eliberarea a fost un moment fericit, dar pe mine m-a făcut să-mi percep fragilitatea și efemeritatea. O perspectivă goală a fricii. Când a murit Alasdair, m-a încercat aceeași frică. A trebuit să descopăr sens. Nu aveam să-l găsesc în religie, cred că amândoi putem fi de acord în privința asta. Așa că a trebuit să fie altceva. În cele din urmă am considerat că am găsit-o. Căutarea adevărului, un soi de încheiat al socotelilor.

— Și de asta ne aflăm noi aici, zice el cu glas stins.

— Da. Destul de comic întrucâtva. Doi curcani bătrâni, cu gâturile încrețite și mersul nesigur, sporovăind repede și nedeslușit despre chestii uitate. Lecțiile, cel puțin. Scurmând după sens. Ne cam subliniază irelevanța, n-ai zice și tu?

Lui i se aprind ochii.

— Presupun că da.

— Unde rămăsesem? Da, la ce vreau? Chestia asta a evoluat, ar trebui să spun, când am început să facem progrese. Mai întâi voiam, pur și simplu, să aflu, după care am descoperit mai mult sau mai puțin adevărul. Știam că tu ai fost, Hans, tu și nimeni altul. Încercarea era să-ți luăm urma. Ești un om greu de prins.

El afișează un zâmbet ironic și zice:

— Povestea vieții mele...

— Într-adevăr, răspunde ea pe un ton batjocoritor. N-a fost atât de greu. N-am să-ți povestesc chiar totul. Dar cred că am reușit să acoperim majoritatea escapadelor și belelelor tale. Acum, ai niște falsă modestie de afișat?

Clatină din cap.

— Nici nu credeam. Mica noastră căutare a luat avânt. Gerald, mai ales, e ca un câine cu osul. Poate fi un om răzbunător. Ceea ce e foarte surprinzător pentru cineva așa de blajin. Cu el nu te pui. Și, în cele din urmă, iată-te pe tine, limpede ca cristalul, Roy Courtnay. Vincent ne-a fost de mare ajutor la completatul detaliilor care ne mai lipseau.

— Vincent?! face el surprins.

— Da. Detectivul nostru particular l-a găsit repede odată ce am făcut cunoștință cu el. Ne-am întrebat dacă merita să încercăm să stăm de vorbă cu el. Cu siguranță, după ce i-am fi stabilit antecedentele. Știai că bunicul lui a fost evreu autoexilat din Polonia chiar înainte de Al Doilea Război Mondial? Probabil că nu. Stephen s-a descurcat excelent în a intra în vorbă cu el și a fost mai mult decât bucuros să ne facă pe plac. A fost un soi de izbăvire pentru el. A completat câteva goluri.

Hans se lasă grămadă pe scaun, dar o privește sfidător.

— Te găsiserăm și ne blocaserăm în calitate de simpli istorici. Așa că am angajat un detectiv particular, un tânăr de treabă din Chingford. A reușit să scoată la iveală tot felul de chestii. Remarcabil! Abia de-ți părăseai apartamentul, dar erai foarte implicat în întâlniri amoroase pe internet. Vezi direcția înspre care ne îndreptăm. Prelucrai, cum să zicem, o cantitate mare de material prin instalație. Băiatul nostru a găsit sârguincios multe dintre potențialele partenere cu care te întâlniseși și le dăduseși la o parte, și le-a intervievat. Știi că, la un moment dat, ai ieșit cu cinci într-o lună? Chiar mă surprinde că există atâtea femei în vârstă singure.

Roy face o grimasă, iar Elisabeth continuă voioasă.

— Îți este cunoscută imaginea care-a reieșit. Majoritatea sunt femei pe care le-ai respins după prima întâlnire. Cele cu care te-ai întâlnit a doua oară prezentau interes. Ai vrut să grăbești relația foarte mult și erai fascinat de starea lor financiară. Îmbrăcat frumos înainte să te angajezi. De fiecare dată se părea că fie femeia nu ți-a îndeplinit criteriile, fie că se simțea cumva neliniștită în privința ta. Asta a fost baza planului pe care l-am conceput. Eu urma să intru iar în contact cu tine, dar în acel moment ne lipsea siguranța, în ciuda tuturor dovezilor, că tu ești Hans Taub. Așa că soluția a fost destul de simplă.

— Să te întâlnești cu mine prin intermediul unui site de matrimoniale.

— Exact. Destul de curat, nu ești de acord? Am schițat un plan de bază. Am închiriat căsuța asta pe termen lung și m-am mutat în ea, gata să văd cum o să meargă lucrurile. Și cred că „a înghiți toată gogoașa" e expresia potrivită, nu? Lui Gerald i-a venit ulterior ideea să jucăm ceea ce știu eu drept un truc cu trei cărți. Aparent, aveam să-ți permit să mă jecmănești, când asta, de fapt, ți se întâmpla ție. Aveam tot echipamentul necesar. Stephen este expert în IT, deși am lăsat câteva chestii la noroc. Frumusețea loviturii e că, de fapt, mie nu-mi trebuiau banii tăi, așa că puteam abandona ideea când devenea totul prea dificil. Dar ne mergea destul de bine, nu?

El nu-i răspunde privirii nerăbdătoare.

— Gerald a jucat rolul fiului meu, Michael, în mica piesă de teatru pe care am considerat-o necesară pentru credibilitate. Soția lui a fost soția lui din realitate, fiica, una dintre cercetătoarele de mai devreme care se întorsese pentru un rol episodic, iar Stephen, desigur, a fost Stephen. Care clar nu mi-e deloc nepot. Nu ne-am descurcat splendid? Mai ales Stephen. Cu toții am răsuflat ușurați când ai refuzat invitația de a petrece Crăciunul cu ei. Știam eu c-așa o să faci. Și, bineînțeles, n-am făcut testele.

— Testele?

— Sunt un pic haotică, este? zice ea voioasă. Testele ADN. Nu m-am dus la casa aceea, deși a fost plăcut să mă închipui făcând acest lucru. A fost o poveste frumoasă, nu? Ai fi fost mândru de ea. N-am luat medalionul. Mă și îndoiesc că mai e acolo. Chiar dacă era, am fi putut testa părul? Ar fi dovedit ceva? Gerald se dă în vânt după toată tehnologia asta. Am crezut că era singura cale de a obține dovezi irefutabile. Ne duce capul la mai mult însă, nu-i așa? I-am spus să nu mai fie așa pedant și că găsisem o cale. Și am găsit-o, nu?

— Și ideea e?

— Ideea?

— Încotro ne îndreptăm cu asta? În afară de a demonstra cât de prost sunt eu? Trebuie să înțeleg că mi-ai luat toți banii?

— A, da. Banii. Chestia cu adevărat importantă pentru tine, nu-i așa? Sau e sentimentul victoriei în fața celui de înfrângere? Chiar nu contează. Planul a fost să-ți luăm banii, ceea ce-i satisfăcea instinctele mai degrabă atavice de răzbunare ale lui Gerald. Stephen a părut cam încântat de idee, mai ales după ce te-a cunoscut. Numai că, în realitate, decizia mi-a aparținut. M-am gândit că ar fi o cale să te las în urmă. Tuturor ne-a cam plăcut călătoria.

O fixează cu privirea.

— Nu lua figura asta de om speriat. Schimbare de plan, îți amintești? Tot nu-mi dădea pace de ceva vreme, dar abia pe drumul spre casă ieri am stat și m-am gândit mai bine. M-am hotărât că nu era corect. Nu voiam să fiu ca tine. Și biletul. Nu-i o dovadă de bună cuviință. Îți eram datoare să-ți spun în față ceea ce aveam de spus.

— Îți erai datoare ție, vrei să zici.

— Cum așa?

— Ca să poți avea satisfacția de a mă vedea cum mă dau de ceasul morții.

— Hans, tu îi judeci pe toți oamenii ca și cum ar gândi la fel ca tine. Mie una îmi era groază de conversația asta, de fapt. În plus, nici nu-mi pari genul care se dă de ceasul morții. Pur și simplu m-am gândit că era corect să te mai văd o dată.

Se uită la ea și râde caustic.

Pentru ea, el e iar băiatul acela de paisprezece ani plin de dispreț și amărăciune care stă deasupra ei. Pentru o clipă, se clatină, după care-și recapătă echilibrul.

— Așa că, în ceea ce privește banii tăi, ți-i poți lua înapoi. Am pregătit un cec.

Vâră mâna în geantă, de unde scoate o bucată de hârtie, pe care i-o întinde. Cu mâna tremurândă, el i-o smulge. Dă s-o rupă.

— Nu! zice ea energică, iar el se oprește, după ce a făcut doar o mică ruptură în hârtie. Gândește-te înainte să faci un gest teatral la supărare! Mereu ai fost impetuos și supărăcios. N-am să mă mai deranjez să-ți scriu altul dacă te răzgândești.

El stă cu brațele întinse, ținând cecul între degete. Își dă timp de gândire cât îi tremură brațele de la slăbiciune. În cele din urmă le lasă jos și bagă cecul frumos în portofel, uitându-se dușmănos și ferm la ea. „Ochii ăia”, își zice ea. Dar totul trece, cu timpul.

5

ÎȘI MĂNÂNCĂ SANDVICIURILE pe care ea îl trimisese pe Andrew să le cumpere. Elisabeth îi șoptise să se grăbească. Nu se simțise înspăimântată, ci mai degrabă neliniștită. Îl urmărește pe Hans, care se concentrează pe mâncare și pe paharul de cafea din fața lui.

— Deci, zice ea, asta-i tot, presupun.

Este mai calm acum, chiar pașnic, probabil resemnat. Frica fizică pe care o simțise cât fusese plecat Andrew pare acum ușor ridicolă. Speră să nu-și fi trădat emoțiile. Ar fi fost un soi de victorie pentru ei.

— Mă depășește, zice el, clătinând din cap. Mica ta șmecherie, nu pot să mă prefac că nu m-a necăjit. Și a fost și inutilă. De ce n-ai putut pur și simplu să vorbești cu mine?

— M-aș fi gândit că tu, dintre toți oamenii, ai putea înțelege asta. Odată ce s-au pornit lucrurile, a devenit destul de palpitant. Nu credeam că sunt în stare de așa ceva. Desigur, ție îți vin natural toate astea.

— Hm. *Touché*, bănuiesc. E cam târziu în viață să-ți mai înveți lecția, totuși eu cred că am făcut-o.

— Serios? Ar fi o surpriză!

El ia o expresie de jignire pe chip.

— E un pic cam sub centură.

— Sub centură... Interesantă alegere a cuvintelor!

— Am făcut greșeli, recunosc. Unele cu consecințe pe care nu le-am intenționat niciodată. Nu-s sfânt...

— Nu.

— Dar sper să fi rămas totul în urma mea.

— Minunat! exclamă ea, dar cumva puțin credibil.

— Minciuna face parte din firea mea, presupun, recunoaște el umil. Mă reprezintă. Aș vrea să fiu deștept și să afirm că există vreun motiv psihologic pentru asta. Așa au stat lucrurile de când mă știu. De când cu omul de la Gestapo, cel puțin. Dar am dreptate, nu? Ne ducem viețile mințind. Așa ne descurcăm în lume. Fie că vinzi mașini second-hand, fie că ești prim-ministru, fie că ești un savant care studiază schimbarea climatică. Așa stau lucrurile. Adevărul e secundar.

Se uită la ea și zâmbește, implorând cu blândețe.

— Hm, face ea. Nu prea cred, Hans. Nu vreau să fiu nepoliticoasă. Sau poate că da. Tu chiar crezi că putem discuta despre cum e lumea? Că putem ascunde tot gunoiul sub preș când îmi spui tu că ne trăim viețile cu lipsă de cinste? Că doar cu un singur salt te poți elibera?

— Elisabeth, e lipsit de generozitate din partea ta...

— Da, dar corect, cred eu.

El își ferește privirea.

— Hans, zice ea, ăsta nu-i un act de răzbunare, nici măcar de dreptate. Știi ce s-a ales de viața ta. Trebuie să fie dezamăgitor.

— Așa zici tu.

— Da. Așa zic eu. Și o mică șmecherie care să te disculpe nu te ajută în ochii mei.

— Și cine ești tu să mă judeci pe mine?

— Cred că sunt îndreptățită pentru asta.

— Ai terminat?

— Pentru moment.

— Nu mă interesează ce crezi tu. Nu-ți caut iertarea.

— Așa mai vii de-acasă! Sunt sigură că nu. Mă îndoiesc că te gândești la iertare. Sau la înțelegere. Dar la frica de infinitatea care se apropie, da, sunt sigură. O simți la fel de puternic ca mine. Diferența ei că tu n-ai de unde să capeți curaj.

— Și tu ai? Cu mâzgălelile tale irelevante?

Ea surâde.

— E tentant să mă gândesc c-o faci pe prostul intenționat. Dar tu n-o faci, nu-i așa? Tu chiar nu poți să vezi.

— Ce să văd?

— Că bunătatea există, oricât de mult am încerca noi s-o negăm, la fel ca și pandantul ei. A, nu contează!

Oftează. El mârâie și zice nerăbdător:

— Ce vrei de la mine?

— Vreau? Nimic, realmente. Nu caut căință de la tine. Nu cu toată furia aia care arde înăuntrul tău. N-am nicio dorință să mă împac cu tine. Nici măcar nu vreau să înțelegi. Nu vreau decât să mă uit în ochii tăi, să-ți simt intimidarea și să ies de acolo nepătată. Să-ți supraviețuiesc, asta e ideea!

Îi zâmbește cu o căldură care o surprinde până și pe ea. Nu-i nici ostilitate, nici victorie. E ceva care aduce a mulțumire. Faptul că e în stare să zâmbească în acest moment, îi dă, straniu, o senzație de eliberare.

— Nu-ți doresc răul, zice ea. Serios. Pentru o vreme am nutrit sentimente negative la adresa ta, dar acum au dispărut. Am depășit momentul. Astfel încât cred că o să lăsăm lucrurile așa. Andrew?

6

CÂTEVA CLIPE MAI ÎNCOLO, după ce au ieșit din casă, iar el i-a ținut portiera mașinii, Andrew se pipăie peste buzunarele hainei, un pic prea teatral pentru gustul lui Hans. Îl vede vorbind cu ea prin portiera deschisă înainte să se întoarcă spre casă.

Bate la ușă. Nu e o bătaie de om care are încredere în el.

Hans stă ceva până să răspundă, apoi îl cercetează din cap până în picioare pentru prima dată. Nu i-a acordat prea multă atenție mai devreme.

Andrew ăsta nu arată de parc-ar fi rudă cu ea. Lat în umeri, aproape durduliu, cu păr negru ciufulit, ten bronzat, aproape latino-american, cu textură de plastilină, zâmbește sfios cât stă cuminte să fie evaluat. Aparențele pot fi înșelătoare, chiar foarte tare, dar el pare genul de nechibzuit. Fără prestanță. Spre deosebire de Elisabeth, ce-i al ei e-al ei. La o reflecție mai atentă, un pic cam cum îi păruse ea lui cândva: mulțumită de sine și cu o singură fațetă. O da, pot să fie niște oameni foarte prefăcuți. Fizic însă, diferă foarte mult. Andrew, cu silueta lui mătăhăloasă, ca și cum entuziasmul i-ar putea zdrobi instantaneu ceva ce iubește, Elisabeth, minionă și subțire, cu trăsături delicate și ochi mari. El, cumva evident, urât și fericit de timid, ea, directă, provocatoare și ațâțătoare și, află acum Hans, frumoasă. Elisabeth, trebuie să țină minte s-o strige astfel.

— Scuze, rupe Andrew tăcerea dintre ei. Se pare că mi-am uitat telefonul.

— O! mormăie Hans.

— Și bunica m-a rugat să mă întorc să-ți spun că contractul de închiriere de aici expiră luni. O să vină agenții atunci. Desigur, oricum nu-i mobilă...

Vorbește cu accentul acela scoțian lin.

— Pot să intru? întreabă el, cu zâmbetul încă la locul lui, dar mai puțin încrezător. Trebuie să fie în bucătărie.

— Poftim? zice Hans. A, fă ce vrei!

Se dă la o parte, dar numai parțial, așa că Andrew trebuie să se strecoare inconfortabil pe lângă el. Îl străpunge pe tânăr cu privirea, iar Andrew își ferește ochii, zorindu-se spre bucătărie.

— Iată-l! strigă el de acolo și se întoarce.

Expresia i se schimbă într-una de ostilitate.

— L-am avut în buzunar tot timpul, dar amândoi știm asta, nu-i așa?

Hans ține clanța nemișcată, gata să dea nulitatea asta afară din viața lui pentru totdeauna, numai că Andrew împinge cu atenție ușa.

— Hai să nu facem asta aici, bine? zice el, ducându-se în sufragerie și întorcându-se ca pentru a-i da de înțeles lui Hans că nu s-a executat suficient de repede.

Hans îl urmează destul de supus, dar se uită la el fără a încerca să-și ascundă disprețul.

— Ce e? întreabă el.

— Am auzit cu toții de tine, desigur, zice Andrew. Bunica mea n-a ținut acest secret față de noi. Ne-a povestit despre tine. Numai că niciodată n-a părut real. Părea imposibil ca un băiat să fi făcut atâta rău familiei ei. Familiei mele. De-aia e bine că te-am cunoscut.

— Da?

Pe Hans îl plictisește situația.

— Da. Să te cunosc, iar acum ce părea suprarealist e atât de natural! Lucrurile prind contur. Are dreptate bunica: ești rău.

— Ai terminat?

Seriozitatea lui Andrew se transformă într-un zâmbet.

— Lumea mă știe de băiat de treabă. Lucrez la o firmă de asigurări agricole. N-am o slujbă sus-pusă, nu-s ambițios. Muncesc mult, mă înțeleg cu clienții, iar asta mă definește. Bănuiesc că alții mă consideră un provincial care muncește din greu și e binevoitor. Ceea ce pe mine nu mă deranjează. Aparențele nu sunt totul însă.

— Serios?

Hans își dă ochii peste cap.

— Interesant, sunt sigur.

— Dar amândoi suntem mult mai interesați de tine, nu? Nimeni nu știe ce te motivează, așa-i? Nici măcar tu. Dac-ar fi să ghicesc, aş zice că te urăşti pe tine mai mult decât oricine altcineva. Buni a zis asta.

— Ce freudian! Sau să fie jungian?

— Nu ştiu. Ce ştiu este că eşti un om foarte nefericit. Un ticălos bătrân şi trist. Serios, meriţi să-ţi curme cineva suferinţa.

Hans se dă înapoi alarmat şi cu ochii mari.

— Nu c-am să fac aşa ceva, zice Andrew cu blândeţe. Sunt cunoscut drept uriaşul cel blând, la urma urmei. Exact ca bunicul. Dar cred c-ar fi cumva drept să-ţi trăieşti tot restul vieţii cuprins de griji.

Face o pauză.

— Banii sunt importanţi pentru tine, nu? Sau ceea ce simbolizează ei?

— Ce spirit de observaţie ai! Bunica ta e deja nerăbdătoare. Îmi închipui ce respectuos faţă de ea eşti. Dacă ai de gând să mă tulburi, îmi pare rău să te dezamăgesc. Au încercat alţii mai solizi şi n-au reuşit.

— Sunt sigur că-i adevărat. Nu! Eu sunt un tip blând, domnule Taub. Am însă şi ceva neomenos în mine. În general, ţin partea asta bine ascunsă. Dar...

Face un pas înainte şi-l împunge pe Hans în piept. Hans tresare şi-şi simte spatele cum atinge peretele, iar genunchii încep să-l lase.

— Cecul! zice Andrew.

— Poftim? întreabă Hans.

— Cecul. Ăla pe care ţi l-a dat buni.

— Oh!

Se caută prin buzunar şi scoate portofelul.

— Mersi!

Andrew ridică cecul în dreptul ochilor, îl studiază şi-l rupe în câteva bucăţele pe care le lasă să cadă pe mochetă.

— Buni a mea e o persoană de înaltă ținută morală, spune el, și foarte iertătoare. Eu sunt mai răzbunător. Bănuiesc că e psihicul masculin de vină, parțial. Freud sau Jung, mult îmi pasă mie care. N-am să mă frământ întrebându-mă dacă ai tras învățăminte din experiențele tale, dar o să-mi găsesc satisfacția în faptul că știu că ai suferit, chiar și numai din punct de vedere material. E primitiv, necomplicat, sigur. Dar ăsta-s eu. Ai grijă cum te porți, acum!

Se întoarce și iese din casă.

O schimbare în rău

1

EU...

E doar un mic atac, atâta tot. În perfectă stare. Pe picioare. Doar o schimbare în rău. Vezi-ți de tine! Tu! Da, tu! Vino-ncoace dacă te crezi așa tare. Eu speriat? Râzi de mine?

— M-M-M-M-M-M..., se bâlbâie el. Maureen! zbiară într-un final, lungind vocalele.

Numele îi trec involuntar prin minte, fără oprire. Nu le poate face să stea locului.

Maureen. Dave. Charlotte. Bob. Martin. Charlie. Bryn. Renate. Magda. Marlene. Anneliese. Konrad. Hannelore. Roy. Sunt toate aici. Mai sunt și altele. Price. Craig. Taub. Courtnay. Smith. Încă unele pe care nu știe de unde să le ia pentru moment.

Se uită toți la el.

Sylvia.

O șoaptă tânguioasă, cu gheață în inima-i temătoare.

Stau întinși în așternuturile parfumate din patul ei mare. Lui i se răcorește transpirația pe trunchi. Se simte de parc-ar fi fost prins de-o aversă de ploaie. Are părul ud. Se uită la o picătură sărată care-i curge de pe umăr, înnegrind mătasea. S-a reținut. În curând o să i se ceară să-i dea iar înainte.

Cu entuziasm și energie. Așa vrea ea, cu ochiul ei crud. Și ce vrea, aia primește. Indiferent de cât de obosit e el. În camera alăturată, Sir Tommy are și el parte de așa ceva, de la papă-lapte ăla de la Minister. Un aranjament frumos. Roți în alte roți, ungând roțile. Arcurile din cele două paturi scârțâie ritmic la unison, o ciudată sincopă simfonică. Ticălosul împuțit de Sir Tommy! Toată șleahta lor, ticăloși! Complotând la căderea lui. Toți împreună. Charlie Stanbrook, Albert Schröder, Old King Cole, Bryn, Bernie, domnul Smith și bătrânul domn, nenorocitul ăla de Price, de la buna și vechea bancă Lyons Bank. Și tot restul. Nu-i un moment potrivit. Dar e un moment al naibii de potrivit să-ți rup mustața aia subțire și vicleană de pe buza tremurândă. Să vă dau o lecție tuturor. Lui Herr Weber, Renate Taub și bărbatului ăluia al ei vrednic de dispreț. Credeți că mă puteți păcăli, stați așa să vedeți ce pățiți. Lăsați-mă în pace!

Încă mai transpiră când o călărește încă o dată. Femeia face din nou o grimasă, în timp ce Weber îl țintuiește cu zâmbetul ăla iar. Ei, ăia din familia Schröder, sunt jidani au ba, băiete? Da, domnule! Vorbește mai tare, băiete! Nu pari sigur. Da, domnule! Așa mai vii de-acasă! Și de unde știi tu sigur? Schröder i-a zis tatei, domnule. Și ești gata să depui mărturie în acest sens? Ce anume, domnule? În instanță? Nu, în fața lumii. Așa, domnule, dezbrăcat? Păi da, desigur. Nu prea ai de ales, nu? Ciocan și nicovală. Și cât ai stat tu la budă? Cât a fost, Bernie? Treizeci și trei de minute în cap, Bryn. Bun, poftim! Ai stat la budă treizeci și trei de minute în cap, da? Atunci cum de nu erai acolo când am verificat noi cabinele? Vrem și noi să știm, nu-i așa, băieți?

POC! Dragul și bătrânul Roy, viața lui atârnând de un fir! Nu, el a ținut mereu la precizie. Ochiul lui atârna de un fir, mai exact. Vrea să întindă mâna să-l smulgă, să facă curat. Haide!

zice Bob. Fă-o! Şi o face, simţindu-i moliciunea uşor de zdrobit, apasă din ce în ce mai tare până plesneşte uşor, cărnos şi umed cu o mucozitate care i se scurge pe încheietura mâinii şi pe braţul pe care-l ţine în sus. Trage-l şi întinde-l pe pătură! Ploaie rece, rece, rece curge pe capul lui. I se scurge sudoarea de pe frunte, blocându-i vederea. Tot ce poate vedea este gaura cât o cutie de biscuiţi din maţele lui Bob. Aşa, frumos pe pătură, Bob! E cel mai bine. Doar taci cât mă gândesc eu. Am nevoie de Martin să mă scoată din asta, cât le atrage Bernie atenţia. Una dintre glumele lui vulgare ar trebui să meargă. La naiba, Bob, de ce-ai făcut asta? E al naibii de frig. Nu-i de mirare, la ce lovitură sângerândă am încasat. Tremur, pentru numele lui Dumnezeu! Ia-i haina! N-o să afle niciodată şi, dacă află, zici că a fost din cauza şocului. Derută. Nu-i prea greşit, la drept vorbind. Ce naiba se petrece? Hristoase, m-am udat la picioare acum. E numai transpiraţie. Ai terminat, Sylvia, iubirea mea? Priveşte şocat în jos la ea. E femeia din tren. Marlene, îi zice el. Nu prezintă semne de viaţă. La ce vă holbaţi? N-am făcut nimic. Sigur că nu i-aş face nimic unui copil. Nici măcar unui nenorocit de copil Schröder, ştii totul despre ei, Herr Weber. Zece la un bănuţ, fetele alea. Ce te uiţi la mine cu vocea aia? Tu şi cu Vincent, amândoi? Ţi-ai pus faţa de neliniştit, Vinny? Numai ochelari şi încruntături. În regulă, frumoasă treaba, dar acum poţi să te laşi de teatru! Sunt eu, ţine minte, nu vreo ţintă! Nu mai împunge, ticălos scoţian nenorocit! Şi nu mai murmuraţi între voi. Vorbiţi cu glas tare! Ce e?

Nu cred că ne permitem...

N-ar putea suporta...

Nu, stresul...

Hm...

În starea lui...

Am putea încerca... Nu, idee prostească...

Nu prea avem ce face...

Mai bine lăsăm așa...

Tâmpenii, nenorocite de tâmpenii!

Iisuse, da' cald mai e aici! Afurisitele alea de lumini care clipesc. Sigur ai îngrădit asta, Martin? Ce mizerie nenorocită! Nu pot să am naibii încredere în tine pentru nimic. Trebuie să fugim. Bruxelles e cel mai bun pariu. Sau Parisul. O să stăm la Crillon, de fapt. Hotelul preferat al Domniei Sale când vine în oraș. De fapt, caută ceva distracție, ăă, ușoară. Mă înțelegi? Super! Suntem pregătiți să vă răsplătim bine pentru serviciile potrivite și discreția cuvenită. Charles? Suntem gata. Imbold, imbold, clipit din ochi, clipit din ochi. Pur și simplu nu m-ai crede. Explică tu, Martin! Ha, ha, ha, ha, ha! Nu, nu-s din Rusia. Vai mie! Vin din Croația, neamț sadea. Dar putem face afaceri, nu? Dați-i bătaie, băieți! Eu o să stau aici cu o figură înțeleaptă și misterioasă. Ștergeți-i rânjetul de pe față ticălosului de Karovski! O să iau eu bucata mea de carne.

Und Sie, Herr Schröder? Nein. Bin gar kein Jude, echt deutsch.[1] Atât de frig!

Liniște acum și întuneric. Își simte inima bătându-i în piept ca o pasăre muribundă. Se aprind luminile, iar un cuplu vine pe scenă. Bărbatul poartă un costum din trei piese muștar cu niște carouri ca ochiurile de geam delimitate cu roșu, care i se asortează cu barba roșcată, și un melon pe care-l ia de pe cap și-l pune la loc cu abilitate de dandy. Femeia e tăcută și cu un aer de superioritate, iar un zâmbet batjocoritor i se lățește pe

---

[1] „Și dumneata, domnule Schröder? Nu. Nu sunt evreu, sunt german adevărat." (în germ. în orig.) (n. tr.).

față. Poată o rochie neagră de seară și diamante. Sunt Konrad și Renate Taub, celebrii comedianți!

— Ei bine, zice Konrad, căruia îi curge pe frunte sudoarea amestecată cu machiaj în lumina orbitoare de la picioare, odată ce publicul și-a terminat râsetele pe înfundate introductive. Ați auzit-o pe aia cu neamțul care și i-a vândut pe maică-sa și pe taică-su? A, nu contează! Ce ticăloși!

Pe scenă plouă cu roșii și ouă, de care ei se apără cu brațele. Din tavan coboară un ștreang. Se taie lumina și iar se lasă liniștea.

Se aprinde iar lumina, treptat de data asta, și e mai întuneric. Fum, fum delicios urcă în spirală prin cabaretul ca vai de lume. Prezentatorul vine pe scenă, rânjind cumva răuvoitor spre toate colțurile încăperii.

— Și acum, domnilor, zice el în germană, i-ați cunoscut surorile, pe toate trei. I-ați cunoscut chiar și mama. E tânără, dar o să vă dea pe spate.

— Haide, Weber, dă-i bătaie! Coboară de pe scenă!

Weber face o pauză, transpiră și afișează iar zâmbetul cu dinți albi.

— Domnilor, pentru plăcerea dumneavoastră. Pot să v-o prezint pe... unica și inegalabila Lili Schröder.

Dansează până în culise și se lasă liniștea. Ea se apropie dinspre spatele scenei, mai întâi ca un contur, apoi mai clară. E ridată și dezorientată. Pompoane de mătase rubinie îi atârnă de țâțele bătrâne și obosite. Îi cad chiloții de pe șoldurile ciolănoase. Deschide gura. El e îngrozit și transpiră gheață. Nu vede decât contururile coșurilor din spatele ei, pompând afară acel fum superb. Aplauze tăcute.

— Lili! strigă el răsunător, deși nu-l poate auzi nimeni. Ești doar o copilă. Micuța mea Lili. Niciodată n-am vrut...

A pierdut spectacolul. Undeva pe drum, trebuie să fi renunțat. Weber notează, aprobator, discursul onorabilei doamne. Când aceasta iese din scenă, trece pe lângă proaspăt înnobilatul Martin în hermina lui, care o bate pe braț și zice:

— Mereu ai avut o pereche ca lumea de boașe, Maureen. Ar fi trebuit să fii cu mine, nu cu nimeni ăla de Roy.

Iar întuneric, iar tăcere. Iar tare frig. Englezii nu-și încălzesc niciodată casele lor impunătoare. Se uită vizavi. Iat-o! Marlene, sau cum o vrea să-și zică, în uniformă de asistentă medicală, lăsându-l să-i vadă mătasea aia moale de culoarea piersicii. Trebuie să se întoarcă în trenul ăla, totuși. Gerul naibii! E timpul să plece. Toată lumea o încasează la final. N-are rost să plângi aiurea că s-a vărsat niște sânge. Treci peste! Nu-i momentul propice pentru slăbiciune. Degetele îi sunt amorțite. Nu-și poate aprinde țigara. Haide, Bob! Dă-i bătaie naibii! Așteaptă Sylvia. Da, fecioara de gheață. Nu-i de mirare că Tommy joacă la echipa adversă. Tremură și-și adulmecă degetele. Un joc. Așa i-a zis Lili. Și a avut dreptate. Acum e momentul jocului final. O ultimă șmecherie. Tatăl Nostru, Carele ești în Ceruri, Sfințească-se Numele Tău... cum era aici?

Lili

Mamă

Tată

Atât de frig. Atât de frică. Iertați-mă!

Ich...[1]

DAC-AR FI FOST CINEVA DE FAȚĂ să-l țină de mână pe Hans Taub și să fie martor la trecerea lui în neființă, cu

[1] „Eu“ (în germ. în orig.) (n.tr.).

siguranță ar fi gândit că murise liniștit în somn, cu un zâmbet pe față. Așa cum se întâmplă, în acel moment avea loc o criză minoră în salon și abia după douăzeci de minute se descoperi că bătrânul cel de treabă din patul din colț, departe de fereastră, nu mai era printre ei.

Nu-i timp pentru profunzime

1

FAMILIA LUI ELISABETH stă lângă patul ei. La început, Stephen se simte ca un intrus.

Se află într-o rezervă de o persoană, cu mobilă modernă de lemn în culori deschise aleasă cu gust. E conectată la diverse aparate cu cabluri și tuburi. Peste tot prin încăpere sunt vaze cu flori care o umplu de un parfum siropos de dulce, dar el știe cât adoră ea florile proaspete, așa că trebuie să fie pe gustul ei.

E conștientă și se pare că și prezentă. Copiii ei, partenerii lor și nepoții se întorc spre el când se prezintă. Andrew îl cunoaște, desigur.

— Așa! zice ea suficient de veselă, dar fără vioiciunea-i obișnuită. Sunteți buni să-mi îngăduiți câteva minute între patru ochi cu tânărul acesta frumos?

Se supun fără o vorbă și trec pe lângă el cu expresii care merg de la mâhnire obosită în așteptarea deznodământului, la zâmbete în pământ în semn de bun venit. Par zăpăciți. Îi face semn să vină și se așază pe scaunul de lângă pat. O ia de mână, iar ea îi surâde.

— Scumpul de Stephen! zice ea.

— Ai dureri? întreabă el.

— Un pic. Însă i-am rugat să nu mă dopeze cu morfină. Am reușit să-mi păstrez toate țiglele pe casă până acum, așa că de ce să aleg să mi le pierd în ultimele zile?

El zâmbește.

— N-ai de ce să plângi. Pentru mine, cel puțin. Pentru tine, probabil. Dar eu am murit în război. Mi s-au întâmplat toate lucrurile alea. Am devenit indiferentă. Profeția li s-a adeverit. Am devenit subumană. Am fost moartă. După care am părăsit lagărul și am trăit din nou. Am avut o viață minunată. Moarte, apoi renaștere. Așa mi-a fost viața. Și, cine știe, poate o să trăiesc din nou, într-o altă dimensiune necunoscută. Mă îndoiesc, totuși, adaugă ea stins, ca și cum s-ar fi gândit la o enigmă. Hans s-a adus de-adevăratelea?

Știe, dar vrea confirmare.

— Hans a murit cu peste un an și jumătate în urmă, o liniștește el.

— Da, desigur. Este greu de crezut, nu-i așa? zice ea cu aparentă uimire.

— Ce anume?

— Că există oameni ca el pe lumea asta. Dar există. Atâția. Atât de nefericiți! Bucură-te că nu te numeri printre ei!

Mai vorbesc câteva minute până când își dă el seama că e timpul să plece. Dacă este ca ea să aparțină cuiva, atunci acel cuiva ar trebui să fie familia ei, își zice Stephen.

Când se ridică în picioare, ea spune:

— Platitudinile sunt cele mai indicate în asemenea momente. Hai să nu căutăm profunzime! Mi-a făcut mare plăcere să te revăd, Stephen. Arăți atât de bine!

Dă aprobator din cap, îndemnându-l să zică ceva:

— Și tu, Elisabeth, minte el, supus. La revedere!

— La revedere! spune ea, iar el se întoarce hotărât spre ușă.

Mulțumiri

Niciodată nu știu sigur cum stă treaba cu mulțumirile. O mare parte din mine consideră că a mulțumi oamenilor e o activitate care se face mult mai bine în particular. Revărsarea de sentimente în public poate părea cumva falsă. Dar iată...

Mulțumiri din toată inima lui Chris Wakling, Annei Davis și lui Rufus Purdy, de la școala de scriere creativă Curtis Brown, pentru că m-au încurajat să cred că s-ar putea să am talent și pentru că m-au îndrumat atât de bine.

Colegilor mei de la cursul online de șase luni de la CBC, pentru că m-au suportat, dar și pentru criticile lor, multe dintre ele cu puncte de vedere noi, care mi-au dat de gândit.

Echipelor superbe de la Viking, în Marea Britanie, și HarperCollins, din America de Nord, și mai ales celor două minunate redactoare, Mary Mount, de la Viking, și Claire Wachtel, de la HarperCollins.

Tuturor celor de la Curtis Brown Agency, care m-au ajutat să mă descurc în această stranie (pentru mine) lume nouă și, mai presus de toate, genialei mele agente, Jonny Geller.

Și nu o uit nici pe întâia mea cititoare, prima în toate pentru mine: Catherine, căreia îi este dedicată această carte.

I-am omis pe mulți dintre cei care, în general, au avut un rol esențial în formarea mea și a scriiturii mele - familie, prieteni, colegi și alții cărora le datorez atât de mult –, precum și pe cei care merită recunoștință pentru că mi-au arătat cum să nu-mi trăiesc viața. Ei sunt mult prea numeroși (în ambele categorii).

Ar trebui să se înțeleagă de la sine că orice inexactități din această carte, precum și lipsurile ei mi se datorează numai mie.